LES *femmes* QUI ACHÈTENT DES *fleurs*

VANESSA
MONTFORT

LES *femmes* QUI ACHÈTENT DES *fleurs*

Traduit de l'espagnol par Anna Souillac

ROMAN

Michel LAFON

Titre original :
Mujeres que compran flores

118, avenue Achille-Peretti CS 70024
92521 Neuilly-sur-Seine Cedex
www.michel-lafon.com

Biographie de l'auteur

Née en 1975 à Barcelone, d'une mère espagnole et d'un père américain, Vanessa Montfort est une auteure dramatique, metteur en scène et romancière espagnole internationalement reconnue. Elle est l'auteur de douze pièces de théâtre jouées en Espagne mais aussi en France et en Angleterre et de quatre romans tous couronnés de prix littéraires.

Également productrice pour le cinéma, elle a fondé, en 2015, la société *Bemybaby Films* avec Miguel Ángel Lamata.

Elle partage sa vie entre Madrid et New York.

À Isa Borasteros,
notre marraine la fée à toutes

« Avec la liberté, des fleurs, des livres et la lune,
qui ne serait pas parfaitement heureux ? »

Oscar Wilde

Des femmes qui achètent des fleurs

Dans un petit quartier du centre de Madrid où vivent des acteurs, des contemporains de tout poil, des couples sans enfant et des députés des deux bords qui trinquent au vermouth entre deux sessions parlementaires ; dans ce microcosme qui a son propre Christ miraculeux, sa secte, ses muses, ses théâtres et ses petites galeries d'art, ses manifs quotidiennes et ses citations d'écrivains célèbres piétinées par des touristes, des résidents du troisième âge, des cyclistes militants, des jazzmen et des archéologues qui cherchent minutieusement les restes de Cervantès… ; dans ce quartier, on croise également cinq femmes qui achètent des fleurs.

À l'origine, aucune ne le fait pour elle-même : l'une les achète pour l'homme qu'elle aime en secret, l'autre pour son bureau, la troisième pour les peindre, la quatrième pour ses clientes et la cinquième… pour un mort. Cette dernière, c'est moi. Et je suppose que cette histoire est la mienne.

Un ange du nom d'Olivia

Quand j'ai demandé aux gens du quartier depuis combien de temps l'endroit existait, personne ne semblait vraiment d'accord. Les serveurs de la taverne La Dolores m'ont assuré que cela ne faisait pas si longtemps que ça. Mais ceux de la Casa Alberto, eux, étaient convaincus qu'il était là depuis toujours. En revanche, tout le monde s'accordait à dire que Le Jardin de l'ange était une boutique de fleurs depuis au moins deux siècles – et sous ce nom. Les fleuristes s'y succédaient mais le lieu restait le même. Quand Olivia partirait, un autre ange prendrait sa place, avec une autre mission. Là-dessus, tout le monde était d'accord. En revanche personne n'était capable de dire quand Olivia était arrivée précisément. C'était comme si elle avait toujours été là et que la serre et les fleurs avaient miraculeusement poussé autour d'elle à un certain moment au cours du XXe siècle.

Quant à savoir qui elle était avant ça, ou ce qu'elle faisait, c'était difficile à dire. Personne ne le savait. Ou en tout cas, ceux qui le savaient protégeaient farouchement son secret. Impossible de savoir si le magasin de fleurs lui appartenait ou bien si elle le louait. Certains prétendaient qu'Olivia était une riche héritière excentrique, d'autres étaient convaincus qu'elle avait été la maîtresse d'un homme célèbre ou qu'elle était elle-même, en réalité, une actrice très connue à l'étranger. Il est vrai que sa voix portait les stigmates d'autres contrées, comme celle des personnes qui parlent plusieurs langues : elle faisait siffler les *s* entre ses dents un peu plus que la normale, et ses voyelles avaient un écho flûté, comme celles des francophones. Mais sa prononciation était impeccable et sa voix grave semblait aussi sereine que ses plantes.

J'habitais le quartier depuis trois jours quand je l'ai vue pour la première fois. Depuis que j'avais découvert Le Jardin de l'ange, je ne manquais pas de passer devant lors de ma balade du soir – mais sans jamais me décider à y entrer. Mon nouvel appartement était minuscule et on y étouffait. La canicule faisait ressortir un peu plus encore l'odeur de peinture fraîche. Je n'avais toujours pas installé l'air conditionné ni défait mes cartons. Ils me servaient de table, de chaise ou d'escabeau quand je devais ouvrir le robinet à gaz de la cuisine. Mes balades du soir dans le quartier m'étaient donc indispensables pour obtenir ma ration quotidienne d'oxygène.

Ce soir-là, je suis sortie dans la tenue que j'avais portée toute la journée pour nettoyer l'appartement : un vieux jean, un débardeur encore plus vieux et les tongs que j'avais enfilées en sortant de la douche. En apercevant mon reflet dans le miroir de l'ascenseur, j'ai eu l'impression d'être décolorée. Mes côtes qui ressortaient sous la peau de mon décolleté. Mes cheveux noirs et lisses qui étouffaient dans une queue-de-cheval trop serrée. Mon visage blafard sans maquillage. Mes yeux gonflés par la poussière.

J'ai remonté la rue jusqu'à la place en traînant les pieds, et j'ai été surprise de voir la boutique de fleurs encore ouverte. Il y avait des lampions colorés et de petites lanternes en papier accrochées aux branches des arbres. Un grillon, qui avait élu domicile dans l'énorme olivier, donnait un récital. L'endroit avait une atmosphère de bal populaire.

Une balançoire pendait aux branches de l'olivier centenaire qui trônait au milieu du jardin. Je suis entrée dans la serre, un peu méfiante, en suivant un chemin de brique jaune – avec l'espoir secret, je le sais aujourd'hui, qu'au bout de cette route m'attende le magicien d'Oz. Ça sentait la terre mouillée. À l'ombre des feuilles, une grande tenture blanche abritait une petite table en fer forgé sur laquelle se trouvaient un verre de vin et un livre ouvert. La porte de la serre était grande ouverte.

C'est là que je l'ai vue pour la première fois.

Parce que tout ça, c'était déjà Olivia.

À l'intérieur, un air de jazz des années 1940 berçait les plantes et les paniers de fleurs suspendus et volait dans les gouttelettes des arroseurs automatiques. Des papillons en plastique ornaient les murs en verre ici et là, et des aquarelles colorées étaient exposées un peu partout. Des objets du quotidien, recyclés en vases, connaissaient une seconde vie en accueillant des fleurs dont j'ignorais encore les noms. De l'autre côté, à travers une des parois en verre, on distinguait une grande fontaine en pierre, collée au mur de brique, en haut de laquelle trônait une étrange tête de lion qui recrachait l'eau dans un bassin rempli de nénuphars. Chaque recoin était prétexte à accueillir une forme de vie végétale. Du plafond en pointe pendaient des mobiles en verre soufflé, des couronnes de branches tressées, des fleurs et des pommes de pin séchées, des messages d'espoir peints sur des panneaux en bois. Sur le comptoir étaient exposées de vieilles cartes postales : le quartier au XIXe siècle, au début du XXe, d'anciennes gravures de mode, les tableaux célèbres des musées alentour, de vieilles affiches des théâtres de l'Español et de la Comedia, au milieu desquelles se trouvaient un livre d'or ouvert sur un message en japonais entouré de cœurs, et un autre, recouvert de velours rouge, intitulé : *Carnet de campagne*.

Je n'ai pas pu m'en empêcher.

Je n'avais jamais fait ce genre de chose auparavant, c'est pour ça que je sais que je n'ai pas pu m'en empêcher. Je l'ai ouvert à la page où se trouvait le petit fil de satin qui servait de marque-page.

Je suis tombée sur un petit texte écrit à la plume, en belles lettres anciennes, qui avait pour titre : *Cicatrices*.

– J'ai toujours aimé les personnes qui avaient des cicatrices, comme les arbres. À vrai dire, je ne fais pas confiance à celles qui, passé quarante ans, n'en ont aucune, a dit une voix dernière moi.

J'ai aussitôt refermé le carnet. Je me suis retournée lentement, en silence, avec les mêmes yeux que Capitán quand il venait de faire ses griffes sur le tapis.

Elle était là, derrière le comptoir, une moitié du rideau de perles en bois coloré qui séparait la boutique de la réserve dans chaque main, comme si elle entrait en scène.

Olivia était d'une beauté non conventionnelle : elle avait transformé sa maigreur naturelle en élégance. Elle ne portait en général qu'un rouge à lèvres étincelant et des robes de toile abîmées qui, sur elle, semblaient tout droit sorties d'un défilé de haute couture. Elle ressemblait à ces femmes qui travaillaient à l'usine durant les deux dernières guerres. Comme toutes les grandes dames, elle était sans âge, mais son style semblait coincé quelque part entre les années 1940 et 1970. Une Katharine Hepburn en Technicolor : grande et mince, avec des hanches larges moulées dans une robe de soie imprimée d'un motif de feuilles vertes. Elle portait des spartiates et un bracelet autour de la cheville. Ses cheveux, coiffés en un chignon haut, étaient teints d'une couleur mandarine qui lui donnait l'air de sortir d'un vieux photogramme colorisé.

– Je m'attendais à ce que tu sois plus jeune, continua-t-elle de sa voix ronde et sereine. Comprends-moi, ce n'est pas une critique mais je t'avais simplement imaginée plus jeune.

– Je suis désolée, ai-je dit pour me justifier.

Comment cette femme connaissait-elle mon âge ?

Elle m'a enjoint de me taire en posant un doigt sur ses fines lèvres rouges légèrement ridées.

Elle s'est approchée de moi.

De ses pétillants yeux turquoise, elle a fouillé les miens puis m'a fait signe d'écouter. Le chant agaçant du grillon résonnait désormais si fort qu'il faisait trembler les vitres de la serre. Elle a souri.

– Relax, chérie. La vie tache mais n'enlaidit pas, bien au contraire, a-t-elle dit avant de m'attraper le bras et de se mettre à chuchoter. Au fond je suis ravie que tu ne sois pas une petite jeunette. Ma dernière assistante m'a laissée en plan pour un étudiant anglais en échange Erasmus criblé de coups de soleil.

Elle s'est emparée d'un énorme arrosoir en fer rouge plein à ras bord. Nous avons marché au son du chant strident. Elle a arrosé les plantes en s'arrêtant devant chaque pot, comme pour chercher dans lequel se cachait l'insecte.

– Tu vas voir, poursuivit-elle en enroulant une mèche de ses cheveux roux entre ses doigts, l'examen que je vais te faire passer est très simple.

– Un examen ? me suis-je aussitôt inquiétée.

Elle m'a de nouveau fait signe de me taire de son doigt osseux, puis a dit d'un air concentré :

– Il ne contient qu'une question et je saurai si c'est toi, a-t-elle précisé avant de prendre une pose théâtrale. Mes clients sont des hommes et des femmes qui veulent envoyer un message pour lequel ils ne trouvent pas les mots justes. Ils ont besoin de communiquer une certaine émotion : respect, reconnaissance, admiration, désamour, perte, amour, célébration… Certains achètent des fleurs pour une naissance, d'autres pour un décès. Certains s'en servent pour égayer un peu l'austérité de leur bureau, d'autres pour donner vie à leur maison. Certains les préfèrent vivantes, voire encore en terre, d'autres mortes et disséquées. Certains les veulent encore en bouton pour qu'elles durent plus longtemps, d'autres les aiment très ouvertes. (Elle a regardé les passants qui glissaient le long de la rue, comme une bobine de film, de l'autre côté de la vitre.) Certains n'en veulent qu'une, d'autres cent... Nous livrons des bouquets aux loges du théâtre de l'Español, des couronnes à l'église San Sebastián. Des mères en achètent pour leurs mères, des hommes infidèles pour leurs épouses, des amants pour leurs maîtresses, le palace pour ses toilettes, les vieilles pour leur balcon... J'ai une théorie selon laquelle une fleur correspond à chaque personne. À chaque étape de la vie aussi. Il y a des femmes qui achètent des fleurs et d'autres non. C'est tout.

Je l'ai fixée pendant une seconde et, sans savoir pourquoi, à cet instant précis, j'ai eu envie plus que tout au monde d'appartenir à cette première catégorie.

– Et ces femmes, comment sont-elles ?

Elle m'a lâché le bras comme on ouvre un cadenas et s'est retournée vers moi, haussant un de ses fins sourcils roux aux reflets argentés.

– Dis-moi : de toutes ces fleurs, laquelle choisirais-tu aujourd'hui ?

Je n'ai même pas pris la peine de regarder autour de moi. J'ai eu la même crampe à l'estomac que lorsqu'on m'appelait au tableau à l'école.

– Je n'ai jamais acheté de fleurs, ai-je répondu, chancelante.

– ... Et quand on t'en offrait, lesquelles préférais-tu ?

– On ne m'en a jamais offert non plus, ai-je dit en baissant le menton.

Elle a fait claquer sa langue.

– Bon, et maintenant ? Tu n'en vois aucune qui te plaise ? Allez...

Je ne voyais plus que des taches de couleur floues. Entre ma nervosité et la chaleur, j'avais l'impression que nous étions toutes les deux devenues des personnages d'un tableau de Monet.

– Lesquelles sont les plus appropriées pour un cimetière ? ai-je répondu après un très long silence.

Olivia m'a observée sans jamais cligner de ses petits yeux clairs écarquillés.

– Aucune idée. Je ne connais pas les goûts des morts, a-t-elle dit avant de me tapoter le menton. Non, de toute évidence, je n'ai aucune espèce dans ton genre dans mon jardin, a-t-elle ajouté, satisfaite. Alors, tu seras là demain ? Avec cette chaleur, j'ai besoin que tu commences le plus tôt possible, sinon je vais perdre toutes mes plantes en moins d'une journée.

– Vous voulez que je sois votre assistante ?

– Eh bien je suppose que si tu as pris la peine de venir me voir après m'avoir laissé un message, c'est que les modalités de l'offre te conviennent. Et pas de vouvoiement entre nous.

J'ai incliné la tête en enfonçant les mains dans les poches de mon jean.

– Je peux te donner une réponse demain ? ai-je demandé ne sachant quoi dire.

Elle a froncé les sourcils comme si on ne parlait pas la même langue et a épongé la sueur dans son grand cou avec un petit mouchoir de soie jaune.

– Chérie, il est urgent de vivre… Il commence à se faire tard. Et demain il sera plus tard encore. Si tu acceptes, tu acceptes maintenant.

Je ne sais pas pourquoi je n'ai pas profité de cet instant pour clarifier la situation. Enfin si, je sais. Parce que c'était la première fois que quelque chose bougeait dans ma vie après un an de paralysie totale.

Elle a vidé ce qui restait dans l'arrosoir dans un des pots et le grillon a cessé de chanter. Elle s'est agenouillée à côté de la plante et a attendu. La terre a bougé et l'insecte est sorti de sa cachette, étourdi, avant de se hisser sur le doigt d'Olivia comme sur un Escalator.

– Tu étais donc là, petit squatteur… a-t-elle dit en l'accompagnant de façon très cérémonieuse jusqu'à la sortie.

Puis elle s'est retournée vers moi.

– Quant à toi, ferme derrière toi. Tu veux bien ?

Mais quelque chose m'a empêchée de bouger. J'ai repensé à la phrase par laquelle mon psy concluait chacune de nos séances : « Il faut commencer à vivre et arrêter de réfléchir à comment y parvenir ».

– J'accepte, ai-je dit en courant derrière Olivia. Même si je n'y connais rien en fleurs.

Elle s'est retournée, a secoué son jupon et croisé les bras.

– Je sais. Mais tu as plein d'autres qualités intéressantes. (Elle a délicatement tamponné la sueur sur son front.) Je sais déjà que tu es honnête et que tu ne sais pas dire non, vu que tu n'as pas cherché une seule fois à me contredire. Je sais que tu as du mal à prendre tes propres décisions et à exprimer tes envies. Je sais aussi que tu viens d'emménager dans le quartier parce que je te vois passer depuis plusieurs jours, les bras chargés de courses et dans la même tenue, ce qui signifie que tu n'as toujours pas défait tes cartons. (Elle m'a détaillée de la tête aux pieds, intriguée.) De toute évidence, tu ne te fais belle pour personne, pas même pour toi… Je sais donc que tu vis seule mais que tu n'en as pas l'habitude parce que tu fais tout pour ne pas rester chez toi, je sais que tu fais de l'hypotension vu ta façon de traîner les pieds quand tu descends la rue et je sais que ce que tu viens de faire, ici avec moi, c'est nouveau pour toi. Donc oui, je me suis rendu compte que tu n'y connaissais rien en fleurs. Viens demain et nous verrons ce que nous pouvons faire à ce sujet, a-t-elle conclu en se dirigeant vers la serre.

Nous avons scellé notre accord, moi en acquiesçant et elle en me lançant un clin d'œil en guise de paraphe. Olivia a ensuite choisi un pot de violettes africaines qu'elle m'a tendu en m'enjoignant de ne pas les laisser mourir : elles devraient vivre aussi longtemps que je travaillerais ici.

– Et de combien de temps parle-t-on ? lui ai-je demandé.

À quoi elle a répondu en riant :

– Mais chérie… qu'est-ce que j'en sais, moi ?

Puis elle a disparu entre les plantes, derrière son rideau végétal.

J'ai descendu la calle Huertas en évitant les balayeurs qui arrosaient le trottoir et en me demandant ce qu'il venait de m'arriver. Je me suis alors rendu compte que c'était la première fois de ma vie que je faisais quelque chose de spontané. Pour une raison que j'ignore, j'ai toujours considéré la spontanéité comme une source de problèmes et mon intuition comme une horloge détraquée.

Pourtant, je savais déjà à l'époque que la vie était une représentation théâtrale improvisée. Une grande première à poil. Je l'avais appris en t'observant vivre. Et j'ai fini de le comprendre au cours de cet été qui a changé ma vie.

On monte sur scène sans maquillage, sans savoir quel rôle on va jouer. Et moi, j'ai toujours eu le trac. C'est peut-être pour ça que je n'ai presque jamais pris de décisions dans ma vie, que je préférais que tu les prennes, toi, me contentant de jouer les figurantes. J'aurais aimé être sûre de connaître parfaitement mon rôle avant de devoir affronter le public, être sûre de l'ovation finale. J'ai donné le rôle principal de ma vie à quelqu'un d'autre, c'était plus simple. Pour ne pas trop attirer l'attention si jamais je me trompais dans une de mes tirades, pour passer inaperçue aux yeux des critiques, pour que celui qui avait le rôle principal me sorte de ce mauvais pas si nécessaire. Il ne s'agissait pas de partager l'affiche avec quelqu'un d'autre, mais d'être un personnage secondaire dans le spectacle de ma propre vie.

Quand je suis arrivée à l'appartement, j'ai eu l'impression d'entrer dans un four. J'ai tourné en rond pendant un bon moment, me demandant où j'allais bien pouvoir installer les violettes. Avaient-elles besoin de lumière, d'eau, d'humidité, de froid ou de chaleur ? Avec moi, elles ne tiendraient pas une semaine, j'en étais convaincue. J'ai fini par poser délicatement le pot sur le rebord de ma commode. La chaleur asphyxiante et le chant incessant du grillon qui s'y était faufilé à mon insu ne m'ont pas laissé fermer l'œil de la nuit.

Le métabolisme des oasis

Qui étais-je il y a trois mois ?

La réponse est simple : la même que celle que j'avais été pendant les vingt dernières années – soit exactement la moitié de ma vie.

Je voudrais souligner encore une fois que je déteste parler de moi et encore plus être sur le devant de la scène. Mais j'ai promis de faire un effort à ce sujet. D'accepter le premier rôle de ma vie et de mon histoire.

Donc je reprends :

Qui étais-je il y a trois mois ?

Cette femme de quarante ans qui marchait un peu perdue le long des trottoirs trop étroits de Madrid, au début d'un été dont certains disaient déjà qu'il serait le plus chaud du siècle. Cette femme qui, il y a quelques années encore, n'aurait jamais osé sortir sans maquillage (non pas par coquetterie mais parce qu'au fond elle n'aimait pas vraiment son visage) et qui désormais ne se souvenait plus de la dernière fois qu'elle s'était lavé les cheveux. Cette femme qui traînait maintenant les pieds dans les allées d'un supermarché qu'elle ne connaissait pas et qui avait l'impression d'être dans un labyrinthe inexpugnable, tout ça parce que les produits laitiers n'étaient pas à côté des caisses, que les fruits et les légumes n'avaient pas la même forme que d'habitude, qu'ils étaient pelés, coupés en morceau et exposés dans de petits bacs comme des pâtes de fruits du pauvre.

J'étais entrée dans ce magasin, ma dernière valise à la main, pressée de suivre les instructions qu'on m'avait données – comme d'habitude – pour me sentir bien dans mon nouvel environnement, à savoir : trouver un supermarché, une laverie, une pharmacie et une salle de sport. Les quatre points cardinaux de ma nouvelle vie, selon mon amie Lorena. Parce que je n'avais jamais vécu seule et que ça allait être difficile. Parce que cela faisait un an qu'Óscar était mort et qu'il était temps de commencer à s'en remettre. Parce que les deuils ne peuvent pas durer plus d'un an. Un point, c'est tout.

Je m'appelle Marina. Et de toutes les affirmations de Lorena, force est de reconnaître qu'une au moins était vraie : je n'avais *jamais* été seule. J'avais *toujours* été avec quelqu'un. J'avais *toujours* été avec lui. Ou presque. C'est drôle, maintenant que je me suis décidée à coucher cette histoire sur le papier, je préfère dire « avec toi ».

Il n'existait pas une seule photo de moi seule. J'étais toujours avec toi. Ou avec une partie de toi : ton ombre, un bout de ton doigt sur l'objectif, ton œil de photographe. Même si c'était moi sur le cliché, ce qu'on voyait, c'était ton regard posé sur moi. Jamais moi seule. À dire vrai, c'était plutôt moi qui t'accompagnais, pas l'inverse.

Et soudain, toute ma vie est devenue très difficile à vivre.

Je parle des choses simples. Celles que je faisais automatiquement avant et qui, désormais, engendraient chez moi des heures de délibération.

Choisir ce que j'allais manger, par exemple. Je m'en suis rendu compte en attrapant une boîte d'œufs bio dont l'étiquette certifiait qu'ils avaient été pondus par des poules vivant « en plein air ». Ça m'a angoissé. Dans mon ancien quartier, les œufs étaient des œufs et on ne précisait jamais le mode de vie des poules. J'ai éprouvé une certaine compassion pour elles. Je n'aurais pas voulu qu'on divulgue mon mode de vie à moi. D'ailleurs, qu'est-ce que j'étais, moi ?

Célibataire ?

Libre ?

Seule ?

Encore des choix. Je n'étais pas prête. J'aurais été incapable de cuire un œuf, de toute façon. Ça m'aurait rendue triste. Ça m'aurait rendue malade. Parce que j'en faisais toujours deux. Et on les achetait déjà cuits. Et toujours par deux. Jamais un. On oublie les œufs, alors. Et les blettes. Parce qu'on ne les aimait ni toi ni moi et qu'on a appris ensemble à les apprécier. En même temps. On a appris à les cuisiner tous les deux lors de notre séjour dans ce gîte rural près de Guadalajara. Donc on oublie les blettes aussi.

Bref, j'étais là depuis une heure (perdue au milieu d'un supermarché qui, selon la théorie de mon amie, aurait dû m'aider à trouver mes repères) à chercher quelque chose à ingérer sans que mon cerveau ne le vomisse sous forme de souvenir douloureux – même s'il s'agissait en général d'un souvenir anodin, rien de plus.

Mais ce n'est pas cette anecdote qui marque le début de mon histoire. Je suis sortie sans rien acheter de ce supermarché où il faisait aussi froid que dans une morgue pour me retrouver dans une chaleur étouffante, alors qu'il était à peine dix heures du matin, en plein quartier de las Letras.

Mon nouveau chez moi.

Chez moi ?

J'ai lu l'adresse sur le papier : 8, calle Moratín. J'ai remonté la calle del Prado, embarrassée par le bruit de ma valise qui claquait sur les pavés, à la recherche de mon nouvel appartement – sans savoir que je marchais dans la mauvaise direction. Je n'ai jamais eu un grand sens de l'orientation et je n'étais venue qu'une seule fois auparavant. J'ai tourné dans la calle del León et pris la calle Huertas, je suis passée devant le café Populart, qui annonçait sur une ardoise son concert de jazz du soir, j'ai évité un homme barbu et son harmonica (qui – je le découvrirais avec le temps – jouait inlassablement les deux mêmes airs), j'ai piétiné les phrases célèbres d'auteurs qui l'étaient encore plus jusqu'à arriver à hauteur de la citation de Pérez Galdós. Et là, debout sur sa signature, je me suis arrêtée net. Au coin exact de la plaza del Ángel.

Face à moi s'élevait une oasis en plein centre-ville. Une étrange boutique de fleurs, un jardin derrière une vieille grille en fer avec une serre au milieu. À l'intérieur du jardin, des bancs, des fontaines en pierre et des balançoires pendues aux arbres. Au centre, un olivier millénaire qui avait probablement connu tous les anciens habitants du quartier. À côté, un chevalet portant une toile en cours et un chiffon taché posé à même le sol. Sous le dais blanc de la pergola, j'ai aperçu, de dos, un homme blond qui lisait. Je n'ai pu distinguer que quelques détails : ses mains qui tenaient sereinement un livre, son dos appuyé contre une chaise en fer abîmée, ses jambes croisées et son portefeuille par terre. Sur la porte, il y avait un panneau sur lequel était écrit en lettres rondes : NE CESSE JAMAIS DE RÊVER. Pour ça, il faudrait déjà que je commence à le faire, me suis-je dit. Je n'ai pas osé passer la grille ce matin-là, mais l'odeur rafraîchissante de la terre récemment arrosée m'a permis de respirer pour la première fois depuis des mois.

Elle n'a jamais pensé à ça, Lorena. Que pour se reconstruire, un être humain a besoin de trouver sa propre oasis. Un lieu qui symboliserait la paix à laquelle il aspire, dans lequel il pourrait s'entourer de ces choses qui le rendent heureux pour s'enfermer avec quand il en a besoin. Un terrier où hiberner, même en plein été. Une serre avec le microclimat idéal pour s'épanouir, se transformer et reprendre des forces. Et mon oasis à moi serait une boutique de fleurs qui avait pour nom Le Jardin de l'ange.

Jour 1

L'étrange destin des vagues

Voici la seule question à laquelle tu n'as jamais pu répondre à propos de la mer dont pourtant tu savais tout : « Où vont les vagues ? » t'ai-je un jour demandé. Et pour la première fois en vingt ans, tu as séché. C'est dire.

Maintenant que le vent me donne un peu de répit et que je suis seule à bord de ce voilier en pleine mer, j'en profite pour coucher sur le papier tout ce qui s'est passé dans ma vie ces trois derniers mois, avant que la mer revienne m'embêter et que la nuit tombe complètement.

Le bulletin météo que j'ai consulté en quittant le port n'avait rien d'alarmant mais la Méditerranée est la mer la plus traîtresse de toutes. On ne voit jamais rien venir. Les Grecs le disaient. Toi aussi.

Je navigue à cinq nœuds sur une eau qui ressemble à du mercure. Je laisse derrière moi les montagnes de grès rouge. Et mon histoire. Toute mon histoire. Moins sa protagoniste.

Moi.

J'ai à peine commencé que j'ai déjà l'air arrogant. Tout ça n'a rien de naturel. Je ne vais pas me voiler la face, ce n'est ni ma façon de parler ni ma façon de penser.

On se croirait presque dans un roman. Ce n'en est pas un. Je serais bien incapable d'en écrire un.

Olivia m'a dit de noter tout ce qui m'est arrivé ces trois derniers mois, depuis notre rencontre, pour ne pas garder tout ça en moi. Mais elle a précisé que je devais le faire « librement », comme si personne n'allait me lire. J'ai eclaté de rire. Elle savait bien pourtant que c'était la pire chose à me demander en ce moment.

Je n'ai jamais su être libre.

C'est justement ça le problème.

Et ces lignes sont censées ressembler à un journal de bord de ma propre vie destiné à la seule personne au monde pour laquelle je n'ai pas l'habitude de faire quoi que ce soit : moi, encore une fois.

La mer s'agite de nouveau. La coque cogne contre l'eau et mon estomac se retourne dans mon ventre. Comme tu avais l'habitude de le dire : quand on sort se balader, on a toujours le vent en poupe, parce qu'on le cherche. Sauf que moi, je ne suis pas sortie me balader. Et c'est pour ça que j'ai un vent contraire. Parce que je dois atteindre un lieu précis. Parce que j'ai une mission. C'est bien ma veine.

De quoi parle mon histoire ? De ça, précisément. Comment Marina, une femme que la mer a toujours terrifiée, décide, contre toute attente, de se lancer dans une traversée de huit jours jusqu'au détroit. Rien de moins. Et seule. Et sur un bateau qu'elle ne sait pas naviguer. Très cohérent !

Serait-elle suicidaire ?

A priori, non. Elle le fait pour tenir une promesse. Et à cause d'une rencontre faite il y a trois mois. Sur la terre ferme. Dans une ville bien loin de la mer : Madrid. Mais dans un quartier protégé par Neptune – enfin sa statue. Marina ne découvrira la véritable raison qui l'a poussée à se lancer dans cette folie qu'au fil de son voyage et de l'écriture de son récit. Du moins c'est ce qu'on m'a dit. Une odyssée dans les règles. Une odyssée dont le héros est une femme.

Libre.

Sans peur.

Ou presque. Mais ce degré d'incertitude suffit largement à terrifier une femme comme moi, le genre qui a toujours voulu avoir le scénario de la prochaine scène de sa vie afin de se contenter de jouer son rôle.

Je passe en revue le programme du voyage pour la énième fois : huit jours de traversée entre Carthagène et Tanger. Je dois naviguer douze heures par jour pour atteindre mon objectif. Rien que d'y penser, je suis déjà morte de peur et d'épuisement. Victoria, qui ne se trompe jamais concernant les chiffres, a tout calculé sur la base d'une vitesse de quatre nœuds, en tenant compte du temps d'amarrage. Si ses calculs sont faux, je manquerai de carburant. Et de vivres. Et d'eau. Sans compter que j'ai dépensé tout ce que j'avais gagné durant les trois mois où j'ai travaillé au Jardin de l'ange pour mener à bien cette folie.

Pour le moment, comme je le disais, je ne sais qu'une chose : je commence cette traversée sans permis. À vrai dire, je n'ai même pas le permis de conduire ma propre vie.

C'est la vérité.

Je n'ai toujours été que copilote.

C'est peut-être pour ça que j'ai oublié comment on prenait une décision et que je n'ai jamais su dans quelle direction aller. Parce que c'était toujours toi qui choisissais. Moi j'étais ton sac à dos. Maintenant que tu n'es plus là, ce bateau n'a plus de capitaine. Et moi non plus.

Une autre question d'ailleurs : le Peter Pan sait-il qu'il vogue sans commandant ?

Je crois que non, pas encore, parce que pour l'instant il avance, lentement mais avec dignité. Je n'ai toujours pas sorti les voiles – je ne crois pas que cela en vaille la peine avec si peu de vent. Et puis, ne nous leurrons pas, je n'ose pas éteindre le moteur. Je profite donc de la générosité de la mer qui a décidé de me faciliter la tâche pour l'instant. Mais s'il y a bien une chose que j'ai apprise depuis que tu es parti, c'est que l'éternité a une date de péremption, comme le reste. Le temps n'est qu'une vue de l'esprit.

Quand tu es mort, il y a un an, tout s'est arrêté. Pourtant, depuis trois mois, tout semble se produire à une vitesse folle : quitter notre maison, emménager dans le centre, me décider à sortir le Peter Pan du port, tenir cette promesse.

Le temps est une chose étrange.

Il n'a vraiment rien d'une science exacte.

Quand je pense que je ne connais Olivia que depuis trois mois. Et les autres.

Et je me suis fourrée dans ce pétrin pour quelqu'un qui vient tout juste d'entrer dans ma vie ? Sérieusement ?

Je repasse mentalement la liste des provisions à bord : six boîtes de haricots verts, douze de thon et de lait en poudre, quatre paquets de pain grillé, six de pâtes et quatre de café, six tablettes de chocolat, huit sachets de soupe instantanée… mais surtout de l'eau. Le réservoir d'eau. Et l'essence. Je suis obsédée par mes stocks d'essence et d'eau.

Il faut que j'arrête de ressasser constamment cette liste sinon je vais devenir folle. Je dois rester concentrée et calmer mes angoisses sinon je vais me consumer avant même de commencer.

« Où vont les vagues ? » t'ai-je demandé cet après-midi-là, quand tu avais encore assez de force pour t'asseoir derrière le gouvernail avec ton ciré et ta casquette blanche, ton foulard bleu noué à la va-vite autour du cou. J'aurais dû savoir que ton silence était mauvais signe, Óscar. Très mauvais. Tu ne m'as pas fait une de tes conférences habituelles.

Tu as gardé le silence. Un avant-goût de celui que tu garderais bientôt pour toujours.

Le même que celui que tu gardes aujourd'hui.

Mais ton absence ne t'empêche pas de continuer à me dire quoi faire. Tu as gagné. Je vais par là. Mais je dois te prévenir que je n'ai pas totalement respecté notre accord : tu ne vas pas le croire mais je n'ai demandé à personne de m'accompagner.

Je pars seule. Je te l'ai dit, non ?

Que j'étais folle.

Si seulement.

Vas-y. Dis ce que je crains déjà de toute façon. Que je ne vais pas y arriver. Mais pour une fois, si tu n'y vois pas d'inconvénient, je préfère ne pas y penser.

Pour l'instant, pour ta gouverne, j'ai réussi à sortir le Peter Pan en pleine mer, avec un vent et un courant contraires. Même ton souvenir est contre moi. Bon, soit, j'ai failli avoir un accident en sortant du port de La Duquesa et je me suis demandé pourquoi j'avais choisi d'écouter une cinglée aux cheveux roux qui venait d'entrer dans ma vie plutôt que toi, qui me connais par cœur depuis que je suis gamine. Même s'il est vrai que, parfois, les personnes que nous rencontrons à l'âge adulte sont les seules capables de nous voir pour ce que nous sommes et non pour ce que nous avons été. La Marina que tu as connue n'aurait sans doute jamais pu mener à bien cette aventure toute seule. Mais celle que connaît Olivia, si. J'aime à penser que si. Et c'est ça que je dois vérifier dans les huit prochains jours.

Cela ne m'empêche pas de repasser dans ma tête tout ce que j'ai appris durant mes années de navigation avec toi.

Toutes ces choses que la nature nous avait enseignées ou que nous avions trouvées dans le manuel du commandant de bord – que Casandra m'a aidée à réviser avant le départ. Des petites choses. Des choses simples. Des choses sans aucune importance sur terre mais qui, en mer, peuvent te sauver la vie : les cordages s'enroulent toujours dans le sens des aiguilles d'une montre. Et il faut toujours les laisser « mordus ». Ne jamais se jeter à l'eau avant d'avoir jeté la bouée de sauvetage et baissé l'échelle… car il est possible qu'on ne puisse pas remonter, comme dans ce film angoissant. Comment s'appelait-il déjà ? Peu importe.

Quoi qu'il en soit, je suis là : assise sur le pont de ton bateau, en pleine nuit et en pleine mer. Et tu ne peux rien faire pour me protéger. Une imbécile qui frissonne dans un ciré avec une ravissante violette brodée dans le dos – semblable à celle qu'Aurora a peinte sur la grand-voile et que je n'ai toujours pas vue. Une imbécile qui se demande pourquoi elle a si froid alors qu'août touche à peine à sa fin. Peut-être est-ce ma peur de la vie qui me fait trembler.

Mais quel étrange destin que celui des vagues, tu ne trouves pas ? Ça fait un bon moment que je les observe. Il en existe deux sortes : celles qui naissent et foncent mourir en sécurité sur la rive, et celles qui glissent en sens inverse jusqu'à se perdre dans l'océan. Je suppose que j'appartenais à la première catégorie et que maintenant j'ai peur d'appartenir à la seconde.

C'est pour ça que je suis partie seule.

Pour la première fois.

Sans aucune autorisation.

Ni la tienne ni celle des autorités portuaires. Je sais désormais que je ne suis ni le commandant de ton bateau ni celui d'aucun autre. Comme je n'étais pas celui de notre vie commune.

Et je suis terrifiée, tu le sais. Car je n'ai jamais rien osé faire sans autorisation. Mais toi aussi tu es parti sans autorisation, Óscar. Je n'ai pas le souvenir que tu m'en aies parlé, si ? Et les gens comme toi ne devraient pas avoir le droit de disparaître comme ça, du jour au lendemain. Tu ne vois donc pas ? Tu m'as laissée en emportant les cartes, les itinéraires, le gouvernail, le moteur et le cap.

Non, tu n'avais pas le droit.

Et encore moins celui de revenir maintenant avec toutes ces exigences.

On dirait qu'un vent de sud s'est levé. Un vent chaud et lourd, chargé de souvenirs… Le Peter Pan tangue en relevant violemment le nez, comme quand tu faisais cap face au vent. Peut-être a-t-il enfin compris que tu ne ferais pas le voyage avec nous, peut-être cherche-t-il à saboter ma traversée, pour se venger. On ne s'est jamais bien entendus, lui et moi – on se disputait toujours ton attention. Mais laisse-moi te dire une chose : maintenant que je suis là, je vais user de toutes mes ressources pour rejoindre l'Afrique et tenir cette stupide promesse. Je vais croiser la route d'un navire que j'aperçois à tribord. Ce genre de choses ne m'angoisse plus. Je ne peux pas espérer une mer déserte jusqu'au détroit. Être seule. J'ai beaucoup de respect pour le détroit, tu le sais.

Attention, ce bateau de pêche que j'aperçois au loin ressemble à un chalut. Si je m'en approche trop, je vais m'emmêler dans ses filets, et mon voyage sera fini avant même d'avoir commencé. Mon Dieu, comment, où et quand vais-je dormir ces huit prochains jours ?

Le vent est d'humeur molle, apparemment. Mais s'il se met à souffler un peu plus fort, voici ce que je ferai : je sortirai la grand-voile – en serai-je capable toute seule ? – et je vais éteindre le moteur. Je le ferai avec une certaine appréhension, soit, mais je le ferai, jusqu'à sentir le clapotis de l'eau. Je ne dois pas gaspiller l'essence. Tu me dirais d'avancer à la voile tant que je peux, en tirant des bords le long de la côte. Je serai en mesure de le faire si j'éteins le moteur. Ça me rallongera mais je mettrai le vent à profit. Seulement voilà, je n'ose toujours pas l'éteindre. Et vu que je ne suis pas en balade, je vais forcément avoir un vent contraire. J'aimerais pouvoir sortir la voile, c'est vrai, et admirer cette grande violette qu'y a dessinée Aurora.

Elles me manquent vraiment.

J'ai également profité de ce moment de répit pour appeler Madrid. Malgré les problèmes de wifi du bateau, Skype a fonctionné plutôt correctement. Les filles ont hurlé à l'unisson en me voyant : Casandra et Victoria étaient au premier plan, à se disputer le contrôle de l'ordinateur, Gala s'est recoiffée en se regardant dans l'écran et Aurora a essuyé ses larmes avec un mouchoir. Elles étaient prêtes à trinquer, le verre à la main, et semblaient déjà un peu ivres.

– J'ai réussi à sortir le bateau, ai-je crié.

À ces mots, elles ont explosé de joie. Derrière elles, on devinait les vitres de la verrière et les fleurs suspendues, et j'ai soudain éprouvé une pointe de nostalgie. Comment se fait-il que j'aie plus de nostalgie pour un endroit que je ne connais que depuis trois mois que pour toute notre vie commune ?

L'amour est une chose étrange.

Et bien sûr, il n'a rien d'une science exacte.

J'ai demandé à voir Olivia, mais elle n'a pas pu – ou pas voulu – se montrer. La connaissant, je pense qu'elle souhaitait souligner qu'elle n'était plus là pour me tenir la main. J'ai beau m'être enfin décidée à me lancer dans cette folie, je ne suis toujours pas certaine de savoir si c'est grâce à elle ou bien à cause d'elle. Et elle le sait. Peut-être a-t-elle des remords. Mais j'ai toujours en moi l'écho d'une de ses fameuses phrases qui m'ont beaucoup aidée ces derniers mois, notamment durant mes nuits de solitude :

– Tu sais, chérie, tout ça, c'est comme une flèche apache en plein cœur. Si tu n'es pas morte sur le coup, tu ne peux que guérir, m'a-t-elle dit un jour, après m'avoir surprise en train de pleurer dans les toilettes.

En raccrochant, les cris d'émotion de celles que je considère désormais comme mes amies ont continué à flotter, tels des cerfs-volants portés par le vent.

Et puis j'ai empoigné le gouvernail que j'ai toujours l'impression de ne pas avoir le droit de toucher.

J'ai mal au cœur.

Vingt ans à naviguer à tes côtés et mon estomac n'a toujours pas appris à voguer au rythme des vagues. Je vais devoir prendre un autre Mercalm. J'en ai emporté tellement de boîtes que si on m'arrête, on m'accusera à coup sûr de trafic de drogues. Je vais les garder à portée de main, dans le petit casier sous la table, dans un sac fermé à l'abri de l'humidité. J'en ai combien de boîtes en tout ? Et d'antibiotiques ? Faisons le point sur les médicaments aussi : deux boîtes d'anti-inflammatoires, deux d'anxiolytiques, d'antihistaminiques, d'adrénaline et de mélatonine… tous des cadeaux de Victoria. Comme elle le répète souvent : « Je suis maman et ça se voit ». Il faut ajouter à cela les pastilles naturelles que m'a données Casandra : échinacée pour les défenses immunitaires, griffe-de-chat pour purifier le sang, perles d'airelle contre les infections urinaires, potassium contre les crampes, vitamine C pour l'énergie… Mais rien de tout cela ne m'aidera si la mer se déchaîne. C'est comme ça.

Je suis seule pendant huit jours.

Seule en pleine mer.

Il le fallait. Il faut découvrir qui nous sommes sans les autres. Notre essence. Sans attendre de se retrouver vraiment seul. Voilà ce que je me répète comme un mantra. Évidemment, c'est encore une phrase d'Olivia.

Et maintenant, tu sais ce que je me dis ? Je me dis : « Si seulement j'avais découvert qui j'étais quand nous étions ensemble ».

Et toi ? Qui étais-tu ?

Peut-être que celle que j'étais vraiment et celui que tu étais vraiment ne seraient jamais restés ensemble.

J'ai huit jours pour le découvrir.

Et tout ça pourquoi ? Parce que je veux savoir qui je suis vraiment avant de mourir, bon sang – que je crève durant cette traversée ou à cent ans dans une maison de retraite. Afin de pouvoir déclarer : « Marina, j'ai été ravie de te connaître ». Ça aussi, c'est Olivia qui me l'a dit, le soir où nous observions une chenille qui se métamorphosait en papillon, je crois.

Et maintenant je sais. Je sais que je touche à la fin d'un processus qui a commencé il y a trois mois, loin de la mer et de la femme que je suis aujourd'hui, celle qui se lance dans une expédition au péril de sa vie. Ou du moins une expédition qui en déterminera la suite.

Maintenant que je l'écris, tout me semble concret pour la première fois.

Je suis vraiment en train de faire ça ?

Ça doit faire deux heures que j'ai quitté le port et la houle est toujours faible.

Mais tout passe. Tu le savais mieux que moi : la mer ne reste jamais en place. Elle est toujours en mouvement, comme la vie. Et il faut s'adapter en permanence. Être toujours en alerte. Toujours sur le qui-vive.

Olivia l'avait dit en citant je ne sais plus qui, le jour où j'ai expliqué à ces femmes que je venais de trouver le défi que je devais relever.

Le pessimiste se plaint du vent.

L'optimiste espère qu'il tournera.

Et le réaliste ajuste ses voiles.

C'est donc ce que je vais faire. Ajuster mes voiles.

Car c'est ce qui fera la différence. Continuer à vivre ou se noyer.

Un chat dans un appartement vide

Mourir. Il ne faut pas faire cela à un chat.
Que peut-il faire dans un appartement vide ?
Grimper aux murs ?
Se frotter contre les meubles ?

Je me souviens que j'adorais ce poème de Wisława Szymborska quand j'étais à la fac. À l'époque, personne ne la connaissait et à vrai dire, même après son prix Nobel de littérature, personne n'a été capable de prononcer son nom correctement sans s'étouffer. À l'époque, tu n'avais pas encore de chat et notre appartement n'était pas vide. Il a fallu attendre le matin où je suis allée fermer définitivement notre maison pour que ce poème me revienne en mémoire.

Je suis entrée sur la pointe des pieds comme pour ne pas réveiller la douleur avec le bruit de mes talons ou risquer de te réveiller, toi, de ta sieste. J'ai entendu le cliquetis de ses petites pattes contre le parquet et, quelques secondes plus tard, j'ai aperçu son gros corps fatigué au bout du couloir dans la lumière orangée du soleil qui brûlait à travers les persiennes. Il s'est assis et a bâillé. Le voir s'adonner à tous ses rituels de chat m'a fait sourire.

Apparemment, rien n'a changé
Et pourtant rien n'est pareil.
Rien n'a été déplacé
Et pourtant rien n'est en place.
Et le soir, pas de lampe allumée.

– Bonjour Capitán, ai-je dit en m'accroupissant, viens là, mon gros.

Il m'a observé avec son indolence féline, a étiré son dos blanc et noir avant de se laisser tomber sur le côté de façon pataude. Il n'a pas foncé vers moi, il n'a pas miaulé pour m'accueillir non plus. Je n'attendais rien de toute façon. Il s'est contenté de me fixer à travers le loup noir qui entoure ses yeux translucides, me signifiant clairement qu'il avait toujours été ton chat à toi et que, moi, j'étais ta conjointe qu'il tolérait tant qu'elle s'assurait qu'il y avait de la nourriture pour chat castré, dans un recoin de la cuisine.

Je me suis relevée et ma tête s'est mise à tourner. Je suis allée fermer la porte d'entrée et j'ai eu l'impression de me retrouver dans un sauna. J'ai rejoint Capitán dans le salon. Il était là, affalé, à l'endroit où, avant, se trouvait le tapis, entouré des fantômes des tableaux qui n'existaient plus désormais que par les traces de poussière noire qu'ils avaient laissées sur les murs. À la place du fauteuil où tu avais l'habitude de lire se trouvait une pelote de prises électriques rattachées à rien. Les étagères étaient vides. Les ampoules pendaient du plafond et une odeur putride d'urine rendait l'air un peu plus irrespirable encore. La seule chose toujours à sa place, c'était le panier de Capitán, devant le radiateur éteint.

Quelque chose ne commence pas
À l'heure habituelle,
Quelque chose ne se passe pas
Comme cela devrait.

Quelqu'un était là depuis toujours
Et soudain n'est plus
S'obstinant à rester disparu.

Il m'a regardée avec lassitude puis s'est levé pour s'étirer encore une fois. Il a fait semblant de faire ses griffes sur le tapis disparu. Je l'ai un peu grondé pour jouer le jeu, ce qui l'a fait trotter de façon espiègle à travers le salon pendant quelques secondes. Puis je me suis approchée pour caresser l'arrière de ses oreilles douces et velues. Il s'est frotté contre mes jambes. La vérité, c'est que nous nous sommes toujours plutôt bien entendus. Même si je n'ai pas toujours eu droit à un tel accueil.

– Ils viendront bientôt te chercher, ai-je murmuré en soulevant dans mes bras ses six kilos moelleux de poils et de graisse.

Il a ronronné dans le creux de mon cou. Je me suis dit que j'aurais sans doute dû réfléchir un peu plus avant d'accepter de le donner à ma belle-mère. « J'aimerais vraiment le garder, m'avait-elle suppliée, c'était un peu comme son fils. » Et elle a bien dit « ton fils » à toi, pas « notre fils » à nous. Son ton était suffisamment tragique pour que j'accepte. Mais j'étais désormais incapable de me séparer de ce petit corps, parce que c'était la seule chose encore vivante de ma vie précédente.

Quand je me suis enfin résignée à le lâcher, il est retombé sur ces pattes, selon l'expression consacrée, puis m'a suivi d'un pas léger jusqu'à la cuisine comme il le faisait toujours. J'ai vérifié qu'il lui restait suffisamment de nourriture. J'ai ouvert le robinet. J'ai dû laisser l'eau couler pendant un long moment avant qu'elle devienne un peu fraîche. J'ai rincé sa gamelle et l'ai remplie. Je l'ai posée par terre, il m'a regardée puis y a plongé son museau de velours blanc et a bu avec sa petite langue à toute vitesse. Ce geste du quotidien, que nous avions fait ensemble tant de matins, a fini de me briser.

– « Mais qu'il rentre donc… » lui ai-je dit en récitant tant bien que mal à voix haute les derniers vers de ce poème que je détestais soudain, «… qu'il se montre… Et on lui apprendra qu'on ne traite pas ainsi un chat. »

Nous sommes restés là tous les deux, un bon moment, à nous observer sans rien comprendre. Il m'a regardée pleurer, capacité humaine qui devait lui sembler étrange.

Independence Day

INDÉPENDANCE.

Ce mot s'affichait en majuscules sur l'écran de mon portable quand je me suis réveillée en sueur, affalée dans un fauteuil que j'avais encore du mal à reconnaître.

« Avoir un travail te donnera de l'INDÉPENDANCE. »

C'était la réponse de Lorena à mon texto de la veille où je lui annonçais, sans donner de détails, que j'avais trouvé un emploi. Lorena est la seule amie que j'ai gardée après la mort d'Óscar – ou plus exactement, la seule qui n'était pas une amie commune. Le genre de personnes à employer des majuscules pour être sûre de bien faire passer son message.

INDÉPENDANCE. Que signifiait ce mot ? Qui est-on « indépendamment » des autres ? me suis-je demandé, dans le reflet de la fenêtre, en me brossant les dents.

Qui suis-je indépendamment… ? me suis-je répété en prenant une douche froide sous l'œil réprobateur de mes poils pubiens (ce n'était pas moi qui achetais les rasoirs jusqu'ici).

Combien de mots du dictionnaire n'avais-je encore jamais employés de ma vie ?

Ce matin-là, alors que j'arrosais les violettes, une tartine de pain grillé dans la bouche, convaincue que j'allais les noyer – elles et leur locataire agaçant –, que je touillais avec une fourchette un café soluble au lait, que je réalisais que je n'avais toujours pas étrenné mon lit et que je continuais à dormir sur le fauteuil, que j'intégrais l'idée que j'allais commencer, à quarante ans, un nouveau travail, aussi précaire que tous ceux que j'avais eus auparavant, j'ai soudain eu peur d'être incapable de distinguer des concepts pourtant bien distincts.

Quelle différence y avait-il par exemple entre l'indépendance et la liberté ?

Et entre la liberté et la solitude ?

Je n'arrivais plus à savoir clairement ce que signifiaient les mots.

L'image que me renvoyait le miroir de l'ascenseur devant lequel j'avais pris l'habitude de me coiffer était celle d'une femme… indépendante ? libre ? seule ?

J'ai laissé derrière moi ces questions sans réponses et me suis dirigée vers Le Jardin de l'ange. Il était neuf heures du matin et je n'avais aucune idée de l'heure à laquelle j'étais censée commencer ma journée de travail.

Pourquoi étais-je aussi stressée ? Parce que je ne connaissais rien aux fleurs. Parce que j'avais toujours été empotée avec les gens. Parce que le mot « public » me donnait des palpitations. Parce que ces dernières années, j'avais enchaîné les petits boulots de façon irrégulière. Jusqu'à cesser d'en chercher un. À vrai dire, j'ai décidé très tôt que mes études d'archéologie ne me serviraient à rien. Faire carrière dans cette branche impliquait de beaucoup voyager. Mais ton travail à toi était à Madrid. Il était plus raisonnable de miser sur celui de nous qui avait la meilleure situation, qui gagnait le mieux sa vie, avait l'emploi le plus stable.

STABILITÉ : un autre mot grandiloquent qui sonnait creux tout à coup. J'avais choisi la mauvaise filière, un point c'est tout. Pourtant, tu as toujours essayé de me convaincre du contraire. Tu m'inscrivais aux événements du musée, à des conférences, des ateliers… Je suppose que c'était une façon de soulager ta culpabilité parce que je faisais passer ta carrière en priorité, avant la mienne.

PRIORITÉ. Bon, stop avec les mots que je ne comprends pas.

Un acte de foi. Voilà à quoi je pensais en remontant la rue. Comme dans *Indiana Jones et la dernière croisade*. « Aie la foi », dit Sean Connery à Harrison Ford juste avant de se lancer dans le vide. J'étais dans la même situation. J'avais la certitude qu'il n'y avait que l'abîme devant moi et que je devais avancer en priant qu'un pont apparaisse sous mes pieds et me permette de rejoindre l'autre côté.

De l'autre côté de la rue, justement, se trouvait le magasin de fleurs. La grille était ouverte.

À l'intérieur de la serre, assise sur un banc, droite comme une orchidée, ma nouvelle patronne s'occupait de deux clients qu'une vingtaine d'années séparaient. Elle portait un chapeau de paille rose, des petites lunettes des années 1970 assorties et une robe en lin blanc.

Dehors, une fillette blonde courait dans tous les sens, sous le regard passif de ses parents.

– Comment faut-il que je te le dise, maman ? s'est écriée la plus jeune des clientes. Je le fais pour lui. Je ne vais prendre qu'un bouquet, le même que celui qu'il m'a offert le jour de sa demande. C'est un symbole. Peu importe que ce soit à la mairie.

Elle était squelettique, portait un short en jean, une chemise blanche et un sac de créateur sur l'avant-bras, et défilait dans la pièce avec le même air blasé que si elle avait été sur un podium.

– Avez-vous déjà entendu pareille idiotie ? a répondu la mère en levant les yeux au ciel à l'intention d'Olivia.

C'était la copie conforme de sa fille, le poids des années, des grossesses et des opérations de chirurgie esthétique en plus. Elle arborait le même sac accroché à l'avant-bras, mais en beaucoup plus grand.

La fleuriste les écoutait en souriant, tout en taillant un bonsaï avec une minutie chirurgicale.

– Vous, qu'en pensez-vous ? a demandé la mère.

Olivia l'a regardée, de ses petits yeux bleus, par-dessus ses lunettes.

– Je pense qu'un bouquet de camélias n'a jamais fait de mal à personne, si tant est qu'on n'y soit pas allergique. (Elle a remonté ses lunettes.) De plus, cette fleur signifie « je t'aimerai pour toujours ». Pas mal pour un début de relation.

La fille a réprimé un sourire. La mère a croisé les bras.

– Elle se marie à la mairie, ce n'est que pour les papiers, a-t-elle dit avant de se retourner vers sa fille – probablement unique. Je trouve donc un peu ridicule de se donner des grands airs en arrivant avec un bouquet, c'est tout.

– Ridicule ? Vraiment ? a rétorqué la fille.

– Par pitié, épargnons-nous tout romantisme… a murmuré ironiquement Olivia.

C'est à ce moment qu'elle m'a vue. Elle m'a saluée d'un geste de la main et j'ai fourré les miennes dans mes poches. J'ai eu un peu honte en m'apercevant que j'étais habillée comme la veille.

– Bonjour, chérie… Comment tu t'appelles déjà ?

– Marina, ai-je répondu depuis le seuil de la porte.

– Bien, Marina. Tu peux m'aider ? a-t-elle demandé en me montrant le bonsaï et en me faisant signe de m'asseoir à côté d'elle.

Elle m'a glissé le sécateur dans la main. Je l'ai regardée, paniquée.

– Tu coupes précisément où je te dis, c'est le bonsaï de lady Macbeth. (Elle s'est tournée vers une autre cliente qui arrivait.) Bonjour, cela faisait longtemps !

Le bonsaï de qui ? me suis-je demandé, avant de regarder la femme qui venait d'entrer. Elle avait environ mon âge, une épaisse chevelure châtain rassemblée en queue-de-cheval, une grande bouche parfaitement maquillée, un sourire suffisant, des yeux si charbonneux qu'on les voyait à vingt mètres et un grand corps osseux. Vêtue d'un tailleur gris perle impeccable, un grand sac élégant plein à craquer dans une main et un immense bouquet de roses dans l'autre, elle dévisageait ouvertement les deux clientes.

– Bonjour, a-t-elle répondu sèchement.

Pour une raison quelconque, Olivia semblait ravie de la voir.

– Je suppose qu'elles sont pour… laissez-moi deviner… Casandra ? a-t-elle dit en haussant un de ses fins sourcils.

– Oui, a répondu la femme d'affaires en posant le bouquet sur le comptoir. À la même adresse que d'habitude.

D'un grand geste sans me regarder, Olivia m'a désigné l'endroit où emballer le bouquet. J'ai attrapé les ciseaux. Ayant entouré les tiges de bolduc, j'ai fermé les yeux pour serrer, comme si c'était moi qui allais avoir mal.

– Adresse de livraison ? a demandé Olivia en élevant un peu le ton de sa voix suave.

– La même que d'habitude, comme je viens de vous le dire, a répondu la cliente d'une voix étouffée, tout en s'éventant de sa main.

Olivia a souri et récité en écrivant :

– Ministère des Affaires étrangères, place…

– À celle-là, oui, s'est impatientée la femme.

De leur côté, la mère et la fille se regardaient en chiens de faïence, prêtes à en découdre.

– Il faut que tu l'aimes pour que ce soit un symbole, a dit la mère avant de sortir un spray de son sac, de se le fourrer dans le nez et se moucher bruyamment.

– Un symbole de quoi, maman ?

– Ça ne te paraît pas un peu inapproprié ? Bruno ne sait pas à quel genre de femme il a affaire. Tu n'es plus une gamine, et devant tes employés…

– Quoi ?

– Eh bien tu n'es pas de celles qu'on peut séduire avec un simple bouquet de fleurs. Et ensuite ? Demain, il va te déclarer sa flamme dans une émission de téléréalité ? a-t-elle ajouté, crispée.

La fille s'est mise à ronger sauvagement l'ongle de son annulaire.

La femme au bouquet de roses regardait dans le vide quand soudain, quelque chose dehors a attiré son attention. Elle a aussitôt défait sa queue-de-cheval.

– Et qu'est-ce qu'on inscrit sur la carte aujourd'hui ? « Pour Casandra » ? a demandé Olivia avec une ironie qui m'échappait. « Affectueusement », « Félicitations », un simple « À toi pour toujours », ou quelque chose de plus piquant comme : « J'ai adoré te dévorer tout entière » ?

La femme d'affaires a serré les dents. Olivia s'est emparée d'une rose du bouquet.

– Jamais treize. Une douzaine, c'est mieux… elle a porté la fleur à son nez fin, en me regardant d'un air complice. C'est toute une déclaration d'intentions. Je ne sais pas si tu le sais, Marina, mais il n'y a rien de plus délicat qu'offrir un bouquet de roses rouges. Cette fleur est la cousine de l'étoile à cinq branches, du pentacle de Vénus, de la rose des vents ! Et c'est une anagramme d'Éros, le dieu grec de l'amour charnel. Si on t'en offre une, c'est un message de passion sans équivoque.

Elle a ajouté un petit morceau de lin couleur sable autour du bouquet, qu'elle a fixé avec une cordelette, puis a écarquillé ses grands yeux turquoise.

– La rose rouge est le symbole des amours secrètes car c'est une des rares fleurs qui se referment sur leur propre cœur. Quand elle ouvre sa corolle, c'est qu'elle est sur le point de mourir. Il n'y a rien de plus mystérieux et symbolique qu'une rose rouge, tu comprends ?

On avait l'impression que le monde s'était mis sur pause. Les clientes observaient le bouquet. Et nous, nous observions les clientes. Et les roses, elles, se contentaient d'être mystérieuses.

La femme d'affaires a fini par sortir son portefeuille, qui s'est déplié comme un présentoir de cartes de crédit. Elle en a dégainé une qu'elle m'a tendue, presque suppliante, résistant de toutes ses forces à l'envie de regarder dehors.

– Mettez ce que vous voulez, mais encaissez-moi s'il vous plaît, je suis pressée.

C'est à cet instant que, distraite par la tirade d'Olivia, j'ai coupé une branche du bonsaï que je n'aurais pas dû.

La fleuriste l'a ramassée sur le comptoir et brandie sous mon nez.

– Ce n'est pas grave, Marina. Après tout, ce n'est qu'un petit olivier millénaire. Il ne faudra que dix ans pour que cette branche repousse. Je vais devoir appeler le théâtre…

Le théâtre ? Millénaire ? J'ai regardé la branche, horrifiée, comme si je venais d'amputer un membre humain par erreur. La femme d'affaires a regardé discrètement la petite fille qui courait entre les plantes, poursuivie par ses parents. Ses grands yeux couleur sable sont soudain devenus humides. Elle a posé son énorme sac par terre, a retiré sa veste, l'a jetée sur son épaule, a attrapé une carte de visite sur le comptoir et l'a utilisée comme éventail. Puis elle s'est tournée vers la future mariée.

– Simple curiosité : cette chose impardonnable qu'a faite ce jeune homme, c'est de vous avoir offert un bouquet de fleurs ?

La jeune fille a acquiescé et la mère a pris la parole tout en continuant de s'éventer énergiquement.

– Oui, et vous comprendrez que je n'ai pas élevé ma fille pour qu'elle se laisse embobiner comme une secrétaire sans éducation. Nous avons déjà été assez idiotes comme ça. (Elle s'est mouchée de nouveau.) Comme moi avec ton père.

– Nous y voilà, a répondu la fille en pointant son index vers elle.

– Et si tu veux tout savoir… a continué la mère tandis que la fille tentait de l'ignorer. Je ne comprends même pas pourquoi tu te maries.

– Nous touchons enfin au cœur du problème. Eh bien je suppose que je me marie parce qu'il me l'a demandé, maman.

– Et s'il te demande de te jeter d'un pont, tu le fais aussi ?

– Mon Dieu ! Vous êtes vraiment la reine des analogies ! a ri Olivia.

– Tu as signé un contrat de séparation de biens, j'espère. Se marier ! As-tu la moindre idée de la quantité absurde de paperasse à remplir quand on divorce ? Regarde ton père et moi.

La femme en tailleur a signé mécaniquement son reçu, rangé son portefeuille, fait tomber sa veste par terre, l'a ramassée nerveusement, secouée avec une certaine délicatesse avant de prendre son sac et de se tourner vers la jeune fille avec un sourire carnassier.

– Écoutez, je ne vous connais pas mais je vous conseille de vous poser deux questions. Un : pensez-vous que cela vaille la peine de discuter une décision qui, au fond, n'appartient qu'à vous ? Deux : croyez-vous que si votre mère était aussi raffinée qu'elle semble le prétendre elle aurait épousé votre père ?

Elle a rajusté son col d'un geste sûr avant de quitter la serre d'un pas décidé, laissant derrière elle un sillage de parfum vanillé et quatre paires d'yeux écarquillés. En traversant le jardin, elle a soigneusement évité les parents de la petite fille qui poussait maintenant la balançoire. L'homme lui a jeté un regard furtif et étrange. Elle le lui a rendu, les yeux à la fois tristes et en colère. L'épouse, tout occupée à essayer de contrôler sa petite, s'est finalement plantée au milieu du jardin, comme si elle cherchait à imiter l'olivier, et a regardé la femme d'affaires disparaître dans la rue.

Olivia m'a pris le sécateur des mains.

– Ha !… a-t-elle soupiré. Pourquoi ne pouvons-nous pas nous aussi élaguer les branches qui nous pèsent ?

Nous apprendrions un peu plus tard que cette femme qui nous était encore inconnue s'appelait Casandra et qu'elle était sortie du Jardin de l'ange ce matin-là la boule au ventre.

Parce que c'est là que l'on enfouit les émotions.

Parce que seuls ceux qui ont eu le cœur brisé savent combien cela fait mal.

Fidèle à son image de *superwoman*, à sa peau dure, à ses yeux incapables de verser des larmes, à son sourire imperturbable et son discours rationnel, Casandra a ensuite rejoint le ministère des Affaires étrangères, a salué le responsable de la sécurité à l'entrée, posé mécaniquement son sac Chanel sur le tapis roulant avant de passer sous le portique qui n'a pas su détecter en elle la bombe qui était pourtant sur le point d'exploser. En récupérant son sac, elle a remarqué qu'il n'arrêtait pas de vibrer. Une vibration pour chaque texto que lui envoyait l'homme resté dans la boutique de fleurs – tandis que sa petite fille hyperactive s'agitait à côté de lui et que sa femme lui demandait s'il préférait planter des chrysanthèmes ou des tulipes cette année. Casandra est montée jusqu'à son bureau en essuyant la sueur de ses tempes du revers de la main. Elle a retiré sa veste. A salué ses assistants et ses collègues. Monzón et Bermejo se sont retournés pour mater son cul. Paula a rattrapé sa veste sur le point de tomber avant de lui offrir un café glacé et de lui tendre un dossier avec tous les détails de la conférence de Bruxelles à laquelle elle devrait, apparemment, se rendre deux jours plus tôt que prévu.

Casandra a refermé la porte plus délicatement que d'habitude. Elle s'est assise derrière son bureau parfaitement rangé, sur lequel ne trônaient qu'une clé USB argentée tout droit sortie d'un *James Bond*, un pot rempli de chewing-gums à la fraise acidulés et un exemplaire en anglais d'*Écrit sur le corps*, de Jeanette Winterson, caché derrière une chemise en carton marquée « CONFIDENTIEL ». Aucune photo de famille.

Elle a alors sorti son téléphone et lu les messages.

Un par un et plusieurs fois. Comme si elle voulait les apprendre par cœur. Sans respirer. Comme on avale d'un trait un médicament pour ne pas en sentir l'amertume. Jusqu'à ce que Paula l'appelle pour lui dire qu'un coursier était en bas.

Un énorme bouquet de roses rouges – une livraison du Jardin de l'ange – a donc traversé le même portique de sécurité, les mêmes couloirs, croisé les mêmes regards de collègues qu'elle quelques minutes auparavant, jusqu'à atterrir sur le bureau de sa secrétaire. Des fleurs pour Casandra Vélez. Celle qu'on accusait de ne vivre que pour son travail, de ne pas avoir de vie en dehors du bureau, de ne pas avoir de cœur, du moins pas un que quelqu'un aurait tenté de conquérir.

À la boutique – où tant de choses s'étaient produites sans que je m'en aperçoive –, j'étais désormais seule face à ma nouvelle patronne et à mon nouvel emploi.

– Je suis désolée d'être arrivée en retard, me suis-je excusée. Je n'étais pas sûre de l'heure à…

– Ne t'inquiète pas, m'a interrompue Olivia en tirant un panier en osier de sous le comptoir. À vrai dire, j'attendais que tu arrives pour sortir faire une course avec toi. Nous allons apporter ce bouquet de lys à une amie, a-t-elle dit en choisissant quelques fleurs en bouton. Nous partirons dès qu'ils auront neutralisé cette horrible enfant.

La petite en question tentait de se libérer de la main forte de son père. L'autre main, en revanche, dont le pouce envoyait des messages, était faible. Très faible.

– Et je suis désolée pour le bonsaï, ai-je ajouté en tirant sur mes vêtements.

Olivia s'est levée, a rajusté sa capeline rose et attrapé les clés du magasin.

– C'est à lady Macbeth qu'il faut demander pardon, pas à moi, m'a-t-elle répondu en mettant les mains sur ses hanches. Est-ce que tu t'excuses toujours toutes les deux phrases ?

Avant de sortir, elle a accroché sur la porte un petit panneau en bois. Je me suis approchée. C'était une sorte de dictionnaire des fleurs. Chaque espèce, peinte à l'huile, était suivie d'une explication. J'ai instinctivement cherché les violettes et j'ai lu : « Modestie, pudeur et préoccupation ».

Olivia m'a fait signe de sortir puis a fermé la porte de la serre à double tour.

– Tu as l'air fatigué, a-t-elle remarqué d'un ton amusé. Notre grillon t'aurait-il empêchée de dormir ?

La vérité, c'est que je ne savais plus quel effet cela faisait de se sentir reposée. Mon fauteuil me laissait le corps endolori. Étrangement, trois mois plus tard, juste avant d'embarquer, je laisserais la phrase suivante sur un panneau en bois du Jardin de l'ange : « Se reposer ne veut pas dire dormir, mais se réveiller ».

Qui aurait cru que je me réveillerais bercée par les bras violents de la mer ?

Jour 2

La jeune fille et la mer

Enfant, j'ai lu *Le Vieil Homme et la mer*, et je viens de tomber dessus dans la cabine. Au milieu de tous tes livres. Je te promets que je n'étais pas en train de fouiller. Je regardais juste tes livres. *L'Odyssée*, *Océan mer* de Baricco, *Moby Dick*, *L'Île au trésor*, *Loup des mers* de Jack London, *Le Corsaire noir* de Salgari, *Typhon* de Conrad, *Long John Silve*r de Björn Larsson et, bien évidemment, *Le Vieil Homme et la mer*, ton préféré. Tu me disais toujours que si le vieux n'avait pas parlé tout seul, il aurait lâché le poisson ou serait devenu fou. « Un marin doit savoir parler seul, Mari. » Je t'ai entendu dire ça autant de fois que je t'ai entendu pester dans ta barbe contre ce salaud de Neptune, en me mordant les lèvres pour ne pas rire. Mais le vieux, lui, luttait contre les éléments tandis que moi, je lutte contre moi-même et ma peur de survivre à ce changement. J'ai peur que parler toute seule ne me précipite vers ma propre destruction. Mais si tu dis que ça peut m'aider à tenir…

J'ai laissé à tribord la baie de Mazarrón et la Punta del Cerro.

Déjà vingt milles parcourus et pas une seule mouette.

Déjà vingt milles parcourus et pas un poisson, pas même une petite méduse visqueuse.

Qu'est-ce que je ressens ? De la solitude ? De la liberté ? De l'indépendance ?

La mer s'est transformée en gélatine bleue, sans vie. Le Peter Pan la fend désormais en deux, comme un frisson. Le vent se lève.

– Tire un bord, Mari. (Ça, je l'ai dit à haute voix.) Il faut que tu tires un bord et la voile ne sera plus un problème.

J'ai dit ça sur le même ton acerbe que tu prenais quand tu me donnais des ordres à bord.

C'est vrai, tiens, je ne te l'ai pas dit. J'ai réussi à sortir la voile.

La grande. Elle n'arrête pas de claquer, mais je l'ai sortie, même si je n'ai pas éteint le moteur. C'est déjà ça. La vue de cette gigantesque violette secouée par le vent m'angoisse plus qu'elle ne me rassure. On dirait qu'elle est sur le point de perdre ses pétales.

Sans compter qu'il n'y a pas un bateau, pas un poisson, ni même une pauvre mouette alentour.

Outre parler toute seule, je crois que la seule chose que je puisse faire pour lutter contre ma solitude, c'est de me souvenir de la terre ferme et de combien mes premiers jours avec Olivia ont été étranges, notamment ma rencontre avec Casandra…

D'une certaine façon, nous étions les deux bouts d'un même fil. Casandra et moi, je veux dire. C'est peut-être pour ça que nous nous sommes toute de suite plu : l'indépendante acharnée contre la dépendante pathologique.

Je pense à elle dès que je dois prendre une décision à bord. Et c'est le cas aujourd'hui, parce que le vent se lève : naviguer avec la grand-voile pour stabiliser le bateau. La ranger quand elle ne sert à rien pour ne pas me ralentir. Fermer les écoutilles quand le vent monte au-dessus de quinze nœuds. À partir de vingt nœuds, les vagues viendront s'écraser en trombe sur le pont. Au-delà de trente, le mât risquera de se casser et le canot de sauvetage de s'envoler. Dois-je ranger le canot ? Pourquoi le vent monterait-il à trente nœuds ? Même si le vent tombe, la mer continuera à monter à mesure que j'avance. Il ne me reste qu'à attendre et à faire des choix.

Je suis criblée de coups de soleil. Le visage, les bras, le dos. Ça me brûle de partout. Impossible de se protéger avec un soleil pareil. Et si je sors les voiles, je ne peux pas sortir l'auvent. Ça ne ferait que me freiner un peu plus. Je me suis donc tartinée d'après-soleil et me suis enroulée dans des paréos comme un Bédouin. Ça a été ma première décision : sortir les voiles maintenant pour aller plus vite et risquer de mourir d'un mélanome dans dix ans. *Carpe diem.* Casandra dit que les décisions les plus importantes d'une vie se prennent toujours seule. C'est pour ça que son père lui a appris à ne jamais dépendre d'un homme. Mais moi, j'ai grandi dans un milieu plus traditionnel : on m'a envoyée chez les nonnes, alors qu'il y avait des écoles mixtes dans le quartier, et on m'a clairement fait comprendre une chose : le capitaine, c'est toujours l'homme. Mais mes parents étaient quand même modernes sous certains aspects : ils ont voulu que je fasse des études pour apprendre un métier et rapporter un deuxième salaire à la maison. C'est-à-dire que je sois capable de prendre les commandes du navire, « au cas où ». Mais seulement au cas où. S'il fallait sacrifier son temps ou sa carrière pour suivre l'autre, alors je devais le faire. Surtout quand nous aurions des enfants, afin d'être disponible pour m'en occuper.

Mais que se passe-t-il quand il n'y a pas d'enfants et que l'autre s'en va, en emportant sa vie, et la tienne avec ? Cette option-là, personne ne m'en avait parlé.

C'est vrai : je n'ai jamais voulu choisir la direction de ma vie parce que j'ai toujours été indécise de nature. J'ai été programmée pour avoir peur.

Et puisqu'on parle de décision, je ne sais pas si je dois sortir le canot de sauvetage et le gonfler ou le laisser rangé dans son coffre. C'est toujours ennuyeux d'avoir un canot qui traîne devant la proue. Mais si jamais j'en ai besoin en urgence ?

La peur…

Est-ce elle qui m'a poussée à chercher un capitaine dès mon plus jeune âge ? Toi. Tu le savais mieux que quiconque. Que ma réaction face à la vie était de ne jamais m'investir complètement dans un travail, de ne jamais voyager à l'étranger, de ne jamais opérer aucun changement significatif, de peur que cela tourne mal. Et regarde-moi aujourd'hui, en train de me lancer en mer dans un voyage-suicide, à quarante ans. Je me rends compte maintenant que rien – ni personne – ne m'a jamais obligée à prendre mes propres décisions. Pas même la vie. Jusqu'au jour où je suis entrée dans cette fameuse serre.

Mais je sais désormais que ne pas prendre de décisions, c'est en fait en prendre une, et très importante même.

C'est choisir de se greffer à la vie des autres.

C'est un investissement risqué. C'est mettre tous ses œufs dans le même panier.

Qui est le responsable ? Ai-je le droit de me plaindre ? De te reprocher à toi d'avoir, moi, décidé de faire passer ta vie avant la mienne ? T'en vouloir d'avoir disparu en l'emportant et en me laissant sans rien ? C'est normal que tu l'aies emportée. C'était la tienne. Ta vie.

Plusieurs heures ont passé, et le vent est complètement retombé. Mais, comme je l'avais prévu, pas la mer. Selon les calculs de Victoria, Águilas n'est qu'à quatre milles au sud, je ne dois donc plus être très loin. La grand-voile du Peter Pan claque violemment au vent comme pour se plaindre, comme si elle voulait se défaire de l'immense violette peinte sur elle.

Je me suis décidée à gonfler ce foutu canot. Sauf que maintenant je ne sais pas comment accrocher le petit moteur qui va avec. J'ai passé un bon moment la tête dans la malle pour tout sortir et j'ai de nouveau mal au cœur. Je crois que je vais vomir. Si tu étais là, tu me dirais qu'il faut toujours vomir avec le vent en poupe. Je monte sur une vague et en retombant, je cours vers la poupe et vomis mes tripes. Je suis pliée en deux de douleur. J'ai probablement vomi le médicament que j'ai pris tout à l'heure. J'avale donc une autre pilule et m'effondre. Je connais bien ces sueurs froides. Il faudrait que le sol se stabilise sous mes pieds, mais ça n'arrivera pas. Je vais fermer les yeux une seconde.

Je n'ai pas totalement retrouvé mon équilibre mais j'ai enfin réussi à me redresser. Il me reste soixante-quinze litres de carburant pour la semaine. Chaque heure d'utilisation du moteur m'en a coûté un demi-litre. À ce rythme, je serai à sec avant d'atteindre ma destination finale. Je devrais économiser mais je n'ose pas couper le moteur : il me rassure. Il m'aide à garder le cap et à ne pas être à la merci du vent.

– Il est temps de ranger la voile, dis-je à voix haute pour moi et pour le vent. Qu'est-ce qu'on peut y faire ? J'ai essayé. Si tu ne veux pas souffler, tu ne veux pas souffler !

La mer commence à se confondre avec le ciel. J'aperçois à tribord le mouillage de l'île de Los Terreros, un endroit idéal pour passer la nuit. Je ne sais pas si je serai capable d'y jeter l'ancre. J'ai peur que pendant mon sommeil le bateau ne dérive. Et de me réveiller sur un autre continent.

Je devrais peut-être pousser jusqu'à Vera ou Villaricos. Mais je suis sûre que les deux petits ports sont déjà pleins, et la fatigue commence à avoir raison de moi. Il vaut mieux que je dorme. Je continuerai demain vers Garrucha.

À bâbord, l'eau et le ciel se confondent désormais complètement. Si tu étais là, tu me dirais : « Ma belle, profite de la mer et avance. Cette nuit, la pleine lune va briller jusqu'à quatre heures du matin. Sors les voiles et laisse l'eau te bercer, tu ne sais pas ce qui t'attend après. »

Je crois que j'ai souri – je l'ai compris quand mon sourire s'est transformé en grimace.

C'est que je me suis soudain souvenue de la dernière chose que tu m'as dite. Un vote de confiance à ta façon : « Mari, promets-moi une chose, une seule. Le reste n'a aucune importance. Promets-moi que tu ne te laisseras pas mourir. » Tu parles d'une preuve d'estime.

Tu pensais que si tu disparaissais, j'allais m'immoler le jour de ton putain d'enterrement pour partir avec toi ? C'est ça ?

J'ai tout à coup eu l'envie pressante de me lever. J'ai tourné à fond le winch dans le sens inverse des aiguilles d'une montre, je me suis campée sur mes talons puis, comme si tu me donnais des ordres depuis l'Olympe d'où tu pensais venir, j'ai tiré et tiré jusqu'à ce que la voile soit complètement enroulée et que je retrouve mon cap. Je n'avais jamais effectué cette manœuvre dans une telle urgence, sans même réfléchir et, surtout, sans toi à mes côtés.

Et je me suis soudain sentie terriblement seule. Plus que jamais.

Seule, libre ou indépendante ?

Peut-être les trois à la fois. Oui.

J'aurais aimé qu'Olivia me voie. Elle est convaincue depuis le début que je suis capable de faire ce voyage. Eh bien, j'ai au moins réussi à me lancer. Même si cela me semble chaque fois un peu plus fou et que je suis chaque fois un peu plus sûre que je n'arriverai pas au bout. Je n'atteindrai jamais le détroit.

J'observe la mer. Cette mer qui m'entoure de toute part, cette mer pleine d'imprévus. Je suis partie depuis trois jours et je suis à bout de forces. Je n'arrive pas à dormir. Je n'arrive pas à récupérer.

Quand j'ai allumé mon portable, j'avais plusieurs messages d'encouragement des filles : Victoria me demandait ma position ; Gala voulait savoir comment je survivais dans cette roulotte de fortune, comme elle l'appelait, sans sèche-cheveux ; Aurora m'a laissé un message vocal entrecoupé de sanglots ; et Casandra m'a rappelé la promesse que nous nous étions faite quand nous nous sommes rencontrées.

Mais rien de la part d'Olivia.

Quel message se cache derrière son silence ? Le même que celui que cachent son jardin et ses arbres ?

Une autre de ses phrases préférées : « Savoir quand se taire est aussi important que savoir quand parler. »

J'ai immortalisé ce paysage de pleine mer avec mon portable et leur ai immédiatement envoyé la photo. À l'est, une lune ronde et blanche et une mer rose bleuté. À l'ouest, un soleil qui disparaît, doré et liquide, comme l'œil immense d'un félin. Et là encore, pas un oiseau, pas un poisson, rien qui flotte au-dessus de l'eau. C'est presque mieux ainsi, me suis-je dit – à voix haute ou non, je ne sais pas –, c'est presque mieux ainsi, parce que j'ai fait un rêve horrible. Un rêve qui m'a rappelé les délires apocalyptiques dans lesquels tu sombrais quand la maladie avait eu raison de ton cerveau.

Dans mon rêve, je marchais sur une étroite bande de sable laissée par la marée : des débris de planches, de fauteuils, et des restes d'animaux morts s'amoncelaient parmi les algues – des oiseaux, des poissons, des crabes et un mouton. L'odeur pestilentielle des cadavres mélangée à celle de l'eau saumâtre me donnait envie de vomir. Les choses n'ont fait qu'empirer quand j'ai essayé de démarrer le bateau. En lançant le moteur, j'ai perturbé les eaux vives du fond et fait remonter tout un tas de détritus. Du côté de la poupe, j'ai aperçu un visage qui flottait, un visage gonflé avec des cheveux de la couleur des algues. Les yeux encore ouverts et délavés. Un minuscule visage blanc, comme celui d'un nain ou d'un enfant. Et d'autres morceaux d'arbres carbonisés, et d'autres corps, entre lesquels le Peter Pan se frayait un chemin, tel la barque de Charon, jusqu'à rejoindre le large. Soudain, j'ai réalisé que tous ces corps étaient le tien. Toi à des âges différents. Et tous ces corps étaient morts. Et je naviguais, je naviguais, désespérément vers le sud, le vent de face, pour laisser la mort derrière moi.

C'est pour cela que je savoure désormais le spectacle qui s'offre à moi. Celui de la lune qui illumine une mer d'huile. Une mer sans vie, c'est vrai, mais sans mort non plus. Je ne me souviens pas d'avoir jamais vu la mer comme ça : sans un seul autre bateau. Même si, à ce stade, l'idée d'en croiser un et de devoir l'esquiver me terrifie. Je me suis assise à tribord, les pieds dans le vide, appuyée contre un des câbles du garde-corps dont je ne retiens jamais le nom. Je peux sentir les vagues mousser sous mes pieds. Tu me disais souvent : « Mets les mains sur le bastingage, Mari, s'il y a une secousse, tu vas finir décapitée ». C'est ça. Le bastingage. Je vais t'écouter, cette fois. Je serre le câble entre mes mains et pose le menton sur mes doigts.

Heureusement que tu m'as prévenue.

J'ai oublié tellement de choses.

Le soleil orangé illumine mon visage une dernière fois avant de mourir. Le Peter Pan fait désormais cap vers le sud-ouest, obéissant aux instructions du pilote automatique que tu avais programmé lors de notre dernière balade en mer. Même mort, c'est toi qui me dis où aller. « Souviens-toi, Mari, t'entends-je presque dire, tu ne modifies la direction que si tu dois éviter un obstacle. Sinon, tu laisses le Peter Pan guider. Je lui ai donné toutes les instructions nécessaires. »

Mon portable laisse échapper un *bip*. C'est un message de Casandra. Une photo s'ouvre et me renvoie une seconde à mon passé récent : c'est un cliché de nous deux au milieu du Jardin de l'ange, les yeux brillants à cause de l'alcool, le soir où l'on s'est connues toutes les cinq : un groupe de femmes qui n'avaient qu'une seule chose en commun. Il ne leur en a pas fallu plus pour créer un lien.

Le joli cœur au lys

– À quand remonte la dernière fois que tu as fait quelque chose pour la première fois ?

C'est la question que m'a posée Olivia en me tendant le bouquet de lys, avant de fermer la serre à double tour et d'accrocher un panneau qui disait de façon péremptoire :

JE REVIENS TOUT À L'HEURE.
OU PAS.

Comme je l'ai découvert un peu plus tard, c'était son remède contre l'ennui.

Chaque fois qu'elle était incapable de répondre à cette question, elle considérait ça comme un mauvais présage et s'arrangeait pour introduire un peu de nouveauté dans sa vie.

– J'ai besoin qu'il y ait dans ma vie un équilibre parfait entre découverte et routine, m'a-t-elle dit en traversant le jardin et en évitant les trous entre les dalles.

La « découverte » pouvait consister à acheter un billet de Loto si elle ne l'avait jamais fait ou emprunter un itinéraire différent pour rejoindre la boutique de son amie Gala. Ce matin-là, elle a justement opté pour cette dernière option.

Alors que nous étions sur le point de partir, une dame d'un certain âge, qui portait un sac à main dont dépassaient des aiguilles à tricoter, a fait irruption dans le jardin.

– Olivia ! Attends… ne ferme pas !

Nous nous sommes retournées. Elle était petite, les cheveux soigneusement coiffés en une choucroute géante, le sourire carmin et intelligent, les ongles manucurés. Elle portait deux alliances. Et elle était en chaussons.

– Tu t'es encore sauvée, Celia ? a demandé Olivia en croisant les bras.

– Je ne resterai pas plus de deux heures, promis. Je te garde la boutique, a-t-elle supplié. Sinon ils vont encore me laisser mes petits-enfants tout l'après-midi et la vérité, ma grande, c'est que je n'en peux plus. J'ai dit que j'avais rendez-vous chez le médecin.

– Et ils ne t'ont pas demandé quel médecin ? Ils n'ont pas voulu t'accompagner ?

– Non. Pour ce genre de choses, il n'y a plus personne, a dit la vieille dame en haussant un sourcil. Et celle-là ? Elle est à toi ?

Je l'ai saluée. Elle m'a planté une bise sonore sur chaque joue, et Olivia lui a tendu les clés.

– Mais tu restes jusqu'à ce qu'on revienne, d'accord ? Et n'arrose pas ! La dernière fois, tu m'as flingué toutes les plantes qui étaient à l'ombre.

– Même pas celles qui sont là-bas ? Elles ont l'air vraiment sèches.

– Non !

Le petit bout de femme a sursauté, puis elle a attrapé les clés comme si c'était celles du paradis et s'est empressée de rejoindre son oasis.

Olivia m'a tiré le bras pour me faire traverser la rue.

– Peu importe ce qui t'est arrivé, Marina, m'a-t-elle dit d'un ton las sans transition. Je te promets que tu es désormais dans un endroit à part.

Je l'ai suivie à contrecœur, les lèvres pincées, tâchant de cacher mon indignation. Non mais pour qui se prenait-elle ?

Elle ne savait rien de ma souffrance. Elle ne savait rien de moi. Rien.

– Je veux dire que quand quelque chose nous frappe de plein fouet et nous oblige à sortir de notre zone de confort, tout est neuf, qu'on le veuille ou non, et tu peux te réinventer. Tu as conscience de ta chance ? a-t-elle continué en agitant un éventail blanc assorti à sa robe en lin.

Ses deux boucles d'oreilles en verre en forme de papillons donnaient l'impression de la suivre en volant.

Soudain, elle a foncé comme une flèche vers un policier qui embarquait un vélo.

– Monsieur l'agent ! Monsieur l'agent ! C'est le mien ! C'est le mien ! a-t-elle crié en galopant de façon presque comique, son chapeau rose à la main.

– Madame, c'est la quatrième fois qu'on nous signale ce vélo garé sur une zone réservée au consulat. Vous ne pouvez pas le laisser ici.

Elle a fait la moue.

– Je vous promets que je n'en savais rien, s'est-elle radoucie. Je pensais qu'ils en avaient juste besoin le soir. Personne ne s'y gare jamais.

– On nous a également signalé que la voiture du consul avait été rayée. Savez-vous quelque chose à ce sujet ?

Olivia a écarquillé les yeux.

– Vous pensez sincèrement qu'une femme dans mon genre pourrait faire une telle chose ? Après, je ne dis pas que je n'ai pas pu faire une petite rayure en sortant mon vélo. Je suis âgée, j'ai du mal à manœuvrer.

L'agent, large et trapu comme un rottweiler, s'est retenu de rire. Il était jeune, les traits grossiers comme dessinés à la bombe, des lèvres charnues, des yeux noirs comme l'ébène, des pommettes rondes et le teint mat.

Olivia s'est excusée en lui tendant sa carte de visite. Elle a ajouté qu'elle serait ravie de payer d'éventuels dommages ou une contravention. L'agent a lu à haute voix « Elena Ferre », et l'a saluée d'un « Merci. Je vous souhaite une bonne journée, madame Ferre. » Olivia a attrapé un lys de mon bouquet et le lui a tendu avec un « Merci, jeune homme, que votre journée soit merveilleuse ». Les deux semblaient contents.

Puis elle m'a tiré par le bras et nous nous sommes remises en route.

– Madame, attendez ! a crié l'agent. Mais enfin, vous n'avez pas pris votre vélo !

– Je n'ai pas la clé de l'antivol sur moi, monsieur l'agent ! Mais ne vous inquiétez pas, nous allons la chercher de ce pas.

Quand nous avons tourné au coin de la calle Atocha, je n'ai pas pu m'empêcher de lui demander :

– Alors, tu ne t'appelles pas Olivia ?

Elle marchait si vite qu'elle a failli perdre une de ses sandales.

– Rends-moi service, chérie. Tu demandes une carte de visite à tous nos clients et tu marques celles de ceux que tu n'aimes pas. Ça s'avère très utile dans ce genre de situations.

Apparemment, madame Ferre était l'ancienne propriétaire d'une très bonne amie d'Olivia à qui elle n'avait jamais rendu sa caution. De toute évidence, ces petits actes de justice mettaient Olivia en joie.

– Et il ne vaudrait pas mieux qu'on prenne le vélo ?

– Non. Parce que ce n'est pas le mien non plus.

Je l'ai suivie, un peu plus perplexe encore. Nous avons laissé derrière nous le théâtre près duquel des musiciens fumaient en cercle avant d'entrer en répétition, l'étui de leur instrument posé à leurs pieds, puis nous nous sommes arrêtées au 34 de la rue : un ancien palais qui affichait fièrement son appartenance au XIXe siècle.

Les escaliers étroits et abîmés qui nous ont conduites au premier étage avaient une odeur de vieux hangar. Olivia a appuyé sur la sonnette, que jouxtait une plaque en métal sur laquelle était gravé le nom « COLIBRÍ ».

La porte s'est ouverte pour laisser apparaître une blonde à la peau aussi diaphane que la mousseline framboise de la robe qui moulait son corps sublime. On aurait dit une nymphe de Rubens.

– Bonjour, ma chérie… a dit Olivia en lui envoyant deux baisers sonores que l'autre a fait semblant d'attraper. Tu as maigri, non ?

La femme a explosé de rire, un rire plein de volutes, à l'image de son corps.

– Toi, tu sais comment me flatter, a-t-elle répondu en rentrant le ventre. Une femme n'est jamais assez mince ni assez riche.

– Je suppose que ce n'est pas une citation de lord Byron.

– Non, mais ça aurait pu. C'est une phrase de Coco Chanel.

Et aussi le mantra de cette femme qui ressemblait à une déesse viking et, selon les dires d'Olivia, dirigeait l'un des showrooms les plus importants de la ville.

En entrant, je me suis demandé ce que pouvait bien être un showroom.

– Voici Marina, ma nouvelle assistante, a expliqué la fleuriste en ôtant son chapeau et en s'approchant d'un ventilateur. Je l'ai choisie parce qu'elle n'y connaît rien en fleurs, qu'il lui est arrivé un truc qu'elle ne veut pas me raconter pour l'instant et qu'il faut qu'on l'aide, mais je ne sais pas encore à quoi. Elle vient tout juste d'emménager dans le quartier.

– Salut ma belle, a dit la femme en m'envoyant à son tour deux baisers aériens avant de tourner autour de moi comme un satellite. Mon Dieu, pas un gramme de graisse ! On dirait qu'un rouleau compresseur t'est passé dessus. Enchantée. Je suis Gala.

« Enchantée » est la seule chose que j'ai réussi à répondre à la pique qu'elle venait de m'envoyer avec tant de grâce.

– Je suppose que tu me l'amènes pour qu'on lui choisisse quelque chose ? a-t-elle demandé à Olivia. Voyons ce qu'on peut faire de toi.

J'ai suivi la déesse viking à travers une pièce au plafond haut et aux portes coulissantes, remplie de portants en parfaite formation militaire, sur lesquels des centaines de cintres accueillaient robes, corsages et jupes aux tissus vaporeux. Un miroir en pied sur le mur du fond m'a renvoyé une image de moi encore plus morne comparée à toute la beauté qui m'entourait. Olivia s'est installée confortablement dans une chaise longue turquoise.

En avançant, j'ai effleuré du bout des doigts tous ces tissus, comme s'il s'agissait d'ailes de papillons. Gala a baladé son généreux mètre quatre-vingts à travers la pièce, avant de disparaître dans une autre et de revenir avec les lys dans un vase qu'elle a posé près de la fenêtre. Elle s'est émerveillée du bouquet. Elle a dit qu'elle le trouvait grandiose et que c'était exactement ce dont elle avait besoin. Je ne connaissais pas encore la signification de ces fleurs. Mais elles en disaient long sur la coquetterie extrême de cette femme. Sa crinière blonde était rassemblée sur le côté, en une tresse de jeune fille. Personne n'aurait pu deviner qu'elle avait plus de quarante ans. Ses yeux vert émeraude illuminaient son visage de poupée et ses lèvres semblaient toujours prêtes à être embrassées. Son grand corps pulpeux était parfaitement proportionné, criant de féminité. Sa tenue, choisie avec goût, laissait entrevoir son épaule, ses genoux et ses seins moelleux. Malgré ça, elle passait des heures à regretter les effets du temps sur son corps et pleurait souvent sa jeunesse perdue. Gala avait travaillé, comme elle le disait, « dans un peu tous les domaines ». Elle avait rencontré le créateur de Colibrí à l'époque où elle était mannequin grande taille. Ils s'étaient associés mais, quand la crise avait éclaté, elle avait revendu ses parts, continuant cependant à travailler pour l'entreprise dont elle gérait désormais le seul showroom à Madrid. Elle prêtait des tenues pour des fêtes ou des événements importants à des actrices, des présentatrices de télé et des femmes célèbres de toute sorte. J'ai appris plus tard qu'Olivia la fournissait en fleurs en échange de vêtements. Et justement, c'était ce qu'elle était venue faire ce matin-là, avec moi et son bouquet de lys.

– Pourquoi tu n'essaies pas ça ? m'a suggéré Gala en avançant vers moi, une robe verte cintrée délicatement posée sur l'avant-bras.

– Mais, je n'ai pas d'argent, me suis-je empressée de répondre. Je viens juste d'emménager et…

– Allons, allons. Je te demande seulement d'en prendre soin. Et si quelqu'un te demande la marque, tu lui réponds, et tu reviens dans une semaine pour l'échanger contre une autre, a-t-elle expliqué en posant la robe devant moi comme si j'étais une poupée à découper. Tu as de la chance, tu es fine comme une allumette. Tu vas pouvoir porter les modèles du défilé qu'on ne peut pas vendre. Moi, pour entrer dedans il faudrait que je me lime les os de moitié. Je crois qu'il n'y a rien que j'aime plus au monde qu'une robe verte.

Gala m'a gentiment poussée dans un coin de la pièce, a tiré un épais rideau de velours rouge pour me faire disparaître, comme une magicienne. J'ai retiré mes vêtements, collés à ma peau par la sueur – un jean, un T-shirt d'une couleur indéterminée, qui avait dû être marron à une époque, et des sandales abîmées – en les écoutant bavarder de l'autre côté.

– C'est lui ton bel avocat ? a demandé Olivia.

– Il n'est pas si beau sur cette photo – son rire encore une fois. Sur celle-là si. Mais ne tombe pas sous son charme.

– Compris. Cela fait un mois, c'est ça ? Tu n'étouffes pas face à tant de stabilité ?

– Hélas ça y est, il commence à jouer les Othello. Une véritable plaie. L'autre jour, il s'est énervé parce qu'il m'a surprise en train d'envoyer cette photo à mon ex.

Il y a eu un silence, on n'entendait rien d'autre que les pales du ventilateur.

– Peut-être qu'il se serait montré plus compréhensif si tu n'étais pas à moitié nue ?

– Tout ça parce qu'on voit légèrement mon dos ? Mon ex disait que je lui manquais, le pauvre. C'était un geste purement caritatif.

– Chérie, ton grand cœur te perdra. Tu es une ONG pour hommes transis d'amour à toi toute seule.

– D'amour ? (Encore son rire.) Qui a parlé d'amour ?

J'ai enfilé tant bien que mal la robe qui sentait le neuf et reniflé mes aisselles. J'ai remarqué avec effroi que mes ongles de pieds étaient abîmés et tachés d'un vernis rose écaillé. Je suis sortie de la cabine sur la pointe des pieds.

– Non, a déclaré Gala d'un ton définitif. Le vert n'est définitivement pas sa couleur. Avec sa peau et ses cheveux noirs, on dirait un zombie.

Elle s'est levée et m'a tendu une demi-douzaine d'autres robes ainsi qu'une paire de sandales blanches à talons compensés.

Je suis retournée dans la cabine, un peu démoralisée. Pour enfiler les chaussures, je me suis appuyée contre un mur qui s'est soudain mis à bouger. Il s'agissait en réalité d'une porte. Je l'ai poussée. Elle donnait sur une autre pièce, plus petite. Sans vêtements mais pleine de livres, on se serait cru dans une bibliothèque. À côté de la fenêtre, un bureau sur lequel trônait un ventilateur allumé. Et un canapé… sur lequel un homme nu était endormi. Sur le dos. Les cheveux poivre et sel. Un corps immense, sans le moindre poil ni grain de beauté. Et un préservatif fripé et flasque toujours enfilé.

J'ai discrètement refermé la porte et me suis empressée d'essayer les vêtements que Gala m'avait donnés. J'ai opté pour une robe à fleurs orange que les deux femmes ont applaudie avec le même enthousiasme quand je suis sortie.

– Garde les chaussures, m'a dit Gala. Elles sont à moi mais elles me font mal aux pieds. Et puis elles te vont mieux.

Elles ont insisté pour que je garde la robe que je portais et Gala a fourré mes affaires dans un vieux sac en papier Dior abîmé.

– Et maintenant, où l'emmènes-tu ? a-t-elle demandé à Olivia.

La fleuriste a pris son porte-monnaie dans son panier et en a sorti deux billets.

– Voyons nos pourboires… a-t-elle dit en comptant également la monnaie. Quinze euros et trente centimes ! Nous voilà riches !

Gala nous a raccompagnées jusqu'à la porte et nous a dit au revoir en regrettant de ne pas pouvoir venir avec nous – apparemment elle adorait l'endroit où Olivia m'emmenait. Puis elle a disparu derrière un de ses éclats de rire démesurés.

Nous avons descendu la calle Huertas jusqu'à la calle León, au croisement avec Cervantès. Olivia a salué un jeune homme avec un bouc qui observait des livreurs déchargeant un camion. C'était le couturier de chez Ulises Mérida dont l'atelier était un peu plus bas et dont les robes faisaient rêver Gala et toutes les femmes du pays. Puis nous avons tourné dans la calle Lope de Vega tandis que je m'appliquais à ne pas me tordre une cheville sur les pavés. Force était de constater que j'avais oublié comment marcher avec des talons. À cette époque, si on m'avait proposé de me fixer des fers à chaque pied, comme un cheval, pour ne pas avoir à réfléchir à quelles chaussures porter, j'aurais probablement accepté. Nous avons descendu la rue tandis qu'Olivia saluait des gens tous les dix mètres : la propriétaire aux yeux cernés de l'herboristerie, Alejandro, le sympathique patron de l'épicerie à l'accent vénézuélien qui était, selon Olivia, le meilleur découpeur de jambon de tout Madrid. En arrivant à hauteur du couvent de Las Trinitarias, une voix nous a interpellées derrière un nuage de poussière orange. Son propriétaire, un homme aux cheveux gris qui portait un masque, s'est approché.

– Bonjour Olivia, a-t-il dit en se frottant les yeux. Faites attention, ou vous allez vous tacher.

– Comment ça va, Francisco ? Ça y est, on peut enfin dire « Dans une bourgade du couvent, dont je ne veux pas me rappeler le nom[1] » ?...

– Je ne sais pas trop... À l'intérieur, on a des os en pagaille, mais rien de concluant pour l'instant, on pourrait s'en servir pour jouer aux osselets.

– Je te présente Marina, ma nouvelle assistante.

Il a tiré sur son masque et j'ai découvert le sourire le plus séduisant que j'aie vu de ma vie.

– Enchantée, ai-je dit en toussant.

– Pour l'instant, elle ne sait dire que « enchantée » et « pardon », a précisé Olivia. Mais je compte bien élargir son vocabulaire.

J'ai fait semblant de ne pas être vexée par son commentaire et j'ai souri. C'est sans doute pour cette raison que j'ai osé demander :

– Vous restaurez le bâtiment ?

Il a écarquillé les yeux. Quelques rides expressives se sont dessinées au coin de ses yeux sages.

1. Ndlt : Référence à la première phrase de *Don Quichotte*, de Cervantès : *« Dans une bourgade de la Manche, dont je ne veux pas me rappeler le nom... »*

– Eh bien, c'est plutôt notre histoire qu'on restaure.

Francisco Ibañez – qui marchait désormais avec nous – était une sorte de chasseur de célébrités disparues. Il dirigeait le groupe d'archéologues qui cherchait sans relâche les restes de Cervantès depuis bientôt deux ans. Rien que ça. Il portait une blouse blanche pleine de terre et une accréditation autour du cou. Ses cheveux, poivre et sel, étaient ébouriffés. Il était très grand et mince mais avec une ossature large, et marchait comme si sa tête pesait une tonne, en éternuant de temps à autre, à cause d'une allergie. En enlevant ses gants en latex pour les glisser dans sa poche, il a essuyé son alliance sur sa blouse. Il nous a raconté comment, ironie du sort, Cervantès et son grand rival de l'époque, Lope de Vega, avaient vécu dans des rues parallèles dont les noms étaient désormais inversés – la maison de l'un se trouvant dans la rue qui portait le nom de l'autre –, tous les deux avaient eu une fille qui était entrée au couvent de Las Trinitarias, tous les deux avaient été enterrés dans le quartier et leurs corps à tous les deux avaient disparu.

– J'ai une théorie intéressante sur la question, a dit Olivia en s'éventant la nuque.

– Tu as des théories intéressantes sur tout, l'a interrompue Francisco d'un air complice.

– Surtout sur toi, a-t-elle rétorqué en plongeant ses yeux dans les siens. Tu n'es pas venu à la boutique. Tu veux peut-être passer une commande pour quelqu'un, voire me confier un petit quelque chose…

Il s'est caressé le bouc pendant quelques secondes. Il était sur le point de parler mais s'est arrêté pour me regarder, comme si ma présence le dérangeait, et a poursuivi sa leçon d'histoire.

– Tu sais Marina, nous les Madrilènes, nous avons été particulièrement négligents. Nous avons perdu la trace des restes de cinq génies de la littérature mondiale, tout ça dans le même quartier : Quevedo, Calderón, Cervantès, Lope de Vega et Góngora, rien de moins.

Olivia s'est mise à rire.

– Vous ne savez pas où sont leurs tombes ? À aucun d'eux ? a-t-elle demandé, stupéfaite.

De mon côté, j'ai trébuché pour la énième fois sur mes nouveaux talons. Selon Olivia, si nous avions toujours leurs livres, ce qui était le plus important, à quoi bon exhumer leurs os ?

J'aurais aimé être suffisamment sûre de moi pour dire que j'avais fait des études d'histoire, que j'étais passionnée d'archéologie et que j'aurais donné n'importe quoi pour jeter un œil à leur site d'excavation… Mais alors que j'étais sur le point de le faire, Olivia s'est arrêtée devant la porte d'un grand hôtel et Francisco nous a dit au revoir parce qu'il n'était pas, selon lui, habillé convenablement. Nous l'avons raccompagné jusqu'à la place de l'Indépendance – ce mot qui me poursuivait depuis le début de la journée – et il nous a saluées d'un signe de la main pour ne pas nous salir. Puis il s'est éloigné d'un pas tranquille sous le soleil brûlant de la mi-journée.

Nous sommes redescendues vers la place de la Loyauté – ce quartier aimait décidément les concepts grandiloquents – et Olivia s'est de nouveau arrêtée devant le grand hôtel. Je me suis retrouvée paralysée devant la porte du jardin. À l'intérieur, la musique d'un piano, la fraîcheur d'une autre oasis, les fauteuils en osier blanc, les balustrades en pierre, les serveurs gantés. Olivia m'a donné un petit coup pour que j'avance.

– À quand remonte la dernière fois que tu as fait quelque chose pour la première fois ? Allez. Nous avons dix euros, tout juste de quoi nous offrir deux cafés glacés au Ritz. On l'a bien mérité.

Ce jour-là, je n'ai rien fait d'autre qu'accompagner Olivia et observer. Et ce jour-là, j'ai appris beaucoup de choses sur elle, mais également sur moi. Pour commencer, que je m'excusais constamment, apparemment. Rien que par mon attitude, je m'excusais d'entrer au Ritz. Je ne m'étais jamais demandé combien coûtait un café dans un lieu comme celui-ci, tout simplement parce que je ne le considérais pas comme un endroit pour moi. Je n'en étais pas digne. Et quelqu'un le remarquerait forcément. Mais non… les serveurs nous ont servi le café dans de ravissantes tasses d'une porcelaine si délicate qu'elle semblait faite en coquille d'œuf. À la table d'à côté, un couple de Français prenait le petit déjeuner avec un bébé presque albinos, on ne peut plus laid, selon Olivia. Son commentaire m'a amusée parce qu'il était très vrai et dit sans méchanceté. Un peu plus loin deux Japonais étaient plongés dans leurs portables.

Je commençais à bien aimer Olivia. Soit, certains de ses commentaires à mon égard me dérangeaient parfois, mais j'aimais sa façon d'être, ou plus précisément d'exister : ses grands yeux de biche quand elle observait quelque chose, sa crinière d'un roux délavé par le temps, les blancs qu'elle laissait entre deux phrases quand elle réfléchissait et, surtout, l'influence qu'elle avait sur les gens. Je dois admettre qu'il m'est arrivé plusieurs fois durant cette première journée de me dire qu'elle était folle. Surtout quand je l'ai vue signer les reçus de carte bancaire avec les noms invraisemblables de vedettes disparues. Marilyn Monroe au Ritz, Judy Garland à la pharmacie de la plaza Santa Ana, et même le magicien d'Oz sur un courrier officiel.

Cela ne faisait aucun doute : Olivia et les règles, ça faisait deux.

– Je ne vais pas me plier à des horaires absurdes et dîner alors qu'il fait encore jour en été parce que les Allemands ont décidé que c'était une bonne façon d'économiser de l'énergie, a-t-elle déclaré quand les parents français du bébé moche lui ont demandé l'heure et qu'elle a décidé qu'il était midi selon ses critères et non pas treize heures selon ceux du reste du monde.

À l'instar de ses fleurs, Olivia vivait au rythme de la lumière sans changer d'heure ni à l'automne ni au printemps. Selon elle, on ne pouvait pas changer l'heure de notre horloge interne, de la même manière qu'on ne pouvait pas modifier les cycles de notre sommeil. En ignorant la nature, on appauvrissait notre qualité de vie et on prenait le risque d'être aigri tout le temps.

Je dois reconnaître qu'au début, toutes ces habitudes me stressaient un peu, moi, la reine de ce qui est autorisé, la gardienne du convenable, l'esclave de la norme et de ce que l'on attend d'elle.

Mais la chose la plus importante que j'ai comprise ce jour-là, c'est qu'Olivia était une « liseuse » de personnes. Elle les catalogue comme ses plantes. Un de ses passe-temps préférés consiste à imaginer la vie et les habitudes des passants anonymes qui défilent de l'autre côté de l'énorme verrière de sa boutique. À vrai dire, sa serre est un observatoire idéal. Une cage en verre d'où elle peut observer la vie, cachée derrière ses plantes.

Olivia est convaincue que nous, les femmes, avons de nombreux points communs avec les fleurs. Concernant celles de ma génération, Olivia a élaboré un catalogue complet qui tient compte de leur habitat, leur éducation et leur évolution. Elle trie les femmes d'aujourd'hui selon leurs « syndromes », comme elle dit. Par « syndrome », elle entend l'ensemble des symptômes rencontrés chez une même personne. La plupart de ses sujets d'étude sont en réalité ses clientes.

– À vrai dire, il est fort possible que tu en rencontres plus d'une aujourd'hui, m'a-t-elle dit, amusée.

Nous écoutions le concert du pianiste du Ritz mêlé à la symphonie des voitures de la rue. Cachée derrière ma robe à motifs, je n'ai pas pu m'empêcher de mentionner Gala et sa bibliothèque secrète. Selon Olivia, son amie était un parfait exemple de ce qu'elle avait baptisé le « syndrome de Galatée[2] ». C'est-à-dire une femme qui croit avoir, de nos jours, tous les droits, sauf celui de vieillir. Une femme prête à tout pour défier le temps.

– Mais attention, il ne s'agit pas tant de plaire aux hommes, comme elle pourrait le prétendre, que de se plaire à soi, a-t-elle précisé en mâchouillant un chocolat fondu.

Gala avait une couverture parfaite derrière laquelle se cacher : sa frivolité.

– Elle pourrait faire rougir un feu rouge, a affirmé Olivia en riant.

Ainsi Gala la blonde, bien qu'attirant des mâles alpha sûrs d'eux en apparence, n'avait encore jamais rencontré d'hommes qui le soient suffisamment pour accepter celle qu'elle était vraiment sans devenir fous de jalousie en quelques mois.

Mais que cachait-elle derrière sa frivolité ?

Eh bien, pour commencer, une petite pièce secrète remplie de ce qu'elle appelait « ses trésors » – même si je découvrirais plus tard que le puits était bien plus profond que ce que j'imaginais.

Et tandis qu'Olivia et moi sirotions notre café, le nouvel amant de Gala (un Français, directeur chez Renault, venu passer deux mois à Madrid pour une mission) commençait à s'impatienter dans la fameuse petite pièce.

---

2. Ndlt : *Galatée*, roman de Cervantès de 1585, raconte l'histoire d'une jeune fille qui tient farouchement à garder son indépendance malgré l'amour éperdu que lui portent deux jeunes pasteurs.

Pour Gala, c'était l'homme idéal : marié, donc avec date de péremption. Il avait débarqué dans sa boutique sur la recommandation d'amis pour y louer un smoking, car il devait se rendre à une fête chez l'ambassadeur de France. Elle l'avait aidé à en essayer plusieurs et, alors qu'elle ajustait le bas de son pantalon, à l'abri derrière le rideau de la cabine d'essayage, elle s'était étonnée de le trouver un peu court avant de comprendre : l'homme avait une érection, ce qui était plutôt un bon présage. Comment était-elle censée réagir ? Elle n'avait jamais su résister à son instinct de chasseuse. Elle a cependant admis un jour devant nous toutes que cela pouvait au fond être une façon de vérifier que ses arguments de femme étaient toujours pertinents. Quoi qu'il en soit, ce matin-là avant notre arrivée, à ses pieds dans la cabine, elle a relevé la tête et l'a regardé droit dans les yeux avant de faire glisser sa robe en mousseline le long de ses hanches.

Après notre départ, Gala, en digne lectrice de Byron et des romantiques, a décidé de poursuivre sa matinée trop tranquille en s'adonnant à ses deux passe-temps favoris : le sexe et la littérature. Elle a attrapé le livre qu'elle venait d'acheter à la librairie de la Cuesta de Moyano et s'est plantée devant le ventilateur, utilisant le corps de son nouvel amant comme pupitre. Elle s'est pincé le ventre avec dégoût – chose qu'elle n'aurait jamais été capable de faire avant, vu qu'elle n'en avait pas. Mais désormais sa petite bouée Michelin refusait de disparaître en dépit du nombre invraisemblable d'abdos qu'elle faisait tous les jours. Quand elle pensait à son ventre d'avant…

Son amant s'est réveillé et elle a continué à lire un peu, feignant de se concentrer, tandis qu'il embrassait chaque centimètre de son corps voluptueux du bout de ses lèvres minces qui semblaient avoir été dessinées pour prononcer ces voyelles appuyées qui caractérisent si bien la langue française... jusqu'à ce que, nue et pâle, elle commence à s'ouvrir, comme ses lys, pétale après pétale, et à dégager un arôme bien connu, sucré comme du pollen.

Pendant que le Français s'affairait corps et âme à lécher son nombril, Gala – retenant son souffle et rentrant son ventre – repassait dans sa tête son programme de l'après-midi. Rien ne l'enrageait plus que les hommes obsédés par les orifices. Les choses avaient pourtant bien commencé. Mais s'il essayait de lui fourrer sa langue dans l'oreille, elle l'arrêterait sur-le-champ. Elle s'est mise à réfléchir à la feuille de route de cette nouvelle aventure : d'abord, rien d'intime. Ils n'avaient que deux mois devant eux et apprendre à se connaître n'avait donc aucun sens. Elle n'allait pas lui raconter que dans deux heures elle irait, comme d'habitude, à l'hôpital de Madrid lire des contes aux enfants atteints d'un cancer. Les hommes n'aimaient pas le drame et préféraient croire qu'ils étaient la seule préoccupation d'une femme, ou du moins la principale. Même si cela ne devait durer que deux mois.

– Je suis à toi, a-t-elle gémi en le regardant dans les yeux et en lui attrapant la tête pour qu'il arrête de lécher son foutu nombril. Prends-moi toute, a-t-elle presque supplié pour tenter de lui passer un message. Je suis TOUT à toi.

Le Français est devenu fou et s'est enfin jeté sur elle. Gala a souri. Que les hommes sont des créatures curieuses ! Ils sont si magnifiquement prévisibles. Alors qu'elle le tenait fermement entre ses superbes cuisses, elle s'est demandé quels pouvaient bien être les goûts de son petit Français. Tandis qu'il l'entreprenait avec fougue, elle s'est dit que vu sa musculature, c'était peut-être un sportif. Ce qui n'était pas nécessairement une bonne nouvelle. Son amant précédent était fan de parapente et elle avait dû passer la plupart de ses week-ends à se lancer d'une montagne et à baiser. Elle n'avait jamais eu autant de courbatures.

C'était une autre des facettes de notre Galatée, comme elle l'a elle-même reconnu un jour. Cette femme était un véritable caméléon. Elle changeait de bord politique, de hobbies et de goûts selon son homme du moment. Ainsi, pas d'échec possible. Elle était aussi à l'aise à une dégustation de grands crus qu'entourée de hooligans hurlants dans les gradins d'un stade de football. Elle affirmait souvent que, de toute façon, elle ne se marierait que si elle rencontrait le prince charmant. À condition qu'il ait un château, bien entendu.

Ce qui n'était pas le cas de son Français, mais comme amant, elle le reprendrait, il n'était pas mal, avait-elle pensé tandis qu'il se laissait tomber sur elle, épuisé et en sueur. Elle l'a poussé un peu sur le côté pour se lever. Il a essayé de la retenir en la serrant contre lui mais elle lui a fait signe d'arrêter – ah oui il y avait autre chose, elle ne parlait pas un mot de français. Elle a attrapé le *Don Juan* de Byron, qui n'a rien à voir avec l'original, le héros est bien plus corruptible et touchant dans cette version, et l'a ouvert où elle l'avait laissé.

Elle a lu : « Hélas ! L'amour des femmes, on le sait, est une chose délicieuse et redoutable. Elles mettent tout ce qu'elles ont sur ce dé ; et s'il tourne contre elles, la vie ne leur rappelle plus que la perfidie qui les a déçues ; leur vengeance, semblable à l'élan du tigre, est rapide, implacable et mortelle. Cependant elles ne souffrent pas moins que leurs victimes, et tous les maux qu'elles infligent, elles les ressentent. »

Elle est restée pensive, l'index coincé entre deux pages, et a songé à l'autre Don Juan, nettement plus espagnol et plus crapule. Elle s'est dit qu'il devait être très excitant de séduire une âme innocente.

J'allais vite découvrir combien Gala adorait partager ses aventures sexuelles. Elle le faisait avec le même naturel et autant de détails que si elle racontait un voyage. Elle exhibait ses trophées de chasse avec la fierté d'un coq.

– Elle est en guerre contre le temps. À force de s'enlever des années quand on lui demande son âge, elle va bientôt redevenir adolescente, a dit Olivia en riant entre deux gorgées de café tandis qu'un des élégants serveurs du Ritz chassait à coups de serviette une guêpe étourdie par la chaleur.

Gala avait grandi entourée de frères dans un petit village de montagne des Asturies. Comme elle le disait dans un éclat de rire, elle était passée de nourrir les poules à habiller les célébrités. Elle affirmait également avec détermination qu'il ne fallait jamais succomber à l'amour. Pourtant, le jour où Olivia l'avait rencontrée, elle l'avait trouvée en train de faire un câlin à l'olivier du jardin après une rupture – elle avait eu besoin d'une dose de campagne. Son père lui avait appris enfant que les vieux arbres avaient une énergie vitale qu'ils transmettaient aux êtres humains quand ceux-ci en avaient besoin. Ce jour-là, Gala avait compris que son cœur ne s'était pas emballé autant depuis longtemps et elle avait laissé la phrase suivante dans le livre d'or de la boutique : « Je ne cesse pas d'aimer les hommes mais j'aime encore plus la nature ». Signé : Lord Byron.

Je suis restée hypnotisée en tournant ma cuillère en argent dans mon café. Tout semblait tourner autour du même axe.

Olivia a observé les alentours : les parents de l'enfant albinos, les serveurs qui marchaient au ralenti entre les tables, deux dames octogénaires avec des cheveux en choucroute, une Indienne en sari qui envoyait des textos et nous a rendu notre regard avec un sourire poli…

– J'ai parfois l'impression que les êtres humains ne montrent jamais leur vrai visage, a dit Olivia. Ils changent selon qui les regarde, tu ne crois pas ?

Dans ma robe orange, en train de prendre un café au Ritz, j'ai réfléchi à l'image que devait avoir de moi cette femme venue d'un autre continent. Olivia s'est laissée retomber dans son fauteuil en osier comme si elle s'attendait à ce que je dise quelque chose. Je me suis accoudée à la table.

– Pourquoi sommes-nous convaincus que si l'on montrait vraiment ce que l'on ressent aux autres, ils nous trouveraient moins « aimables » ?

Nous sommes toutes deux restées pensives. La Gala dont me parlait Olivia, celle qui ne se montrait jamais vraiment à « ses hommes » mais à ses amies si, n'était-elle pas une personne dont on pouvait tomber amoureux ? Peut-être qu'elle cherchait simplement au mauvais endroit, rien de plus. Avec le recul, quand je repense à notre première rencontre, je m'aperçois qu'elle n'avait vraiment rien à voir avec celle qu'elle est devenue si peu de temps après. Francisco le chercheur de génies disparus avait raison : Olivia avait des théories intéressantes sur tout.

La tristesse des calendulas

Quand nous sommes arrivées à la boutique, la grille était grande ouverte mais cela n'a pas semblé inquiéter Olivia. Au contraire, elle a souri en apercevant le vélo de la discorde garé à l'intérieur du jardin. Un chevalet trônait au milieu et deux cuisses squelettiques aux genoux osseux dépassaient. On entendait des sanglots entrecoupés du son tonitruant de quelqu'un qui se mouche.

Un visage couvert de peinture s'est penché de derrière la toile.

– Et Célia ? a demandé Olivia en entrant.

– Elle est partie. Elle m'a dit de te rappeler que tu ne l'avais jamais vue, a répondu l'autre d'une voix cassée. Tu es au courant pour les perruches africaines ?

La fleuriste a posé sa capeline et son éventail sur une chaise en fer rouillée avant de s'asseoir sur une autre comme si elle attendait que le spectacle commence. Je me suis dirigée vers la serre, mais elle m'a arrêtée.

– Aurora, je te présente Marina, a-t-elle dit avant de montrer le tableau du doigt. Marina, Aurora est l'artiste qui peint les incroyables aquarelles que nous vendons. Et je dis « incroyables » parce qu'elle vient ici pour se servir de la nature comme modèle mais que, comme tu pourras le constater, elle peint ensuite ce qui lui chante.

La peintre s'est de nouveau penchée en se tenant le ventre comme si elle avait des aigreurs d'estomac. Elle était petite. Ses cheveux noirs et courts à la garçonne entouraient son ravissant petit minois fin. Un foulard cachait une partie de sa tête, des taches de peinture faisaient office de blush. Elle avait des cannes de serin et ne portait rien d'autre qu'un immense T-shirt.

Je suis allée la saluer, mais elle m'a aussitôt interrompue.

– Tu es du quartier ? Sérieusement, l'histoire des perruches est très inquiétante. En théorie, elles auraient dû se contenter de traverser le pays en migrant vers le nord, mais elles sont restées. Ici.

– Oui, a répondu Olivia, haletante, l'autre jour je me suis cru au beau milieu d'un rêve surréaliste : j'ai entendu du raffut dans le jardin et je me suis aperçue que l'olivier était envahi de perruches. Le policier beau mec du coin de la rue m'a dit qu'ils allaient lâcher des faucons apprivoisés aujourd'hui pour les chasser.

Aurora a poussé son chevalet de côté et jeté son pinceau par terre.

– Ils vont les chasser ?

– Aurora… elles se reproduisent à une vitesse folle et envahissent les arbres.

– Mais, ce sont des réfugiées ! Des migrantes ! Ça commence comme ça et ça finit…

– En génocide, bien évidemment, a répondu Olivia.

– Les êtres humains sont incroyables ! Non mais vous vous rendez compte ? Tout ça, c'est de notre faute et dès qu'on merde, notre seule solution c'est exterminer, exterminer, exterminer… C'est comme l'histoire des tortues anthropophages de la gare d'Atocha. Tu en as entendu parler ? (J'ai fait non de la tête). Il y a un imbécile qui a abandonné sa tortue dans le bassin de la gare, un autre a fait pareil ensuite, et maintenant on a un bassin qui regorge de tortues de Californie qui atteignent des tailles jamais vues. Les pauvres bêtes ont fini par se manger entre elles pour s'autoréguler. La planète est devenue folle. C'est nous que nous devrions exterminer.

Ses grands yeux sont devenus humides. J'ai remarqué qu'ils occupaient presque un tiers de son visage. On aurait dit un personnage de manga.

– Et c'est pour ça que tu pleurais, chérie ? a demandé Olivia avec un sourire plein de compassion.

– Non ! C'est à cause de mes foutues allergies ! Impossible de savoir de quelle plante il s'agit !

Elle s'est de nouveau mouchée bruyamment. Puis elle a séché deux grosses larmes avec la partie la plus propre de son bras. Olivia s'est levée, l'a embrassée tendrement sur le front, a attrapé son panier et son chapeau et s'est lentement dirigée vers la serre. Je l'ai suivie, un peu perdue.

Durant les deux heures qui ont suivi, j'ai aidé ma patronne à préparer cinquante corbeilles de marguerites pour un baptême. Nous avons observé Aurora en train de peindre. Olivia m'a raconté comment elle avait débarqué un jour à la boutique en lui demandant si elle pouvait peindre ses fleurs dans leur élément naturel. À l'époque, elle avait décidé de reprendre ses études aux Beaux-Arts. Elle allait en cours l'après-midi et conduisait un taxi le matin. Deux activités qu'elle cachait à ses parents qui, selon elle, auraient autant été déçus par l'une que par l'autre. Elle venait d'une famille de fonctionnaires qui n'avait jamais compris ni soutenu ses aspirations artistiques. Quand elle était petite, ils lui avaient constamment répété, comme une menace, que sa beauté serait un handicap dans sa vie.

Olivia a branché les ventilateurs, et les marguerites ont semblé reprendre vie. Elle a épongé la sueur de ses tempes avec son mouchoir en soie.

– Ils l'ont convaincue que sa beauté était comme une malédiction tzigane, a-t-elle expliqué. Elle a tout fait pour la cacher.

Aurora, treize ans, est assise sur un banc. Elle porte une jupe courte et ses jambes sont détendues, légèrement ouvertes : « Tu n'es plus un bébé – petite claque de sa mère sur sa cuisse –, tu ne peux pas t'asseoir comme ça. Tu sais quel genre de message tu envoies ? Je vais te le dire, moi : celui que tu es une pute. » Et la petite Aurora, la jolie Aurora, referme les genoux d'un coup, comme on referme une trappe, en tentant de comprendre quelle étrange mutation l'a fait passer de bébé à pute sans transition. Aurora, qui rentre dîner en famille à la maison à l'heure où toutes ses copines vont danser en boîte. Aurora, qui se coupe les cheveux très court parce que c'est plus pratique, selon sa mère, et qu'elle les a rêches comme du crin de cheval de toute façon.

C'est ainsi qu'elle avait passé les trente et quelques premières années de sa vie à éviter à tout prix la jalousie qu'elle suscitait chez les autres femmes – surtout sa génitrice – et le désir des hommes. Sauf qu'au fond, elle ne le faisait pas par vertu, mais plutôt par manque d'assurance. Un manque qui pesait sur sa vie comme une enclume de deux cents kilos.

Désormais, elle survivait en donnant des coups de pinceau sur ses toiles, qu'elle vendait ensuite aux touristes comme de vulgaires souvenirs, en se coupant elle-même les cheveux au-dessus du lavabo ébréché de l'appartement qu'elle partageait avec une sorte de colocataire, comme une éternelle adolescente, se méfiant de tous les hommes qui tentaient de lui retirer cette ceinture de chasteté que lui avait mise sa mère avant d'en avaler la clé. À presque quarante ans, elle n'avait jamais eu d'emploi suffisamment stable pour construire une carrière, ni aucune relation marquante. Aurora avait besoin de raisons de souffrir : ne pas vivre de ses tableaux, mourir de désamour… C'était sa came. Pour tout ça et pour son nom, Olivia l'avait rangée dans la catégorie « syndrome de la belle au cœur souffrant ».

Et donc, bien à l'abri derrière sa conviction que « les hommes ne veulent qu'une seule chose » et que personne ne la prenait au sérieux en tant qu'artiste, elle se méfiait par principe de toute proposition venant du sexe opposé. Sa plus grande terreur : qu'on se serve d'elle, comme son père lui avait dit que ça arriverait. Elle avait donc refusé de partir pour Florence avec Bruno Cotello, l'un des galeristes les plus importants d'Europe, convaincue que l'intérêt qu'il avait pour elle n'était que sexuel.

Olivia a levé les yeux au ciel.

– Et devine quoi ? Un jour, Cotello, qui était un de mes très bons clients, a débarqué ici main dans la main avec sa moitié. Un noir sublime en costume à qui il a offert un bouquet de roses blanches pour son anniversaire. Aurora était en train de peindre à l'extérieur. Elle était si estomaquée qu'elle ne l'a même pas salué.

Mais ça n'a pas suffi à lui servir de leçon. Plutôt que de se demander s'il n'était pas temps de revoir ses convictions, elle s'y est un peu plus enfoncée – ce qui désespérait Olivia. Elle a continué à boycotter sa vie tout en s'en plaignant constamment. C'est pour ça qu'elle passait ses après-midi à peindre au Jardin de l'ange, et non pas au Prado ou au musée Thyssen, où d'autres artistes et professionnels du monde de l'art auraient pu la remarquer. Et c'est également pour ça qu'elle vivait avec un type comme Maxi, son petit ami, artiste lui aussi – il était graphiste. Ça avait commencé par des soirées ciné chez elles, puis il avait emménagé comme colocataire et désormais il partageait son lit et sa brosse à dents.

Olivia n'a jamais compris comment cette relation avait démarré. Elle se souvenait qu'au début, Aurora lui racontait, dégoûtée, toutes les excuses que trouvait Maxi pour débarquer chez elle (elle habitait rue des Désemparés, ce qui n'est pas sans ironie). « Mon wifi ne marche plus et j'ai un dossier à rendre pour le travail cette semaine, je peux me servir du tien ? »

Et tout ça alors qu'ils n'étaient même pas vraiment amis à l'époque. Mais Aurora a accepté. Elle a fait le ménage en attendant qu'il finisse parce que si on se connectait à plusieurs, le Wifi se bloquait. Et alors qu'elle était en train de cuisiner, elle lui a demandé s'il voulait rester manger des lentilles. Et il lui a répondu avec un air de petit chien reconnaissant : « Je ne veux pas te déranger plus ». Et sur le coup, elle a trouvé ça poli de sa part. Généreux même. Mais Maxi a quand même mangé les lentilles. Les jours qui ont suivi, il lui a répété combien elles étaient délicieuses, de sorte qu'Aurora s'est mise à lui en faire une fois par semaine, rien que pour entendre ses compliments.

Maxi – qui aurait plutôt dû s'appeler Mini – était un homme petit par bien des aspects. Mais c'était surtout l'exemple parfait de l'expérience pavlovienne. Stimulus et réponse. Olivia disait qu'il n'était pas facile à décrire parce qu'il avait un visage impersonnel. Une bouillie de traits indistincts, pas vraiment mémorisables, ni ensemble ni séparément. Au début, Aurora était exaspérée de le voir assis sur son canapé, son ordinateur sur les genoux, à n'importe quelle heure de la journée. Mais elle a fini par s'y habituer. Comme on s'habitue à un meuble. Comme on finit par s'habituer à une tache qui apparaît un matin sur notre visage et ne veut plus s'en aller. Maxi partait un peu plus tard chaque fois. Et chaque jour, il se sentait un peu plus chez lui : il se servait des bières dans le frigo, du gel douche, des feuilles de l'imprimante – qu'il ne remplaçait jamais… et même de l'ordinateur d'Aurora parce que le sien était cassé. Mais ce n'était pas ce qui énervait le plus notre belle au cœur souffrant. Non, ce qui la laissait sans voix c'est que chaque fois que Maxi débarquait chez elle, il s'excusait, allait aux toilettes et déféquait. « Pourquoi fait-il une chose pareille ? a-t-elle demandé à Olivia le jour où elle le lui a raconté. Il n'a pas de toilettes chez lui ? C'est une façon de marquer son territoire ? »

Mais ses habitudes scatologiques avaient beau la révulser, elle a fini par s'y habituer aussi – vu qu'elle n'osait jamais lui reprocher quoi que ce soit. Elle a acheté un désodorisant pour toilettes et ils ont continué leur routine comme si de rien n'était.

Et une nuit, il est resté.

Et cette nuit-là, ils n'ont pas dormi.

Non pas parce qu'ils ont baisé jusqu'au petit matin, mais parce qu'il a eu une panne. Il était si impressionné d'être avec elle, cette femme incroyable qu'il ne méritait de toute évidence pas… a-t-il expliqué. Ça l'a tellement émue qu'elle a passé le reste de la nuit à lui remonter le moral.

Et maintenant, Maxi faisait partie de sa vie.

Il dessinait chez elle, dormait chez elle, déféquait chez elle… mais ne payait pas de loyer. Il mangeait sa cuisine, dormait collé à son dos et de temps en temps, ils se frottaient d'un peu plus près, sans que ce ne soit jamais très satisfaisant pour elle. Mais Maxi ne lui réclamait rien non plus – d'un point de vue sexuel. Et ça, dans l'esprit tordu d'Aurora, c'était un très bon point. Il la valorisait d'une autre manière. Il ne « profitait pas d'elle » pour baiser. Ça la rassurait, apparemment. Peu importe qu'il profite d'elle pour tout le reste.

Le truc, c'est qu'elle s'était habituée à sa présence. « Vous ne seriez pas en couple par hasard ? » a demandé un jour Olivia à la grande stupéfaction d'Aurora. Il avait tant besoin d'elle… ce n'était pas ça, l'amour ? Maxi n'était plus un simple invité, il se permettait désormais de lui dire que les lentilles manquaient de sel, que la musique le dérangeait parce qu'il regardait la télé, qu'elle ne prenait pas soin d'elle ou qu'il lui trouvait mauvaise mine, ou s'agaçait que sa – comment l'appeler ? – « compagne » lui demande pourquoi il rentrait si tard, si ivre et si imprégné du parfum d'une autre. Sans compter qu'Aurora considérait qu'elle avait « l'obligation morale » de montrer les peintures de Maxi aux personnes qui achetaient les siennes.

Maxi avait infiltré sa vie, comme le poison subtil d'un rouet. Et notre belle au cœur souffrant était tombée dans une léthargie qui l'empêchait de voir plus loin que le bout de son nez. Elle n'avait qu'une obsession : que tout se passe bien pour Maxi. Elle ne pouvait plus envisager les choses autrement.

C'est ainsi qu'Aurora avait accumulé les années et les frustrations.

– Mais c'est injuste, ai-je déclaré tandis qu'Olivia m'aidait à enfiler un tablier noir pour ne pas tacher ma robe.

– C'est elle qui est injuste, tu veux dire. Et oui, elle l'est. Elle est injuste envers elle-même.

Elle a coupé un morceau de cellophane. J'ai attrapé le énième panier de marguerites. Elle l'a emballé d'une main sûre avant de se figer. J'ai suivi son regard. Un jeune homme en chemise blanche et pantalon de costume venait d'entrer dans le jardin. Le visage propre, la mâchoire carrée, un bouc blond et un sourire ensommeillé. C'est quand il a fait signe de la main à Olivia que je l'ai reconnu. Il a dit quelque chose à Aurora et posé son portefeuille sur la table de la pergola, avant de sortir un livre et de s'asseoir sur un siège en fer du jardin. Il a commencé à lire tranquillement. Comme il le ferait une fois par semaine durant les trois mois suivants.

Olivia est sortie de sa torpeur et a continué à couper des morceaux de cellophane.

– Elle devrait rappeler ce Cotello. Ses tableaux sont sublimes, ai-je repris. Si j'avais de l'argent, je lui en achèterais plusieurs pour chez moi. Si seulement je pouvais peindre comme ça.

J'ai admiré les aquarelles accrochées aux murs de la serre, ainsi que celles qui attendaient leur tour, posées à même le sol à côté des vases, comme pour imiter la nature, se confondre avec elle. Des fleurs sorties de l'imagination d'Aurora, qui semblaient sur le point d'éclore et dégager leur parfum délicieux.

Olivia, elle, observait Aurora depuis son mirador de verre : sa façon de tremper le pinceau dans l'eau, de retirer l'excès de peinture, d'essuyer ses larmes dues à son allergie au bonheur avec un chiffon dont elle se servait également pour chasser les mouches.

– Je sais que ce n'est pas facile à comprendre, Marina, a-t-elle dit les yeux perdus dans le vague, mais je me demande parfois si elle n'a pas besoin de souffrir, de la même façon que Gala a besoin de collectionner les hommes. J'en suis venue à me dire que même ses allergies sont un moyen pour elle de s'attirer la compassion. Ça te semble normal de venir peindre dans une pépinière quand on est allergique aux plantes ?

Elle a posé les mains sur ses hanches et nous avons pouffé de rire. Un rire un peu triste.

Est-ce que c'était sa façon d'affronter le monde ? Est-ce que le malheur donnait un sens à sa vie ?

Quoi qu'il en soit, Maxi était désormais sa priorité.

Olivia a entouré une corbeille d'un ruban irisé blanc, avant de le couper et le faire frisotter avec une paire de ciseaux.

– C'est un fait. Elle préfère passer son temps à se battre aveuglément pour d'autres causes perdues que la sienne, a-t-elle continué. Je suppose qu'essayer de soulager Maxi de ses problèmes est une façon de minimiser les siens.

– Mais ça ne règle rien.

– Non, a-t-elle répondu en se levant. C'est vrai, ça ne règle rien.

Elle s'est étirée. Son chignon s'était légèrement affaissé et sa robe blanche était froissée par la sueur. Tout ça lui donnait un petit côté hippie. Le téléphone a sonné. Elle a regardé l'heure, ouvert le rideau de perles colorées et disparu dans l'obscurité de l'arrière-boutique.

Au même instant, Aurora est entrée en se frottant la nuque et m'a demandé, un peu mal à l'aise, un petit bouquet de calendulas.

– J'emporte toujours une nouvelle fleur à peindre, m'a-t-elle expliqué avec ses grands yeux chocolat sur le point de fondre, son teint de porcelaine et son corps tout menu perdu dans son énorme T-shirt.

J'ai attrapé quelques calendulas mauves, que j'ai reconnus parce que j'avais vu *Le Mariage des moussons*.

– Est-ce que c'est vrai qu'on peut les manger ? ai-je demandé en me souvenant du film.

Elle a penché la tête comme un jeune chiot, avec un sourire étonné.

– Eh bien je suppose que oui, si tu es une chèvre.

Je lui ai rendu son sourire. J'ai sélectionné les fleurs avec autant de soin qu'une directrice de casting. Après tout, elles allaient être ses modèles. Puis, voulant imiter Olivia, je les ai entourées d'un lien. Mon geste ressemblait plus à une tentative d'étranglement qu'autre chose. Mais il n'était pas inutile, car ce qu'Aurora ignorait sans doute encore, c'est que le calendula est la fleur de la tristesse.

La tentation des cognassiers

La nuit tombait. Olivia a allumé les petites lanternes du jardin, vite envahi par un essaim de lucioles. Aurora a rangé ses pots de peinture. Moi, j'étais toujours à l'intérieur de la serre, à balayer les restes de marguerites et de cellophane, étourdie par leur odeur sucrée… C'est à ce moment-là que j'ai aperçu une nymphe blonde enroulée comme du lierre autour de notre olivier. Gala était collée au tronc, comme si elle cherchait à se confondre avec l'arbre, absorber son énergie vitale.

Pendant ce temps, Olivia bavardait avec quelqu'un devant la grille de l'entrée.

– Alors ? Il ne t'a rien laissé pour moi ?

Dans la lueur des lanternes, je pouvais distinguer à travers les plantes, une chevelure coiffée au carré, qui s'agitait à chaque mouvement.

– Non, pas aujourd'hui, Victoria, a répondu la fleuriste avant de marquer une pause. Tu vas continuer comme ça longtemps ? Tu sais ce que tu ressens. Et lui aussi…

– Bon sang, Olivia, si seulement c'était aussi simple.

– Ça l'est.

– Il pourrait se montrer plus clair.

– Il l'est.

– Non, non… Il faut que je sois sûre et que j'analyse bien la situation. Et je ne vais pas faire tout le boulot non plus, hein ?… a répondu la femme agitée d'une voix décidée mais un peu enrouée.

– Victoria, l'a interrompue Olivia avec calme, tu crois que tu peux intégrer ces données à un tableau Excel pour leur donner un sens ? Traite-moi de romantique, mais j'ai l'impression qu'on ne raisonne pas avec les sentiments, tu ne crois pas ? Quand on pense, on ne ressent pas, et quand on ressent, on ne pense pas. Bref… pourquoi tu ne viens pas boire un verre de vin avec nous ? Les filles sont là.

Il y a eu un silence, aussitôt interrompu par l'arrosage automatique des plantes de l'entrée qui venait de se déclencher.

– Bon, un seul alors, sinon Pablo va s'impatienter, a-t-elle dit d'une voix étouffée.

– Eh bien qu'il s'impatiente.

Les deux femmes ont rejoint le jardin bras dessus, bras dessous, et je suis retournée me cacher derrière mes marguerites. J'ai entendu des rires et des bonsoirs. Olivia est allée chercher une bouteille de vin et des verres dans l'arrière-boutique. J'allais la rejoindre pour lui dire au revoir quand je suis tombée nez à nez avec elle.

– Allez, Marina, arrête de fouiner et viens m'aider, tu veux bien ? Je vais te présenter à de très bonnes amies, a-t-elle dit en enlevant son tablier et en défaisant son chignon.

Je n'avais jamais rencontré quelqu'un d'aussi speed que Victoria. On aurait dit qu'elle vivait en accéléré. Elle avait des cheveux châtains, une frange sur laquelle elle soufflait constamment pour la dégager de ses yeux, les traits marqués et durs, les pommettes saillantes, une grande bouche, une petite poitrine, un corps mince et athlétique. Elle portait un tailleur élégant mais un peu démodé.

– Je ne peux pas rester longtemps ce soir. Je passe en coup de vent. (Elle a fouillé dans son sac pour jeter un coup d'œil à son portable puis l'a posé sur une chaise, ainsi que son ordinateur, avant de s'asseoir.) J'ai promis aux enfants de les border, et Pablo me répète que je ne tiens pas mes promesses. Et il faut que je fasse un pudding pour le dîner chez ma belle-mère, j'en ai marre qu'elle me reproche de ne pas cuisiner, je vous jure, cette sorcière, si elle savait que Pablo y va seulement parce que j'insiste, enfin… (Elle a levé les yeux, a cherché quelque chose dans un coin de son cerveau avant de revenir parmi nous.) Vous savez quoi ? Aujourd'hui j'ai lu un article sur les femmes-sandwich. C'est terrible. J'ai bien peur d'en être une : j'ai encore mes enfants à charge mais je commence déjà à devoir m'occuper de mes parents et ma belle-mère… Et puis j'ai encore des mails à envoyer et un document à corriger pour la réunion de demain… Sans oublier ces salauds de Chinois, vous savez ce qu'ils ont osé dire ? Qu'ils ne négocient pas avec une femme ! (Elle a soufflé sur sa frange pour dégager son visage et regardé son portable.) Mon boss leur a répondu : « Eh bien, c'est la meilleure, donc vous allez devoir négocier avec elle ». Résultat, je vais devoir emmener mon n–1, qui a une petite bite comme eux, « au cas où ». Qu'est-ce que vous dites de ça ? Ah et je n'ai pas intérêt à oublier d'appeler ma mère, à qui on a diagnostiqué un diabète, la pauvre. Et bien sûr, je dois l'accompagner passer ses examens parce qu'elle n'ira jamais seule. Une femme-sandwich, je vous dis. Et demain, après ma journée de boulot, il doit aller à la réunion de parents d'élèves pour décider des déguisements que porteront nos enfants à la Saint-Patrick. Je vous avais dit que je les avais transférés dans une école bilingue ? La plus grande erreur de ma vie ! Ils me font plus travailler qu'eux. Toutes les mères sont riches, belles, et savent faire des confitures et des biscuits aux formes invraisemblables, ce qui veut dire qu'avec un peu de chance, mes enfants auront honte de moi.

Je crois qu'elle a dit tout ça sans respirer, ce qui nous a coupé le souffle à toutes, puis elle s'est mise à envoyer des textos à une vitesse frénétique.

– Vicky, si tu continues comme ça, tu vas faire un infarctus, l'a avertie Gala sans la regarder, en feuilletant avec nonchalance un magazine de décoration, avant d'enlever ses chaussures, de les poser sur la chaise d'Aurora qui se roulait une cigarette, et de commencer à se balancer.

– Et Pablo ne peut pas t'aider ? a demandé la peintre taxi en allumant sa cigarette. Merde ! Vous voyez ! J'ai dit « aider ». Les femmes sont toujours les premières à trahir les femmes.

– Ça va, lâche ton fouet, s'est désespérée Olivia en se levant pour prendre le tuyau d'arrosage. Ce dont Victoria a besoin pour calmer son stress, c'est d'avoir quelque chose à elle, en dehors de son foyer et de son travail.

– Dis plutôt « quelqu'un », a ajouté Gala moqueuse.

Galatée et Olivia se sont lancé un regard entendu.

– Quelqu'un ? a demandé Aurora derrière un nuage de fumée.

Victoria a passé nerveusement la main dans ses cheveux.

– Ne commençons pas. C'est un fantasme et ça me suffit. En plus, je n'ai pas eu le temps d'aller à la gym cette semaine, une fois de plus. (Elle a soupiré trois fois en regardant ses ongles). Peu importe. Qui a besoin d'être parfaite après avoir accouché ?

– Toi ! a lâché Gala avec ses grands yeux de poupée écarquillés. Être parfaite, non, grand Dieu, mais combattre un peu la loi de la gravité ! Peut-être pas une opération « bikini » mais au moins une opération « amant »...

On a entendu entre les arbres le petit rire d'Olivia. L'odeur de terre mouillée commençait à envahir le jardin. Ça sentait la nature de tous les côtés.

– Vous n'êtes pas dans ma situation, ok ? J'ai une famille.

Victoria a de nouveau regardé son portable. On a entendu la sirène d'une ambulance hurler au loin, ce qui n'a fait qu'accentuer l'effet dramatique de sa dernière phrase.

– C'est vrai, a dit Olivia depuis le mur du fond qu'elle était en train d'arroser. Ça devrait te motiver qu'un mec ait envie de soulager tes tensions, chérie, mais tu n'en profites même pas.

– Oui, d'ailleurs que sait-on à son sujet ? a demandé Gala en remuant son verre de vin. Les choses ont avancé ?

La concernée a semblé sur le point de dire quelque chose mais s'est ravisée. Elle s'est resservi du vin avant de m'en proposer.

– Fais attention à elles, Marina. Elles ont une très mauvaise influence.

J'ai souri. Je crois que c'était la conversation la plus rafraîchissante à laquelle j'avais assisté depuis longtemps. Puis Olivia nous a arrosé les pieds, pour nous rafraîchir un peu tandis que fusaient les insultes et les éclats de rire.

Victoria m'a raconté plus tard qu'elle était ingénieure en informatique. Mais une des phrases qu'elle a prononcées ce soir-là m'avait mise sur la piste.

– Le problème c'est que nous, les femmes d'aujourd'hui, nous sommes comme un logiciel révolutionnaire qu'on aurait installé sur un ordinateur obsolète. C'est pour ça qu'il n'arrête pas de buguer et de faire des courts-circuits.

Elle considérait qu'elle avait un bon poste, mais vivait dans l'espoir permanent d'une promotion qui ne viendrait jamais si elle restait en Espagne.

Elle tendait les mains de façon étrange quand elle parlait. Elles les avaient petites, comme faites pour pianoter sur un portable. Ses ongles étaient rongés, presque rognés. Elle faisait la navette entre Madrid et Tokyo, où se trouvait son entreprise et, selon elle, sans son mari et ses enfants, elle aurait déménagé à l'étranger depuis longtemps. Elle avait deux garçons, Raul et Eduardo. Sept et quatre ans, allergiques à peu près à tout – comme leur père. Même si elle préférait ne pas y penser, elle savait pertinemment que le fait de ne pas pouvoir quitter le pays était un frein à sa carrière.

– Et le comble, c'est qu'ils viennent de me proposer de me muter à New York pour un temps. (Tout le monde a applaudi et l'a félicitée.) Ne sortez pas le champagne tout de suite.

– Pourquoi ? a demandé Aurora en laissant échapper un cercle de fumée de sa bouche.

– Pablo pense que ce n'est pas une bonne idée, a-t-elle dit entre ses dents serrées.

– Parce qu'il ne perd rien à ne pas y aller alors que toi, si ? a protesté Gala.

– Non, Pablo ne pense qu'aux enfants, a protesté Victoria. Il dit que ce n'est pas un bon endroit pour les élever. Et il n'a pas totalement tort. Mais d'un autre côté, ce serait une expérience géniale pour eux... Je ne sais pas.

Gala a perdu à la fois sa patience et son équilibre. Olivia l'a rattrapée juste à temps.

– Je te rappelle que tu ne voulais pas non plus quitter le quartier ! s'est insurgée la blonde. Et si je me souviens bien, c'est lui qui a insisté pour que vous alliez vivre dans cette banlieue du trou du cul du monde.

– Et sa position préférée, c'est celle du missionnaire, tandis qu'elle, elle aimerait qu'on la prenne contre le mur. Ce qui est nettement plus grave, a conclu Olivia à ma grande stupéfaction.

– Arrêtez !

Victoria lui a lancé un regard assassin et s'est remise à gratter de façon compulsive le vernis de son index.

– Pablo est un père formidable.

Gala a fermé son magazine.

– C'est une excellente nouvelle pour tes enfants, ma grande, mais c'est de toi qu'on parle là, il me semble.

– C'est vrai que nous sommes très différents, a enchaîné l'informaticienne. Mais il y a une chose sur laquelle nous sommes d'accord… c'est que je n'en fais pas assez.

– Dieu tout-puissant ! a protesté Aurora. Mais pourquoi tout est toujours de notre faute ?

– Bon, il ne me le dit pas explicitement, mais je sais qu'il le pense, a-t-elle rectifié. Et c'est vrai, les filles, je n'y arrive pas. Quand j'étais petite, ma mère m'a demandé un jour ce que je voulais faire plus tard. J'ai cité David Bowie : « Je veux être un super-humain ». Et bien entendu, je ne m'en sors pas.

Olivia a laissé tomber le tuyau au pied d'un arbre et planté ses mains sur ses hanches.

– Quelle idée, chérie ! Tu veux avoir une famille et un travail !

– Comme un homme ? a précisé Gala. T'es vraiment une excentrique.

– N'est-ce pas ? a-t-elle marmonné, un sourire en coin, en jetant un coup d'œil furtif à son portable.

De nouveaux éclats de rire.

J'ai servi une autre tournée. Selon Olivia, Victoria était un spécimen évident du « syndrome de la toute-puissance ». Elle avait décidé qu'elle pouvait tout faire, et son plan n'admettait aucun échec : la meilleure mère, la meilleure dans son métier, la meilleure épouse, la meilleure fille, la meilleure belle-fille… Pas bonne, non, parfaite. Ainsi, son patron ne pourrait pas lui reprocher de délaisser l'entreprise au profit de ses deux garçons, et son mari d'être une mère absente. Et le résultat ?

– Mon Dieu ! Je vais envoyer un texto à la maison. Il est dix heures. Je vais prendre un de ces savons… Et si je ne corrige pas ce document pour demain, ce sera la porte.

Olivia lui a alors délicatement pris son portable des mains avant de lui caresser la joue.

– Pense à toi, pour une fois, tu veux bien ? a-t-elle murmuré, ce qui a semblé la clouer sur place. Tu le mérites.

La seule solution que Victoria avait trouvée pour calmer l'angoisse que lui causaient toutes les frustrations de sa vie, c'était d'être en permanence occupée, constamment soumise à un stress maximal. C'est pourquoi quand elle rentrerait chez elle ce soir-là, plutôt que de prendre une douche et de se détendre devant la télé avec un verre de vin – comme elle le faisait quand elle était célibataire –, elle enfilerait ses chaussons, trottinerait jusqu'à la chambre de ses enfants et passerait le même temps à border chacun d'entre eux avant de réorganiser leurs cartables. Elle se rendrait ensuite dans la cuisine, sortirait le beurre, le pain et trois sortes de charcuterie différentes pour leur faire un en-cas pour la récréation. Elle préparerait les tasses pour le petit déjeuner, poserait les céréales sur la table, trois sortes différentes également – au chocolat pour Eduardo, au miel pour Raul et du muesli pour Pablo. Puis elle mijoterait une bolognaise pour le lendemain soir. Quand l'aube pointerait le bout de son nez, elle serait toujours éveillée, dans son lit, son ordi brûlant sur les genoux, les yeux injectés de sang à passer en revue les mails et les dossiers du jour. Elle serrerait tendrement Pablo – qui ronflerait, lui, depuis longtemps – dans ses bras après avoir posé son ordi par terre. Le matin, c'est lui qui se chargerait de mettre la vaisselle dans le lave-vaisselle et de déposer les enfants à l'école avant d'aller travailler. Et quand ils se retrouveraient le soir, tandis que les enfants mangeraient leur bolognaise, Pablo l'embrasserait sur le front et lui demanderait pourquoi elle était rentrée si tard la veille.

J'ai su plus tard que Victoria avait grandi avec une mère accro aux médicaments. Encore une responsabilité qu'elle n'aurait pas dû endosser. À un certain point, elle a décidé qu'elle en avait marre de souffrir et se contenterait d'un bonheur simple du moment qu'il était stable. De la même façon que Gala était accro à l'instabilité, Victoria était capable de s'auto-lobotomiser pour être sûre de ne jamais mettre en danger la stabilité précaire de sa vie. Elle se mentait, à elle comme aux autres.

– J'aime Pablo. Nous avons un projet commun. Le problème, c'est que… je ne sais pas… c'est comme si nous étions devenus les co-éleveurs d'un cheptel.

– Putain, drôle d'expression… a dit Gala en finissant son verre d'un trait.

– Mais il ne s'est rien passé et il ne se passera rien avec Francisco, a-t-elle prévenu en baissant la voix d'un ton. Ne soyez pas mauvaise langue !

Sur le coup, je n'ai pas fait le rapprochement. Je ne me doutais pas une seconde de la tournure que prendrait cette histoire.

– Et pourquoi pas ? a contre-attaqué Gala. Tu travailles sans arrêt, tu fais vivre toute une famille…

– Et ton mari est charmant mais il t'ignore magistralement… a grommelé Olivia.

– Ce que tu peux être brusque, Oli, l'a sermonnée Aurora. Pourquoi ne la laisses-tu pas tranquille ?

– Non il ne m'ignore pas, l'a défendu Victoria. C'est juste que nous n'avons pas le même biorythme et que je suis toujours crevée quand je rentre à la maison. Je me passe une crème pour les varices et je vais dormir. (Elle a étiré son dos, qui a craqué comme s'il était en osier.) Vous voyez ? Je suis toute courbaturée.

– Bien sûr, parce que tu ne baises pas, a dit Olivia en se redressant avec dignité sous nos éclats de rire. Si tu te faisais plaisir, ton couple irait mieux. Tu serais plus belle, plus joyeuse, ta peau serait moins terne…

– Ça, c'est un mythe débile… a assuré Gala.

– L'éclat de la peau ? a dit Olivia, surprise. Je suis déçue.

– Quoi, ça ? a demandé Victoria.

– Le fait que ton couple irait mieux, a repris Gala en haussant un sourcil. Je fréquente beaucoup d'hommes mariés et je n'ai pas vraiment l'impression qu'avoir une maîtresse aide leur relation de couple.

Aurora regardait la scène comme si elle était au théâtre :

– Et ça ne te donne pas mauvaise conscience ? a-t-elle soudain demandé avec ses grands yeux innocents.

– À moi ? a souri Gala. Tu es dingue ? Qui a un engagement ? Pas moi. Exactement pour ça, d'ailleurs. Je tiens plus que tout à mon indépendance et les hommes mariés ont un avantage : ils ne cherchent rien de sérieux. (Elle s'est éventée avec sa revue.) Je n'ai droit qu'aux meilleurs côtés. Tant que je n'ai aucun contact avec leurs femmes, tout va bien. C'est pour ça que je n'aime pas aller chez eux. Ça en excite certaines, pas moi.

– Exciter ? Putain, bonjour la solidarité féminine ! s'est scandalisée la belle au cœur souffrant.

– Je ne crois pas à l'amitié chromosomique, l'a interrompue Victoria en envoyant distraitement un texto. Deux femmes peuvent être les meilleures amies du monde, mais cela n'a rien à voir avec le fait qu'elles soient des femmes.

– Je suis bien d'accord, a continué Gala. Mais c'est vrai que voir ses photos, me sécher avec ses serviettes, le faire dans son lit… J'admets que ça me refroidit un peu. Mais ça n'a rien à voir avec la culpabilité. Vous savez ce qu'un type m'a fait un jour ? Quand je suis sortie de la douche, il a ouvert l'armoire de la salle de bains et m'a proposé le soin contour des yeux de sa femme. Non mais vous y croyez ?

– Son soin contour des yeux ! Mais c'est impardonnable ! a scandé Victoria, ironique. Quel salaud !

La première fois que Victoria est entrée au Jardin de l'ange, c'était pour tuer le temps. Elle n'a rien acheté. Olivia a juste remarqué qu'elle prenait rendez-vous avec un homme pour déjeuner. Elle a compris plus tard que cet homme n'était autre que ce magnifique archéologue qui traînait à quelques rues de là à la recherche des restes de Cervantès. Ils s'étaient connus parce que l'entreprise de Francisco avait demandé à celle de Victoria de mettre au point un logiciel pour localiser les restes humains.

Un jour qu'elle l'attendait dans le jardin après avoir visité une exposition d'Antonio Lopez au musée Thyssen, elle a demandé à Olivia quelle était le nom de la fleur dans le célèbre tableau hyperréaliste du peintre. Elle l'avait observée pendant des heures, hypnotisée, et pour une raison inconnue, elle éprouvait le besoin de continuer à regarder ce trésor végétal. Olivia lui ayant répondu que c'était une fleur de cognassier, Victoria, qui ignorait qu'il s'agissait d'un arbre, lui en avait commandé. Une semaine plus tard, elle avait introduit chez elle, sans le savoir, deux branches où fleurirait bientôt la fleur de la tentation.

C'est alors qu'Olivia a eu l'idée d'afficher sur la porte de la serre un tableau expliquant les significations des fleurs. Depuis, Victoria et son archéologue venaient tour à tour à la boutique chercher une fleur que l'autre avait laissée à son intention. Une fleur chaque fois porteuse d'un message précis. À l'origine, ce petit jeu était une idée d'Olivia, mais aucun des deux n'en avait conscience. C'est ainsi qu'a commencé entre eux un étrange dialogue dans lequel les fleurs remplaçaient les mots : à travers elles, ils osaient se dire ce qu'ils étaient incapables de se dire en face. Et puis, c'était moins risqué que les textos. Victoria s'était prise d'affection pour les pensées – les fleurs, je veux dire – au début elle avait préféré rester prudente et en avait choisi une multicolore, ce qui signifiait : « Pense à moi comme je pense à toi ». Il lui avait répondu avec une pivoine rose, « Tu me plais, mais je suis trop timide pour te le dire ». Elle avait contre-attaqué avec une pensée blanche, « Je te respecte », à laquelle il avait répondu par une pivoine blanche, « J'ai de la chance de t'avoir », et elle une pensée bleue, « J'ai confiance en ton amour ». Il lui avait alors renvoyé un énorme tournesol gage de son « admiration », ce qui l'avait poussée à lui adresser une pensée jaune, symbole d'un « désir plein de poésie », à laquelle il avait répondu, en se jetant à l'eau, par une pensée orange, symbole d'un « intense désir physique ».

Ils en étaient là quand je les ai connus.

Il arrivait encore à Victoria de rapporter quelques fleurs de cognassier chez elle, ignorant sciemment les éternuements de ses fils chaque fois qu'ils passaient à côté.

– Si tu veux mon avis, Victoria, a dit Gala sur la pointe de ses pieds nus en consultant le tableau du langage des fleurs, je crois que, chaude comme tu es, seul un énorme glaïeul rouge pourra régler tes problèmes.

– Ah, j'adore les glaïeuls, a soupiré Aurora. Il faut que j'en peigne. Quel est leur message ?

– C'est une invitation claire et indubitable à l'amour charnel, a répondu Olivia assise sur la balançoire de l'olivier. Écoute, Vicky, le sexe, c'est médicinal : ça booste les défenses immunitaires, le bonheur avec la sérotonine et la sérénité avec la dopamine, ça favorise également la circulation du sang dans le cerveau et le cœur… (Elle s'est mise à se balancer avec grâce.) Je n'ai jamais pu me passer de sexe et j'ai une santé de fer, c'est un fait.

Je les écoutais, hypnotisée, en me demandant comment participer à une conversation dont je me sentais si éloignée. Qu'avais-je fait ces dernières années ? J'ai essayé de me souvenir de nos rapports sexuels avant que tu ne tombes malade. Je n'étais pas sûre d'aimer qu'on me force à penser à ces choses-là. J'étais en train d'y songer quand, à onze heures du soir, alors que, le vin aidant, les filles parlaient de plus en plus fort, quelque chose d'inattendu s'est produit. La porte de la grille s'est ouverte et une voix derrière les plantes a demandé si nous étions encore ouverts.

La sérénité des orchidées

Dans l'obscurité, j'ai vite reconnu la silhouette de la femme au tailleur gris perle venue le matin même. Digne comme une statue, elle tenait son bouquet de roses dans une main et une enveloppe dans l'autre. Son mascara avait coulé comme si elle avait pleuré.

Surprise, Olivia s'est levée et a marché pieds nus sur les dalles mouillées.

– Bonsoir, chérie. Entre… En quoi pouvons-nous t'aider ?

– Ce qui m'aiderait vraiment, c'est que vous me donniez l'adresse d'un tueur à gages discret. Mais je vais me contenter de vous demander un service, a-t-elle répondu d'une voix déterminée avant de se tourner vers moi. Je voudrais changer l'adresse de la destinataire des roses.

– Elles ne sont plus pour cette chanceuse de Casandra ? a demandé Olivia, encore plus surprise.

Elle a fait une grimace ironique puis s'est tournée vers moi.

– Vous avez l'adresse et le nom du couple qui était là ce matin avec une petite fille ?

– Oui, ai-je répondu en titubant. Ils nous ont passé une commande. Des arbres fruitiers pour un jardin.

– Pour un jardin… a-t-elle souri, pensive. Évidemment, j'aurais dû savoir qu'ils avaient un putain de jardin… Eh bien, j'aimerais les lui envoyer à « elle » (elle a insisté sur ce pronom), avec le message suivant.

Elle nous a tendu l'enveloppe. Olivia l'a ouverte de ses doigts fins. Nous l'avons observée en retenant notre souffle. Il y avait une carte à l'intérieur. Elle l'a lue à voix basse :

Ton mari a oublié ça chez moi.

Et il y avait un préservatif collé sur la carte.

Elle nous a ensuite tendu une seconde enveloppe.

– Et j'aimerais que vous gardiez ça. Au cas où j'aurais besoin d'envoyer un autre bouquet. À lui cette fois.

Il nous faudrait attendre deux mois pour savoir ce qui se trouvait à l'intérieur et combien toute cette histoire était en réalité compliquée.

– Euh, Casandra, n'est-ce pas ? a demandé Olivia en lui posant la main sur l'épaule. Pourquoi ne viens-tu pas te détendre et boire un verre avec nous ? Nous avons improvisé une petite réunion entre amies dans le jardin.

À en croire Olivia, ce n'était pas la première fois que Casandra se faisait livrer des fleurs au bureau. Toujours accompagnées d'un message différent : passionné, séducteur, fiévreux, impatient, chevaleresque… Elle n'était pas folle. Elle nous a expliqué qu'elle voulait juste que ses collègues pensent qu'elle avait une vie. C'était une stratégie professionnelle. Son patron lui avait expliqué un jour que, malgré son incroyable carrière et la vitesse à laquelle elle avait gravi les échelons, son image s'améliorerait si…

– Si j'étais dans une relation stable…, à savoir mariée. Avec une famille, a dit Casandra en nous regardant l'une après l'autre dans les yeux. Et encore, je l'ai interrompu. Sinon il m'aurait dit quelle race de chien acheter !

– C'est le comble ! s'est indignée Aurora.

– Mais quel crétin… a dit Gala.

Un oiseau nocturne s'est posé dans l'olivier et s'est mis à gratter une branche. Casandra a semblé se calmer au rythme des accords répétitifs des accordéons de la plaza Santa Ana qui parvenaient jusqu'à nous.

La vérité, c'est qu'elle n'avait pas eu le temps de construire tout ça. Pas eu le temps de vivre en général. Elle avait préféré devenir une brillante diplomate et s'investir à fond dans son travail – ou plutôt se laisser prendre en otage. À trente-cinq ans, elle était déjà députée européenne. Elle avait grandi en suivant à la lettre les consignes de son père : « Ayez une carrière, soyez indépendantes et ne vous reposez jamais, jamais, sur un homme ». Il avait une autre phrase fétiche, que sa fille comptait bien graver sur sa tombe : « Le seul homme qui ne te trompera jamais, c'est ton père ». Ainsi, Casandra vivait tiraillée entre mépris et fascination pour les hommes. Elle était convaincue qu'elle ne trouverait jamais celui qu'elle cherchait.

– Ça, tu n'en sais rien, a argué Olivia.

– Bien sûr que si, a-t-elle répondu en avalant une gorgée de vin. Parce qu'il n'en existe qu'un seul au monde. Et il est marié à ma mère.

Une femme admirable. Une bonne mère, a-t-elle précisé. Qui lui répétait sans cesse qu'elle était la meilleure. Et être à la hauteur de ce genre d'attentes, c'était une pression énorme. La réussite de Casandra avait fait d'elle une sorte de trophée pour les mâles alpha : une femme de pouvoir qu'ils voulaient séduire à tout prix mais avec qui ils n'auraient jamais fait leur vie. Ils avaient trop peur qu'elle ne dégaine son arme secrète, celle qu'elle gardait sous le coude pour les abandonner quand ça lui chanterait : son indépendance.

Et qui étaient ces hommes qui couraient après Casandra ?

Des hommes excités à l'idée de dompter un animal féroce. Par dompter j'entends séduire : des Peter Pan à la vie dissolue, des époux constamment infidèles ou…

– … les deux à la fois, a-t-elle admis la mort dans l'âme en ajustant sa queue-de-cheval. J'ai passé des années à dire non à ce genre d'hommes – parce que j'avais toujours en tête les recommandations de mon père, des nonnes du lycée et même de mon patron. Et puis, j'ai fini par céder.

– Et tu es devenue la maîtresse d'un homme marié, a dit Gala, intéressée.

Casandra a acquiescé, avant de faire non de la tête.

– Le pire, c'est que je me suis fait avoir comme une bleue. « Si je trompe ma femme, c'est parce que je veux connaître le véritable amour. »

– Et tu as cédé parce que tu t'es sentie investie de cette mission, celle de « lui faire connaître le véritable amour », pour ne pas le décevoir, comme tu le fais avec tout le monde, a ajouté Olivia en attrapant nos verres.

Casandra l'a regardée, surprise d'être si prévisible.

– Je me sens ridicule. Je me suis même acheté des livres sur le sexe ! s'est-elle lamentée en posant son verre sur son front pour se rafraîchir. Tous les moments où nous n'étions pas ensemble, je préparais notre prochaine rencontre, négligeant ma santé, mes amis. Jusqu'à ce que…

Quelque chose l'a poussée à s'arrêter. Une information encore confidentielle. Elle a caressé le petit grain de beauté juste à côté de sa bouche.

– Jusqu'à ce que tu te rendes compte que les rares moments où vous étiez ensemble, il voulait les passer à baiser, s'est risqué à dire Gala, experte de la vie des autres, tandis que son corps de nymphe robuste se remettait à faire des acrobaties sur la chaise.

Casandra a retiré l'élastique de ses cheveux.

Elle n'arrivait pas à comprendre comment elle avait pu se fourrer dans cette situation. Elle avait tellement voulu lui plaire qu'elle en avait oublié l'essentiel : il était marié. Mais ce matin-là, quand elle l'avait croisé dans le jardin, avec sa femme et sa fille, elle s'était pris une dose de réalité brutale en pleine face et en avait eu le souffle coupé et l'estomac noué.

– Mais tu savais qu'il l'était… a dit Aurora entre deux éternuements.

– C'est plus compliqué que ça, a soupiré Casandra. Aujourd'hui, en les voyant, il s'est passé quelque chose qui… Enfin, c'est une histoire très compliquée, difficile à expliquer en une soirée.

Elle n'a pas pu continuer. Elle s'est resservi du vin et en a avalé une gorgée avec difficulté.

– Quel connard ! a dit Gala. Vous voyez que j'ai raison. L'amour, c'est surfait.

– Il ne s'agit pas seulement de ça… Gala, c'est ça ?

Casandra a marqué une pause, l'autre a acquiescé.

– Le problème, c'est qu'il y a beaucoup de manipulateurs qui balancent à tout-va des mots qui les dépassent, a déclaré Aurora.

Victoria, qui avait attentivement écouté la conversation, convaincue que c'était ce qui l'attendait si elle succombait à la tentation, était en train de se ronger le dernier ongle verni qui lui restait. Puis elle a regardé dans le vide.

– Et vous voulez que je me lance dans ce bordel ?

Casandra n'a rien dit, perdue dans ses pensées. Je suppose qu'elle complétait mentalement les pièces manquantes du puzzle intriqué de son secret. Elle a défait les deux premiers boutons de son chemisier puis a posé sa veste sur le dossier de sa chaise. Elle a enlevé ses petites boucles d'oreilles en diamant, sa bague et sa montre, et les a rangées dans son sac. Comme si soudain, tout ça l'étouffait… ou lui rappelait des souvenirs.

Le lendemain, Olivia et moi baptiserions le cas de Casandra : « syndrome de la *superwoman* ». Tout chez elle (sa posture, l'assurance de ses gestes, sa façon de brandir sa carte bleue, sa dextérité à manier une perceuse) ne criait en réalité qu'une chose : « Je n'ai pas besoin d'un homme ». Déclaration qui lui permettait d'être fidèle à son père adoré. Elle préférait se concentrer sur son travail pour la même raison. Elle savait que quand elle se donnait aux autres, elle se donnait trop. Elle attendait trop de l'amour, comme du reste.

– Mais enfin ne sois pas aussi catégorique, chérie. Je t'assure qu'il existe des hommes merveilleux... est intervenue Olivia. Tu ne crois pas que tu as peur et que tu choisis de ce fait ceux qui donneront raison à ton sacro-saint père ?

Casandra s'est tournée fièrement vers elle.

– Peur ? Moi ? D'eux ? Ha ! Tu devrais voir comment ils me regardent au ministère... Mes collaborateurs se pissent dessus dès que j'entre dans une salle de négociations.

La *superwoman*, selon Olivia, était l'œuvre des mères féministes – les femmes de sa génération à elle – qui s'étaient battues pour une liberté dont elles n'avaient jamais pu jouir : « Ne tombe pas amoureuse. Ne te marie pas. Ne fais pas d'enfants. »

Le cas de Casandra nous est apparu de façon encore plus claire quand Gala, après la troisième bouteille de vin et comme s'il s'agissait d'une soirée pyjama entre ados, nous a demandé à toutes comment s'était passée notre « première fois ». Je sais désormais, alors que ce long et étrange été touche à sa fin, qu'il y a deux adolescences dans la vie d'une femme. Deux périodes de « chrysalide » : l'une à quinze ans, l'autre à quarante. Mais j'y reviendrai plus tard.

Contre toute attente, Aurora a répondu la première.

– À vrai dire, pour moi c'était une « presque première fois », parce que nous ne sommes pas allés jusqu'au bout, a-t-elle dit timidement en agitant ses cils noirs et humides.

À l'époque, la belle au cœur souffrant avait un petit ami très pieux, un camarade de lycée. Il plaisait à sa mère, parce qu'elle le trouvait humble, et à son père parce qu'il le pensait promis à un bel avenir. Son affection pour l'Opus Dei n'était pas un secret, ils ont donc vite parlé mariage – a-t-elle confessé un peu honteuse. Et bien évidemment, il voulait « respecter » sa virginité. Olivia a posé sa main sur son front : non mais ça existait encore ce genre de truc ? Nous lui avons toutes ordonné de se taire.

– Un jour, nous étions seuls chez moi, presque nus, en train de nous embrasser goulûment, quand il m'a proposé une alternative. Il m'a dit : « Mon cœur, et si je te prenais par-derrière ? Comme ça tu seras toujours vierge. » (Aurora a fait un geste d'évidence avec les mains.) Depuis ce jour, je suis toujours un peu sceptique sur les préceptes religieux…

– Quel jeune homme plein de ressources ! Et en plus, il donnait raison à ton père !

Il y a eu quelques gestes déconcertés et deux ou trois injures.

Casandra, qui était en train d'effacer les traces de mascara qu'elle avait sous les yeux à l'aide d'un petit poudrier Christian Dior, a pris le relais.

– Ma mère à moi, féministe devant l'Éternel, m'a conseillé de prendre rendez-vous avec un chirurgien pour qu'il rompe mon hymen. Son argument était le suivant : « Comme ça, tu ne seras le trophée d'aucun homme », a expliqué la diplomate en refermant son poudrier. Vous me resservez du vin ?

Nous sommes toutes restées sans voix.

– Ma relation avec mon père, c'est un détail, sincèrement, a-t-elle continué. Maintenant que j'ai atteint une bonne partie de mes objectifs professionnels, je réalise que ça ne lui suffit pas, il veut que j'en fasse toujours plus. J'aurai beau passer ma vie à essayer, je n'obtiendrai jamais complètement sa reconnaissance. Mon indépendance fait peur aux hommes et… pitié à mes stagiaires. Vous savez ce que j'ai entendu

Paula, mon assistante, dire l'autre jour ? a-t-elle soupiré : « Elle n'a pas de vie ». Elle n'a pas de vie ! C'est ce qu'elle a dit, cette fille de hyène ! Tout ça parce qu'elle m'a surprise vissée à mon ordinateur un vendredi soir, avec quarante de fièvre. Alors que je ne lui avais même pas demandé de rester !

– Mais tu es canon ! a protesté Gala. Sérieusement, je ne comprends pas comment une fille comme toi n'a pas un bataillon de mecs qui la suivent en bavant.

J'ai observé Casandra. Ses longues jambes. Son corps parfaitement proportionné. Ses cheveux brillants. Ce grain de beauté qui faisait ressortir sa grande bouche sensuelle.

– Pourquoi tu ne t'inscris pas sur un site de rencontres cool ? a suggéré Victoria en allumant sa tablette.

– « Site de rencontres » et « cool » sont deux concepts antinomiques, a rectifié Gala.

– Ne l'écoute pas, a rétorqué Victoria. Certains sont parfaits pour les personnes dans son genre.

Casandra l'a regardée, horrifiée.

– Dans mon genre ? Tu as perdu la tête ? a-t-elle demandé en se levant pour décoller son pantalon et son chemisier de sa peau en sueur. Je suis fonctionnaire ! Impossible de m'inscrire sur ces sites, même si j'en avais envie. Parfois, je me dis qu'il vaudrait mieux troquer mon CV contre une paire de nibards bien fermes, sérieusement.

Elle nous a expliqué que la liste de ses amants – rien que pour l'année passée – était plus longue que la bio de sa page LinkedIn. Elle devait beaucoup compenser pour être une personne normale, selon elle. Elle s'était toujours montrée si responsable, comportée de façon si « correcte », qu'elle pourrait commettre un million de péchés, elle irait quand même droit au paradis à l'heure du Jugement dernier. Mais la réalité, c'était que chaque fois qu'elle rencontrait un type qui lui plaisait, c'était toujours la même chose : après un début sur les chapeaux de roue, les textos finissaient par s'espacer, puis devenaient « super formels », comme elle disait, jusqu'à s'arrêter complètement.

– « Tu n'es pas mariée, Casandra ? », « Comment se fait-il que tu n'aies pas d'enfants, Casandra ? », « Tu devrais te faire inséminer, Casandra »… « Qu'est-ce qui ne va pas, Casandra ? » a-t-elle soupiré. Comme si on pouvait planifier ce genre de décisions ! Je suis à deux doigts de demander à mon assistante de me faire don de ses ovules.

– Moi, je n'ai pas d'argent pour ce genre d'insémination. Ni d'assistante d'ailleurs, a soudain lancé Aurora, légèrement agacée.

J'ai regardé Casandra fouiller dans son sac de créateur à la recherche d'un énorme semainier (celui qu'elle sortait trois fois par jour pour ingurgiter toutes sortes de vitamines, probiotiques et boosters de défenses immunitaires). Notre *superwoman* était là, à tenter désespérément de contrôler son environnement. Immergée dans un monde de testostérone et de mœurs conservatrices, elle avait décidé de se faire livrer des fleurs à son bureau, lesquelles arrivaient toujours pile à l'heure pour que tout le monde les voie.

– Je ne crois pas que tu aies besoin de te justifier, chérie, a dit Olivia, qui avait repris l'arrosage des plantes.

– Je crois hélas que si, a insisté Casandra. Dans mon monde, les filles, et j'ai bien peur que ce soit le même que le vôtre, on demande toujours des comptes à une femme, au travail comme chez le coiffeur. Quand tu es jeune, on veut savoir si tu comptes bientôt te reproduire, parce qu'attendre pourrait devenir problématique. On veut savoir si tu penses le faire en dehors des liens sacrés du mariage, parce que ça pourrait être inapproprié. Mais à partir d'un certain âge, c'est tout le contraire ! Si tu ne t'es pas reproduite ou que tu ne vis pas avec un homme – peu importe comment –, c'est que quelque chose ne va pas chez toi. « Elle n'est pas apte. » Quelle connerie…

Casandra a levé les bras pour s'étirer. Une petite médaille de la Sainte Vierge est sortie de son chemisier. Elle s'est levée et a fait quelques pas en direction de la serre avant de s'arrêter devant une grande orchidée bleue, comme si elle l'avait appelée. Elles se sont regardées dans les yeux, l'une cherchant à imiter la sérénité de l'autre.

On a entendu des crissements de pneus, au loin. Des chats se disputaient un bout de trottoir. Le camion poubelle commençait sa collecte dans un fracas de verre.

Pourquoi est-ce que tout était si compliqué ? me suis-je demandé en aidant Olivia à enrouler le grand tuyau. Où est-ce que ça avait coincé ? C'était censé être notre tour.

J'ai regardé les femmes qui m'entouraient.

Des femmes libres, en apparence du moins. Des femmes de quarante ans bardées de diplômes et de rêves. Des femmes qui avaient le choix.

Et c'était précisément ça, le problème. Devoir choisir.

La carrière ? La famille ? Il semblait impossible de tout avoir. En tout cas, pas en même temps. Pourquoi ?

Olivia s'est mise à bâiller et petit à petit son bâillement est devenu contagieux. Nos yeux sont devenus humides. À l'image de la nuit imprégnée de l'odeur de terre mouillée.

La modestie des violettes

La nuit a avancé sans que l'on s'en rende compte. Derrière la grille de notre oasis, nous avons été sifflées par des hordes de touristes pâles et ivres rentrant à leur auberge de jeunesse, saluées par les patrons de bars du quartier et enguirlandées par les voisins du haut chaque fois que l'on se mettait à rire un peu trop fort.

Aurora pleurait, pour de vrai cette fois, en racontant à Gala le dernier affront de Maxi. La blonde la réconfortait en la serrant dans ses bras et en déclamant un monologue ponctué de ses citations préférées. Olivia a eu ce rire d'oiseau que lui donnait – je l'ai appris plus tard – le vin blanc. De mon côté, j'étais toujours plongée dans mon autisme.

Victoria a consulté son portable pour la énième fois.

– Mon Dieu… il est deux heures du matin, a-t-elle soupiré. Je suis une horrible personne et une mère indigne.

– Veux-tu arrêter de dire ce genre de choses, s'est indignée Gala.

– Surtout que tu t'occupes très bien de tes petits, a dit Olivia avec tendresse. Tu n'imagines pas combien ça compte.

Victoria s'est accoudée à la table, comme le font probablement ses enfants.

– C'est vrai ! Je culpabilise pour tout ! Qu'est-ce que je suis chiante !

Elle a commencé à compter sur ses doigts : elle culpabilisait quand elle rentrait et que les garçons dormaient déjà, elle culpabilisait de ne pas avoir demandé un temps partiel au travail, elle culpabilisait même pour ces foutues confitures de la Saint-Patrick ! Elle a jeté son portable dans son sac, et s'est empressée de le refermer.

– T'as raison, je vais aller au couvent de Las Trinitarias te chercher un cilice pour te flageller, a dit Gala en faisant un clin d'œil à Olivia avant de replacer ses énormes seins dans sa robe.

– Non, du couvent il faudrait lui rapporter autre chose, s'est moquée Olivia. À quoi ça te servirait de toute façon ?

– À faire des confitures ? À ne pas avoir l'air d'une mère indigne aux réunions de parents d'élèves ?

Victoria a soudain semblé se souvenir de quelque chose. Elle a sorti de son sac un énorme agenda noir, qu'elle a ouvert pour griffonner quelques lignes.

– Madame toute-puissante, même les super-héros ont leur kryptonite, a dit Olivia en posant la main sur l'agenda, ce qui a visiblement irrité l'informaticienne.

– Et autorise-toi à échouer, a dit Aurora en sanglotant.

– Et à baiser, a ajouté Casandra en levant son verre. Un peu. Profite, tu as accompli ton devoir envers les autres.

Gala a sorti un mouchoir pour la belle au cœur souffrant avant de finalement lui donner le paquet.

– Évidemment, le féminisme nous a tendu le piège parfait, a dit la blonde, qui ne prononçait presque plus les *r*.

– Comment peux-tu dire une chose pareille ? s'est indignée Aurora en se redressant pour s'écarter d'elle.

– Mais regarde Victoria ! a-t-elle insisté.

Elle lui a arraché l'agenda des mains et l'a brandi : il était deux heures du matin, elle buvait un verre avec des amies après avoir bossé comme une folle et elle ne pouvait pas s'empêcher de vérifier son portable toutes les deux minutes et d'allonger la liste de choses qu'elle avait à faire et qu'il était impossible de mener à bien à moins d'être Flash Gordon. Sans oublier qu'elle tombait de fatigue tous les soirs, le corps courbaturé et l'estomac en vrac.

Gala a rendu son agenda à Victoria, qui l'a jeté dans son sac avec plus de rage encore que son portable. Elle a soupiré.

– Et tout ça en ingurgitant des cocktails d'anxiolytiques, je me trompe ? s'est aventurée à demander Casandra. (L'informaticienne a acquiescé, penaude.) Tu fais une dépression japonaise.

– Une quoi ? a paniqué Victoria.

– C'est comme ça que ma psy l'appelle. Il y a des gens qui dépriment et qui ne sortent plus de leur lit et il y en a d'autres, comme nous, qui font semblant de ne rien voir et travaillent jusqu'à s'effondrer, pour ne pas avoir à penser à leur vie. Et en passant on redresse l'économie du pays, a-t-elle conclu avec un petit clin d'œil.

– Et qui t'en remercie ? a ajouté Gala. Si même toi tu refuses à ton corps le peu de plaisir qu'il pourrait prendre.

– Mais c'est vous qui me déprimez, bon sang ! a protesté Victoria.

Elle s'est levée et s'est mise à déambuler entre les arbres. D'une voix sombre, elle s'est lancée dans un monologue que nous avons écouté en silence : nous étions toutes odieuses, vraiment odieuses… mais elle reconnaissait qu'au fond nous avions raison. Elle avait suivi toutes les règles pour être une femme comblée. Mais la vie était ainsi, on ne pouvait rien y faire, a-t-elle balbutié en tentant de dégager son talon coincé entre deux dalles, et ce n'était pas la faute de Pablo. À la maison, peu importait que tu sois une femme accomplie, c'était toujours maman qu'on dérangeait, jamais papa. Le temps de papa n'appartenait qu'à lui, celui de maman appartenait à tout le monde. Papa avait son bureau et maman devait dompter des enfants déchaînés alors qu'elle essayait de lire Virginia Woolf dans le salon.

– Virginia Woolf, mon cul ! s'est esclaffée Gala.

– Justement, à propos de Woolf, faisons un petit sondage, a suggéré Olivia. Voyons… Combien d'entre vous ont disposé d'une pièce à elles alors qu'elles vivaient en couple ?

Il y a eu un silence pensif et alcoolisé.

– Tu veux dire un bureau ? a demandé Casandra. Moi, je ne compte pas de toute façon, je n'ai jamais vécu avec quelqu'un.

– Peu importe. Un bureau, une salle de bains… même un débarras du moment que l'endroit n'est qu'à toi. N'importe quoi. Un coin de la maison qui ne soit qu'à nous, où l'on puisse se réfugier. (Nous nous sommes toutes regardées, les yeux écarquillés. Olivia a acquiescé, satisfaite.) Eh bien il faudrait peut-être commencer par là, vous ne croyez pas ?

Je me suis souvenue de ton bureau, dans lequel tu t'enfermais pour lire, terminer un dossier ou surfer sur Internet. Je me suis souvenue du Peter Pan, qui était ton territoire aussi. C'est vrai que c'est étrange quand on y pense, vu que c'était moi qui passais le plus de temps à la maison. Victoria nous a raconté comment, dans leur appartement de deux cents mètres carrés, Pablo avait son bureau, les enfants leur salle de jeux et elle, absolument rien. Les autres étaient dans la même situation : Gala nous a expliqué que la seule fois où elle avait failli se marier, le type ne voulait pour ainsi dire jamais qu'ils aillent chez lui. En général, leurs rendez-vous avaient lieu à l'hôtel ou chez elle. Le cas d'Aurora était le plus extrême de tous. Maxi avait pris possession de tout son appartement.

– C'est vraiment curieux, a dit Victoria, pensive. Nous sommes toutes obsédées par le fait d'avoir une place au bureau alors que nous n'avons même pas un coin à nous à la maison.

– Mais toi, tu pourrais avoir ton coin à toi dans une autre personne, a répondu Olivia, en remettant sur le tapis le sujet de l'amant de Victoria.

– Je ne veux pas risquer de faire exploser ma famille, a-t-elle aussitôt rétorqué.

– Si c'est le plus important pour toi, très bien, a souri Olivia en s'accoudant à la table. Au fond, tu as choisi la meilleure option pour une personne dans ton genre : tu as épousé un homme qui ne te quittera jamais, tu le sais.

– Bon sang ce que tu peux être brusque parfois, s'est insurgée l'informaticienne.

– Pardon, chérie. C'est le vin.

La fleuriste a posé la tête sur sa main pour l'empêcher de tomber avant de nous assurer qu'aucune de nous n'avait envie de retourner à la période préhistorique qu'elle avait connue, elle : devoir demander la permission pour ouvrir un compte en banque ou voyager à l'étranger… Et attention, elle n'était pas du tout féministe.

– Ok. Ok ! C'est un peu cliché tout ça, Olivia, a dit Casandra en levant les yeux au ciel.

– Eh bien moi, je crois qu'il faut se libérer des injonctions d'un féminisme obsolète ! a proclamé Gala.

– Tu dis de la merde, s'est indignée Aurora. Tu ne sais pas de quoi tu parles. Il faut continuer à l'être. Féministe. Plus que jamais. Pour commencer, si d'autres n'avaient pas lutté avant nous, tu ne serais pas diplomate, Casandra.

Ce commentaire a semblé beaucoup amuser la *superwoman*, qui ouvrait avec désinvolture une autre bouteille de vin.

– Soit. Et maintenant que je le suis, où est-ce que je trouve un mec qui, 1) sache me tenir tête, et 2) me suive dans toutes mes missions ? a-t-elle dit, avec un sourire offusqué. J'aurais pu être fonctionnaire au sein du ministère pour ne jamais avoir à sortir de Madrid. Mais si je ne traverse pas l'Atlantique au moins quatre fois par an, je deviens claustro.

– Bon sang mais pourquoi tu n'es pas un homme ? s'est lamentée Gala. Tu serais le plan idéal !

– Eh bien, pour eux je ne le suis pas, a-t-elle affirmé en se lâchant de nouveau les cheveux. Je suis loin d'être un bon parti. Je serais même une source d'emmerdes apparemment.

Victoria a trituré le reste de vernis de son index. Aurora s'est remise à pleurer. Gala a fait semblant de vouloir l'étrangler mais s'est finalement contentée de lui caresser les cheveux et de lui dire :

– C'est ton mec – enfin ce truc qui s'est incrusté chez toi comme un champignon – qui va avoir des emmerdes le jour où je le croiserai . Je l'insulterais bien, mais la nature s'en est déjà chargée.

– Pas de bagarre entre vous ! a hoqueté la belle au cœur souffrant, désemparée.

– Quand vas-tu te débarrasser de ce type ? s'est désespérée Olivia.

– Je ne veux pas m'en débarrasser. J'aimerais juste qu'il s'engage un peu plus dans notre relation… (Ses yeux se sont perdus dans le vide.) Pourquoi n'ai-je pas un mec normal ? J'ai quarante ans, j'aimerais bien qu'on arrête de vivre comme des ados. Peut-être avoir un enfant…

– Avec Maxi ? a hurlé Gala en se penchant vers elle pour la renifler. Tu as fumé quelque chose ?

Olivia a posé la main sur ses yeux, désespérée.

– Réfléchis bien, a dit Victoria. Il n'y a pas de retour en arrière avec les enfants.

– Et congèle ! s'est exclamé Casandra d'un ton définitif. (Nous l'avons regardée, perplexes.) Oui, a-t-elle poursuivi. J'ai suffisamment d'ovules congelés pour faire un élevage. Je pourrais à moi toute seule repeupler le continent européen. Comme ça, pas de risque de me faire inséminer dans un moment de faiblesse par le premier venu qui n'aurait pas la génétique adéquate, a-t-elle dit en sortant un ticket de caisse de son sac pour y inscrire le nom d'un site web avant de le tendre à Aurora. Fais-moi confiance. Congèle !

Aurora a lu le nom à la lumière d'une lanterne.

– Quelle merveille… a dit Olivia pour elle-même.

– Réfrigérer ses ovules comme si c'était des œufs de lump ? s'est étonnée Gala.

– Non, a continué Olivia, fascinée. Pouvoir devenir mère seule et quand ça te chante.

Aurora les observait avec stupéfaction.

– Désolée, mais ce n'est pas le genre d'idées que mon cerveau est capable de féconder, a-t-elle déclaré en rendant son papier à Casandra.

– Parce que personne ne te les a implantées, mon cœur, a dit Victoria. Mais tu as encore le temps.

J'ai appris plus tard que, conditionnée par son éducation, Aurora suivait toujours le même schéma en matière de relations. Elle était attirée par un type d'homme bien précis. Quelqu'un qui d'abord affirmait l'adorer. Qui avait souffert comme elle. Un animal blessé. Un orphelin. Son objectif : le guérir grâce à son amour. Lui prouver que la vie serait différente avec elle. Le sauver. Quand Aurora devenait obsédée par un homme, elle l'appelait « mon amour » à tout bout de champ. Elle finissait par s'inventer un fantasme dans lequel il était plus facile de vivre… Et c'était exactement ce qu'elle faisait à cette époque : vivre dans un monde imaginaire, et malheureuse de surcroît. La belle au cœur souffrant attendait, passive, dans son cercueil de douleur, que son homme se change enfin en père de famille idéal, en mari dévoué, et vienne la réveiller avec un baiser d'amour pur pour manger du gibier et vivre heureux pour toujours. Ce genre de choses.

– Vous ne le connaissez pas bien. (L'une des filles a lancé un « C'est pas une grande perte » qu'elle n'a pas entendu.) Il est merveilleux par moments. Il m'écrit des lettres incroyables.

Et il se montre très galant envers moi, il me laisse toujours passer la première…

– Tu veux dire quand vous sortez d'une pièce ? l'a interrompue Gala. Maigre compensation, parce que quand tu regardes tout le reste de votre vie, c'est toi qui le fais passer en premier. Avant tes amis et avant ton compte en banque.

Il y a eu un silence, que notre ami le grillon a fini par briser en reprenant son solo.

– Vous voyez ? L'amour, c'est de la merde, a dit Casandra en enfouissant sa tête dans sa veste. Écoute-moi : congèle ! Maintenant ! Comme ça, tu ne dépendras de personne.

Aurora s'est mouchée bruyamment et Gala l'a regardée, excédée.

– Lapin, il faut que tu sortes de cet engrenage. Tu ne peux pas pleurer pour tout !

– Mais là, je ne pleure pas, merde ! a-t-elle explosé. J'ai des allergies !

Nous nous sommes retenues de rire.

– Moi aussi, a ajouté Casandra. Je suis allergique à la pression sociale.

– Ce n'est pas ça, ma belle… a dit Olivia avec un sourire étrange. À vrai dire, Casandra, tu devrais peut-être t'autoriser à tomber amoureuse pour de vrai.

– Moi ? Mais je ne m'autorise même plus à regarder un type, a-t-elle grommelé.

– J'ai dit « pour de vrai », a insisté la fleuriste. Ça ne finit pas toujours bien, mais ça en vaut toujours la peine.

– Pour de vrai ? Et ça veut dire quoi, pour de vrai, Olivia ? a demandé Victoria l'air sceptique.

– Et bien pour moi, pour de vrai, ça veut dire… inattendu, je crois. Inévitable. (Elle s'est frotté le cou, là où ses cheveux roux touchaient sa nuque.) Quand ce que tu ressens pour l'autre te met presque en colère. Quand ça te fait peur. Parce que tu sais que ça ne faisait pas partie de ton plan mais que tu ne peux pas l'éviter. Parce que ça n'arrive pas quand tu l'avais prévu. Le véritable amour te surprend. Il te fait perdre le contrôle. Mais en échange, si tu t'abandonnes et oses le savourer sans peur, rien au monde ne te fera te sentir plus vivante.

Les yeux de Victoria se sont perdus dans la lumière des lanternes.

Quant à Casandra, elle s'est de nouveau cachée derrière un geste d'indifférence.

– D'accord. Eh bien dans ma lettre au père Noël, je vais demander un mec attirant qui tombe éperdument amoureux de moi mais sans perdre la tête pour autant. Ce serait le cadeau idéal.

Que pouvait-elle faire ? s'est-elle lamentée avec un geste ironique. Prendre une position plus effacée pour attirer quelqu'un ? Genre celle du missionnaire ? Faire un bébé toute seule ? Ou renoncer et se contenter de considérer sa panoplie de sacs Vuitton comme les enfants qu'elle n'a pas eus ?

– C'est ton attitude qui les pousse à avoir peur, a diagnostiqué Gala en jouant avec la cire d'une bougie. Et je te dis que nous ne rajeunissons pas. Les opportunités de se frotter aux autres se font de plus en plus rares.

Victoria a soudain semblé se réveiller. Elle a levé la tête qu'elle avait posée sur ses bras depuis un moment.

– Eh bien s'ils ont peur, qu'ils aillent se faire foutre, a-t-elle protesté.

– Dis-moi une seule chose, Casandra, a continué la blonde en s'approchant de la flamme. Tu serais capable, toi, d'être avec une personne qui te rappelle constamment qu'elle est mieux que toi, qu'elle pourrai te quitter à n'importe quel moment et qu'elle n'a pas besoin de toi, pour quoi que ce soit ? Réfléchis-y.

Casandra a souri.

– Mais je n'ai pas besoin d'eux, a-t-elle dit en soufflant sur la flamme pour l'éteindre.

Les deux femmes se sont regardées dans les yeux, comme prêtes à en découdre.

– Ça, c'est le genre de choses que Pablo ne vit pas bien, a admis Victoria. Que je gagne plus que lui, et puis tous ces voyages… que je sois autonome.

– Et ce ne serait pas pour cette raison que tu ne veux pas aller à New York, inconsciemment ? a demandé Gala comme pour confirmer sa théorie. Au fond, c'est toi qui prendrais les rênes pour la première fois… et lui qui devrait s'adapter.

L'informaticienne s'est tortillée sur son siège, un peu embarrassée.

– Non, je ne crois pas que ça soit pour ça.

– Eh ben vous savez ce que je dis, moi ? a rugi Casandra en se levant pour faire les cent pas dans le jardin. Qu'ils aillent se faire foutre. Je n'ai jamais mâché mes mots et ce n'est pas à quarante ans que je vais commencer : je préfère le sucre à l'aspartame, le vin rouge au blanc, le café noir au crème, et si je dois dire à ce mec que c'est un fils de pute et envoyer à sa femme un préservatif plein de lubrifiant pour me sentir mieux, je le fais. Et si ça vous horripile, tant pis. Et si je reste seule, eh bien je resterai seule.

Gala, qui n'était pas du genre à être facilement choquée, l'a regardée avec de grands yeux.

– Tu vas le remplir de lubrifiant ? Le préservatif ? Et le lui envoyer à elle ? Elle l'a suivie à travers le jardin en sautillant pour ne pas se mouiller. Tu vois, c'est ça, ton problème. Si un mec t'entendait parler comme ça, il se mettrait aussitôt à flipper.

– Tu sais quoi, ma grande ? Je crois que tu as peut-être le même problème que moi. Au fond, tu joues le jeu des hommes de notre génération, ceux qui souffrent du syndrome de Peter Pan et sont complètement dépassés, ceux qui pensent toujours qu'un même bateau ne peut pas avoir deux capitaines, a-t-elle rétorqué, les poings sur les hanches. Mais qui accepterait de prendre la place du copilote alors qu'il sait naviguer ?

C'est là que je me suis réveillée de ma léthargie et que j'ai retrouvé ma voix.

– Moi, ai-je dit.

Il y a eu un silence.

– Mais elle parle ! a dit Casandra, narquoise.

Sentant mes joues devenir rouges, j'ai tiré sur ma robe.

– Moi, j'ai accepté d'être le copilote ; c'était même mon idée, ai-je insisté.

Olivia m'a servi un autre verre de vin.

– C'est peut-être le moment que Marina nous raconte son histoire, a-t-elle suggéré en rajustant son siège comme si elle était sur le point d'assister à une conférence.

J'ai bu une gorgée de vin. Serré les genoux. Et défroissé ma robe encore une fois.

– À vrai dire, elle est très ennuyeuse par rapport aux vôtres, me suis-je excusée d'une voix morne. Je veux dire que moi, je n'ai pas à batailler pour concilier carrière et vie de famille parce que je n'ai ni l'une ni l'autre, et qu'avoir un amant est à mille lieues de mes préoccupations. Je ne dois pas gérer des hommes qui ont peur de moi parce que je ne leur fais pas peur, et je n'ai jamais souffert par amour parce que j'ai toujours été en couple, et plaire aux hommes ne me préoccupe pas parce que je suis convaincue de ne pas leur plaire. (J'ai marqué une pause. J'ai eu envie d'arrêter là mais j'ai continué.) Moi, je me suis choisi un capitaine, un peu trop tôt, et j'ai décidé de le suivre. Et maintenant, il est parti et il a tout emporté.

Le quartier était plongé dans un silence de mort. Même le grillon s'était tu. On entendait juste des pas au loin et les voix de quelques noctambules. J'ai eu l'impression que mes mots flottaient encore sur mes lèvres, que leur écho caressait les plantes et les dalles.

Je ne sais pas pourquoi, mais à ce moment-là, à l'abri dans cette oasis que je venais de découvrir, j'ai raconté un tas de choses à de parfaites inconnues. Des choses intimes. Sur toi et moi. Sur toi. Que je me sentais perdue dans ce quartier. Que c'était toi ma maison, le refuge qui m'avait si longtemps permis de ne pas m'occuper de moi. Que ce changement était venu bien tard et que j'étais désormais aussi désemparée que Cendrillon – ou plutôt son idiote de citrouille – après les douze coups de minuit. Une fille incapable de trouver sa place dans le monde, une fille sans passion, sans esprit d'initiative, sans rêves. Petite et défraîchie, comme mes violettes. Que j'avais peur de ne plus jamais aimer, ou qu'on ne m'aime plus jamais, de ne plus jamais avoir un foyer, de ne plus jamais fêter Noël... Que j'avais toujours pensé qu'à quarante ans, j'aurais une famille et une maison à Madrid, et que l'on louerait un appartement l'été pour aller à la plage avec les enfants et que tu leur apprendrais à naviguer sur le Peter Pan... Que j'étais incapable de surmonter mon deuil parce que je vivais coincée dans mon passé avec toi, coincée dans cette promesse non tenue que je t'avais faite avant que tu meures : trouver un skipper, sortir le Peter Pan une dernière fois et naviguer jusqu'à ton endroit préféré pour y disperser tes cendres.

– Eh bien, c'est une grande histoire, Marina, a conclu Olivia en me fixant avec un petit sourire. C'est une grande histoire, surtout parce que tu vas enfin pouvoir te libérer.

J'ai levé les yeux, surprise.

– Me libérer ? ai-je demandé. De quoi vais-je ?...

– J'imagine que tu ne comptes pas suivre les ordres de petit chef de ton défunt mari, m'a interrompue Casandra. Excuse-moi de te le dire comme ça…

– C'est bien ça qui me torture, l'ai-je interrompue à mon tour. Mais je suis incapable de sortir le bateau du port.

– Et tu ne peux pas trouver quelqu'un pour t'emmener ? a suggéré Gala derrière moi, appuyée au dossier de mon siège.

– Ce n'est pas la question pour l'instant. La question c'est que je suis incapable de monter sur son bateau, je n'arrive même pas à embarquer à bord de ma vie, ai-je murmuré en replaçant mes cheveux derrière mes oreilles de façon compulsive.

– Mais d'un autre côté, ça t'angoisse de ne pas tenir la dernière promesse que tu as faite à un mort, a souligné Aurora derrière un nuage de fumée.

Je me suis sentie piégée. Comme si une enclume pesait sur mes épaules. Elles avaient raison. Peu importe ce que je ferais, ça ne me libérerait pas.

– À moins que… a repris Olivia en réfléchissant…. tu profites de ce voyage… que tu en fasses *ton* voyage. Avec tes conditions. Pour toi.

Je l'ai regardée comme je la regarderais les deux mois suivants chaque fois que je manquerais d'argument à lui opposer.

– Je crois qu'on peut t'aider à monter sur ce bateau, Marina, a-t-elle continué. Mais à une seule condition : tu dois le faire seule.

Notre grillon a repris son solo et le monde a semblé reprendre vie.

Avec le recul, je peux affirmer que c'est là que tout a commencé.

Le début d'un processus qui se terminerait au milieu de la mer.

Maintenant.

Je me souviens que mon cœur s'est mis à battre comme il ne l'avait pas fait depuis très longtemps. À battre de peur. D'angoisse. D'excitation. De vie. À cet instant précis, je ne pensais pas pouvoir mener à bien cette aventure. À vrai dire, j'ai beau m'être lancée, je ne sais toujours pas si j'en serai capable.

Mais mon cœur s'est remis à battre ce soir-là… c'est un fait.

Avant de partir, Olivia a pris Casandra par la main pour l'emmener dans la serre. Avec les yeux enthousiastes d'une fée qui prépare un envoûtement, elle a sorti une orchidée bleue en lui disant d'en prendre soin comme de la prunelle de ses yeux. Tout un symbole. Une invitation à la sérénité et au calme dont Casandra manquait cruellement dans sa vie. La diplomate et moi avons pris une photo de nous deux avec l'orchidée. Les yeux rouges d'alcool et une promesse aux lèvres : Casandra garderait la photo sur son portable et ne me l'enverrait qu'une fois mon voyage commencé. Mon voyage vers la liberté.

Jour 3

La genèse de la peur

Une autre nuit sans lune. J'ai l'impression d'être coupée du monde. On ne voit ni la côte ni les étoiles dans le ciel. Aucune autre lumière que celle du Peter Pan qui avance dans l'obscurité. Je fouille les poches de mon ciré pour en sortir mon portable. Je l'allume, et la lumière de l'écran me brûle les yeux. Qu'avons-nous en commun Casandra et moi ? me dis-je en scrutant la photo où nos deux têtes d'ivrognes entourent l'orchidée bleue. Une photo prise quand nous étions encore adolescentes, c'est-à-dire il y a trois mois, avant de grandir d'un coup. Elle vient juste de me l'envoyer. Casandra tient toujours ses promesses.

Avec le recul, je crois que nous avons le même rapport au bonheur. C'est pour ça que nous avons spontanément éprouvé une empathie mutuelle. Au fond, nous pensions toutes les deux que nous ne méritions pas complètement d'être heureuses. Pour Aurora, le bonheur était une idée fantaisiste, Gala, elle, l'associait au prince charmant, et Casandra était convaincue qu'elle devait gagner le droit de profiter de la vie à la sueur de son front. Quant à moi, j'avais décidé, à un moment ou à un autre de mon existence, que mon bonheur ne m'appartenait pas, qu'il dépendait des autres.

Je range mon portable, à contrecœur, pour me concentrer sur mon itinéraire. Je n'ai jamais aimé naviguer la nuit. Celle-ci s'annonce longue et calme. Je vais continuer à écrire pour me distraire. Je suis partie depuis trois jours mais j'ai l'impression que ça fait trois semaines.

Que le temps passe lentement en mer. Tu le disais tout le temps.

Toute cette année, je n'ai fait que penser au bateau. Tu voulais tout le temps le sortir, même quand il faisait mauvais, même quand tu n'avais presque plus la force de tirer des bords, juste avant que la maladie ne te consume totalement. C'était comme si quelque chose au fond de toi te poussait inexorablement vers la mer, comme si tu pensais qu'elle était ta seule issue. Je vois les choses d'un autre œil désormais : je crois que tu refusais d'admettre combien ton corps te faisait souffrir. Tu étais incapable de sortir te promener avec moi sur la terre ferme, parce que cela t'épuisait, mais le Peter Pan remplaçait tes membres. À cette époque, je faisais presque tout le travail, mais je te le cachais pour ne pas que tu voies combien tu étais faible.

J'étais le parfait copilote.

Tu avais décidé que le Peter Pan serait tes jambes, que le vent serait ta force, et que ta vie ne se compterait plus en heures mais en milles marins. Le temps passe plus lentement sur l'eau, c'est vrai. Finalement, la mer a un peu rallongé ton existence.

J'ai désormais le vent en poupe. J'ai donc rangé la grand-voile et sorti le génois pour la première fois. Il s'est gonflé comme un pétale blanc dans l'obscurité de la nuit. C'est une vision merveilleuse. J'avance cinq nœuds plus vite. Que dis-tu de ça ? Cette euphorie passagère m'a fait chanceler et j'ai failli tomber.

Ça, c'est une nouveauté : me féliciter à haute voix de mes petites victoires. J'ai ressenti une certaine fierté quand j'ai réalisé que j'avais réussi à sortir le génois toute seule pour la première fois. « Maintenant, tu laisses ces boutes où ils sont, Mari, c'est eux qui vont faire tout le boulot ce soir, donc tu n'y touches pas. » Mais, pour une fois, j'ai dit ça avec bienveillance et avec ma voix à moi, sans imiter la tienne.

Décidément, le Peter Pan m'apprend beaucoup de choses.

Notamment qu'il faut sortir du port de temps à autre. Parce qu'un bateau qui reste trop longtemps immobile s'oxyde et pourrit.

Hier après-midi, le Peter Pan m'a montré combien il était important de faire cap au vent. Il faut attendre le moment précis où il souffle favorablement pour sortir les voiles sans trop d'effort, d'un geste adroit. Après, il n'y a plus qu'à se laisser pousser. Mais malheur à toi si tu ne profites pas de cette opportunité. Tu n'en auras peut-être pas d'autre.

Le premier jour, le Peter Pan m'a appris que quand tout semble contre toi – la mer, le vent –, il vaut mieux éteindre le moteur et remettre les décisions importantes à plus tard. Se laisser porter par l'orage, attendre, ne pas s'obstiner à aller dans la direction voulue, tirer des bords en se servant des petites rafales, observer, improviser, jusqu'à ce que la tempête passe et que le calme revienne.

Le Peter Pan m'a appris tout à l'heure que sortir toutes les voiles quand il n'y a pas suffisamment de vent est une dépense d'énergie inutile. On n'avance pas comme on voudrait de toute façon.

Ce moment n'est toujours pas arrivé. Celui de sortir toutes les voiles. Mais j'espère avoir la chance de le faire avant la fin de mon voyage. (On dirait une des métaphores d'Olivia.)

Ça commence à se rafraîchir, je vais devoir descendre enfiler un pantalon. Je ne me suis pas changée parce que j'espérais avoir un moment pour me laver, mais non. J'aurais dû me doucher avec le tuyau d'arrosage du pont mais j'étais trop occupée. On ne s'arrête jamais sur un bateau. Je me sens sale et tout mon corps me démange. Je me doucherai demain sans faute. C'est drôle comme à bord on perd toutes ses habitudes de citadine. À Madrid, je serais incapable de passer trois jours sans me laver.

L'odeur de terre mouillée de cette fameuse première soirée me revient en mémoire. Comment aurais-je pu imaginer l'influence que ce groupe de femmes hétéroclite, chacune affligée de son syndrome, allait avoir sur ma vie ?

D'après la théorie d'Olivia, les femmes de ma génération se divisaient en deux grands groupes, selon leur degré d'indépendance. Casandra et moi étions, semble-t-il, aux deux extrémités du spectre : d'un côté celles qui souffrent du « syndrome du copilote », comme moi, et de l'autre les *superwomen*, comme Casandra. Historiquement, toutes les femmes avaient été des copilotes. Nos grands-mères l'avaient été, mais elles n'avaient pas vraiment eu le choix. En revanche, celles qui l'avaient mais qui, comme moi, s'enfermaient dans cette inertie anachronique posaient problème. Quant aux *superwomen*, à en croire Olivia, elles étaient les descendantes directes des féministes qui n'avaient obtenu des droits que sur le papier et avaient élevé leurs filles pour qu'elles les exercent. Mais comme la société n'était toujours pas prête, les femmes étaient devenues « un logiciel trop révolutionnaire qu'on tentait d'installer sur un ordinateur obsolète », comme l'avait si bien formulé Victoria.

La copilote envoyait le message suivant : « Je vaux moins qu'un homme, je ne peux rien faire seule, je dépends de toi et il faut que tu t'occupes de moi ». Ou encore : « Je me suis sacrifiée pour toi, je t'ai donné toute ma vie »... Elle jouait souvent les victimes parce qu'elle éprouvait, au fond, une grande rancœur pour le capitaine qu'elle s'était choisi. Une rancœur qui finissait par l'étouffer et la détruire.

La *superwoman*, en revanche, envoyait le message contraire : « Je vaux mieux qu'un homme, je suis totalement indépendante, je ne suis pas féminine au sens traditionnel du terme, je n'ai besoin de personne et, par conséquent, si tu paies l'addition, je t'en colle une direct ; maintenant tu peux ravaler tes fleurs et tes "je t'aime" ». Et évidemment, c'était le genre de choses qui faisaient peur.

Étrangement, comme le soulignait Olivia, aucune des deux n'envoyait le message « Je suis ton égale ». C'est-à-dire : « Je peux survivre sans toi, tu n'as pas à porter ce fardeau sur tes épaules, mais mon rêve serait de passer ma vie à tes côtés ».

On peut donc comprendre qu'une personne comme moi (une copilote) dans ce contexte (à savoir sans capitaine) soit au bord de la panique.

Je remonte à bâbord jusqu'à la proue.

J'ai aperçu quelque chose flotter au loin mais je ne suis pas sûre de savoir ce que c'est. On dirait une bouée. J'ai peur qu'un filet y soit attaché.

Mon Dieu, on n'y voit rien.

Je vis dans la crainte permanente de percuter une bouée ou une madrague. Ce genre d'obstacles ne figurent sur aucune carte. Ce sont ces imprévus-là, ceux que Victoria n'a pas inclus dans son programme pourtant détaillé, qui m'angoissent. Ceux qui peuvent me conduire au naufrage.

Quant à la question de savoir quand et comment je vais dormir… Je n'ai pas fermé l'œil depuis soixante-douze heures. J'ai dû piquer du nez une fois, en plein jour. Jamais je n'étais restée aussi longtemps éveillée.

J'ai mal aux joues, les paupières gonflées et les chevilles couvertes de bleus. Si j'avais Internet, je poserais à Google la question suivante : « Combien de temps un être humain peut-il tenir sans dormir ? » Que m'arrivera-t-il si je ne ferme pas l'œil de la semaine ? J'ai lu un article un jour, sur un homme qui n'avait pas dormi depuis vingt ans. Et il était toujours en vie. Si je tiens une semaine, peut-être que mon organisme s'adaptera et que je ne dormirai plus jamais.

Le syndrome du copilote… curieuse maladie que celle qui m'afflige. J'y pense beaucoup aujourd'hui et j'ai beau détester l'admettre, je ressens toujours le besoin de suivre tes instructions. Je ne suis pas tranquille si je ne recrée pas ta voix dans ma tête, si je ne formule pas mot pour mot une phrase que tu me dirais. Tout pour éviter d'assumer la responsabilité d'une décision. Sur ce putain de bateau comme dans la vie, hein Marina ?

Bon, ça suffit les coups de fouet. Ça n'aide absolument pas. Non. Ça n'aide pas.

Ça n'aide pas, Óscar. Ça n'aide pas un copilote à changer. Non. Je ne dis pas que tout était de ta faute, mais c'est un peu comme proposer sans arrêt un verre à un alcoolique.

Tu me disais tout le temps que je devais être plus indépendante.

Super.

Que tu voulais que j'aie ma propre vie, mes propres ambitions. Mais je me dis soudain que tu n'étais pas vraiment sincère. Toi aussi, comme l'a dit Olivia à Victoria ce soir-là, tu as cherché quelqu'un qui ne t'abandonnerait jamais.

Et de toute évidence, tu as réussi ton casting, parce que regarde-moi : je suis toujours là, à prendre ta voix pour me donner des ordres alors que tu es parti.

Les premières heures de la nuit sont passées comme des étoiles filantes. Sur la côte, seules quelques lumières éclairent encore Almería. La ville a disparu à mes yeux de toute façon ; rien n'est plus pareil sans toi. J'ai soudain peur que la terre ferme ait disparu à tout jamais. Le port n'est plus qu'une tache de suif avec quelques lumières éparses à l'horizon. La lumière du phare me rassure. Il est toujours debout. Je vogue avec Mojacar à tribord ; on la voit parfaitement, sa vieille ville sur les hauteurs, sa mosaïque de petites maisons blanches. Je me souviens de nos balades dans ses rues désertes, à l'heure de la sieste, des bougainvilliers roses qui grimpaient sur les murs blanchis et des touristes qui buvaient des mojitos dans les beach-clubs du front de mer. J'ai également longé les plages de Carboneras et Los Muertos – qui portent mieux que jamais leur nom[3]. Obscures, désertes, sans le moindre parasol, ni bateaux ni oiseaux... Mesa Roldán, Agua Amarga, l'hôtel de fortune, Las Negras, Rodalquilar, les falaises de Los Escullos avec ses fêtes permanentes et ses bivouacs sur la plage.

Je me souviens que lorsqu'on passait par là, il y a bien longtemps, on jetait l'ancre avant de sauter dans l'annexe pour aller manger sur la plage. Si ce n'était pas encore l'été et qu'il n'y avait personne, on faisait l'amour sur le sable puis la sieste. Aujourd'hui, je ne sais plus si ce souvenir est réel. Il me paraît trop idyllique pour m'appartenir. Mais il y a des souvenirs que même le sel ne peut effacer.

Je passe la nuit assise sur le pont du Peter Pan, à fixer l'horizon, à la recherche de quelque chose de familier. Ça va te sembler bizarre mais j'ai posé l'urne qui contient tes cendres derrière le gouvernail. Ça me rassure quand j'étudie les cartes : la côte sud – selon tes notes et l'itinéraire de Victoria – en direction du sud-ouest jusqu'à San José.

J'ai cru apercevoir quelques lumières bleues. Elles clignotent le long de la côte.

Des bateaux ?

Qu'en penses-tu ?

3. Ndlt : *Carboneras* signifie « charbonnières » et *los muertos,* « les morts ».

Est-ce qu'ils transportent eux aussi les cendres d'une vie disparue ?

Peut-être des pêcheurs qui rentrent tard. Des pêcheurs du port. Deux milles plus loin, il y a une baie, puis un mouillage, puis le Morro Genovés. Et s'il n'y avait plus personne sur terre comme dans ce cauchemar que tu avais fait ? Ici, en pleine mer, aucun être vivant ne bouge. À cette minute précise, j'aimerais tellement qu'un dauphin m'accompagne. Ça nous est arrivé si souvent.

Deux heures ont passé et l'humidité ramollit les pages de mon cahier. La mer ramollit tout. Je donnerais n'importe quoi pour une tartine de pain grillé et croquant, pour avoir de nouveau les cheveux secs, pour sentir l'effleurement d'un drap qui n'ait pas l'odeur d'une grotte. La mer ramollit tout, même la raison, c'est pour ça que je me remets à écrire, pour laisser une trace de ce qui vient de m'arriver, parce que je ne suis pas sûre d'avoir rêvé ou non.

J'ai tellement invoqué les dauphins que j'ai fini par apercevoir un aileron fendant la cime des vagues. J'ai cru voir son dos brillant et arrondi, ses ondulations au ras de l'eau jusqu'à ce qu'il apparaisse soudain, majestueux. Si c'est une hallucination, elle semble si réelle que cela ne peut signifier qu'une chose : je suis bel et bien devenue folle. Quelque chose de lisse et d'argenté flotte à la surface. J'ai éteint le moteur comme nous le faisions, pour m'approcher.

Le Peter Pan a dérivé jusqu'à l'avoir à bâbord. J'ai du mal à en croire mes yeux. Il s'agit en réalité d'un ballon en forme de dauphin, probablement échappé d'une fête de village ou des doigts empotés d'un gamin. Un vestige d'enfance, un reste de bonheur pour rendre hommage aux disparus de la mer.

Il est sept heures du matin et je suis réveillée par la houle qui frappe violemment la coque. J'ai dû dormir une demi-heure. Jusqu'à ce que ton urne tombe et roule par terre. Je suis descendue pour la ranger dans la cabine, sur ton lit.

On distingue enfin clairement la côte.

Les champs parfaitement délimités en terrasses sur le flanc de la colline. Je me demande s'ils ont des avocats et des asperges. L'odeur du café envahit mes narines. Désormais, rien ne me réconforte plus que l'odeur du café, moi qui n'aimais pas ça avant. Mais cette odeur me rassure, elle signifie que le jour s'est levé.

Qu'un autre jour est passé.

Que je suis un peu plus près du but.

J'ai toujours le vent en poupe mais on dirait qu'il est en train de tourner. S'il se maintient, je pourrai sortir les voiles pour la première fois. J'observe l'étendue d'eau derrière moi. La mer s'agite formant d'immenses montagnes de vagues. Il y a des lames de fond et tu sais combien j'ai peur quand les vagues poussent par l'arrière. Merde. C'est comme ça, c'est tout. Je vérifie le pilote automatique et m'aperçois qu'il a changé le cap de trois milles. J'en suis presque vexée. Non mais tu croyais quoi ? Qu'on allait s'approcher de la côte sans que je m'en rende compte ? Qu'est-ce que tu veux, saleté de bateau ? Me tuer ? Pourquoi tu me fais ça ?

Je prends peur en réalisant que je suis en train de hurler.

Je n'ai jamais su crier au bon moment. Avant, crier avait du sens. Mais ce n'est plus le cas. Parce que personne ne peut m'entendre et que ça ne changerait rien. Désormais, j'ai beau hurler et donner des coups de pied dans la porte de la cabine, ça n'a aucune importance. Je crois que je me suis cassé un orteil, je ne sens plus rien. Je ne peux pas m'arrêter :

« Peut-être que je ne le rendais pas heureux ! »

« Mais je ne l'ai pas tué ! Tu m'entends ? »

« Moi aussi, je préférerais être avec lui plutôt qu'avec toi ! »

J'ai réussi à me calmer quand le Peter Pan a chevauché une crête de vagues avant de replonger à pic comme sur des montagnes russes. La coque a cogné l'eau si fort que je suis tombée. Le pilote automatique a tout de même réussi à garder le cap et on s'est progressivement éloigné de la côte. Il semblerait que le Peter Pan et moi commençons à trouver un terrain d'entente.

Cet après-midi, le calme de la mer m'angoisse un peu. Mais ce n'est rien comparé au fait que mon portable n'a plus de batterie. Pour une raison que j'ignore, il ne se charge plus. C'est bien ma veine. J'ai changé de prise, pour voir. Je préfère ne pas penser au fait de ne pas être joignable. Je suis donc retournée sur le pont pour admirer le coucher du soleil qui illumine la mer, lui donnant un air de plastique soyeux. Cela fait plusieurs heures que je ne vois plus la côte. Selon les calculs de Victoria et tes cartes, je dois être en train de traverser la baie de Málaga, mais mes yeux ne distinguent rien d'autre que cette mer d'huile. Bon sang, où as-tu rangé les jumelles ? C'est peut-être le moment de prendre une douche. Hélas, je me suis aperçue tout à l'heure que les canalisations de la cabine étaient bouchées. Non, ce sera mieux ici, au jet d'eau, sur le pont. Je pourrais même profiter de cette accalmie pour éteindre le moteur et me jeter à l'eau. Et me laver après. Ça me détendrait. J'ai vraiment très chaud et je suis toute collante.

Je m'approche du bord. L'eau n'est absolument pas transparente. Je vérifie le sondeur. Il y a trente mètres d'eau au-dessous de mes pieds. Et Dieu seul sait ce qui peut s'y cacher. Il faut également que je sorte l'échelle. Et que je balance le canot de sauvetage. Et que je vérifie plusieurs fois qu'il est bien attaché au bateau. Et puis il y a ce film. Celui du groupe qui se jette à l'eau depuis un voilier et s'épuise à essayer d'y remonter. En vain. Pourquoi m'as-tu emmenée voir ce satané film, bon sang ?

Non, je me laverai à un autre moment, quand l'eau sera transparente.

Dieu que j'aimerais pouvoir discuter avec les filles, même par Skype. Je prendrais un petit verre de vin avec elles, ignorant la distance et le danger. Olivia ferait à coup sûr un commentaire qui me remettrait les idées en place.

Est-ce que les vies de cinq femmes peuvent prendre un virage à cent quatre-vingts degrés au même moment ?

Je crois que oui.

À vrai dire, je sais désormais que oui.

Les femmes agissent par mimétisme. C'est du moins l'avis de Gala. Ce qui est vrai, c'est que nous étions toutes les cinq dans la même inertie, emportées par la même tornade qui engloutissait nos vies, nos frustrations, nos rêves. Une tornade qui allait dans tous les sens, de plus en plus vite. Mais durant ces trois derniers mois, nous avons toutes appris à changer, nous avons repris le pouvoir de façon fulgurante.

Quel a été l'élément déclencheur ?

Quand j'y repense, nous avions tout ce qu'il fallait pour évoluer : Olivia en guise de magicienne d'Oz et nos syndromes dans le rôle de la méchante sorcière de l'Ouest.

Je repense à la théorie de ma patronne selon laquelle nous serions à la veille d'une seconde révolution de la femme. La fin de l'ère des copilotes et le début de celle des *superwomen*. Le genre d'affirmations qu'Aurora adorait.

Les *superwomen* et les copilotes…

Je relève la tête. Au loin, le soleil a dessiné une ligne de craie le long de l'horizon qui se dissipe progressivement comme si quelqu'un était en train de l'effacer du doigt. L'idée que je sois peut-être le dernier être vivant de la planète m'obsède toujours, mais un point noir sur l'eau semble vouloir me contredire.

Peu à peu, le point approche. C'est une mouette. Elle vient probablement du sud et semble fatiguée. Elle vole en se posant sur l'eau de temps en temps, comme un hydravion. J'éteins le moteur et laisse la mer me pousser vers elle.

J'ai besoin que quelque chose de vivant me regarde.

De constater que j'existe encore.

Elle flotte sur l'eau comme un canard glisserait sur un miroir. Elle a le bec entrouvert, je ne sais pas si c'est de soif ou de fatigue.

Tu as faim, petite mouette ?

J'essaie de croiser son regard. Enfin. Elle me regarde. Le premier être vivant que je vois depuis un moment. Je vais descendre dans la cabine prendre un petit bout de pain, mais… non ! Elle change de cap et s'envole vers la côte.

– Mais où tu vas, idiote ? Là-bas il n'y a que la mort !

La mer avale mes cris. La mer avale tout.

Et soudain une pensée me terrorise : j'ai la conviction que je ne sortirai jamais d'ici. De ce bateau. Que je n'arriverai jamais à Tanger, ne remarcherai jamais sur la terre ferme.

Les Grecs le disaient déjà : la Méditerranée est la mer la plus traîtresse de toutes.

Et s'il y a une tempête ? Et si je finis échouée contre un rocher ? Et si j'ai un malaise et que je n'arrive pas à appeler à l'aide ? J'ai oublié de te dire. La radio ne marche plus non plus. Je crois que toute l'électricité du bateau est foutue.

Je regarde autour de moi et ne vois que de l'eau. Une eau qui se confond avec le ciel presque blanc. Sans vie. Sans rien.

Pourquoi l'envol de cet oiseau m'angoisse-t-il à ce point ?

J'aurais peut-être pu en profiter pour lui laisser un message à passer aux filles. Ce n'est pas ce que font les pigeons voyageurs ? Je crois que je suis en train de devenir folle.

La ligne de craie à l'horizon est de plus en plus floue. Je crie de nouveau sur la mouette, mais en silence cette fois. Je crois. « Il n'y a que la mort par là, idiote de bestiole ! »

Mes yeux me piquent.

« Il n'y a que la mort par là, et par ici… par ici, la mer nous avalera sans doute. »

La boule qui me serre la gorge fait ressurgir tout un tas de souvenirs et d'émotions.

La perte.

L'abandon.

Tout ça, c'est la faute de cette satanée mouette. J'ai beau n'avoir passé que cinq minutes avec elle, je m'y suis attachée.

Je repense au mois de juin. Je me revois en train d'ouvrir enfin les cartons de mon passé dans mon minuscule appartement. En train de dormir toute tordue dans le fauteuil, incapable d'étrenner le lit. En train d'essayer de ranger mes affaires, de les dépoussiérer du passé, de leur trouver une nouvelle place, un endroit où elles ne me briseraient plus le cœur – comme toi.

La mélancolie est une douleur à laquelle aucun adulte ne peut échapper.

Il vaut mieux le savoir.

Le complot de l'électroménager

J'avais emménagé depuis deux semaines et tout dans mon nouvel appartement semblait se liguer contre moi. D'abord, le lave-linge a débordé, puis le wifi a cessé de fonctionner. Ensuite, le réfrigérateur a refusé de réfrigérer. Résultat, j'avais beau habiter au cœur d'une grande capitale, je vivais comme ma grand-mère paternelle dans son petit village. Je commençais même à maîtriser ses techniques : je lavais mes vêtements dans l'évier avec du savon de Marseille, j'achetais des légumes en conserves pour me faire des salades, et je versais un seau d'eau dans les toilettes après m'être vidé la vessie et les intestins.

Aurora m'avait tout de même prêté quelques-unes de ses toiles les plus joyeuses (qui attendaient toujours par terre qu'on les accroche au mur) et mon propriétaire m'avait installé la clim. C'était déjà ça. J'arrivais enfin à dormir un peu mieux – toujours sur le fauteuil – jusqu'à ce que l'appareil se mette à faire un bruit infernal. Qui me provoquait des cauchemars.

Mon quotidien au Jardin de l'ange était lui aussi entré dans une sorte d'inertie : Victoria et Casandra, unies dans leur superwomanisme, étaient devenues très proches après notre fameuse soirée de confessions. Gala, qui m'avait prêté deux autres robes, s'était lancée dans un nouveau hobby (celui de son nouvel amant, le jeune directeur chez Renault) : le tricot (la dernière tendance chez les gens à la mode, apparemment). Olivia quant à elle semblait nous cacher quelque chose : elle passait des heures au téléphone dans l'arrière-boutique et s'isolait de plus en plus sur la balançoire de l'olivier qu'elle avait surnommée la « balançoire de la réflexion ».

Ce jour-là, je m'étais donné pour mission de ne pas quitter la maison avant que tous mes appareils électroménagers n'aient été réparés et que j'aie vidé et rangé tous mes cartons et valises. « La peur conduit à l'immobilisme », m'étais-je dit d'un ton très sérieux. De toute évidence, je n'avais pas spécialement hâte de me sentir bien dans mon nouveau chez-moi. Je crois que, au fond, je ne voulais tout simplement pas de nouveau chez-moi. Ni de nouvelle vie. J'avais déjà subi assez de changements comme ça.

Donc, ce matin-là, armée d'un couteau, j'ai ouvert un à un les cartons qui contenaient mon passé. J'ai trouvé un endroit pour mes chaussures, mes jupes et mes culottes… Mes effets personnels défilaient sous les yeux curieux des techniciens les plus divers : le réparateur de machines à laver, des tuyaux plein les bras, le spécialiste de la fibre optique, qui semblait ausculter les murs, et le maçon qui tapait sur le sol de la salle de bains en suant à grosses gouttes.

C'est à ce moment-là que mon père a décidé de m'appeler. Il a suffi d'un « Comment va ma fille ? » pour que cette chape de plomb que l'on appelle mélancolie ressurgisse dans ma poitrine.

– Eh bien, je suis à la maison, papa.

– Il fait très chaud à Madrid ?

Pourquoi la première question qu'un parent pose à son enfant qui habite dans une autre ville concerne-t-elle toujours la météo ?

– Il fait une chaleur à faire fondre les trottoirs.

– Mais toi, comment tu vas ? m'a-t-il demandé sur un ton soucieux.

Bah, je suis toujours veuve à quarante ans, papa. Je suis toujours seule. Je suis toujours triste, effondrée et terrifiée, ai-je eu envie de lui dire.

– Ne t'inquiète pas, papa. Tout va bien. Je m'habitue à mon nouvel appartement. À vrai dire, on me répare deux ou trois trucs aujourd'hui, lui ai-je annoncé avec une certaine fierté.

Il y a eu un soupir de soulagement à l'autre bout du fil. Puis il m'a récité la liste des choses absurdes que ma mère lui avait demandé de me dire : de faire attention aux voleurs du quartier, de faire poser un verrou Fac, parce que c'était les plus sûrs, qu'une de ses voisines lui avait dit je ne sais pas quoi à propos des vagues de chaleur, que je fasse gaffe avec les œufs, qu'il y avait plein de cas de salmonellose, qu'ils avaient dit aux infos que la chaleur avait attiré un moustique tigre venu d'Afrique, très dangereux, que je devais éviter de m'approcher d'eaux stagnantes, qu'il valait mieux ne pas aller au parc du Retiro parce que bla-bla-bla... Je l'ai écouté en pliant minutieusement mes soutiens-gorge et en me demandant pourquoi ma mère ne m'appelait pas elle-même pour me dire tout ça.

Je crois que je connaissais la réponse.

Elle ne supportait pas ma peine.

C'était trop pour elle. Voir souffrir sa fille, « c'est la pire chose qui puisse nous arriver » et c'était insupportable. Ma douleur la faisait donc plus souffrir que moi. C'est pour ça que mon père avait passé sa vie à lui cacher ses problèmes, qu'ils soient financiers ou personnels. Ma mère, l'impératrice des copilotes, avait tout délégué à mon père au point de ne plus être informée de la moitié des épreuves que notre famille avait traversées. Pour être honnête, on lui aurait bien caché ta mort mais elle aurait sans doute remarqué ton absence le soir de Noël. Elle a pleuré plus que moi à ton enterrement. Tu ne le savais pas ? Eh bien maintenant tu le sais. Pourtant, elle a été incapable de te rendre visite une seule fois à l'hôpital quand je passais mes nuits à te veiller sur ton lit de mort. C'était trop pour elle.

Je commençais à comprendre pourquoi nous, les copilotes, étions ainsi. Nous avions été élevées par des femmes qui avaient peur de tout. Pas des lâches, mais des peureuses. Des femmes qui ont une capacité de souffrance illimitée, qui sont tellement criblées d'angoisses qu'elles les ont transmises à leurs enfants via le cordon ombilical. Des hypersensibles, des susceptibles, des introverties, des instables, des indécises, des pessimistes, des qui manquent d'assurance… Voilà ce que nous étions, selon Olivia. À savoir, le portrait-robot de ma mère.

Quant à mon père, entouré de femmes copilotes, ils nous avaient surprotégées.

– Il te manque quelque chose, ma fille ?

Óscar. Óscar me manque, papa. Celui qui était censé te remplacer.

– Non, papa. Tout va bien, vraiment. Je rencontre plein de monde au travail. Ça m'aide beaucoup.

– Ils te paient bien ?

– Ce n'est pas le plus important.

– Si, maintenant que tu vas vivre seule.

Il y avait quelque chose de définitif dans sa voix. Comme s'il était lui aussi convaincu que j'allais vivre seule le restant de mes jours.

– Et que vas-tu faire des cendres en fin de compte ?

– C'est maman qui t'a demandé ça ?

Il y a eu un silence. Oui, c'était elle qui le lui avait demandé.

J'ai repensé à la suggestion d'Olivia. À cette époque, son idée me paraissait si folle que j'étais incapable de l'envisager sérieusement. Puis j'ai pensé au côté hystérique de ma mère et à la relation d'amour/haine que mon père entretenait avec la mer.

– Je ne sais pas encore.
– Mais où sont-elles ?
– À la maison. Elles sont toujours emballées.
J'ai entendu un long soupir.
– Mon cœur, je ne veux pas me mêler de ce qui ne me regarde pas mais ta mère est très inquiète. Elle me pose tous les jours la question. Tu sais comment elle est. Elle ne trouve pas ça normal. Qu'il ne soit pas enterré. Dans un lieu approprié. Je ne peux pas lui dire qu'il est emballé dans tes cartons avec le reste de tes affaires. On va trouver autre chose à lui dire, je t'en supplie.
J'ai failli exploser de rire. Quand on tire un peu trop sur la corde du tragique, on finit souvent par frôler le comique. Et c'était vrai, je l'avais presque oublié. Tu étais emballé avec le reste de mes vêtements, livres, papiers et chaussures. Toute une métaphore de mon deuil. Mais, avec le recul, c'était bien mieux que de parler à mon père de la promesse que je t'avais faite et de celle que je venais de faire à cette dingue d'Olivia.

Pauvre papa. Il n'a jamais voulu que je m'approche trop de la mer. Je suppose que c'est le cas de beaucoup de fils de marins. Que c'est pourquoi il n'a jamais voulu en faire son métier et qu'il a quitté son village de la côte pour s'installer à Madrid au moment de fonder une famille. Il voulait nous tenir éloignés de tout ça. Mais je crois que la mer lui manque, parce que c'est lui qui a voulu m'appeler Marina. Sans ce prénom, tu ne m'aurais peut-être jamais remarquée et aujourd'hui je ne souffrirais pas de t'avoir perdu. Peut-être que la mer continue d'être une malédiction qui s'abat sur ma famille.
Je n'ai jamais été très belle. Les voisins du village de mon père ne manquaient jamais de rappeler – en ma présence – combien mon physique s'était amélioré avec le temps : « Petite, elle n'était pas très jolie, mais regarde ce qu'elle est

devenue aujourd'hui ». Et c'était vrai. Toi, tu étais ce garçon riche de Madrid qui passait l'été à Alicante dans la maison de sa grand-mère tandis que ses noceurs de parents partaient en escapade à Marbella, avec les nouveaux riches. Moi, j'étais la petite fille pauvre de Madrid dont la famille louait le même appartement tous les étés, la fille d'El Ruedas, un routier à la mâchoire carrée et aux yeux de chien fidèle qui admirait le genre d'homme qu'était ton père. « Un type intelligent. Il s'en est bien sorti. Quand on pense qu'il a commencé serveur. Mais son fils va à l'université. Il prétend vouloir devenir capitaine de bateau, disait-il en haussant son sourcil blanc. Qu'est-ce qu'il peut bien connaître à la mer, celui-là ? Il vit à Londres. »

La vérité c'est que mon père n'a jamais voulu que je m'approche d'un port et que je lui brisais le cœur chaque fois que je lui disais que nous sortions le Peter Pan. Les hurlements de ma grand-mère hantaient encore sa mémoire, toutes ces nuits qu'elle avait passées seule, enceinte jusqu'aux dents, à espérer le retour de son mari parti en mer. Avant chaque grand départ, il lui faisait un enfant. C'était de là que les marins tiraient leur force, selon lui. De la nécessité de survivre à tout prix parce qu'un embryon les attendait à la maison. Mon père, lui, n'avait pas eu à féconder ma mère autant de fois. À ma naissance, j'avais les cheveux si noirs qu'ils semblaient bleus. Mon père a tout de suite su comment m'appeler. Il a également décidé que le bleu de mes cheveux serait la seule mer dont il s'approcherait. Ce qui ne l'a pas empêché de perpétuer la malédiction familiale : sa femme lui disait au revoir en pleurant et hurlant chaque fois qu'il prenait la route. Même quand c'était seulement pour aller faire une course. Une accro à la souffrance, aurait dit Olivia.

– Papa, dis à maman que je vais bien. Qu'elle ne souffre pas pour moi. Et que j'ai déposé l'urne des cendres au cimetière de la Almudena.

– Très bien. Ça me rassure.

Ça la rassurera, elle, voilà ce qu'il a voulu dire.

– Moi aussi.

J'ai raccroché et regardé mes trois derniers cartons en me demandant dans lequel tu étais. J'ai soudainement manqué d'air. J'ai pensé à ma mère, à qui je venais de refuser sa dose de souffrance. Et puis j'ai entendu une voix flegmatique s'élever derrière moi.

– Madame, votre frigo est réparé.

Je me suis retournée. L'homme était jeune. Il avait un nez tordu, dans lequel était planté un anneau, et un bleu de travail trop grand pour lui. Mais j'avais l'impression de me tenir devant un ange qui me tendait les clés du paradis : plus de conserves, de lait en poudre, de plats à emporter, de dîners seule dans un bar du quartier, entourée de couples ou de bandes d'amis riant entre deux verres de vin. Bonjour l'eau froide, les glaçons, les fruits, le beurre à tartiner sur mes toasts au petit déjeuner, les plateaux-télé après le travail. J'étais de retour au XXIe siècle. Je me suis approchée de lui et l'ai serré dans mes bras, pour le remercier du miracle qu'il avait accompli, avant de constater que mon geste le pétrifiait. J'ai fini par le lâcher et il m'a tendu un bon à signer avant de sortir, déconcerté.

Je suis allée dans la cuisine. J'ai ouvert le frigo et le froid m'a collé à la peau. Cette machine bénie des dieux m'a rendu ce que ma mère m'avait enlevé quelques minutes plus tôt : l'oxygène qu'il me manquait pour respirer.

La théorie de la chrysalide

Le lendemain matin, je suis partie au travail avec une nouvelle énergie. Pour être honnête, j'avais besoin de raconter à Olivia mes petites victoires sur le quotidien. J'avais sans doute même besoin de son assentiment.

J'ai remonté la calle del Prado en essayant d'éviter la rabatteuse de l'église de Scientologie, qui a tout de même insisté pour me fourrer un dépliant entre les mains, comme tous les matins. On aurait dit une version défraîchie de Boucle d'or. Sa voix était à la fois cristalline et braillarde. Le tout était terrifiant. Je me suis demandé ce qui avait bien pu traverser l'esprit des responsables quand ils s'étaient dit qu'elle ferait une bonne représentante de leur cause.

Mais ce n'était pas la seule question que je me posais. Pourquoi vouloir à tout prix me donner un dépliant à moi en particulier ? Le prospectus n'avait rien d'extraordinaire : il invitait seulement à entrer pour répondre à un quiz pour comprendre comment augmenter le potentiel de son esprit et accéder à la connaissance. Mais on dit que les sectes ciblent les personnes fragiles, en période de crise.

Ça se voyait sur mon front à ce point-là ?

Pourquoi ne pas plutôt me proposer un truc pour augmenter mon bonheur ? Pour ça j'aurais été une proie facile.

Ce matin-là, j'avais opté pour une jupe à volants avec des motifs de tour Eiffel – un prêt de Gala – qui me donnait envie de tournoyer en marchant, comme une gamine. C'est sans doute pour cela que le vendeur de la Brown Bear Bakery, la boulangerie située sous les fenêtres de Gala, m'a regardée comme il l'a fait. D'après notre déesse nordique, résister à l'odeur du pain sortant du four était un excellent exercice de force mentale. Je suis entrée m'acheter un pain au chocolat. Quand le vendeur m'a souri, j'ai rougi en pensant que je devais avoir l'air ridicule du haut de mes quarante ans, avec ma petite jupe et mon goûter pour la récré.

Je me suis sentie si bête que, une fois dans la rue, j'ai voulu donner ma viennoiserie à un petit garçon anormalement poilu pour son âge qui tenait la main de sa mère, elle-même vissée à son portable, devant l'entrée de l'herboristerie. Le petit a tendu la main avec une tête de bébé singe affamé mais sa mère l'a tiré brusquement par le bras pour l'en empêcher.

– Qu'est-ce que je t'ai dit ? Tu n'acceptes aucun aliment de personnes que tu ne connais pas. Encore moins s'il est plein de graisses saturées !

J'ai donc laissé derrière moi l'enfant qui salivait et sa mère squelettique.

Moi qui avais toujours passé mes vacances à la plage, je découvrais pour la première fois Madrid en été. La ville n'avait rien à voir avec celle que je connaissais. Les rues brûlaient sous un soleil apocalyptique. Le temps semblait suspendu, comme si plus rien n'était urgent. Les habitants étaient tous plus minces, plus beaux, sans le teint grisâtre qu'ils arboraient le reste de l'année. La rue semblait avoir donné vie aux spécimens les plus extraordinaires. Tout ça me rappelait un de mes livres préférés quand j'étais petite : *Les Moumines*. C'est l'histoire d'une famille de trolls.

Le plus jeune d'entre eux se réveille de son hibernation plus tôt que prévu et, alors que les autres continuent à dormir, il part découvrir son monde à une autre saison : un monde peuplé de créatures qu'il n'était pas censé croiser. Maintenant que j'y pense, c'était plus ou moins ce qui était en train de m'arriver.

Et qui survivait à une canicule pareille ? Eh bien les *superwomen* incapables d'arrêter de travailler, celles qui ne pouvaient pas se payer de vacances comme Aurora, ou celles qui avaient été frappées par la crise économique comme Gala (cette dernière traînait ses talons aiguilles de soldes en soldes, accrochée à son sac de créateur, symbole d'un temps plus prospère), les archéologues qui excavaient les sous-sols des couvents, les ouvriers qui profitaient du calme pour retaper les mêmes rues que d'habitude. Et puis, il y avait les créatures inclassables comme Olivia.

J'ai soudain eu la certitude qu'Olivia n'existait qu'en été.

Voilà ce que je me disais quand je me suis arrêtée devant la porte de l'Euforia, un vieux bar à vins fermé depuis longtemps dans lequel je me souvenais être allée une fois quand j'étais à la fac. Sous l'enseigne rouillée, étaient accrochées deux grandes toiles et un panneau qui disait :

FAMILLE EXPULSÉE, DEUX ENFANTS.
NOUS VIVONS DANS LA RUE.
NOUS VOULONS SEULEMENT
DE QUOI MANGER.

J'ai posé une pièce de monnaie devant leur bivouac improvisé. On était loin des paysages de vacances dont j'avais l'habitude.

En arrivant à la boutique, je suis tombée sur Celia qui tricotait frénétiquement, assise sous la pergola.

À l'intérieur, Olivia, vêtue d'une chemise et d'un pantalon ample en lin vert, observait par-dessus ses lunettes roses la femme debout face à elle. On aurait dit une momie : la peau sèche comme une tortue, cramée par le soleil, et des yeux globuleux. Elle portait un tailleur-jupe bleu marine qui lui donnait des airs d'hôtesse de maison funéraire.

– Écoutez, je suis certaine que tous vos papiers sont en règle, madame…

– Olivia. Contentez-vous de m'appeler Olivia.

La femme a jeté un coup d'œil à un dossier gris dont dépassaient plusieurs feuilles. Ses gestes étaient aussi tranchants qu'une guillotine. Olivia l'observait, les mains sur les hanches, le dos bien droit, comme si elle cherchait à se grandir. L'hôtesse de maison funéraire a poursuivi :

– Mon client a décidé de mettre ce terrain en vente et c'est son droit le plus strict, a-t-elle dit sans cligner une seule fois de ses yeux globuleux.

– Bien évidemment.

– Sachez que c'est une enclave unique au cœur du quartier de Las Letras.

– Vous n'imaginez pas à quel point j'en suis consciente, a répondu la fleuriste en s'appuyant des deux mains sur le comptoir. Cette pépinière existe depuis au moins trois siècles.

– Mais avec la crise, les propriétaires ont accumulé des dettes dont ils doivent s'acquitter.

– J'espère qu'aucune d'elles n'est envers Dieu.

Olivia a semblé amusée de sa propre remarque.

– J'espère de mon côté que vous ne ferez aucune difficulté quand je ferai visiter ce lieu avec des acheteurs potentiels…

– Jamais de la vie.

– Comment ? Vous comptez refuser ?

– Non. Bien au contraire. À vrai dire, je vous remercie. Je pourrai toujours leur vendre des fleurs. Celles-ci sont pour vous, a-t-elle dit en lui tendant quelques rameaux à fleurs blanches.

L'hôtesse de maison funéraire a cligné des yeux – une seule fois – avant de les accepter, déconcertée. Olivia s'est levée pour se planter en face d'elle.

– Qu'est-ce qui vous arrive ? Mon attitude vous surprend ? Les propriétaires m'ont assuré que cet endroit ne serait jamais vendu et que le terrain n'était pas constructible. Vous vous attendiez à quoi ? À ce que je vous dise que c'est juste ? Que c'est honnête ?

La femme a pincé ses lèvres fines et inexpressives avant de se contenter d'un « C'est comme ça », auquel Olivia a répondu par un « Excusez-moi mais il faut que j'aille désinfecter mes plantes, le niveau de pollution vient de monter en flèche, vous ne le sentez pas ? » avant d'asperger la femme d'insecticide. Cette dernière a déguerpi à toutes jambes le long du chemin de pierre, comme la sorcière du *Magicien d'Oz*.

– Et faites attention si vous avez un chat, a murmuré la fleuriste. Je ne vous recommande pas non plus d'utiliser ces fleurs pour vous faire une infusion.

Je n'ai pas pu m'empêcher de sourire en réalisant que l'hôtesse de maison funéraire partait avec une branche de laurier-rose vénéneux. Mais mon sourire s'est envolé quand j'ai aperçu la ride d'inquiétude qui barrait le front d'Olivia.

– Pas un mot aux clients sur ce que tu viens d'entendre, compris ?

Elle a balayé le rideau de perles de l'arrière-boutique d'un geste théâtral, puis s'y est engouffrée.

J'ai passé près d'une heure à m'occuper d'un couple gay qui cherchait un arbre fruitier qui ne gèlerait pas durant les rudes hivers madrilènes mais ne sécherait pas non plus si on le faisait pousser dans un pot en intérieur. Pour être honnête, les questions des clients se suivaient et se ressemblaient : Est-ce que cette plante a besoin de soleil ou d'ombre ? À quelle fréquence doit-on l'arroser ? Dans quelle direction l'exposer ?... Dans ces cas-là, je me contentais de regarder où la plante en question était située au Jardin de l'ange et le problème était réglé : s'il y avait une assiette sous le pot, c'est qu'elle avait besoin d'humidité, si elle était sous la pergola, c'est qu'elle avait besoin d'ombre. Et c'est comme ça que mon cerveau a enregistré des dizaines d'informations qui me faisaient paraître chaque jour un peu plus calée que je ne l'étais vraiment.

De son côté, Olivia servait elle aussi des clients, mais avec une maussaderie évidente. De temps en temps, elle allait voir Celia et essayait de mauvaise grâce le gilet sans manches que celle-ci était en train de lui tricoter.

À un moment, j'ai entendu une cliente demander depuis la porte si un bambou pouvait survivre sur sa terrasse orientée plein nord. Ce à quoi la fleuriste a répondu :

– Oui, à moins que vous n'ayez un panda. Dans ce cas, il ne tiendra pas plus de vingt-quatre heures.

J'ai failli exploser de rire.

Mais mon petit couple m'a vite fait redescendre sur terre en me posant une question à laquelle je ne m'attendais pas.

– Vous savez si selon les principes Feng Shui un citronnier doit être placé devant la porte de la terrasse ou plus à l'intérieur de l'appartement ?

Je me suis concentrée sur les citronniers. Et je leur ai assuré qu'un citronnier devait être placé près de la terrasse. Et c'est comme ça que j'ai vendu mon premier arbre.

Quand je suis revenue dans la serre, j'ai trouvé Olivia recroquevillée sur elle-même, fixant attentivement une orchidée. Je me suis approchée. Une sorte de larve gluante en forme de haricot vert pendait à l'un des pétales. Je l'ai observée à mon tour, avec un certain dégoût.

– Tu veux que j'aille chercher l'insecticide ? lui ai-je demandé sur le même ton affolé que Dana Wynter dans *L'Invasion des profanateurs*.

Elle m'a regardée comme si j'avais commis un sacrilège.

– Tu as perdu la tête ? C'est un ver à soie ! Il est en plein stade de la chrysalide. Tu viendrais interrompre l'un des phénomènes naturels les plus intenses et émouvants du règne animal.

J'ai eu l'impression d'être un monstre. Ou plus précisément une créature destructrice et abjecte pour laquelle il n'y avait même pas de nom. J'ai examiné de plus près le cocon d'un vert chatoyant.

Olivia a enfilé ses lunettes puis s'est emparée délicatement de l'orchidée. Elle l'a fait tourner sur elle-même afin d'observer ce miracle de la nature sous tous ses angles puis m'a regardée, réjouie.

– Tu sais ce qui se passe là-dedans ? (J'ai fait non de la tête, elle a plissé les yeux.) Le ver libère des enzymes qui dissolvent ses tissus jusqu'à les transformer en une espèce de bouillon de protéines qui n'épargnera que certains organes. Ces cellules seront recyclées pour donner vie à un insecte adulte : de nouveaux yeux, une nouvelle tête, des ailes… (Sa voix d'habitude si suave s'est un peu cassée.) Dans quelques semaines, il se transformera en papillon. N'est-ce pas incroyable ? Il aura laissé derrière lui son ancienne vie, celle qui le condamnait à vivre dans la terre… Et il pourra voler ! (Elle a levé les mains et a attrapé les miennes pour les lever à leur tour.) Tu comprends ce que j'essaie de te dire ?

Je me suis gratté les poignets comme chaque fois que j'étais nerveuse.

– Moi ? Passer par une chrysalide ?

Olivia a posé l'orchidée sur le comptoir avant de s'y appuyer.

– Ah, Marina chérie… je vis depuis assez longtemps pour savoir qu'il y a un moment dans la vie de chaque personne où une opportunité d'opérer un virage à cent quatre-vingts degrés se présente. Une grande et unique opportunité d'évoluer. D'atteindre la plénitude. Le grand tournant de ton histoire. Évidemment, certaines personnes la saisissent et d'autres, non.

– Et tu penses que je ne la saisis pas ?

Elle m'a regardée par-dessus ses lunettes roses comme pour chercher une trace de ce cocon verdâtre quelque part sur ma peau. Elle m'a caressé la joue du revers de sa main droite.

– Ça dépend de toi, chérie.

Elle s'est tue pour se concentrer à nouveau sur l'insecte en mutation. Je l'ai imitée. Tout ça ne me semblait plus aussi dégoûtant, je commençais même à apprécier le spectacle qui s'offrait à moi.

– Et je vais devoir faire un bouillon de protéines ?

Olivia a haussé un sourcil, amusée.

– Ça me semble un peu exagéré, non ? Mais même si c'était le cas, tu ne crois pas que ça en vaille la peine ? Pense à combien ce serait excitant ! s'est-elle enthousiasmée en frottant son nez pointu. Je crois que moi, ça me plairait. Me réincarner en tout autre chose en gardant mon essence. Atteindre mon plein potentiel pour devenir, plus que jamais, moi-même… Tu sais, Marina, il y a une chose qui m'a toujours fait peur. Les personnes qui ne connaissent jamais l'étape de la chrysalide meurent sans savoir qui elles sont vraiment. Que souhaiter de plus que vivre ses derniers jours en se disant : « J'ai été ravie de te connaître », tu ne crois pas ?

Je l'ai écoutée, hypnotisée par le mouvement de ses mains déliées, fines et fortes à la fois, à l'image des ailes de ce futur papillon. Et j'ai su que je me souviendrais souvent de cette phrase. Dans les moments difficiles. Et qu'elle me donnerait du courage. Comme maintenant.

– Et ce cocon dans lequel je dois me glisser, c'est le bateau ?

– Non, chérie, a-t-elle souri de façon énigmatique. Ça, ce sera la dernière étape, celle où tu sortiras du cocon pour prendre ton envol. Sache que tu es arrivée dans ce jardin bien avant cette larve.

J'ai recommencé à me gratter les poignets et j'ai eu l'impression que mes os s'étaient ramollis, comme si la mutation était déjà engagée. J'ai regardé le ver avec admiration, voire avec empathie.

Olivia s'est approchée de moi et m'a agrippé fermement les épaules.

– N'oublie jamais une chose, Marina : si les femmes avaient conscience de combien elles sont capables de changer, de combien leur instinct de survie et de guérison est fort, elles seraient presque invincibles.

Je ne sais pas pourquoi, mais je l'ai crue. J'avais beau à peine la connaître, je croyais tout ce qu'elle disait. Car non, je ne la connaissais pas, au fond. J'ai constaté à cet instant que j'avais beau avoir passé ces deux dernières semaines à ses côtés, je ne savais toujours pas d'où elle venait ni si elle vivait seule, si elle avait des enfants ou une maladie grave. Olivia s'offrait à moi comme un cadeau quotidien, qui se serait matérialisé du jour au lendemain dans mon quartier. Un étrange cadeau de la nature, comme les fleurs sylvestres. C'est pourquoi que je n'ai pas pu m'empêcher de lui demander :

– Ça t'est arrivé à toi ? (J'ai reformulé ma question face à son silence.) Tu as déjà traversé l'étape de la chrysalide ?

On a entendu des petits coups sur la vitre de la serre. C'était Celia, la « grand-mammy esclave », qui nous disait au revoir en montrant sa montre pour signifier qu'il était déjà tard. Olivia l'a saluée de la main et m'a regardée de ses petits yeux sages d'un bleu étincelant.

– Peu importe ce qui m'est arrivé à moi. (Elle a tendu le cou, a sorti son mouchoir et s'est épongé la nuque.) Il y a un moment, Marina chérie, où tu dois te demander quelle femme tu veux être. Moi, mon chemin a été long. Disons que j'ai décidé de changer de vie sans mâcher mes mots, afin que personne ne tente de m'en empêcher. J'ai dû en payer le prix. Un prix très coûteux. (Elle a marqué une pause lourde de sens.) Je le paie encore aujourd'hui… Mais j'ai également été récompensée. Je ne suis un modèle pour personne. Et je ne veux pas l'être.

J'ai compris qu'il ne fallait pas lui poser d'autres questions quand elle m'a tourné le dos. Elle le faisait chaque fois qu'elle voulait couper court à une conversation. Elle a attrapé l'orchidée à deux mains et s'est mise à marcher, ou plus exactement à glisser, vers le coin de la pièce, un endroit où la fleur serait à l'abri de la lumière et des clients mal élevés qui s'obstinaient à toucher tout ce qui les entouraient. Elle l'a posée sur une table comme s'il s'agissait d'un pot en cristal. Quant à notre petit alien, il a continué à assembler et défaire les maillons complexes de son ADN.

Nous apprendrions bientôt que j'avais moi aussi commencé ma mutation. Et que, sans le savoir, cette première soirée entre filles dans le jardin en avait été le déclencheur. Quelques rues plus loin, au ministère des Affaires étrangères, Casandra Vélez arrosait l'orchidée bleue flamboyante qui trônait désormais sur son bureau. Paula lui avait demandé, émerveillée, d'où elle venait.

– Ce n'est pas un cadeau, a répondu fièrement sa patronne. Je me la suis achetée moi-même.

Elle ne cessait de penser aux paroles d'Olivia : « Le véritable amour est inattendu. Inévitable. Quand ce que tu ressens pour l'autre te met presque en colère. Quand ça te fait peur. Mais en échange, si tu t'abandonnes et que tu oses le savourer sans peur, rien au monde ne te fera te sentir plus vivante. »

Elle a attrapé son téléphone et demandé à Paula d'annuler toutes ses réunions de la matinée, un ordre qui allait à coup sûr déconcerter son troupeau de stagiaires mollassons – qui ne manqueraient pas pendant leur prochaine pause cigarette de spéculer sur ce soudain changement d'attitude de leurs petites voix mielleuses et insolentes. Cette idée a passablement énervé Casandra, mais elle a inspiré et expiré deux fois avant de quitter son bureau tête haute en laissant un sillon de parfum vanillé derrière elle tandis qu'elle remontait les couloirs. Elle n'a pas répondu aux messages de son amant inquiet. Il essayait de la joindre à tout prix depuis le fâcheux incident du jardin. Il voulait la voir. Mais elle, elle préférait rejoindre la femme à qui elle avait donné rendez-vous au café de l'hôtel Villa Real, situé au beau milieu de la plaza de Las Cortes. Un lieu sans doute trop fréquenté pour retrouver celle qui, sans le savoir, détenait la clé de sa mutation.

Dans le même quartier au même moment, Aurora, notre chère belle au cœur souffrant, vêtue d'un grand sari orange usé et de tongs, avait commencé une nouvelle toile. Son coup de pinceau semblait plus libre que d'habitude. Aucune fleur, en tout cas pas pour l'instant. Pour la première fois, on devinait sur le canevas l'esquisse d'une silhouette humaine. Quand Maxi a traversé le salon, il a jeté un coup d'œil désintéressé à la toile, de loin. Puis il a demandé à Aurora pourquoi son style manquait à ce point de cohérence. Il l'a fait dans son style à lui… à savoir sur le ton sarcastique qu'il utilisait pour déguiser ses insultes. Il ne s'est pas non plus privé de lui dire (ce qui n'était pas nécessaire) qu'il la trouvait étrange, qu'il ne la reconnaissait plus, que ses cheveux étaient trop longs, qu'on aurait dit une perruque. Ça lui faisait une énorme tête, selon lui, bien trop grosse pour sa petite taille. Puis il s'est affalé sur le canapé pour engloutir un bol de céréales en regardant une émission de faits divers devant laquelle il s'est vite rendormi. Et pour la première fois, Aurora – qui n'avait pas pu s'empêcher d'être blessée par son commentaire – a fait un effort pour l'ignorer. Elle s'est frotté la nuque en entendant l'écho de la voix de Casandra : « Congèle… ne fais pas l'idiote, congèle. Comme ça, pas de risque de te faire inséminer dans un moment de folie par un type qui n'aurait pas la génétique adéquate. »

La belle au cœur souffrant a observé Maxi qui ronflait dans le canapé. Sa chemise sale, sa bedaine naissante qui faisait monter et descendre le bol de céréales, le cendrier plein de mégots posé sur un coussin. Elle a séché ses grands cils noirs et s'est concentrée sur les taches de peinture qui commençaient à prendre forme. De temps en temps, elle attrapait un pétale de calendula pour le porter à sa bouche.

De son côté, Galatée, penchée au balcon du showroom, bavardait avec sa mère au téléphone. Elle attendait l'arrivée imminente de Clara Olmedo, l'actrice, qui avait besoin d'une robe pour une première du festival de San Sebastián. Cela faisait longtemps que Gala et sa mère n'avaient pas eu une de leurs longues conversations téléphoniques. La mère de notre déesse viking, bien qu'ayant passé toute sa vie dans son petit village, était très à l'aise avec sa sexualité et en parlait avec la même décontraction que sa fille – au grand désespoir de son mari. Posés sur le balcon, les grands lys blancs s'étaient presque tous ouverts, cherchant la lumière. Comme Gala à cet instant. Elle avait raconté à sa mère son aventure avec le Français. Quelque chose la préoccupait. Elle n'avait soudain plus vraiment envie de le voir. À vrai dire, elle en était venue à coucher avec lui pour s'en débarrasser et abréger la soirée.

Gala n'arrivait pas à se sortir de la tête ce que lui avait dit cette insolente de Casandra : « Tu as peut-être le même problème que moi. Au fond, tu joues le jeu des hommes de notre génération, ceux qui souffrent du syndrome de Peter Pan et sont complètement dépassés. »

– Maman, a-t-elle dit en coupant un lys pour le glisser derrière son oreille. Tu es amoureuse de papa, toi ?

Il y a eu un long silence à l'autre bout du fil.

– Je me suis enfuie de chez moi pour pouvoir être avec ton père, mon cœur, a-t-elle fini par dire en laissant échapper un petit rire. Bien sûr que je suis amoureuse de lui.

L'histoire de ses parents avait toujours fasciné Gala. Si différents et pourtant ensemble depuis si longtemps. Cette façon si excitante qu'ils avaient de se regarder. Notamment quand elle lui donnait une petite tape sur les fesses ou qu'il défaisait un bouton de son corsage, juste pour rire. Ces deux-là étaient un monument d'amour, un amour presque impossible à atteindre.

– Et pourquoi l'aimes-tu ?

Un silence très bref a suivi, peut-être le temps d'un sourire.

– Parce que c'est lui.

Dans une tour du sud de la ville, Victoria, assise à son ordinateur avec vue sur la banlieue, cherchait sur le Net à quoi ressemblait un glaïeul rouge. Ce matin-là, Pablo et les enfants étaient restés à la maison parce qu'ils avaient vomi au réveil. Une gastro-entérite estivale, s'était lamenté Pablo de cette voix agonisante qu'il avait dès qu'il dépassait les trente-sept cinq de fièvre, ce qui avait le don de la rendre folle. Il venait d'aller chez le médecin, avait-il ajouté avant de soupirer et puis de se taire, las. Bien évidemment, le virus n'avait pas osé s'approcher de Victoria, la toute-puissante. Mais ce n'est pas ce qui préoccupait le plus l'informaticienne en ce matin de gueule de bois, non. Elle ne pouvait pas s'empêcher de repenser à sa soirée au Jardin de l'ange. Une phrase en particulier – elle avait oublié qui l'avait prononcée – ne la quittait plus : « Tu le mérites ».

La fleur est apparue sur l'écran. Il ne lui en a pas fallu plus pour sentir l'humidité envahir sa culotte. Elle a cherché dans son mobile sa seule photo d'elle et Francisco puis a glissé sa main sous sa jupe. La balle était dans son camp. Répondre ou ne pas répondre à sa proposition ?

Avec le temps, nous reconnaîtrions toutes que cette semaine-là, probablement le même jour, un mécanisme parfait et imparable s'était enclenché en chacune de nous. La machine était en route. Soudain, des engrenages jusqu'ici rouillés – voire paralysés chez certaines – s'étaient mis en mouvement…

Quant à moi, ce matin-là, comme je l'ai raconté, j'étais absorbée par le spectacle de notre nouveau locataire, qui se laissait bercer au rythme du ventilo et de la voix cassée de Billie Holiday. Et moi aussi j'avais entendu une phrase lors de notre soirée de la veille que je n'arrivais pas à me sortir de la tête : « Si tu suis les ordres de ton défunt mari, tu seras un copilote jusqu'au bout ».

Je me suis levée. J'ai ajusté mon tablier autour de ma taille toujours plus fine. J'ai fourré dans la poche un petit sécateur, des gants de jardinage et un morceau de fil de fer pour redresser les branches, et je suis partie affronter la journée qui m'attendait.

Trop d'analyse paralyse

Le cerveau évolue et vieillit, mais le cœur reste un enfant jusqu'à ce qu'il arrête de battre. C'est pour ça qu'on peut retomber amoureux, parce que c'est le cœur qui décide. Quand quelque chose nous blesse, c'est le cerveau qui l'enregistre, c'est lui qui est traumatisé, qui décide d'oublier ou non, qui rationalise la situation pour pouvoir la surmonter.

Le cœur, lui, ne fait que souffrir. Il n'apprend jamais. Quand nous nous empêchons de tomber amoureux, c'est parce que notre raison nous freine et met un terme à l'histoire avant même qu'elle n'ait une chance de commencer. Mais pas le cœur. Le cœur est gouverné par d'autres paramètres. Les émotions. Les émotions sont les cellules du cœur comme les neurones celles du cerveau. Ainsi, quand le cœur crée des émotions, il lance une réaction en chaîne quasiment impossible à arrêter. La raison pourra parsemer sa route d'embûches, de tout un tas d'obstacles. Mais, comme on ne peut pas se forcer à trouver beau un tableau ou être ému par une chanson, on ne peut pas forcer la raison à agir dans un domaine où c'est le cœur qui décide.

C'est pourquoi, selon Olivia, Francisco et Victoria étaient dans une phase de paralysie. Parce qu'ils analysaient trop la situation. Deux esprits prévoyants et rationnels qui essayaient de nier la lumière qui surgissait dans leurs regards dès qu'ils se croisaient ou entendaient quelqu'un prononcer le nom de l'autre. Comme ce midi-là, quand le bel archéologue est arrivé à la boutique, les cheveux pleins de poussière et les yeux en alerte, comme toujours.

– Bonjour, mesdames, a-t-il dit de son ton de professeur. Comment ça va, Marina ? Ça y est, ce jardin n'a plus de secrets pour toi ?

Il s'est approché et m'a baisé la main.

– Pour l'instant, j'ai découvert que nous avions un alien dans la serre.

Il a écarquillé les yeux.

– C'est pas mal pour un début.

Olivia est sortie de derrière le comptoir.

– Bonjour, Francisco. Dis-moi que tu m'apportes quelque chose et je te promets que tu seras récompensé. J'ai eu une matinée horrible…

Il a sorti de sa sacoche en cuir abîmé un dossier noir et rigide à en-tête rouge. Olivia l'a saisi en lui lançant un regard entendu. On aurait dit deux espions échangeant une information susceptible de renverser le gouvernement.

– Merci beaucoup, chéri. C'est tout ? a-t-elle demandé en laissant des blancs mystérieux entre les mots.

Il a acquiescé.

– Mais je ne suis pas sûr de savoir ce que tu comptes faire de cette information, Olivia, a-t-il dit d'un air à la fois inquiet et renfrogné.

– Je vais faire ce qui est juste, a-t-elle répondu avec un grand sourire avant de disparaître d'un pas décidé dans l'arrière-boutique.

– Ce qui est juste… a-t-il soupiré tout haut. (Ou peut-être qu'il s'adressait à moi, je n'en sais rien.) Ça me fait peur.

Olivia est revenue quelques secondes plus tard, sans la pochette mais avec un énorme glaïeul rouge auquel était accrochée une carte.

– On m'a laissé ça pour toi, a-t-elle menti. Je t'avais bien dit que tu serais récompensé.

Elle lui a remis la fleur comme s'il s'agissait d'un Oscar.

Je crois que je n'avais jamais vu le visage de quelqu'un se transformer à ce point. Je changeais l'eau des vases quand j'ai été aveuglée par son sourire éblouissant. Je n'ai pas eu besoin du tableau pour savoir ce que cette fleur signifiait. Lui non plus je crois.

J'ai senti un frisson me parcourir le dos. J'ai tout de suite pensé que c'était un coup d'Olivia. Victoria aurait été incapable de laisser un message aussi clair. Pour l'archéologue, c'était comme gagner une médaille d'or aux jeux Olympiques. C'est pourquoi nous avons été surprises de voir ses yeux s'embuer et son visage se fermer.

– Que se passe-t-il ? a demandé Olivia.

– Tu le sais. Tu sais ce qui se passe, a-t-il murmuré les dents serrées. Je dois d'abord savoir ce que je ressens, ce que je ressens pour ma femme, avant d'aller plus loin.

– Tu dois « savoir » ? Depuis quand on « sait » un sentiment ?

Il a fait non de la tête, comme pour insister.

– Tu ne comprends pas. Elle est fragile en ce moment. Ce n'est pas le bon moment.

Il a posé le glaïeul sur le comptoir, puis a passé la main dans ses cheveux et secoué la poussière de son costume.

– Elle est souvent « fragile » quand elle sent que tu lui échappes, non ? C'est comme ça depuis que je te connais en tout cas. Et tu essaies depuis que je te connais. De mettre un terme à cette histoire, je veux dire. Ce ne sera jamais le bon moment.

– Elle est en pleine dépression.

– Normal, parce qu'elle voit bien que tu es déjà parti. Elle vit avec ton fantôme.

– Je dois vérifier que nous ne nous aimons plus avant de…

Il a fourré ses mains dans ses poches et s'est concentré sur ses chaussures.

Nous avons vu Gala arriver au loin. Elle était sur le point d'entrer mais, en voyant l'archéologue de dos et le glaïeul, elle a préféré reculer discrètement en nous adressant des grimaces de surprise. Je lui ai fait signe de déguerpir avant d'ajouter ce geste ridicule du pouce et de l'auriculaire censé lui faire comprendre qu'on l'appellerait plus tard.

– Francisco, l'a interrompu Olivia, posant la main sur sa poitrine en essayant d'ignorer la blonde qui s'agitait en arrière-plan, il ne s'agit pas d'aimer ou non, mais d'aimer de la bonne façon ou de la mauvaise. Il s'agit de trouver une personne qui nous aime comme on veut être aimé.

Il l'a regardée avec des yeux suppliants, comme pour demander une trêve.

– Mais je suis déjà rongé par la culpabilité ! Et il ne s'est encore rien passé !

Olivia lui a fourré le glaïeul dans les mains avant de lui prendre le bras de façon maternelle.

– Pourquoi les hommes parlent-ils de culpabilité quand il s'agit de peur ? a-t-elle dit en se dirigeant vers le jardin. Écoute, chéri : je me trompe peut-être, mais je ne crois pas que tu sois en train de faire un caprice. Tomber amoureux n'a rien de facile. Désirer à corps perdu non plus. Alors quand ça arrive, il faut le considérer comme un miracle. Tu es presque obligé de le vivre. Mais je vais te confier un secret : le véritable amour ne peut pas se vivre la peur au ventre. C'est toi qui décides.

– De quoi ?

– De comment tu vas répondre à ce glaïeul rouge, voyons.

Il est resté songeur en caressant la fleur du doigt. Peut-être qu'il s'imaginait caresser la joue de Victoria, les lèvres de Victoria, la cuisse de Victoria, le sexe de Victoria. Je le regardais de loin, recroquevillée dans un coin. Je me souviens avoir eu envie que quelqu'un pense à moi comme ça un jour. Que tu aies pensé à moi comme ça un jour.

– Quand je la vois, a-t-il admis en se raclant la gorge, j'ai l'impression de pouvoir affronter le monde entier. J'ai plus appris sur moi-même en prenant un café avec elle que durant toutes mes années de mariage. Elle lit en moi comme dans un livre ouvert, un livre qu'elle aurait lu des dizaines de fois. (Il a dépoussiéré ses cheveux, toussé comme pour chasser le chat qu'il avait dans la gorge.) Je n'avais jamais confié mes peurs comme ça à qui que ce soit. Et mes peurs font partie de moi. Pour la première fois, je n'avais pas l'impression de devoir être fort. Je ne m'étais jamais montré aussi vulnérable, pourtant, jamais personne ne m'a fait me sentir aussi invulnérable. Jamais je n'étais resté cinq heures à prendre un café avec quelqu'un en souhaitant que ce moment dure toujours.

Olivia lui a serré le bras.

– Alors pourquoi cherches-tu à la décevoir ?

L'archéologue s'est durci d'un coup, surpris.

– Pourquoi tu dis ça ?

– Parce que ça fait plusieurs jours que tu n'as pas répondu à son message. Parce que tu lui parles de ta femme quand ce n'est pas le moment. Parce que tu ne lui dis pas tout ce que tu ressens, tout ce que tu serais prêt à risquer pour elle. Et maintenant, te voilà avec des doutes que tu n'avais pas avant.

Il est resté pensif au milieu du jardin, à regarder sa fleur. Je m'affairais à ranger les plantes aromatiques. Accrochée à son bras, Olivia a soutenu son regard. Francisco, lui, semblait s'être transformé en une des nombreuses statues qui peuplent le quartier.

– Francisco, je ne sais pas… Il faut essayer de vivre et réfléchir ensuite à ce que tu as vécu, pas l'inverse. (Elle lui a montré le jardin.) Toute chose est éphémère, comme ces fleurs. Aujourd'hui elles sont écloses, demain elles faneront peut-être.

– Je suppose, a-t-il fini par admettre, je suppose que je n'ai pas l'habitude que les gens risquent tout comme ça pour moi.

Il y a eu un silence. Le quartier a semblé se taire lui aussi quelques secondes. Olivia et Francisco sont rentrés dans la serre. Elle s'est approchée du comptoir et a attrapé une vieille carte postale où un couple posait devant une carriole sur la place de l'Ange. Il a sorti un stylo et y a écrit un mot, puis a glissé la carte dans une enveloppe qu'il a scellée.

– Alors ? Quelle fleur vas-tu choisir ?

Il a fait le tour de la serre, puis a consulté le tableau. Il s'est remis à errer entre les vases, sans trouver ce qu'il cherchait, s'est arrêté brusquement.

– Tu pourrais me trouver une tulipe ?

Elle lui a lancé un sourire satisfait.

– De quelle couleur ?

– Rouge. Évidemment.

Olivia a fait un grand sourire et Francisco lui a tendu l'enveloppe, même si le véritable message, c'était la fleur qui le portait.

Je suis enfin intervenue et lui ai demandé, cachant mon émotion, s'il voulait que je l'emballe dans un plastique transparent. Ils m'ont regardée tous les deux ; on aurait dit qu'ils avaient oublié mon existence. Olivia est passée à côté de moi comme si j'étais invisible, littéralement. Je me suis retournée pour voir derrière la vitre ce jeune homme mystérieux au bouc blond la saluer de la tête. Elle lui a rendu son bonjour et l'a suivi du regard, comme hypnotisée. Elle s'est aussitôt excusée auprès de Francisco, lui expliquant qu'elle devait partir livrer quelque chose à des amis. Elle s'est empressée d'attraper un panier plein de nourriture et un sachet de la pharmacie plein de médicaments. À ma grande stupeur, elle s'est retournée juste avant de sortir pour dire à Francisco que j'avais fait des études d'archéologie et que je serais ravie qu'il me raconte quelques anecdotes sur le quartier.

Il a semblé surpris de cette information mais s'est réjoui de rencontrer une consœur. Le fait qu'il emploie ce terme m'a fait aussitôt devenir rouge écarlate, ce que je me suis empressée de mettre sur le compte du soleil dont la chaleur était quasi insoutenable à cette heure de la journée. J'ai ajouté que je n'avais fait que quelques stages au musée d'archéologie, où ma tâche se limitait à archiver des fossiles, mais que je n'avais jamais travaillé sur aucun site…

– Jusqu'à aujourd'hui tu veux dire, m'a-t-il interrompue.

– Non, ai-je répondu en me grattant les poignets. Maintenant je travaille ici, avec Olivia.

Il m'a lancé un sourire un tantinet paternaliste.

– Eh bien si tu m'offres un café, je t'expliquerai où tu travailles vraiment.

J'ai couru jusqu'à la cafetière de l'arrière-boutique et en suis ressortie quelques secondes après avec deux tasses rouges fumantes, prête pour ma leçon.

Nous nous sommes assis sous la pergola, sur ces minuscules chaises en fer-blanc rouillées où Olivia adorait lire – presque autant qu'elle aimait observer notre mystérieux lecteur quand il venait s'y reposer. Il était près de onze heures du matin et la chaleur était à peu près tolérable dans ce coin ombragé qui bénéficiait également de la fraîcheur dégagée par la petite fontaine à côté. Francisco a enlevé sa montre comme si elle lui donnait chaud ou le gênait puis a mis son portable sur silencieux. Ces deux gestes m'ont fait me sentir importante. C'est là qu'il m'a expliqué que Le Jardin de l'Ange était en réalité l'ancien cimetière de l'église San Sebastián qui se trouvait tout près. C'est pour cette raison qu'il avait pu échapper à la spéculation immobilière au fil des siècles. Parce que c'était un vrai miracle ! Au XVIe siècle, quand les comédiens avaient investi le quartier, on l'avait rebaptisé « le cimetière des Comiques » parce que c'était là qu'on les enterrait. C'est de ce cimetière que Cadalso s'est inspiré pour son roman *Les Nuits lugubres*, une terrible histoire d'amour gothique dans laquelle un homme désespéré exhume le cadavre de sa bien-aimée.

J'ai observé le jardin illuminé par le soleil étincelant de notre siècle en essayant de l'imaginer à l'époque de ces fameuses nuits lugubres de romantisme. J'ai imaginé des tombes en pierre sculptées à la place des fontaines et des fleurs, du lierre envahissant un vieux caveau en marbre au lieu de grimper le long de la pergola, des cierges à la flamme vacillante plutôt que des lampions de couleur.

L'archéologue a mis une sucrette dans son café et a levé les yeux vers le muret couvert de jasmin et de lierre qui nous séparait de l'église.

– À vrai dire, le grand rival de Cervantès, Lope de Vega, a été baptisé ici. Son caveau se trouve à l'intérieur de l'église.

J'ai froncé les sourcils.

– Tu n'avais pas dit qu'on avait perdu son cadavre à lui aussi ?

Il a acquiescé avant d'aspirer bruyamment une gorgée de café.

– Avec le temps, un de ses héritiers a décidé d'arrêter de payer la concession. Ce vieux Lope a donc fini au cimetière avec les autres. Un siècle plus tard, quand Carlos III a ordonné que tous les morts soient transférés dans des cimetières hors de la ville, on a perdu sa trace. Pour toujours. Comme celle de Cervantès. (Il a marqué une pause de circonstance et en a profité pour s'essuyer les lèvres.) Au XIXe, la famille Martin a loué ce terrain à l'Église pour en faire une pépinière, et ce sont eux qui ont construit cette grande serre en verre. C'est une boutique de fleurs depuis lors.

Je l'écoutais, abasourdie, me souvenant de l'hôtesse funéraire et de ses deux ou trois phrases menaçantes que j'avais entendues malgré moi. Sans quitter mon nuage, j'ai dit à voix haute :

– Si tu y réfléchis, il n'y avait pas de meilleur endroit pour faire pousser des fleurs.

Il a éclaté de rire, un rire rauque qui semblait le premier depuis longtemps. Il s'est laissé retomber contre le dossier de sa chaise mal en point en prenant soin de ne pas la casser. Il a fermé les yeux. Et a rempli ses poumons de l'oxygène de notre oasis.

Je l'ai observé quelques instants. C'était vraiment un bel homme. Dedans comme dehors. J'aimais sa carrure et sa démarche un peu distraite. Son intelligence, qu'il n'étalait pas mais qui se voyait à sa façon d'écouter et de toujours trouver le mot juste. Avec amour. Avec plaisir. Son regard couleur sable, intense, changeant. Je n'ai pas peur de le dire : j'enviais Victoria. Je l'enviais beaucoup. Et je ne comprenais pas qu'elle puisse avoir des doutes sur sa relation avec cet homme. Peut-être qu'Olivia avait raison quand elle disait que notre amie ne faisait que subir ses doutes à lui. Doutes qu'il n'avait pas auparavant.

J'ai regardé la terre sous mes sandales, elle me semblait soudain venir d'un autre monde.

– Lope de Vega a été enterré au Jardin de l'ange ? ai-je demandé tant je n'arrivais pas à y croire. Et vous l'avez cherché ici ?

Il a fait non de la tête.

– On pensait que ses restes n'étaient pas là.

Et moi, j'avais choisi un ancien cimetière comme oasis ? ai-je pensé étonnée. La vie était parfois aussi ironique qu'une œuvre de Quevedo puisqu'on parlait d'os perdus prestigieux.

Ayant terminé son café, Francisco s'est levé et est parti. Je me suis retrouvée seule, le cœur galopant et le regard perdu. C'est vrai, le cœur était toujours un enfant et le mien venait d'être secoué par une vague d'émotions après une paralysie trop longue. Sous mes pieds, reposaient peut-être des génies de la littérature, des présidents comme Mateo Sagasta ou des bandits célèbres comme Luis Candelas. Leur essence alimentait peut-être toujours notre olivier qui, sans aucun doute, avait connu de leur vivant tous les habitants du quartier. Cet olivier qui, malgré son silence, était un des personnages clés de l'histoire du Jardin de l'ange, de celle du quartier de Las Letras, et bientôt de la mienne, de la nôtre. À l'époque, je ne savais pas que les arbres avaient eux aussi une signification. Mais le rameau d'olivier était le symbole de la paix, ça, je le savais.

Madwoman

J'ai passé le reste de l'après-midi seule, sur la balançoire de la réflexion, à jouer les ventilateurs. Mes balancements créaient une légère brise qui me rafraîchissait la peau, décollait mes cheveux mouillés de mes tempes et m'aérait le cerveau. Une parade plutôt efficace contre la chaleur. Tout le monde devrait avoir une balançoire de la réflexion accrochée à un olivier centenaire. J'en avais désormais la certitude. J'étais également convaincue que le jardin avait utilisé ses pouvoirs magiques d'oasis pour tenir les clients à l'écart afin de me laisser seule avec toutes mes nouvelles pensées et rêveries. Olivia a téléphoné vers dix-neuf heures, pour dire qu'elle ne reviendrait pas fermer la boutique, qu'elle avait un truc urgent à régler, et que je n'oublie pas de donner à Victoria son « message » si elle passait.

Et je l'ai fait. Mais avant, j'ai reçu une visite aussi curieuse qu'inattendue.

Alors que je me balançais, les yeux fermés, quelqu'un est entré et m'a sortie de ma léthargie de façon un peu surréaliste.

– Bonsoir, je viens pour le bonsaï de lady Macbeth.

J'ai ouvert les yeux. Un garçon avec une barbe brune se tenait devant moi. Il affichait un sourire un peu ahuri, portait un short en jean et une chemise à motifs aussi baroques que nos fleurs.

J'ai soudain eu des sueurs froides en me souvenant du petit arbuste millénaire que j'avais amputé lors de mon premier jour de travail.

Le sympathique et curieux propriétaire du bonsaï s'appelait José Martret. C'était un metteur en scène qui dirigeait le théâtre situé un peu plus haut dans la calle Huertas, appelé la Pension de las Pulgas. J'ai appris plus tard que dans sa version de *Macbeth* – rebaptisé *MacBig* et qui en était déjà à plus de trois cents représentations –, lady Macbeth avait un bonsaï dans sa première scène. Selon lui, les pauvres arbustes absorbaient toute la méchanceté du personnage c'est pourquoi ils fanaient très vite. Ceux qui ne mouraient pas finissaient chez l'actrice principale comme s'il s'agissait d'un centre de désintoxication.

Il était presque vingt heures trente – Martret venait de partir, son énième bonsaï sous le bras – quand j'ai reconnu les voix de Victoria et Casandra derrière le magnolia de l'entrée. L'asphalte commençait à recracher la chaleur de la journée, et je m'apprêtais à arroser, le tuyau à la main. Notre *superwoman* fulminait.

– C'est révoltant ! a-t-elle protesté en arrivant alors qu'elle feuilletait un exemplaire du dernier *ELLE*. Pourquoi ces magazines publient-ils toujours des articles de ce genre ? « Comment faire pour que mon homme ne succombe pas à la monotonie ? » « Comment bien communiquer dans son couple ? »... Tu t'imagines un magazine pour hommes qui dirait : « Comment faire pour que ma copine s'intéresse aux mêmes choses que moi ? », « Comment faire pour que ma femme ait des orgasmes multiples ? », « Comment gérer l'infidélité de ma fiancée ? » (L'informaticienne se contentait de sourire en guise d'approbation.) Pourquoi les femmes sont-elles tellement excitées à l'idée de transformer un type malheureux, malade ou bizarre en homme idéal ?

– Ça, je le sais ! a répondu Victoria en levant la main, amusée. Éthique judéo-chrétienne. Aider les moins fortunés. Générosité, Compassion, tous ces trucs-là…

Et sens du sacrifice, ai-je pensé en fermant le robinet du tuyau d'arrosage. Elles oubliaient le sens du sacrifice… Je suis allée les rejoindre dans la serre.

– C'est pour ça qu'on est foutues, a conclu Casandra en me faisant la bise. Salut, ma belle. Mais, dis donc… tu es magnifique !

Elle a admiré ma jupe à tours Eiffel pendant un bon moment. Elle n'était pas en reste de son côté : un jean moulant, des talons aiguilles et un chemisier en soie kaki assorti à la couleur de ses cernes. Ça lui faisait du bien d'avoir laissé son tailleur au placard pour une fois. Quoi qu'il en soit, elle semblait furieuse.

Victoria m'a saluée, morte de rire.

– Je te préviens, elle est en pleine forme aujourd'hui.

Elle serrait son cher portable contre sa poitrine et portait une robe en lin beige toute fripée qui collait à son corps fin et musclé. Elle a posé toutes ses affaires sur le comptoir.

– On venait voir si tu avais envie de prendre un verre… et t'apporter ça, a dit Casandra en faisant un geste mystérieux avant de me tendre un livre.

– *Manuel théorique du navigateur de plaisance* ? ai-je lu, surprise.

– Tu as bien lu. C'est ça. On va le potasser ensemble. J'ai mon permis mais je l'ai passé il y a des années et j'ai presque tout oublié. Ça me fera du bien de me rafraîchir la mémoire si jamais me vient l'envie de prendre la mer pour ne jamais revenir.

J'ai pris une grande inspiration. Tout cela ressemblait à une manigance d'Olivia. Instinctivement, j'ai reculé : j'ai dit à Casandra que je la remerciais, beaucoup, énormément, mais que ce que j'avais dit l'autre soir, je l'avais dit sous l'effet de l'alcool, je n'étais pas sérieuse… Je n'en serais jamais capable de toute façon. Elle m'a regardée attentivement, en silence et sans sourciller, puis elle a commencé à faire non de la tête.

– Marina, je ne sais pas si tu te rends compte que tu n'as même pas encore essayé. (Elle a décroisé les bras pour poser une main sur mon épaule avant de prendre sa voix de négociatrice.) Nous allons étudier ensemble pendant les deux prochains mois et on verra à la fin de l'été. Ça te va ? Et puis j'ai besoin de m'occuper l'esprit.

Je commençais à comprendre pourquoi elle était si douée dans son travail. Elle m'avait retournée comme elle devait retourner ses adversaires. Son plan m'a plu parce qu'il n'impliquait aucune prise de décision pour l'instant. Quelque chose qui me soulageait toujours par principe : ne pas décider.

– Bon, les filles, a dit Victoria très excitée, on y va ? Faut que je profite, vu que je fais l'école buissonnière. Pablo a emmené les enfants chez leurs grands-parents, à la mer, pour une semaine. Alors on sort s'amuser !

Casandra a haussé un sourcil.

– Je traduis : Vicky a une semaine de liberté conditionnelle sous surveillance.

L'autre lui a donné une tape sur le bras du revers de la main.

– Conditionnelle ? ai-je demandé en pensant au bouquet qui l'attendait sous le comptoir.

– Pourquoi conditionnelle ? a protesté l'intéressée.

– Parce qu'ils vont revenir, bien sûr, et qu'alors fini la liberté, donc oui, il faut en profiter.

Puisqu'il fallait en profiter, justement, j'ai décidé que c'était le bon moment pour lui remettre son message.

– J'ai quelque chose pour toi de la part de quelqu'un, ai-je dit, consciente du côté alambiqué de ma phrase avant de disparaître derrière le comptoir pour en ressortir avec cette sublime tulipe rouge qu'on nous avait livrée en fin d'après-midi.

Victoria l'a d'abord observée de loin, comme si elle avait peur de s'y piquer. La fleur était lisse, droite, fraîche et d'une couleur aussi profonde que de la peinture à l'huile. Une petite carte était accrochée à la tige.

Casandra a regardé l'enveloppe et a tendu la main pour l'attraper.

– Bas les pattes ! a hurlé Victoria comme une adolescente.

– Eh bien alors ouvre-la, bon sang ! On dirait que tu as reçu un courrier du fisc, pas une fleur ! a protesté Casandra avant de courir consulter le tableau de la porte d'entrée. Une tulipe rouge… Mmmm… Eh bah !

Victoria, elle, en connaissait déjà la signification : une déclaration d'amour claire, directe et sans équivoque.

Elle a dégagé sa frange de ses yeux, a attrapé l'enveloppe, l'a ouverte avec délicatesse et a lu les deux lignes manuscrites. Plusieurs fois.

– C'est une citation ? a demandé Casandra.

Victoria a acquiescé, sans voix.

– Une citation à comparaître nue… ai-je ajouté.

Victoria a secoué la tête :

– Une citation d'auteur.

– C'est nettement moins drôle, a soupiré Casandra.

Victoria a lu, la voix tremblante :

– « S'il te plaît de me secourir, je suis à toi ; sinon fais à ta fantaisie, car en terminant mes jours j'aurai satisfait à mon désir et à ta cruauté. À toi jusqu'à la mort, Le chevalier à la Triste Figure. »

Casandra et moi nous sommes lancé un regard complice.

– Et maintenant ? Qu'est-ce que ça signifie ? ai-je demandé, impatiente.

– Je traduis, a répondu Casandra : en vieux castillan, ça veut dire qu'il se meurt d'amour.

– Ce n'est pas ce qu'il dit, a répondu Victoria en riant comme une gamine.

– Il dit « je suis à toi », ai-je rétorqué.

– Quel homme compliqué… mais qu'est-ce qu'il est beau ! a dit Casandra en rajustant sa queue-de-cheval. Bon, tu comptes faire quoi ?

Victoria a approché la carte de son nez avant d'afficher, malgré elle, un sourire ravageur. C'était comme si ce message lui donnait un nouvel éclat. Elle a enfoui son visage dans la fleur comme s'il s'agissait de son oasis à elle et, à l'abri derrière les pétales, elle a dit :

– Je ne sais pas, les filles. Je ne sais pas.

Nous avons quitté le Jardin de l'ange avec l'envie furieuse de nous amuser. Casandra avait précisé qu'elle ne voulait ni réfléchir ni décider.

– J'ai besoin d'un bar où la carte tient sur une page et où le serveur est autoritaire.

Nous avons donc pris la calle Medinaceli jusqu'à Santa Maria pour rejoindre les Dos Gardenias, une petite salle à la lumière orangée, avec de vieux canapés ornés de pièces de satin caramel et des abat-jour de grand-mères. Victoria adorait cet endroit parce que, selon elle, le barman servait les meilleures vodka-tonic du quartier et qu'on y découvrait toujours des groupes dont les chansons remplissaient la salle de paroles émouvantes et d'accords sophistiqués.

Une fois nos verres en main, nous nous sommes assises sur des fauteuils XVIIIe. Nous avons envoyé un texto à Gala – qui attendait la suite du feuilleton Francisco-Victoria après avoir un peu plus tôt à la boutique surpris l'archéologue en train d'acheter une fleur –, mais elle nous a répondu qu'elle devait rester chez elle et terminer quelques accessoires que Martret lui avait commandés pour sa pièce. Nous n'avons pas appelé notre belle au cœur souffrant car nous la savions en colère.

Apparemment, elle avait chatté avec Casandra ces derniers jours pour lui poser des questions sur la congélation des ovules. Cette nouvelle nous a à la fois surprises et réjouies. Mais, aux dires de Casandra, elle s'était effondrée quand elle avait appris combien coûtait le traitement. Quoi qu'il en soit, elle avait l'intention d'en parler à sa mère, pour voir si elle ne pouvait pas l'aider un peu.

– Et on sait comment ça s'est passé ? ai-je demandé, pleine d'espoir.

Casandra a fait non de la tête.

– Bon sang, je pense que personne n'est mieux placé qu'une mère pour comprendre ce genre de besoin, s'est exclamée Victoria.

Deux jeunes hommes sont entrés et ont voulu s'asseoir à la table d'à côté, mais Casandra y a ostensiblement posé son sac pour les en empêcher et ils se sont dirigés tout penauds vers le comptoir. Forte de son expérience personnelle, la *superwoman* pensait que même si les parents d'Aurora étaient très conservateurs (et ils ne pouvaient pas l'être plus que les siens), ils ne pourraient pas résister à la perspective de devenir grands-parents, surtout s'ils avaient perdu tout espoir de l'être un jour. Elle a fait claquer sa langue et a croisé les jambes. Quand même, l'ai-je interrompue, le plus rageant était de ne pas pouvoir mener à bien cette aventure à cause d'une histoire de fric. Nous sommes toutes restées pensives quelques secondes. *La Vie en rose* – la version de Louis Armstrong – a envahi la pièce. Avoir des enfants était devenu un luxe, a soupiré Victoria, il fallait morfler d'une façon ou d'une autre. Puis elle m'a regardée d'un air curieux tout en attrapant son verre.

– Et toi, comment ça se passe avec Olivia à la boutique ? C'est un sacré personnage, n'est-ce pas ?

– Oui… ai-je admis en souriant. Mais elle m'aide beaucoup.

– Tu la connaissais avant ? a demandé l'informaticienne.

J'ai fait non de la tête.

– À vrai dire, je ne sais absolument rien de sa vie.

– Ça fait partie de son charme. Comme tous les grands personnages, elle a des côtés lumineux et d'autres plus obscurs, a-t-elle souri.

– Pour être sincère, au début je me suis dit qu'Olivia était une hystérique, a admis Casandra en décroisant les jambes. Elle devait penser la même chose de moi à me voir aller et venir pour m'envoyer des fleurs à moi-même.

J'ai souri. Oui, quand Olivia m'a rencontrée elle aurait pu me diagnostiquer, moi aussi, hystérique à tendance dépressive. De son côté, l'informaticienne toute-puissante ne parlait pas beaucoup, se contentant de fixer sa fleur. On voyait bien qu'elle était préoccupée. Quand elle s'est rendu compte que nous la regardions, elle a pris une première gorgée de son verre pour finir par en avaler la moitié d'un coup.

– Je sais ce que je dois faire, mais ça me met en colère de devoir le faire…

Casandra sirotait son daïquiri fraise à la paille.

– Et qu'est-ce que c'est ? ai-je demandé en me redressant.

– Désinstaller ce logiciel de mon cerveau.

Nous l'avons toutes les deux regardée, impassibles.

– Attends, attends… avant de désinstaller quoi que ce soit, mettons un peu d'ordre dans tout ça, a dit Casandra. Que ressens-tu pour ce type ?

Victoria enlevait la buée de son verre avec le doigt, de façon mécanique.

– Je n'arrête pas de penser à lui.

– Alors dans ce cas, ne le baise pas, a rétorqué la diplomate.

J'ai renversé une partie de mon verre. Nous avons regardé Casandra, perplexes.

– Mais tu disais le contraire avant ! ai-je plaidé en m'essuyant avec une serviette en papier.

– Oui, mais maintenant les choses ont changé. Elle pourrait tomber amoureuse de lui. Et on parle d'un mec marié. (Elle a étiré ses jambes puis les a repliées avant de se tourner vers elle.) Toi, ce dont tu as besoin, c'est d'un toy boy, tu comprends ? Avec Francisco, peut-être qu'il ne s'agit que d'une tension sexuelle et qu'une fois que vous l'aurez assouvie, vous passerez à autre chose. Mais si tu veux que je te donne mon avis…

– Donne-le-moi.

– Ne lui donne pas.

– Ça ne sent pas bon.

Tout en épongeant mon menton et ma jupe, j'ai eu envie de lui dire que l'amour, ou le désir mutuel, sentait toujours bon. Que moi, j'avais passé des années dans une relation en mode stand-by et que ça n'avait rien à voir avec la stabilité, mais plutôt avec une forme de coma profond que j'avais moi aussi contribué à provoquer. J'ai eu envie de reprocher à Victoria de ne pas réaliser sa chance. Mais au lieu de ça, j'ai continué à boire.

– Il est là, le problème, a-t-elle poursuivi. Si je me lance dans une histoire avec lui, ce ne sera pas anecdotique. Ni pour lui ni pour moi.

– Tu ne peux pas savoir ce que sera cette histoire avant de la vivre, ai-je dit.

– Ce n'est pas si simple, Marina… Nous avons tous les deux une famille. (Elle a admiré sa fleur.) Mais d'un autre côté… ce serait génial de vivre ça. Personne ne m'a jamais regardée comme lui.

Moi non plus ! ai-je hurlé à l'intérieur. Je me suis souvenue du regard de Francisco quand il parlait d'elle et je l'ai tellement enviée que j'étais sur le point de la haïr. Mais j'ai réussi à me calmer. C'était stupide de mépriser une personne parce qu'elle avait ce que je n'avais jamais eu. J'ai fini mon verre cul sec et décidé de parler avant de le regretter. Je parlais si peu que j'ai toute de suite capté toute leur attention.

– Écoute, Victoria, ai-je commencé, nous avons été élevées avec l'idée que nous devions constamment nous sacrifier, c'est un fait. Je suis complètement d'accord avec ce que tu as dit tout à l'heure de la morale judéo-chrétienne, et crois-moi que je m'y connais, mais… tu ne penses pas que tu le mérites ? (Une fois encore, cette phrase a semblé avoir l'effet d'une potion magique sur mon amie.) Je ne sais pas… considère cet homme comme un cadeau que te fait la vie.

Casandra s'est empressée d'acquiescer.

– Voilà qui est bien dit ! Je suis tout à fait d'accord. Dis-moi, à quand remonte la dernière fois que tu t'es fait un cadeau ? a-t-elle demandé d'un air de défi.

Vicky a réfléchi. Moi aussi. Je ne savais même pas ce que se faire un cadeau signifiait. J'étais tordue à ce point ? J'ai commandé un autre verre.

– C'est vrai… a reconnu Victoria. Je remets toujours à plus tard le moment de m'occuper de moi.

– Et si tu ne le faisais pas, pour une fois ? ai-je dit depuis le comptoir.

Il y a eu un silence qui a soudain rafraîchi l'atmosphère bien plus que l'air conditionné.

Les deux types au bar nous écoutaient sans se cacher. L'un était petit, chauve, avec un visage de gamin et, selon Casandra, une tête à raconter de bonnes blagues. L'autre, c'était le pote beau gosse mais un peu taiseux. (Probablement parce qu'il avait les dents tordues.) Selon la diplomate, le tandem était évident.

Victoria a serré ses bras autour d'elle, comme pour se réconforter.

– La vérité, c'est que j'aimerais passer rien qu'une nuit avec lui, juste pour savoir comment c'est de faire l'amour avec un type comme ça.

– Pour baiser, c'est tout, a clarifié notre diplomate, qui l'était décidément de moins en moins à mesure que la soirée avançait.

– Je veux dire avec quelqu'un qui soit entièrement avec moi et qui me voie telle que je suis, qui connaisse mon côté le plus fou, le plus passionnel, le plus drôle. Même si ce n'est que pour une nuit.

Même sa voix s'était illuminée. Les yeux de Casandra brillaient eux aussi. Quant à moi, je planais comme un vautour au-dessus de mon deuxième verre.

Le sac de Victoria s'est mis à vibrer et Casandra lui a interdit de regarder son portable. Mais elle l'a fait quand même. Une brume, la même que celle qui avait envahi les yeux de Francisco quelques heures auparavant, a balayé tout l'éclat de son visage. Une photo est apparue sur son écran : ses deux enfants à la plage, affichant fièrement un sourire auquel il manquait quelques dents. Elle a pris une grande inspiration et répondu au message tout en nous expliquant qu'elle avait proposé à Pablo de suivre une thérapie de couple, mais qu'il ne voulait pas, soit parce qu'il considérait qu'il n'y avait aucun problème entre eux, soit parce qu'il imputait l'éventuel problème au travail excessif de sa toute-puissante épouse.

– Parfois, il me fait douter de moi et je crois que je vois des problèmes où il n'y en a pas. À d'autres moments, je me dis qu'il doit avoir une maîtresse parce qu'il peut passer des mois sans me toucher. Et ça, c'est un mauvais symptôme.

– Des mois ? a hurlé Casandra, si fort que quelques têtes se sont tournées vers nous. Chérie, a-t-elle poursuivi en baissant la voix, quand il n'y a plus de sexe, ce n'est pas un bon ou un mauvais symptôme, c'est un cancer généralisé.

Peu importe qu'il ait une maîtresse ou non. Je retire ce que j'ai dit. Vis-la ton aventure torride.

– Ça t'aidera peut-être à y voir plus clair, ai-je suggéré.

– Mais je ne peux pas. Je ne sais pas pourquoi je me sens si coupable…

J'ai explosé de rire de façon un peu excessive, et me suis rendu compte que je commençais à être ivre.

– Eh bien c'est évident, ai-je tranché comme si je le disais pour moi-même. Tu te sens coupable parce que pour la première fois tu fais quelque chose uniquement pour toi.

Elle continuait de dessiner dans la buée de son verre.

– Si j'analysais ce que je ressens pour Pablo, je saurais quel risque je prends concrètement.

– Écoute, Vicky, ai-je dit, je ne suis probablement pas la mieux placée pour t'encourager à avoir une histoire comme celle-ci, parce que personnellement je n'ai jamais osé le faire… je n'ai jamais rien osé de manière générale…

– Je ne vais pas t'encourager moi non plus, m'a interrompue Casandra, parce qu'à ce moment précis, je suis allergique aux hommes mariés, et encore plus ceux qui prétendent avoir des « principes ».

La *superwoman* a levé son verre.

– Mais ce dont je suis sûre, ai-je repris, c'est qu'on ne raisonne pas avec les sentiments. On les éprouve ou on ne les éprouve pas. (J'ai soudain senti la trace d'une autre voix dans la mienne.) Tu ne penses pas qu'à la seconde où l'on se met à raisonner on arrête d'éprouver ? C'est la beauté des sentiments. Ils sont imprévisibles. Et incontrôlables.

Casandra a bondi sur son siège en décroisant les jambes.

– Olivia, sors de ce corps ! m'a-t-elle crié. Elle a pris possession de toi ou quoi ?

Puis elle a jeté un regard assassin aux deux lourdauds du bar qui nous lançaient des œillades, ce qui nous a fait tellement rire que nous avons failli rouler sur nos fauteuils…

jusqu'à ce que Casandra fasse tomber son verre par terre dans un bruit si retentissant que nous avons bien été forcées de nous calmer un peu. Elle a alors rejoint le bar, très digne, et a insisté auprès du serveur pour nettoyer elle-même les dégâts. Victoria et moi aurions payé sans rechigner pour admirer le spectacle auquel nous avons ensuite assisté : Casandra, dans son jean moulant et sur ses talons de douze centimètres hors de prix, en train d'éponger de la vodka avec un balai-serpillière en déclamant un monologue sur la raison pour laquelle les gens comme elle n'aimaient pas exprimer leurs sentiments. À vrai dire, elle n'aimait même pas les éprouver, nous a-t-elle assuré en cachant des tranches de citron sous le fauteuil. Elle était passée experte dans l'art de les dissimuler. C'était une question de contrôle. Énormément de contrôle. Mais aussi d'accepter sa solitude. Beaucoup de solitude. Ce qui limitait son expérience finalement… et sa vie sans doute… a-t-elle conclu avec un geste résigné.

Victoria l'écoutait avec attention et non sans scepticisme. Selon elle, il est impossible de ne pas éprouver de sentiments. On en éprouvait toujours, on les gardait juste à l'intérieur quand on n'avait pas le choix.

– Mais c'est là que je veux en venir, justement, l'a interrompue Casandra en s'appuyant sur son balai. On se transforme en une putain de Cocotte-Minute. Le jour où tu décides de retirer le couvercle, boum ! Tout explose et tu inondes les autres de tant de sentiments qu'ils partent en courant. C'est l'histoire de ma vie.

Elle a rendu le balai au serveur, sous le regard hilare des deux gars du bar, et s'est tournée vers nous : elle avait donc décidé de refermer le couvercle. Les sentiments, c'était de la merde. Mais, selon elle – et ça lui faisait mal de l'admettre au vu des circonstances –, rien ne nous faisait nous sentir plus vivantes. Elle a rajusté sa queue-de-cheval et a sorti un gel désinfectant de son sac pour se laver soigneusement les mains. Elle nous a demandé si nous en voulions nous aussi en s'asseyant sur l'accoudoir du fauteuil. Nous avons décliné de la tête. Elle a posé sa main sur l'épaule de Victoria.

– Écoute, ce serait beaucoup plus facile pour moi de te dire que l'amour c'est de la merde parce que je n'ai eu que de mauvaises expériences, mais ce serait égoïste de ma part parce que tu es peut-être devant la plus grande chance de ta vie, a-t-elle dit en lui caressant les cheveux.

Elle lui a rappelé qu'elle avait elle-même admis que sa vie avec Pablo était une sorte de léthargie – ce commentaire a fortement déplu à Victoria, qui s'est empressée de nier avoir dit une chose pareille en s'enfonçant dans son siège. Pour l'informaticienne, être un couple, c'était avoir un projet commun. Casandra a haussé un sourcil. Un couple, ce n'était pas plutôt une passion commune ? Sur tous les plans ? C'est alors que j'ai eu une illumination. Je leur ai expliqué, la voix pâteuse d'alcool, qu'il y avait encore une autre définition : un couple, c'était la passion et le projet. Définition que mes amies se sont empressées d'applaudir des deux mains. Casandra a ajouté que, pour elle, quoi qu'il en soit, quand l'un des deux éléments disparaissait, ça ne rimait plus à rien. C'était très péremptoire de sa part, a objecté Victoria en mordillant un quartier d'orange qu'elle venait de pêcher dans son verre. Soit, a nuancé Casandra, pour certaines femmes en tout cas. Au fond, elle admirait Victoria de se battre à ce point pour sauver son mariage…

– Mais, et ça ne te plaira peut-être pas de l'entendre, a commencé Casandra avant de marquer une pause comme pour choisir soigneusement ses mots, c'est peut-être l'occasion de savoir si tu ne te contentes pas de chercher des excuses à Pablo pour toutes les fois où il t'a déçue, si tu n'exagères pas ses qualités ou celles de votre couple pour donner du crédit à ce qui est, en réalité, un énorme mensonge dans lequel tu te complais.

J'ai cru un instant que Victoria allait se lever et partir. On a entendu Michael Bublé chanter *You're one of a kind*. Le serveur nous a fait signe depuis le comptoir qu'il était l'heure de commander notre dernier verre. Victoria n'a pas bougé, se contentant de caresser du doigt un pétale fané de sa tulipe. J'ai eu envie de la prendre dans mes bras.

– Ce que veut dire Casandra, c'est peut-être que l'occasion est venue de faire ta mue, ai-je murmuré. (Elles m'ont toutes les deux lancé un regard interrogateur.) Je veux dire que c'est peut-être ta chance d'opérer un virage à cent quatre-vingts degrés dans ta vie et de découvrir qui tu es vraiment.

Victoria a ébouriffé sa frange, comme chaque fois qu'elle était nerveuse.

– Une seconde, une seconde. Je n'ai jamais dit que je cherchais un changement radical, s'est-elle défendue.

– C'est vrai, Marina. Pour l'instant on essaie juste de décider si elle va tirer son coup avec Francisco. N'exagérons rien.

– N'exagérons rien ? ai-je protesté, indignée. N'exagérons rien… après le discours que tu viens de tenir !

Ça l'a fait rire et moi aussi.

– En plus, a ajouté Casandra en se frottant les yeux, il se peut que Francisco ne soit que son « homme-levier ».

– Mon homme-levier ? s'est étonnée l'intéressée.

– Oui, un homme qui pourrait t'aider à redresser ton couple. Ce que, de toute évidence, tu n'arrives pas à faire seule. (Elle a dénoué sa queue-de-cheval.) Rien que pour ça, ça en vaudrait la peine.

– Toi, ma grande, tu es vraiment une romantique, ai-je protesté en grimaçant.

– Je suis déçue, a assuré Victoria avec un sourire moqueur. Ce truc d'homme-levier ça semblait… plus prometteur.

– Donne-moi un levier et je soulèverai le monde ! s'est exclamée Casandra en levant son verre.

Nous avons trinqué une, deux, trois fois. Nous avons passé l'heure suivante à raconter principalement des bêtises. Le serveur a commencé à fermer mais il a accepté que nous restions encore un peu à condition de ne pas trop crier. Victoria – libérée de son sentiment pesant de responsabilité grâce à l'alcool – a rajeuni jusqu'à redevenir une caricature d'adolescente et nous bombarder de questions : elle nous a demandé ce qu'elle devait faire, ce qui s'était passé quand j'avais vu Francisco, ce que lui avait dit Olivia et comment il en était venu à choisir ces fleurs… Bien évidemment, je ne lui ai pas parlé du glaïeul rouge qu'elle était censée lui avoir offert elle, elle le découvrirait en temps voulu. Mais je pensais bien savoir qui se cachait derrière tout ça.

– Au fond, je t'envie, a admis Casandra, qui commençait à ne plus parler distinctement. Parce que je ne sais pas ce que c'est d'avoir une relation aussi longue. Ni de vivre un amour qui nous correspond ou même un amour possible. Tu as accompli beaucoup de choses.

– Tu as des enfants, ai-je aussitôt ajouté, à ma grande surprise. Je ne sais pas ce que c'est. Et, comme Aurora, j'ai peur désormais que ça ne m'arrive jamais…

– Congèle ! s'est exclamée Casandra, sans doute un peu trop fort vu que le serveur lui a lancé un regard noir. Mais c'est vrai, Vicky, toi tu as « coché toutes les cases », comme diraient les abrutis du bureau, a-t-elle poursuivi en baissant d'un ton. Alors maintenant, mets-toi en quête de ton propre bonheur !

– Je vous assure qu'avoir des enfants, c'est très surfait, a déclaré Victoria contre toute attente.

– Tu dis ça parce que tu en as, ai-je protesté.

– Pour être honnête, a soupiré Casandra, moi, vu la période de haine généralisée de l'humanité dans laquelle je me trouve, je ne suis pas certaine de vouloir contribuer à la faire grossir.

– Surtout que tu grossirais toi aussi. Je ne sais pas si ça en vaut la peine, s'est moqué Victoria.

Elles ont éclaté de rire, ce commentaire frivole aurait été digne de notre chère Galatée.

Quant à moi, sans savoir pourquoi, j'ai soudain ressenti une étrange chaleur que je suis désormais capable d'identifier : la colère. Je me suis levée pour aller aux toilettes et quand le serveur m'a arrêtée pour me dire que les deux gars du bar – qui y étaient toujours accrochés comme deux moules à un rocher – nous payaient une tournée, j'ai répondu par un non catégorique, ce qui a terriblement amusé mes amies, avant de lui tourner le dos. Je crois que je comprends aujourd'hui pourquoi j'étais si en colère. Parce que j'avais pris conscience, Óscar, que là-dessus aussi je m'étais adaptée à toi. Est-ce que moi non plus je ne voulais vraiment pas d'enfants ? Bien sûr, comme tu étais plus âgé que moi, tu n'avais pas l'angoisse de vieillir seul et sans famille. Tu t'es imaginé dès le début que je t'accompagnerais jusqu'à la fin, en tenant ta main tremblante, sur ton lit de mort, à la maison. Et c'est exactement ce qui s'est passé. Enfin, avec un peu d'avance sur l'heure prévue. Sauf que moi, là, au beau milieu d'un bar à cocktail de la calle Huertas, je me suis vue agoniser, à moitié aveugle, dans une maison de retraite pour laquelle je devais d'ores et déjà économiser, après que l'aide-ménagère aurait nettoyé ma chambre et mon compte en banque, parce que personne ne l'aurait surveillée, pendant que j'apprendrais par cœur les fissures des murs. Sans amis, sans famille, sans personne au monde à qui léguer mes souvenirs ni pour me tenir la main durant mes derniers instants et me donner un peu de chaleur à l'aube du grand voyage.

Depuis le fond de la pièce, j'écoutais mes deux amies bavarder : un enfant, c'était au mieux un accident, assurait Victoria en se rongeant les ongles. Je l'ai observée dans son tailleur en lin des Galeries Lafayette. Son corps n'avait pas tant souffert de ses grossesses, même s'il était évident qu'elle se laissait un peu aller. Mais je l'enviais. Qu'il s'agisse d'un accident, d'une promesse de bonheur ou de plénitude à long terme, une chose était sûre : certaines personnes avaient besoin d'un enfant et d'autres non mais, quelle que soit la situation, ne pas en avoir pèserait sur leurs derniers instants et sur la solitude de leurs vieux jours. Et moi ? Est-ce que les liens du sang – et la sécurité qui allait avec – me manqueraient à l'automne de ma vie ?

Mon cerveau bouillonnait. Debout, je me sentais plus puissante, c'est sans doute pour cette raison que je me suis mise à parler comme je l'ai fait.

– Écoute, Victoria, ai-je commencé, nous avons tous peur que les choses finissent. Qu'elles changent. Et parfois elles se terminent sans qu'on intervienne. Elles meurent. Pour moi, le changement a été forcé. (Ma voix s'est mise à trembler.) Toi, au moins, tu as la chance de pouvoir prendre cette décision. Ça n'a pas été mon cas. Comme toujours, j'ai laissé la vie décider à ma place. Et regarde-moi, je me retrouve à faire une vulgaire crise de la quarantaine et je n'ai pas d'autre choix que de refaire ma vie. Seule. Sans rien.

Victoria m'a regardée de ses yeux vifs et sombres, un regard de petite fille. Elle m'a pris la main et l'a serrée. Casandra m'a caressé la jambe.

– Je suis désolée, Marina, s'est-elle excusée. Je crois qu'on oublie parfois ce que tu es en train de traverser.

J'ai pris une grande inspiration. J'ai serré sa main à mon tour avant de la lâcher pour attraper mon sac.

– Comme dit Olivia, ai-je continué malgré la boule dans ma gorge, la seule chose qui nous empêche d'être heureux, c'est la peur du changement.

Elles se sont levées, m'ont tendu mon verre et nous avons trinqué en chœur.

– Parce qu'il est urgent de vivre !

Nous avons ri comme des imbéciles, puis nous avons voulu porter un toast à Olivia, parfaite excuse pour commander une autre tournée, désespérer le serveur et constater qu'une personne de la stature d'Olivia pouvait monopoliser une conversation sans être présente physiquement.

Un peu plus tard, Casandra nous a expliqué qu'elle avait renoncé à envoyer le préservatif et le bouquet de roses à la femme de son amant. Elle trouvait cette idée de mauvais goût, ça allait à l'encontre de son éducation. Mais elle voulait tout de même mettre un terme à cette relation. Au plus vite.

– Je finirai par vous raconter la merde invraisemblable dans laquelle je me suis fourrée… Vous n'avez pas idée. C'est de la folie pure.

Et c'était vrai. L'histoire de Casandra était pleine de rebondissements que nous ne soupçonnions pas mais qui étaient sur le point de provoquer chez elle une mue majeure. Pourtant selon Victoria, elle avait dit tellement de fois qu'elle allait le quitter que c'était presque devenu une rengaine creuse. L'intéressée a protesté en affirmant que cette fois, c'était pour de bon. Son amant était un parfait exemple de ce qu'Olivia appelait « l'homme-élastique ». Celui qui débarque dans ta vie en te suppliant de tomber amoureuse de lui et qui adopte ensuite une stratégie d'intermittence.

– Il t'explique que tu es potentiellement la femme de sa vie mais il attend que tu ouvres ton cœur la première. Puis, une fois que tu es tombée amoureuse et qu'il le sait, il bat en retraite. (Elle a enroulé sa magnifique crinière en chignon.) Et là, tu es foutue, parce que tu te retrouves en position d'infériorité.

Et ça, selon Olivia, c'était de loin la méthode de séduction la plus cruelle et la plus efficace. Et bien qu'elle ait disséqué le stratagème avec son psy, Casandra n'avait pas pu s'empêcher de tomber à nouveau dans le panneau. Plus elle faisait d'efforts, plus sa confiance en elle s'envolait, et plus elle était à sa merci. Sa force à lui, c'était son ambiguïté – et la faiblesse de Casandra qui faisait tout pour le combler. « L'intermittence est l'arme de séduction la plus puissante au monde », affirmait Olivia. Elle déstabiliserait n'importe quelle femme. Chaque fois que Casandra essayait de prendre du recul, il revenait à la charge comme jamais en faisant de nouveau preuve d'une incroyable tendresse. Et chaque fois qu'elle faisait un pas vers lui, il devenait distant et lui parlait de sa femme, de combien il se sentait coupable, parce qu'au fond c'était une femme formidable.

Nous l'avons écoutée car nous savions que c'était tout ce que nous pouvions fairepour elle : l'écouter. C'était pour ça qu'elle avait décidé d'arrêter d'aimer. Pour se libérer de ses chaînes. Elle était convaincue que la déception finirait par faire son œuvre, rompre le charme. À l'époque, j'avais encore du mal à comprendre comment une fille aussi classe et belle que Casandra pouvait s'être laissé embarquer dans une histoire pareille. Mais c'était parce que je ne connaissais pas encore l'ampleur et la teneur de l'histoire en question. Je ne pouvais pas imaginer que son amant était, au fond, le cadet de ses soucis, que ce qui les unissait était bien plus complexe que ce qu'on pouvait croire et qu'il ne s'agissait pas uniquement d'amour. Je me trouvais si insignifiante à côté d'elle, de son intelligence, de ses talons aiguilles, de son style si simple – un chemisier et un jean – qui ne l'empêchait pas de négocier en trois langues différentes... Je n'arrivais pas à comprendre comment ce type insipide que j'avais vu dans le jardin durant mon premier jour de travail, ce type, incapable de contrôler sa gamine ou de regarder sa superbe femme dans les yeux, pouvait la mettre dans des états pareils.

– Vous savez quoi, les filles ? J'en ai marre d'être la nana forte, a soupiré Casandra en jouant avec la fraise de son cocktail. J'ai parfois l'impression d'exister seulement pour que les autres se sentent mieux : qu'il s'agisse de ma mère, de mes sœurs ou du travail… « Salut, je m'appelle Casandra, ne t'inquiète pas, je ne serai jamais une source de problèmes, à vrai dire, je n'en ai pas moi-même. Mais n'hésite pas à me refiler les tiens. Je vais les régler… » J'ai l'impression d'être un parc d'attractions pour adultes insatisfaits : ils viennent me voir pour se changer les idées et puis ils rentrent chez eux. Ou plus exactement un centre de thalasso, a-t-elle rectifié avec un sourire vexé. Ils viennent soigner leur estime de soi, leurs problèmes, et quand ils se sont repris en main et qu'ils peuvent se le permettre, non seulement ils s'en vont sans rien donner en échange… ni un geste tendre, ni un « je t'aime »… mais ils osent me sortir des « Les choses sont ce qu'elles sont », des « Je suis juste sincère ». Comme ça, de but en blanc, sans la moindre pincette, parce que tu es le genre de femme qui ne souffre jamais. Tu es une *superwoman*. Voyons, tu peux surmonter ça et bien plus encore.

– Je haaaaaais cette phrase, a conclu Victoria, qui était sur le point de piquer du nez dans son verre.

Puis notre *superwoman* a passé le reste de la soirée à élaborer un nouveau plan pour quitter son homme élastique « de façon définitive », tandis que notre toute-puissante – qui essayait de l'être plus que jamais – se demandait de son côté comment elle allait pouvoir cacher ses rendez-vous avec Francisco une fois que Pablo et les enfants seraient rentrés de vacances. À l'en croire, elle n'avait plus aucun instinct de séduction, elle avait tout simplement perdu la main. Elle n'avait même pas de lingerie digne de ce nom. Casandra lui a proposé de venir dormir chez elle. Pour qu'elle s'habitue à dormir ailleurs que dans son appartement, a-t-elle précisé. C'est là que je les ai laissées. Elles marchaient bras dessus bras dessous s'efforçant de garder leur équilibre, tout en remontant le chemin pavé qui longeait le Prado, du côté du jardin botanique.

Je suis retournée à la boutique me rappelant soudain qu'Olivia m'avait dit de fermer la grille à double tour et d'emporter les clés. Elle voulait que j'ouvre le lendemain matin. J'ai encore admiré avant de partir la tranquillité de cet ancien cimetière à cette heure de la nuit, et j'ai souri. Pour la première fois, j'ai pensé qu'Olivia faisait partie intégrante de ce jardin magique, comme les morts et les fleurs qui poussaient dans sa terre.

Jour 4

L'entêtement des fantômes

Le soleil s'est levé à l'est, comme tous les matins. Ses rayons tracent un chemin lumineux sur l'eau que foule le Peter Pan, comme une star de cinéma un tapis rouge. La mer s'est calmée, ce qui me rassure, même si je sais que je vais avoir le vent de face jusqu'au Cabo de Gata et que ça va m'épuiser. Il faut toujours se méfier des caps, tu le disais constamment. Une fois qu'on les a doublés, on ne sait jamais comment sera la mer de l'autre côté. Je vais profiter de cette accalmie pour écrire et me préparer un petit déjeuner. Si j'y arrive…

Je consulte la carte de Victoria : la côte va prendre la direction du sud-ouest jusqu'au Cabo de Gata. Je me souviens que c'était une de mes parties préférées. Cet enchaînement de criques peu connues où sautaient les dauphins. Derrière, le golfe d'Almería sépare la terre de son cap, et il faudra que je m'éloigne de la côte d'environ dix milles marins. Bref. Allons-y.

J'ai dormi un peu plus aujourd'hui, presque deux heures en tout selon mes calculs, mais j'ai du mal à réfléchir. J'ai rêvé de ma première soirée avec les filles. Elle a marqué le début de tellement de choses… Si nous avions su à l'époque tout ce qui se passerait dans nos vies en trois mois à peine, nous n'en serions probablement pas revenues.

J'observe mes jambes à la lueur de l'aube. Elles sont toujours aussi maigres et osseuses. Même le bourrelet de chair que j'avais aux genoux a disparu pour laisser place à une série de rides profondes. Gala dirait que c'est un signe de vieillesse. Qu'on peut déterminer l'âge d'une femme rien qu'en regardant ses coudes et ses genoux. J'ai également remarqué une nuée de petits bleus sur l'extérieur de ma cuisse, jusqu'au mollet. À bord d'un bateau, on se cogne partout, tout le temps. Question d'instabilité, je suppose. Comme dans la vie. On se cogne partout…

Si cette conversation a tant compté pour moi, c'est parce qu'elle m'a poussée à réfléchir à certaines choses pour la première fois. À notre relation notamment. Elle m'a poussée à la reconsidérer. Pour commencer, je me suis aperçue que je ne l'avais jamais remise en question, pas une seule fois. Mon couple, c'était ma réalité, notre réalité. Un point c'est tout. Je n'avais pas contemplé mon corps depuis le jour où on avait diagnostiqué ta maladie. Il y a peu de chances que je développe un « syndrome de Galatée » de l'ampleur de celui de notre déesse viking, mais j'ai vieilli, c'est un fait. Mes épais cheveux noirs commencent à avoir des reflets argent.

« Ils sont toujours bleus, t'entends-je dire derrière moi, bleus et noirs, comme le disait ton père, comme la mer en pleine nuit. »

De toute évidence, je suis encore en train de dormir parce qu'il n'y a personne à part moi sur ce bateau. Pourtant, j'ai distinctement entendu ta voix. C'était dans ma tête à coup sûr. Ce qui m'étonne, c'est que cette phrase, tu ne l'avais jamais dite auparavant. Mais merci, en tout cas. Apparemment, mon cerveau a décidé de te ressusciter. Pour que tu me dises ce que j'ai besoin d'entendre. C'est vrai que tu as toujours été coquet pour deux. Ce genre de commentaires aurait donc parfaitement pu sortir de ta bouche. Tu refusais d'admettre ta propre détérioration tout comme mon vieillissement aussi.

D'ailleurs, laisse-moi te dire que tu te trompes. À propos de mes cheveux. Je viens d'attraper une mèche au hasard et elle est criblée de cheveux blancs et rêches comme du crin. On dit que les contrariétés donnent des cheveux blancs. C'est ce qu'on dit.

– C'est comme dire que la mer peut jaunir, Mari. Tu étais… tu es magnifique.

Je crois que je perds la tête parce que je t'ai senti me serrer dans tes bras derrière moi. C'est peut-être le souffle du vent. Sauf qu'il n'y a pas de vent. Peu importe. Sache qu'il n'est jamais bon d'admirer quelqu'un pour ce qu'il n'est pas. Et non, je ne suis pas jolie. Je l'ai peut-être été. Peut-être, même si cela ne me semble pas tout à fait vrai. Exagéré. Tu m'admirais toujours pour des raisons idiotes.

– Et ça te dérangeait ?

Je me retourne d'un coup, mais il n'y a personne.

Qu'est-ce que je suis en train de dire ?! Bien sûr qu'il n'y a personne.

Il n'est pas là, Marina : il n'est pas là !

Le soleil m'aveugle. Le bateau et moi sommes pris au piège d'un contre-jour doré. J'entends ta voix désormais, en dehors de moi, avec la mer en fond. J'ai peut-être attrapé une insolation hier, j'ai mal au crâne. Mais je ne peux pas m'empêcher de te répondre.

– Tu t'obstinais à m'admirer pour des qualités que je n'avais pas, Óscar. Ma sensibilité, ma fibre artistique… Selon toi, je manquais simplement d'esprit d'initiative. Tu disais que j'aurais pu avoir une brillante carrière si je la prenais plus au sérieux, si je « m'appliquais », que j'étais cultivée… Tu allais même jusqu'à affirmer que je ferais un bon marin, parce que c'était dans mes gènes, qu'il serait bon que j'apprenne à naviguer seule. Est-ce que tu réalises que tu me prêtais uniquement des qualités qui te plaisaient à toi ?

Je regarde autour de moi. Le mât du Peter Pan est nu. Je n'ai pas sorti les voiles aujourd'hui. Il n'y a que moi au milieu de l'eau. Moi et ta voix.

– Mais Mari, je t'admirais vraiment pour ces choses-là.

Je regarde des deux côtés, puis derrière moi. Je marche pieds nus sur le pont en m'agrippant aux câbles du bastingage, sans savoir où tourner la tête.

– Tu es sérieux ? Mais qu'est-ce que j'ai fait à part me consacrer corps et âme à ton travail, ta vie et ton bonheur ? Dis-moi !

– Ta tristesse faisait partie de toi, tu es comme la mer, poursuis-tu. Un jour, tu te réveilles lumineuse et le lendemain c'est la tempête. Je n'ai pas essayé de te changer. Ça aurait été comme essayer de changer la mer.

– Ah parce que maintenant tu te prends pour un poète, par-dessus le marché ?

Accrochée au mât, je donne un coup de pied dans les cordages qui m'entourent les chevilles avant de les enrouler de façon compulsive autour de mes avant-bras.

– Et bien tu sais ce que je crois, moi ? Que tu as toujours essayé de me changer et que, quand tu as vu que tu n'y arriverais pas, tu as inventé une autre version de moi, comme Victoria avec Pablo, pour pouvoir continuer à vivre avec moi toutes ces années. La voilà, la vérité.

Je m'indigne, et pas pour rien. Parce que tout ce blabla poétique de tout à l'heure te ressemble trop pour ne pas être de toi. Et parce que je n'entends plus ta voix dans ma tête mais bien à l'extérieur. Je devrais sans doute profiter de cette hallucination pour évoquer ce dont nous n'avons jamais parlé. Pourquoi pas, après tout ? Ça, je suis certaine que ce vieil Hemingway ne l'a jamais fait. J'ai au moins le mérite d'innover. J'ai peut-être atteint les limites de la folie pour de vrai cette fois, mais peu importe. Si ça peut me soulager.

Soudain, une forme apparaît face au soleil, du côté de la proue, et je te vois.

Je te vois distinctement.

Un vrai corps, pas comme un fantôme de cinéma, exactement comme tu étais : avec ton ciré blanc, ton foulard bleu marine autour du cou et ta barbe de trois jours. Tu portes un short et tu es pieds nus pour ne pas glisser sur le pont à cause de la rosée du matin. Tu avances d'un pas lourd vers bâbord, tu passes devant moi au niveau de la poupe, puis tu viens t'asseoir à table, comme si tu attendais que je te serve ton petit déjeuner. Tu n'as pas l'air fatigué. Ni malade. La brise balaie ton visage.

Je décide de te parler, puisque tu es là. Du point le plus haut du Peter Pan, comme si j'étais moi-même un mât, je t'affronte.

– Tu n'as jamais voulu d'enfants.

– Nous n'en avions pas besoin.

– Toi, peut-être.

Tu me regardes avec un sourire indéchiffrable. C'est peut-être comme ça que je veux me souvenir de toi.

– Mon rêve, c'était d'être avec toi, dis-tu. Le reste n'avait pas d'importance. Mon rêve, c'était que l'on vieillisse ensemble.

Je m'approche lentement. Je m'assieds face à toi. La lueur éblouissante du soleil nous ramène tous les deux dans la même réalité.

– Et maintenant ? dis-je en m'accoudant à la table. Pourquoi tu m'as laissée ? Tout ce qu'il me reste de toi désormais, c'est ce bateau sans vie et ton fantôme. Rien de ce qu'il me reste de toi n'est vivant.

– Je n'ai jamais cru que tu voulais…

– Non, nous n'avons jamais cru.

Je tourne la tête pour que le peu de vent qui souffle emporte mes larmes. Finalement, tu as sans doute aimé ce fantasme de moi que tu avais créé plus que je ne me suis jamais aimée moi-même.

Deux heures ont passé et tu es toujours là.

Le vent s'est levé et je tente de redresser le bateau quand je sens mon petit déjeuner remuer dans mon estomac. Aujourd'hui, j'essaie de me passer de Mercalm. J'ai tenu jusque-là. Je crois que je devrais lâcher l'écoute de la grand-voile. J'ai eu l'impression de te voir la regarder du coin de l'œil. Plus elle se tendra et plus le vent gonflera la voile. Et plus le bateau penchera. Je ne veux pas tenter le diable, si le vent continue de se lever, j'accorerai complètement.

J'essaie d'ignorer ta « présence » – je ne sais pas trop comment appeler cette chose devant moi. Assis derrière le gouvernail, tu te contentes de fixer la mer. Si je ne te regarde pas, tu ne me regardes pas. Tu n'interagis avec moi que si je t'interpelle, d'après ce que je comprends. Mais j'ai décidé de t'ignorer pour que tu disparaisses. Je dois retrouver la raison sinon je vais sombrer. C'est peut-être un effet secondaire de ma solitude ou une overdose de Mercalm. Mon portable refuse toujours de se charger, cela fait donc deux jours que je n'ai aucun contact avec le monde extérieur, avec le monde réel. Ma raison n'a rien à quoi se raccrocher.

J'essaie de me concentrer sur le paysage. Sur les cartes maritimes que Victoria a téléchargées sur mon ordinateur. J'espère qu'au moment de virer à San José, le vent m'aidera, vu que toi, la mer, tu ne m'aides pas du tout.

Je suis contrariée de constater que les vagues arrivent de l'ouest, de la haute mer, pour couper la route du Peter Pan, qui commence à bondir légèrement.

On distingue les formes de la côte, presque en transparence, et l'écume blanche de la mer semble grésiller. Je lève les yeux au ciel. Il est magnifiquement dégagé. Seule une poignée concentrée de nuages se balade en direction de l'Afrique.

Je divague en me disant que ce cap est le seul qui unit l'Europe à l'Afrique et que s'il disparaît un jour, le vieux continent dérivera à jamais, perdu au gré de cet élément liquide ancestral, abandonné à son sort.

Une heure plus tard, tu es toujours là.

Peut-être que mon cerveau est en hypoglycémie. C'est sans doute ça. Je n'ai rien avalé depuis hier après-midi.

Je me retourne pour contempler les montagnes. Sous l'une d'elles, un grand rocher blanc surgit, cadeau de l'ère préhistorique.

– Tu n'imagines pas l'influence incroyable qu'ont les caps, Mari, me dis-tu, assis derrière le gouvernail.

Si je sais, parce que tu le disais tout le temps. Et je sais pourquoi tu m'en parles précisément maintenant. Parce que j'ai laissé toutes les voiles sorties. Mais que je ne m'en sers pas. Je préfère quand même les laisser là, on ne sait jamais, je pourrais en avoir besoin. Autant m'épargner un effort inutile. Mes forces sont limitées. Bien évidemment, je suis en train de me donner un conseil via ton fantôme, mais tu as raison, je dois profiter de cette accalmie temporaire pour penser au petit déjeuner. Un thé noir pour me réveiller, quelques biscuits mous aux céréales pour me donner de l'énergie et une pomme parce qu'elle est sur le point de pourrir.

Je descends dans la cambuse et prépare une pomme, des biscuits. Un thé très fort. Je remonte sur le pont, la tasse à la main. Tu me regardes avec un air de reproche.

– Combien de fois t'ai-je répété qu'il fallait toujours monter et descendre les mains libres ?

Je souris et pose la tasse et les biscuits par terre pour monter les deux dernières marches.

Même mort, tu ne me laisses pas en paix.

J'ai beau avoir du mal à l'admettre, tes petits reproches me manquaient beaucoup.

C'est à ce moment-là que je vois enfin clairement le Cabo de Gata. Le phare blanc qui se dresse sur le rocher. Sur une ligne droite partant du cap, la mer change de couleur, comme s'il s'agissait d'une ligne d'arrivée, une ligne invisible qui fend le bleu en deux. Comme si les sirènes avaient fini leur pelote de laine de cette couleur précise, et avaient continué à tricoter avec une autre, plus rugueuse et plus foncée.

Une demi-heure plus tard, j'atteins cette fameuse ligne. Je suis prête : j'ai mis la tasse dans l'évier, j'ai arrosé le pont de Coca-Cola pour ne pas glisser – un vieux truc de marin que j'avais entendu un jour – et j'ai enfilé des chaussures en faisant un double nœud à mes lacets de cuir, rien que pour te faire rager. Mais quand je suis remontée, tu avais disparu.

La frontière de l'eau est juste devant moi désormais et, derrière, son étendue infinie qui se perd jusqu'à l'horizon.

Le Peter Pan, sans vaciller une seconde, se met à grimper avec effort. Il surmonte l'une après l'autre les vagues qui disparaissent aussitôt, comme les marches d'un Escalator quand elles arrivent tout en haut.

– La mer est toujours contre moi, comme toi, ai-je dit malgré moi.

Tu ne protestes pas. Tu ne te montres même pas.

Le vent s'engouffre à bâbord et l'aiguille rouge de l'inclinomètre tremble jusqu'à s'arrêter sur trente degrés. J'en profite pour sortir la grand-voile. Une fois celle-ci gonflée de vent, je prends la direction du sud-ouest pour sortir le génois, qui se gonfle à son tour, et lance le Peter Pan à la conquête des vagues.

C'est là que j'ose.

Je borde la voile. Même si je ne me décide toujours pas à éteindre le moteur. J'enfonce mes talons dans le sol du cockpit, je m'accroche au harnais, et le bateau gîte. Il se met à filer à trente, quarante, cinquante nœuds, et pour la première fois, toutes voiles dehors. Je navigue sur un bateau couché sur l'eau, les embruns éclaboussent mes mains.

– Regarde ! On dirait que je suis debout sur la mer !

Cette fois, tu as répondu. J'ai clairement entendu un sanglot qui m'a serré le cœur.

Je me souviens de la première fois que tu m'as obligée à prendre une décision sur le bateau. C'était un mois avant ta mort. J'étais hors de moi. « Qu'est-ce que je fais ? » ai-je hurlé, la voix pleine d'angoisse face à un navire qui nous fonçait dessus pour nous couper la route. « Eh bien, ce que tu veux, Mari, parce que pour l'instant, on va droit sur ce mastodonte, as-tu répondu avec un calme hallucinant et un sourire fatigué. C'est toi qui décides. Aujourd'hui, c'est toi le capitaine. »

« Et qui a décidé de ça ? Je ne sais pas ce qu'il faut faire. Je ne suis pas capitaine ! » Et à mesure que je prononçais ces mots, ma supplique s'est transformée en colère contre toi, parce qu'il était évident que tu avais l'intention de m'abandonner. Tu me forçais à prendre les commandes de ton dernier fief. Prendre ce bateau, prendre cette barre, c'était signer ton arrêt de mort. Te donner le droit de partir en paix. Et je refusais de t'accorder cette paix-là. Mais quand le ferry s'est dangereusement approché, quand il a presque atteint la proue, quand le nez du Peter Pan a manqué de frôler sa coque, quand j'ai senti sous mes pieds la puissance du sillage qui avalait le bateau vers les profondeurs, je t'ai poussé d'un coup, j'ai saisi la barre pour la première fois et j'ai viré si fort à tribord que le navire a tourné pratiquement à cent quatre-vingts degrés.

– Et tu disais que tu ne savais pas quoi faire, hein ? as-tu dit avec un sourire abattu.

Tremblante, j'ai arrêté le moteur. Et tu as eu ce geste, un geste de réconciliation et d'adieu. Tu venais de choisir un nouveau cap. J'ai su que tu allais éteindre les moteurs. Tu jetais l'ancre. Tu partais à la dérive vers une mer obscure et inconnue. Sans vent. Sans poissons. Sans rien.

Je me demande si tu avais déjà eu envie de me quitter auparavant, durant notre vie commune, ou si la responsabilité que tu pensais avoir envers moi te poussait à rester, comme Victoria avec son mari, comme Francisco avec sa femme.

Est-ce que tu m'aimais encore ?

Comment le saurais-je désormais ?

Je me suis souvenue de la phrase d'Olivia qui avait laissé Victoria si perplexe le soir de notre rencontre : « Choisir quelqu'un qui ne t'abandonnera pas, c'est une stratégie intelligente pour quelqu'un qui a peur qu'on l'abandonne ».

Est-ce que tu avais toi aussi peur qu'on t'abandonne ? Est-ce pour cela que tu m'as choisie, moi ?

La vérité, c'est que sur la fin, notre relation ressemblait plus à celle d'un père et sa fille. Est-ce que tu te sentais piégé ? Parce qu'une chose est sûre : personne n'abandonnerait un enfant sans défense dans ce monde, alors qu'un adulte accompli, si.

C'est de ma faute, tout ça ? Le fait que tu m'aies considérée comme une éternelle gamine qui ne survivrait jamais sans toi ? C'était ça mon plan ? Au fond, c'était le schéma avec lequel j'avais grandi dans ma famille. Ce n'est donc pas incohérent, hélas.

Tu savais que j'aurais été incapable de t'abandonner, parce que j'avais besoin de toi.

Et moi je savais que tu aurais été incapable de m'abandonner, parce que tu savais que j'avais besoin de toi.

Étions-nous unis par l'amour ou piégés par la nécessité ?

Si tu réapparais, j'ai bien l'intention de te poser la question.

Peu importe que tu répondes ou non. Moi, je le ferai à travers ton fantôme.

L'espace-temps des Madrilènes

«J'habite dans le centre.»

Un mois à peine après mon emménagement, je commençais à vraiment aimer prononcer cette phrase. Je la disais même avec conviction. Avec fierté presque.

Être madrilène a ses spécificités.

L'une des plus curieuses, c'est que nous estimons que tout se trouve à cinq minutes, même s'il faut changer trois fois de ligne de métro pour arriver à destination. Une autre, c'est que nous vivons tous, indéfectiblement, « dans le centre », même si, pour la majorité d'entre nous, cela signifie à l'intérieur de la petite ceinture du M30.

Une autre, encore plus étrange et qui contredit les lois de la physique, c'est notre théorie de la relativité appliquée à l'espace-temps.

Le célèbre «J'arrive».

Cela dénote un certain optimisme, souvent illusoire. Par exemple, ce matin-là, il me restait deux minutes avant mon rendez-vous avec Aurora à la station de taxis de l'hôtel Palacio et j'étais à l'autre bout du quartier. Je sortais de la douche, tout en arrivant.

« Aurora, j'arrive », ai-je tapoté sur mon clavier en traversant mon appartement, les pieds nus et encore mouillés. Je dois reconnaître qu'il avait bien changé, même si je continuais à dormir affalée dans le fauteuil. Pour commencer, les tableaux étaient enfin accrochés, ce qui égayait les murs. Sur le balcon, j'avais suspendu plusieurs jardinières à la rambarde en fer, des violettes évidemment – une fleur qui, je le savais désormais, avait besoin d'ombre. J'avais donc installé deux ombrelles chinoises pour les protéger. J'avais également disposé deux petites chaises pliantes orange que m'avait prêtées Olivia.

Cette dernière semblait préoccupée depuis quelque temps.

Elle m'envoyait constamment faire des courses. Et chaque fois que j'en revenais, je la trouvais dans le jardin à parcourir une tonne de papiers. Ce matin-là, par exemple, elle m'avait chargée d'aller récupérer des graines dans une pépinière à l'autre bout de la ville – probablement au-delà du périphérique, ce qui pour quelqu'un qui vit « dans le centre » revient à voyager dans une galaxie lointaine. Mais je comptais secrètement en profiter pour accomplir une autre mission. À la pression maternelle. Je n'ai pas peur de l'admettre.

J'avais cédé à une série de chantages émotionnels et de sanglots qui m'arrivaient en différé via mon père, qui me demandait un jour sur deux ce que j'avais fait de tes cendres.

J'avais fini par décider d'emporter ton urne au cimetière de la Almudena. Ça soulagerait ma culpabilité de ne pas satisfaire ma mère, ça sauverait mon âme de chrétienne et, une fois cette urne scellée dans une alcôve derrière une pierre tombale, je n'aurais plus besoin de m'embarquer dans ce voyage en mer insensé.

Je vendrais le Peter Pan et le problème serait réglé.

J'ai fourré l'urne en marbre dans un sac à dos. Ta mère avait choisi la plus chère et, hélas pour moi, la plus lourde également.

Quelque chose qui soit digne de toi.

Pas comme moi.

Quand je suis arrivée, Aurora était en troisième position dans la longue file de taxis qui attendaient devant le Palacio. Tandis que les autres chauffeurs fumaient en petits groupes sur le trottoir, pestant contre leur syndicat et la mairie, la belle au cœur souffrant était assise derrière son volant, à dessiner une esquisse. Fenêtres fermées, clim à fond, et portes verrouillées. Elle n'avait aucune envie de sympathiser avec ses collègues qui, selon elle, n'étaient bons qu'à écouter leur radio de beaufs, raconter des blagues sexistes auxquelles elle refusait de rire et la regarder d'une façon qui lui donnait envie de se doucher au Kärcher.

J'ai tapoté du poing sur la vitre. Elle a levé les yeux en sursautant. Elle a posé la main sur sa poitrine avant de déverrouiller les portes en me faisant signe de me dépêcher. Je suis montée dans la voiture. Sur le tableau de bord, une image du Christ de Medinaceli dont l'église se trouvait dans la rue un peu plus loin. Sur la plage arrière, quelques brins de lavande séchée. J'ai fouillé ma mémoire. C'était la fleur de la sérénité, du calme et de la tendresse. Elle pouvait également apaiser les morsures de serpent, je crois. Je me suis demandé à quoi pouvait bien me servir ce genre d'informations.

– Je suis désolée, ai-je dit en me jurant que ce serait la seule fois de la journée.

– Si j'étais arrivée en tête et que quelqu'un était monté, je serais partie, a répondu Aurora d'un ton sévère. Je ne peux pas me permettre de perdre une demi-heure, Marina. Je te rappelle que le taxi n'est pas à moi.

– Je suis désolée, sincèrement, ai-je insisté me détestant d'avoir répété cette phrase et jurant cette fois de me couper la langue si ça se reproduisait.

J'ai songé à lui parler de mon plan pour susciter un peu de compassion. J'ai voulu lui avouer que j'avais tes cendres avec moi, ici, sur son siège arrière, que j'avais le cœur serré, que j'avais envie de pleurer mais que je n'y arrivais pas.

Mais Aurora s'est mise en route en accélérant comme une dingue, comme si la police nous poursuivait, jusqu'au feu de la fontaine de Neptune, où elle a pilé.

J'ai cherché ses yeux dans le rétroviseur. Ils étaient engloutis par des cernes mauves. Ses cils étaient collés. Elle s'accrochait au volant comme à une mitrailleuse. C'est là que son regard a croisé le mien.

– Il m'a quittée, a-t-elle déclaré.

Ils se sont remplis de larmes. Ses yeux, je veux dire.

Je me suis redressée sur la banquette arrière et me suis agrippée à son appui-tête pour lui serrer les épaules. Comme d'habitude, je n'ai pas su quoi dire. Ou plus exactement, je n'ai rien osé dire. Quelqu'un qui a une peur pathologique de l'abandon comme moi (et qui trimballait celui qui l'avait abandonnée dans son sac à dos) comprenait parfaitement ce qu'elle ressentait.

– Je sais ce que tu dois penser, a-t-elle poursuivi. Et je sais ce que vous allez toutes me dire. Que c'est mieux comme ça. Qu'il ne me mérite pas. Qu'il me faisait du mal. Que j'attendais trop de lui. Qu'il profitait de moi. Que j'étais obnubilée. Mais la vérité, c'est que je voulais vraiment que cette relation marche, de tout mon cœur, Marina. Parce que Maxi est comme moi, il souffre. Et j'aurais pu le rendre heureux. Mais il ne veut pas.

– Il ne veut pas quoi ?

– Être heureux.

J'ai réfléchi tandis que nous remontions le *paseo* de la Castellana avec tous les feux au vert – chose rare à Madrid, à moins qu'on soit en train de rêver ou en plein mois de juillet.

– Qu'est-ce qui s'est passé ?

Ella a soupiré. Elle a essuyé une larme du bout du doigt avant de la déposer sur le volant.

– Il veut qu'on ait une union libre.

Il y a eu un silence.

– Que vous voyiez d'autres gens ?

Elle m'a alors expliqué que la semaine précédente, Maxi avait laissé son portable sur la table de nuit – celui dont Aurora payait le forfait – et qu'il avait reçu un message.

– Une pute, a précisé Aurora, qui lui disait combien elle avait adoré l'après-midi qu'ils venaient de passer à baiser. Dans mon propre lit.

Quand il est revenu de la cuisine, une canette de bière à la main – alors qu'elle lui avait dit un million de fois qu'elle n'aimait pas qu'il mange ou boive dans la chambre –, Aurora lui a demandé des explications, et il a réagi avec un calme déconcertant. « Mais puisque la beauté de notre relation, c'est justement qu'elle n'est pas basée sur le sexe. Qu'elle est pure. Ce n'est pas ce que tu as toujours dit ? » Affalée sur son oreiller, son livre de développement personnel à la main, son grand T-shirt de Superman en guise de pyjama, elle l'a dévisagé sans savoir comment réagir. « Pourquoi tu n'essaies pas d'être un peu plus féminine ? lui a-t-il demandé en pointant du doigt sa tenue. Tu serais mieux dans une petite nuisette. » Elle a regardé son torse nu puis son caleçon moche et troué et a réalisé qu'elle n'aurait pas aimé qu'il la touche sans avoir préalablement pris une douche.

Elle a lancé un regard assassin au motard qui venait de la dépasser en lui faisant un bras d'honneur, avant de s'engouffrer dans une rue perpendiculaire.

– Je suppose que le fait qu'il couche avec d'autres ne faisait pas partie de ton plan ?... lui ai-je demandé.

– Il a dit qu'il avait toujours eu des relations très libres. Qu'il pensait qu'on était sur la même longueur d'onde à ce sujet. Que lui demander de faire autrement, ce serait le brider. Que je ne voyais pas l'essentiel : il m'aime. Et que si je ne comprenais pas, c'est que j'étais rétrograde. Et comme je lui ai dit que je ne me pensais pas capable d'avoir une relation de ce genre, il m'a quittée. Je n'y comprends rien.

Ses doigts tremblaient désormais.

Je me suis souvenue de « l'homme-élastique » de Casandra. C'est sans doute pour cela que j'ai osé lui dire ce que je lui ai dit.

– Il te teste.

– Quoi ?

– Il te teste, Aurora. Il veut voir jusqu'où il peut t'emmener. Ce que tu es capable d'accepter.

Elle m'a regardée, perdue.

– Il m'a quittée, tu entends ? a-t-elle répété avant de marquer une longue pause. C'est peut-être vrai. Je suis peut-être rétrograde et pas assez sûre de moi. Et s'il m'aime, je devrais sans doute me moquer qu'il couche avec d'autres. Il veut que notre relation soit différente… je ne sais pas… Je ne sais plus ce que nous sommes. Je ne sais plus rien du tout.

– Il y a une chose que je ne saisis pas… Pourquoi vous ne couchez pas ensemble ?

– Tu ne comprends pas… a-t-elle dit avant de rester bouche bée quelques secondes. Je n'ai jamais couché avec personne.

– Avec personne ? ai-je répondu, surprise.

Elle a fait non de la tête.

– Coucher ?

Elle a posé le menton sur le volant et m'a regardée du coin de l'œil.

– Je ne l'ai jamais dit à personne. Seulement à lui. Et à toi. Et le plus absurde, c'est que je l'ai choisi parce que…

– … parce que ça ne semblait pas l'intéresser, ai-je teminé à sa place.

Ça m'a mise hors de moi. Aurora était belle. Pas de façon ostentatoire, mais tout en délicatesse. Ses cheveux courts, aussi noirs que ses yeux, contrastaient avec sa peau diaphane. On aurait dit Betty Boop sans maquillage.

La belle au cœur souffrant a gardé le silence tandis que d'énormes larmes, proportionnelles à ses yeux de personnage de dessins animés, coulaient le long de ses joues. Elle appuyait rageusement sur l'accélérateur chaque fois qu'un feu passait au vert, comme si elle avait voulu faire défiler le temps à la même vitesse.

Pourquoi personne ne nous apprenait à manger avec plaisir, à baiser avec plaisir et à aimer sans peur ? C'était ça, protéger quelqu'un, pas ce qu'on avait fait à Aurora.

J'étais en colère contre moi-même, contre elle et contre tous ceux qui nous avaient éduquées comme ça. Nous nous sommes arrêtées au feu de la calle María de Molina, juste avant l'autoroute, et j'en ai profité pour descendre et aller m'asseoir devant, à côté d'elle. Sur mon siège habituel : celui du copilote.

Elle m'a regardée. Elle avait l'air épuisée.

– Écoute, Aurora, ai-je dit sans vraiment savoir où je voulais en venir, tu te dévoues corps et âme pour cette relation depuis si longtemps que tu n'es plus capable d'être objective. Mais pourquoi n'essaies-tu pas de prendre un peu de recul une seconde ? Tu n'arrêtes pas de te demander ce que tu représentes pour lui, mais est-ce que tu t'es déjà demandé ce que lui représentait pour toi ? Qu'est-ce que tu ressens ? Je sais que c'est difficile, mais pourquoi ne pas exprimer clairement ce dont tu as besoin ? Je ne sais pas… il n'y a rien de mal à poser ses propres limites, pour se protéger. Des limites que personne n'a le droit de franchir, parce que ça te ferait du mal. Et tu ne dois pas craindre qu'on t'aime moins à cause de ça. (Elle a sorti un chewing-gum, en a croqué la moitié et m'a tendu l'autre). Tu n'es pas si bizarre, tu sais. C'est tout à fait normal de ne pas avoir envie que son partenaire couche avec d'autres personnes, peu importe que ce soit une question d'hygiène. La vérité, c'est que ça te rend malheureuse. Un point c'est tout. Tu dois donc te demander si c'est ce que tu veux, si c'est bien le genre de relation que tu recherches.

Je l'ai regardée dans le reflet du pare-brise. Elle mâchait rageusement son chewing-gum. Et puis ses pleurs ont redoublé.

– Tu sais quoi, Marina ? J'ai toujours rêvé de fonder une famille… (Elle a esquissé un sourire triste.) Je rêve d'être mère depuis que je suis toute petite. Mais je n'ai jamais plus de mille euros sur mon compte en banque et les hommes qui entrent dans ma vie en sortent en général au bout de deux mois. Ce que j'ai, en revanche, c'est presque quarante ans. J'ai toujours eu peur de souffrir. Puis Maxi a débarqué dans ma vie sans rien demander. Alors j'ai baissé la garde. J'ai bien vu qu'il ne cherchait rien d'autre qu'un peu de compagnie. Mais il faut bien que je me décide pour quelqu'un, sinon je ne serai jamais maman.

– Et congeler ? ai-je demandé sans être convaincue que ce soit une bonne idée.

– Mais bien sûr ! Congèle ! comme dit cette bourge de Casandra. (Elle a monté la clim comme si elle comptait le faire sur-le-champ.) Tu sais combien ça coûte ? Tu le sais ? Pas seulement congeler, mais le traitement qui va avec ?

– Tu n'avais pas l'intention de demander à ta mère de t'aider ?

Elle a pilé à un passage piéton sous les yeux terrorisés d'un couple qui traversait. Ils ont rejoint le trottoir en nous insultant.

– Et ben, pour une diplomate, elle ne sait pas vraiment garder un secret, a-t-elle soupiré. Ma mère m'a dit que si je n'avais pas été capable de mener une vie normale jusqu'ici, ni capable – elle a répété l'adjectif – de rencontrer un homme qui ait envie de me faire un bébé, ou ne serait-ce que de vivre avec moi, elle ne voyait pas comment j'allais être capable de m'occuper d'un enfant. (Elle s'est raclé bruyamment la gorge et a baissé la clim.) Puis elle m'a fait promettre de ne jamais parler de cette idée grotesque à mon père. C'est ce qu'elle a dit mot pour mot.

Nous avons continué à rouler, dans des rues toujours plus désertes. Aurora regardait droit devant elle, le pied vissé à l'accélérateur. Elle a profité d'un feu rouge pour consulter son portable, attendant un message qui ne venait pas. Elle me l'a tendu en m'ordonnant de ne plus la laisser le regarder.

– Tu sais, il m'avait dit qu'il voulait passer sa vie avec moi. Il n'avait juste pas précisé comment, a-t-elle souri à contrecœur. Ça aurait été si simple… Pas d'ovules à congeler, pas d'histoires avec mes parents… Et aujourd'hui, il me dit que ça le blesse que je n'accepte pas son mode de vie. Qu'il aimerait ressentir ce que je ressens, mais qu'il ne peut pas. Pas encore. Qu'il a besoin de temps. Tu sais à quel point c'est frustrant d'entendre ce genre de choses ?

J'ai soupiré. Non, je ne savais pas. Moi, j'avais vécu tout le contraire. J'avais passé la plus grande partie de ma vie avec un homme qui m'avait assuré ressentir pour moi ce que je commençais à soupçonner qu'il n'avait jamais ressenti. Un homme qui se mentait à lui-même. Un homme que je n'étais, finalement, pas sûre d'avoir rendu heureux moi non plus. Un homme que je trimballais à cette seconde dans mon putain de sac à dos, alors que j'avais l'impression que c'était lui qui m'avait portée pendant toutes ces années.

Bon sang, la vie ne manque vraiment pas d'ironie.

– Écoute, lui ai-je dit la main sur le cœur, je crois qu'il existe toutes sortes de relations. L'important, c'est qu'on nous aime de la façon dont on a envie d'être aimés. C'est plus simple que ça en a l'air. Il sait très bien ce qui te fait souffrir. Et maintenant qu'il l'a fait, c'est lui qui prétend avoir mal. Et comme tu lui dis non pour la première fois, il joue au bras de fer en t'annonçant qu'il te quitte. Crois-moi, je suis une experte quand il s'agit de reconnaître ce genre de pression…

– Pourtant ton mari n'était pas comme ça.

– Mais ma mère si, Aurora. Sa spécialité, c'est de jouer les martyrs alors qu'en réalité c'est elle qui te fait du mal. C'est une bonne chose de se demander comment rendre les autres heureux, mais est-ce que tu te demandes parfois ce qui te rend heureuse, toi ?

Et en lui disant ça, je me suis rendu compte que je ne m'étais probablement jamais posé cette question moi non plus. Je crois que c'est à ce moment-là que je lui ai avoué que j'étais sur le point de déposer tes cendres au cimetière de la Almudena parce que ma mère, justement, vivait dans l'angoisse de savoir ce que j'allais en faire.

– Ça veut dire que tu ne vas pas faire ton voyage en bateau, alors ?

Elle avait l'air déçue.

Je lui ai expliqué que ça me faisait peur. Et que si je le faisais, ma mère me le reprocherait jusqu'à la fin de mes jours. Aurora m'a écoutée attentivement, en fourrant deux chewing-gums supplémentaires dans sa bouche. Je lui en ai demandé un autre, moi aussi. Puis j'ai poursuivi : à vrai dire, je m'étais mariée pour la même raison. Pour ne plus avoir à entendre ses reproches. Je me souviens encore du jour où mon père m'a emmenée déjeuner près de chez moi pour me dire : « Bref, ma fille, qu'est-ce que ça peut faire ? Puisque ça compte tant pour ta mère. Puisque ça lui a tellement fait plaisir… »

– J'ai même envisagé d'avoir un bébé pour qu'elle soit grand-mère, tu y crois ?

Elle a réfléchi. Alors qu'elle s'apprêtait à changer de vitesse, elle m'a pris la main.

– C'était ton mari, Marina, a-t-elle dit d'un ton solennel, et selon moi, c'est toi qui dois décider de ce que tu veux faire de lui. Personne d'autre.

J'ai compris qu'elle avait raison. C'était toujours plus simple quand quelqu'un d'autre le disait. C'est à ce moment-là, et grâce à une personne à qui je venais de donner un conseil similaire, que j'ai décidé de faire ce voyage à bord du Peter Pan. Je savais que ma mère souffrirait d'apprendre que je ne t'avais pas enterré dans la tradition chrétienne, que ça l'angoisserait profondément, tout comme ça angoisserait mon père de savoir que je me lançais sur une mer dont il a toujours voulu nous préserver. Mais ils ne souffriraient jamais autant que moi si je ne tenais pas ma promesse. Pas une promesse envers toi, mais envers moi.

Nous avons aperçu le grand mur du cimetière où j'avais l'intention de te laisser. Aurora a fait demi-tour à la première occasion.

Poser nos propres limites. Dire clairement ce que les autres peuvent se permettre ou non. Pourquoi était-ce si difficile ?

Qui nous avait élevées comme ça ?

Pendant le reste du trajet, Aurora m'a raconté comment ses parents avaient été pour elle l'incarnation du mariage parfait, et combien cela avait été lourd à porter. Pourtant, ce n'était qu'une mascarade. Sa sœur et elle l'avaient compris avant même d'avoir dix ans. Leur père, un homme strict et froid, citoyen exemplaire et bon chrétien, travaillait dans un bureau d'enregistrement de brevets. Leur mère avait un diplôme d'institutrice mais n'avait jamais enseigné. La famille menait une vie rangée, n'avait jamais alimenté les cancans, se rendait à la messe tous les dimanches avant d'aller déjeuner chez les grands-parents (maternels une semaine, paternels la suivante), qui posaient toujours aux filles les deux mêmes questions depuis qu'elles avaient onze ans : avaient-elles un petit ami et pourquoi étaient-elles à ce point maigrichonnes ? La vie des deux jeunes filles se limitait à la maison et à l'école. Rien d'autre. Leur mère louait constamment le sens du devoir de leur père. Elle affirmait que c'était grâce à lui que les filles pouvaient suivre de bonnes études. Qu'il était un bon père. Quant à elle, elle remplissait ses devoirs conjugaux comme elle le devait, en se cachant derrière sa foi et sa peur du péché pour ne pas avoir à admettre que son mari ne tolérait pas la moindre initiative de sa part, aussi minuscule soit-elle.

Leur père qui entre dans la salle de bains et découvre que les serviettes ne sont pas pliées en quatre dans le petit meuble comme d'habitude. Ses pas qui remontent le couloir. Sa mère qui bafouille des excuses dans la cuisine tout en préparant le repas. Une paire de gifles qui résonne violemment. Un autre coup. Plus violent. Leur mère qui, le lendemain, passe la journée en chemise de nuit, enfermée dans sa chambre, en prétendant avoir mal à la tête et en ordonnant à ses filles d'aller seules à l'arrêt du bus qui les conduit à l'école. La maison où rien ne bouge les jours suivants.

La loi du silence pesait si lourdement sur le foyer que la petite Aurora avait fini par penser que tout le monde vivait ainsi. Que son père était un homme admirable, qu'il se mettait en quatre pour sa famille. Pour rien au monde, elle n'aurait voulu provoquer sa colère ou sa honte. À vrai dire, elle avait suivi le même schéma avec Maxi. Créer un fantasme, comme disait Olivia, avec lequel il était plus simple de vivre. Sans le vouloir, la mère d'Aurora avait transmis à ses filles sa peur des hommes – peur qu'avait fait naître en elle son mari soi-disant parfait. Si elle avait pu les faire entrer au couvent, elle l'aurait fait. Tout, pour être sûre que personne ne les approche jamais : elle les avait mises au régime dès qu'elles avaient commencé à avoir des formes, leur coupait les cheveux avant même qu'ils ne repoussent, réprimait la plus petite pulsion de leur ego en leur faisant réciter les sept péchés capitaux à la moindre occasion.

Peut-être qu'Aurora avait choisi une personne avec qui recréer ce qu'elle avait vécu avec son père : un homme dont elle n'arrivait pas à attirer l'attention. Tout faire pour devenir sa priorité. Pour obtenir son amour inconditionnel. Un homme dont on accepte en silence la maltraitance psychologique. Elle tentait de réaliser adulte ce qu'elle n'avait pas réussi à obtenir enfant.

Mon cerveau perturbé a alors fait ressurgir une image : mon père, avec ses traits rugueux et son regard tendre, déposant un baiser sur mon front pour me souhaiter bonne nuit. Puis la même image, mais avec toi, comme s'il s'agissait de deux acteurs différents interprétant le même rôle dans le film de ma vie. Les deux m'attribuant des vertus que je n'avais pas afin de m'aimer un peu plus.

J'ai soudain eu envie de vomir.

J'ai baissé la vitre. La matinée était encore fraîche.

Je me suis retournée pour voir le cimetière s'éloigner derrière nous et j'ai serré l'urne contre moi. Qu'est-ce que je suis en train de faire ? me suis-je demandé, à la fois soulagée et terrifiée. Qu'est-ce que je suis en train de faire ?

J'ai pris une grande inspiration.

– Tu sais quoi, Aurora ? ai-je dit à la fin de son récit. Toi et moi, si tu veux bien, nous allons faire une liste de choses à accomplir que nous devrons suivre à la lettre. Et on l'appellera : « liste des plaisirs capitaux ».

Pourquoi personne n'avait eu cette idée auparavant ? Les êtres humains devraient être obligés d'expérimenter tout ce dont ils ont envie avant de mourir.

Elle m'a lancé un regard en coin en gardant les yeux sur la route.

Et nous avons commencé à dresser notre liste, nous promettant de mettre chaque point en pratique avant la fin de l'année. Désormais, la luxure deviendrait le désir ; la gourmandise, le plaisir ; l'avarice, l'ambition ; la colère, le soulagement ; la paresse, le repos ; l'envie, l'admiration ; et l'orgueil, la fierté.

J'ai reçu un message d'Olivia me demandant où diable j'étais. Nous nous sommes regardées, Aurora et moi, d'un air complice, je crois que nous avions chacune puisé dans l'autre une force aussi nouvelle qu'inespérée. Même si nous savions que les décisions que nous allions très bientôt devoir prendre seraient difficiles et qu'il faudrait les prendre seules.

« J'arrive », ai-je écrit en vitesse, tandis que mon corps était propulsé sur une autoroute saturée de voitures qui partaient vers la mer et d'autres qui, comme moi, se laissaient engloutir par ce trou noir qu'est la ville en été.

Le marché des grenouilles

« Je préfère être une femme, ne serait-ce que pour pouvoir porter des talons. »

C'était ce genre de phrases qui faisait de Gala la reine de son syndrome.

Attablées devant la fenêtre du café Azul, ainsi baptisé en raison de sa déco bleutée, Olivia et moi étions en train d'engloutir ce qu'elle considérait comme le meilleur *carrot cake* de Madrid, quand nous avons aperçu, à une vingtaine de mètres, notre nymphe blonde qui se dandinait comme une funambule le long du minuscule trottoir de la calle Fúcar.

Ce matin-là avait été riche en événements : d'abord, nous avions appris qu'Aurora et Maxi avaient décidé de se remettre ensemble – ou plus exactement, c'est ce qu'il avait décidé –, et ensuite la femme de l'amant de Casandra était passée à la boutique… demandant à la voir. Deux nouvelles qui nous avaient causé à Olivia et moi une grande agitation.

Laura, puisque c'est son nom, était entrée dans la serre sans regarder la moindre fleur ni prendre la peine de faire semblant. Ses cheveux blonds étaient remontés en chignon, elle portait un sarouel en soie kaki, un chemisier de coton et une paire de spartiates. Elle avait glissé jusqu'au comptoir et m'avait demandé, le regard franc, si je connaissais Casandra. « Je sais qu'elle passe souvent ici », avait-elle ajouté avec un sourire qui n'avait rien de belliqueux, malgré les circonstances. Puis elle m'avait demandé de lui dire qu'elle était passée. « Nous avons un ami commun… c'est pour ça que je la cherche. »

Elle avait ensuite fait demi-tour, en se déhanchant sur ses spartiates comme sur des talons aiguilles. Juste avant de passer la porte de la serre, elle s'était retournée pour remercier Olivia, qui sortait tout juste de l'arrière-boutique : le lierre qu'elle lui avait vendu avait pris dans son jardin, c'était une vraie merveille.

En me remémorant cet épisode amer, j'ai réalisé que le lierre symbolisait la fidélité entre époux. J'ai regardé Olivia, qui émiettait sa part de gâteau pour mettre de côté les raisins secs. Je n'ai pas pu m'empêcher de sourire. Cette femme était vraiment un sacré personnage.

La radio jouait *Fever*, dont je fredonnerais l'air toute la journée ignorant à ce moment-là que le thème de cette chanson serait également celui de la majeure partie de nos conversations du jour. J'adorais le café Azul. Il suffisait que j'y passe prendre un café pour avoir l'impression d'être partie en week-end : ses vieilles poutres décapées, ses ventilateurs qui tournaient au ralenti, ses murs de briques blanches et ses tulipes en verre soufflé turquoise… tout cela vous plongeait dans une torpeur matinale dont vous n'aviez pas envie de vous réveiller. Et puis il y avait les livres. Ils étaient partout. Une chose est sûre, le quartier des lettres méritait vraiment son nom. Il n'existait aucun autre endroit à Madrid où les magasins regorgeaient à ce point de livres – même ceux qui n'en vendaient pas. Il y en avait sur les étagères des bars, des salons de coiffure et des boulangeries. À y réfléchir, le quartier aurait également pu s'appeler le quartier du Jazz : outre le café Populart et le café Central, ses deux temples les plus connus, on pouvait écouter de grands jazzmen partout et à n'importe quelle heure, du petit déjeuner à l'aube.

C'est donc au rythme de *Fever* que nous observions Gala remonter la rue en poussant un portant rempli de vêtements qu'elle comptait vendre au marché. Elle portait une jupe bleu ciel à volants, assortie à ses ongles, et un chemisier blanc déboutonné juste assez pour que les hommes qui la croisaient se mettent à fantasmer. Et c'était à n'en pas douter ce que faisaient tous ceux qui se retournaient sur son passage, comme aimantés.

Nous étions samedi et je m'apprêtais à participer à mon premier marché des grenouilles. Je ne savais pas encore qu'il ne s'agissait pas d'un événement ponctuel mais qu'il avait lieu tous les premiers samedis du mois, à l'instar du cycle de la lune. Un peu plus tôt, j'avais fait le tour du quartier et vu les commerces se transformer. Les galeries, les bars, les salons de coiffure et les magasins de vêtements prenaient des airs de fête. Les commerçants profitaient de ce jour à part pour s'installer sur le minuscule bout de trottoir devant leur porte et vendre des articles qu'ils ne vendaient pas habituellement : la *Brown Bear Bakery* proposait des disques en plus des gâteaux, le salon de coiffure, des bijoux et des viennoiseries, quant à la galerie de Blanca Soto, on allait pouvoir y acheter des fleurs en plus des tableaux. Les jours de marché, le quartier tout entier passait la journée dans la rue dans une sorte de symbiose générale, quel que soit le temps. Cette ambiance de village et de liberté avait quelque chose de contagieux.

La galerie de Blanca se trouvait juste derrière le centre culturel du CaixaForum. Elle avait fait appel à nous pour fleurir l'endroit du sol au plafond, sans pour autant toucher à son exposition du moment consacrée à Kiddy Citny, un artiste connu pour avoir peint sur le mur de Berlin.

Mais Olivia et moi ne comptions pas nous arrêter là. Nous avions emporté aussi un autre genre de fleurs : celles des tableaux d'Aurora. Cela, bien évidemment, sans prévenir l'intéressée pour éviter tout boycott potentiel de sa part.

Quand Gala nous a rejointes, elle nous a à peine saluées. Elle a aussitôt dégainé son portable et nous l'a fourré sous le nez avec un sourire lascif.

– Voilà ce que j'ai petit-déjeuné.

Une voix, encore plus sucrée que notre gâteau, a surgi de l'appareil. Une voix mélodieuse, masculine, de celles qui pourraient chanter un boléro. Une voix qui a susurré : « As-tu la moindre idée de combien ton corps est fait pour être caressé ? On voudrait rester collé à ta peau pour toujours. » Gala a souri de façon presque timide, avant de rajuster sa tresse. Olivia était affairée à épousseter les miettes de la table.

Gala avait disparu depuis une semaine. Même son cadre de chez Renault était passé à la boutique pour lui faire envoyer des lys et demander de ses nouvelles. Il n'en avait aucune depuis plusieurs jours, avait-il admis avec un air d'enfant oublié à la sortie de l'école.

Mais il y avait une raison à ça : Gala était entrée dans le salon de coiffure Le Coupe-Têtes (je suis sérieuse, c'était son nom) pour s'offrir un soin capillaire et n'en était – symboliquement – jamais ressortie. Il avait suffi que le coiffeur, un Colombien habillé comme Keanu Reeves dans *Matrix*, lui lance son sourire à fossettes dans le miroir, et lui dise : « Détends-toi, je vais te dorloter » pour que Gala oublie tout. Elle avait passé les deux heures suivantes entre les mains merveilleuses de cet homme : il lui avait massé le crâne, s'était occupé de sa superbe crinière en hydratant jusqu'au dernier de ses cheveux, lui avait fait une frange qui la rajeunissait, avant de pétrir son cou blanc pour le soulager lui aussi. Il avait ensuite massé ses pieds moelleux, les avait immergés dans un bain de rosiers thé, avant de lui limer et lui polir les ongles. La session de cajoleries s'était prolongée au domicile de cet ange tombé du ciel.

Un superbe appartement au-dessus du Il était une fois, l'un des cafés préférés de Gala, envahi de livres lui aussi.

– As-tu conscience de combien tu es différente des autres ? lui avait-il demandé de façon rhétorique en la déshabillant comme on ouvrait un bonbon avant de l'allonger sur son lit. Tu es faite pour être caressée, pour être aimée…

Pour une fois, Gala n'avait rien eu à faire. Aucune de ces choses qu'elle s'imposait quand elle recevait un de ses amants : parler, réfléchir à une stratégie pour s'échapper, installer des bougies et des fioles d'aromathérapie pour créer une ambiance. Elle s'était contentée de le laisser faire. Parce que ce parfait inconnu avait découvert le secret de Gala. Il ne s'agissait pas de lui provoquer trois orgasmes ou de rester en érection pendant une heure et demie. Non, Gala, il fallait la caresser comme on caressait un chat. Pour l'inciter à rester, lui donner envie de revenir. Et c'est ce qu'il avait fait. Tandis qu'elle pensait à autre chose, il avait caressé tout son corps, épaté par sa façon sublime de l'ignorer.

« Je suis incapable de penser à autre chose que ton dos. Est-ce que tu sais l'effet qu'a ton dos ? continuait la voix dans le téléphone. Est-ce que tu as conscience du pouvoir de ton sourire ? Il illumine tout. En te regardant dans le miroir quand je m'occupais de tes cheveux, je me disais : comme j'aime son sourire ! Et j'étais incapable de voir quoi que ce soit d'autre. Si j'avais su ce qui allait se passer, je t'aurais kidnappée beaucoup plus tôt. Pour plonger entre tes cuisses, pour te boire. »

Gala a appuyé sur pause. J'ai avalé ce qui restait de mon gâteau puis j'ai attaqué les raisins secs qu'Olivia avait rassemblés dans un coin de son assiette. J'ai regardé Gala. Sa façon de se mordre la lèvre, de s'appuyer des deux mains contre la table, le dos cambré, de contracter ses cuisses en repensant à tout ça.

– Si les hommes savaient… a dit Olivia après avoir entendu son histoire.

– Quoi ? a demandé Gala.

– S'ils savaient que pour nous… le meilleur des amants, c'est celui qui te caresse le dos après !

Nous avons ri toutes les trois.

– Donc ton histoire avec le cadre de chez Renault, c'est fini… Comment s'appelait-il déjà ? ai-je demandé.

– André… Et celui-ci s'appelle Andrés.

– Parfait, comme ça, on ne risque pas de se mélanger les pinceaux, s'est réjouie Olivia en s'éventant.

Gala a fait une moue moqueuse en s'asseyant. Elle a balayé de la main les vêtements accrochés au portant comme si elle jouait de la harpe. À cet instant, elle ressemblait plus que jamais à une créature mythologique.

– Vous savez ce qu'il m'a dit avant de me laisser partir ?

Olivia s'est levée et a déposé quelques pièces sur la table.

– Il t'a demandé de le laisser se rhabiller, pour l'amour de Dieu ?

Elle a froncé le nez.

– Non. Il m'a dit : « Libre je t'ai connue, libre je te laisserai »… a-t-elle soupiré. Je crois que c'est l'homme de ma vie !

– Mais voyons, c'est l'homme de la vie de toutes les femmes ! ai-je renchéri. Il fait des pédicures !

Et c'est au milieu des rires que nous nous sommes mises en route. Nous avons esquivé les stands qui regorgeaient d'antiquités, de meubles design, jusqu'à arriver dans la calle Almadén. On avait installé des rangs de grenouilles psychédéliques le long de la chaussée. Un cortège de batraciens nous a donc escortées jusqu'à la galerie de Blanca Soto. Quand nous sommes entrées, celle-ci était assise derrière son ordinateur avec l'une de ses assistantes – une Japonaise aux cheveux longs qui ressemblait à une danseuse. Elles étaient en train de finir l'inventaire des œuvres exposées.

– Mais, quelle agréable surprise ! s'est exclamée la galeriste en voyant Olivia.

Les deux femmes se sont tombées dans les bras.

– Tu savais qu'on venait, Blanca, a répondu la fleuriste, amusée.

– Mais laisse-moi être surprise par des choses évidentes. La vie est bien plus réjouissante ainsi.

La première chose qu'on voyait chez Blanca, c'était son sourire. Puis le reste de son corps, aussi menu qu'élégant. Elle avait fait de son style minimaliste sa signature. Elle portait une chemisette gris anthracite et un pantalon noir et était perchée sur des talons de la même couleur, avec une semelle argentée.

– Quel magnifique pendentif ! s'est écriée Gala.

J'avais moi aussi remarqué à son cou les deux cerceaux en acier imbriqués l'un dans l'autre. C'était comme si son corps était une galerie lui aussi et qu'elle y exposait cette sculpture miniature.

– C'est d'un de mes artistes, a-t-elle répondu avec fierté. Il est sublime, n'est-ce pas ? Il y en a d'autres à l'intérieur. Il faut qu'on vende tout son stock. Ce petit a besoin de manger !

Elle était drôle. Sa peau mate et ses yeux sombres dégageaient une énergie presque solaire. On considérait Blanca Soto comme la bonne fée de tous les grands artistes espagnols de la nouvelle génération. Une chasseuse de talents qui se mettait en quatre pour leur donner une visibilité, dans sa galerie comme à l'étranger. C'est pour cela qu'Olivia voulait à tout prix lui montrer les tableaux de notre belle au cœur souffrant.

– Blanca, je te présente Marina. Ma nouvelle assistante.

Elle m'a accueillie chaleureusement, elle avait beaucoup entendu parler de moi, puis m'a fait un compliment sur ma tenue. Une saharienne en lin avec des petites marguerites jaunes très *seventies*. Je crois que c'est cette semaine-là que j'ai décidé d'arrêter de me fondre dans la masse.

Nous avons placé le portant de Gala près de l'entrée et avons commencé à disposer notre jasmin grimpant (la fleur de la sensualité) partout sur les murs. Deux heures plus tard, un véritable jardin vertical avait envahi la pièce. Notre objectif était de recréer en miniature le mur végétal du CaixaForum. Olivia et moi restions subjuguées chaque fois que nous passions devant. Les nus colorés de Kiddy Citny fleurissaient désormais au milieu de nos plantes. Ils ne représentaient presque que des femmes. Des silhouettes troubles pleines de mouvement, et dont on devinait la nudité, flottaient sur un fond de couleurs vives. Il y avait également quelques portraits de femmes avec des couronnes. Triomphantes. Souriantes. Sensuelles.

Puis je suis sortie pour installer les aquarelles d'Aurora de chaque côté de la porte d'entrée, comme s'il s'agissait d'un préambule à l'exposition. Les fleurs des aquarelles de notre amie auraient pu être celles qu'achetaient toutes ces femmes inventées par le peintre allemand à l'époque du rideau de fer. Aurora n'était pas venue. Maxi était rentré à la maison, elle avait donc préféré rester pour « travailler » à sa relation.

Quand Blanca est sortie à son tour, elle m'a trouvée plantée au milieu de la rue, une toile d'Aurora dans les mains, comme si je m'étais transformée en chevalet.

– Tu aimes ce tableau ? a-t-elle demandé en m'offrant un verre d'eau.

– Oui, ai-je répondu sans hésiter. À vrai dire, je l'aime tellement que je viens d'y renoncer. Il était chez moi, jusqu'ici.

Elle a redressé le menton, intéressée, avant de croiser les bras, pensive, et de tapoter sa joue avec son stylo.

– Et pourquoi veux-tu qu'on le vende alors ?

– Parce que je le trouve beau, ai-je répondu avec conviction. Et pour l'artiste, il est plus important qu'il soit vendu qu'accroché dans mon salon.

Elle m'a regardée, perplexe.

– Tu crois ? a-t-elle dit, surprise. Et qu'est-ce qui te plaît dans ce tableau ?

Nous l'avons observé attentivement, comme des statues au beau milieu de la chaussée exceptionnellement interdite à la circulation.

– Parce que ce sont des fleurs imaginaires. Ce sont des natures inventées.

Blanca s'est mise à marcher entre les tableaux d'Aurora que j'avais disposés par terre, s'arrêtant devant chacun d'eux quelques secondes.

– Ce serait un très beau titre d'exposition : « Nature inventée », a-t-elle dit pour elle-même avant de regarder de nouveau le tableau que j'avais entre les mains. Je te fais une proposition : celui-ci, tu le gardes. Et tu dis à l'artiste que c'est moi qui l'ai acheté. C'est un cadeau que je te fais. Comme ça, elle fait d'une pierre deux coups : elle vend sa toile mais à une personne qui y tient vraiment.

Une joie inattendue m'a alors envahie. Incapable de la dissimuler, j'ai bondi pour prendre Blanca dans mes bras. Elle m'a fait un clin d'œil et je me suis empressée de coller une gommette rouge dans le coin du cadre pour indiquer que le tableau était vendu.

J'ai alors remarqué qu'Olivia m'observait depuis la porte, non sans une certaine fierté.

– C'est de la folie aujourd'hui ! s'est exclamée Blanca en sortant quelques chaises pliantes. Que des filles à la galerie !... On va beaucoup s'amuser. Je m'ennuie un peu avec toute cette testostérone qui m'entoure d'habitude.

Une heure plus tard, alors que nous apportions les dernières touches à notre installation, Kiddy Citny en personne est entré. Un homme grand, avec un crâne lisse et un regard intelligent, avide d'expériences. Il s'est avancé vers Olivia et a pris son visage dans ses mains pour lui embrasser la joue comme un vieil ami. Ils ne s'étaient pas vus depuis New York, a-t-il dit, et je me suis aussitôt demandée ce qu'Olivia avait pu faire là-bas – j'étais certaine qu'elle n'y avait pas vendu des fleurs. Elle m'a présentée au peintre et nous avons fait le tour de l'exposition tous ensemble. Il adorait notre idée de faire surgir ses œuvres au milieu de plantes grimpantes. Il m'a raconté comment il avait eu l'idée de peindre le mur de Berlin pour égayer un peu le monde gris qui l'entourait.

C'était sa réaction au désespoir, m'a-t-il expliqué. Dans leur captivité, les habitants de Berlin-Est pourraient au moins se réveiller et voir ces énormes visages colorés qui leur souriaient, avec leurs couronnes, leurs cœurs immenses, et leurs superbes corps constamment en mouvement. Une fois le mur tombé, son œuvre avait été fragmentée et dispersée aux quatre coins du monde. Kiddy, qui peignait désormais sur toile, était devenu célèbre. Il exposait partout. Je n'ai pas pu m'empêcher de lui demander si ça lui manquait de peindre sur le mur de Berlin.

Il s'est contenté de me répondre par un sourire mélancolique.

Il était presque midi quand nous avons enfin pu nous poser pour boire un verre de sangria blanche (cocktail inventé par Olivia que nous baptiserions plus tard « cocktail Molotov ») et nous enivrer du parfum voluptueux du jasmin.

Kiddy venait de partir et nous étions là, assises le long du mur de chaque côté de la porte, comme dans les villages, à regarder la vie défiler sous nos yeux : Gala faisait écouter à Blanca l'enregistrement de sa dernière conquête tandis qu'Olivia s'éventait, faisant s'entrechoquer ses fins bracelets d'argent, me lisant à voix haute des critiques de l'exposition. Elle portait un chemisier blanc en dentelles, un pantalon vert et un chapeau qui ressemblait à un immense pétale blanc. Le tout lui donnait des airs de marguerite géante.

Elle a approché ses fines lèvres rouges de mon oreille.

– Suis-je la seule à avoir remarqué que Gala est particulièrement enthousiaste au sujet de cette nouvelle histoire ?

– Tu crois ? ai-je répondu.

J'ai observé notre chère Viking. Une chose était sûre, elle minaudait beaucoup en parlant de lui, comme je ne l'avais jamais vue faire auparavant. Olivia s'est cachée derrière son journal pour me dire que, en plus du reste, Gala n'arrêtait pas de se goinfrer de bonbons.

En y réfléchissant, elle avait raison. Gala n'avait pas une seule fois parlé de régime, ni de ses hanches, ni de la gravité injuste qui, selon elle, commençait à faire tomber ses joues. Au contraire, elle venait de nous dire que leur prochain rendez-vous aurait lieu chez Ouh Babbo, le restaurant préféré de Gala, dont les pizzas blanches à la truffe avaient la réputation d'être aphrodisiaques – et c'était vrai, elle le savait d'expérience.

Nous l'avons toutes les deux regardée d'un œil soupçonneux. Elle bavardait en continu et analysait méticuleusement toutes les phrases de son nouvel amant, encore et encore, en se balançant sur sa chaise, jusqu'à ce que Olivia froisse une page de journal pour en faire une boule et la jette dans son verre. Elle a protesté vigoureusement.

– Marina et moi étions en train de nous dire, a commencé la fleuriste, que cet homme semble t'avoir fait grande impression.

Blanca a pris une minuscule gorgée de son verre en nous regardant d'un air complice.

– Seriez-vous en train d'insinuer que l'imprenable Gala est en train de succomber ?...

La déesse nordique essayait, en vain, d'attraper un morceau de pomme dans le fond de son verre.

– Attendez... moi ce que j'aime, c'est le sexe. Vous me connaissez, s'est-elle exclamée sur un ton guilleret qui a fait écarquiller les yeux à la galeriste. Je ne veux pas de drames. Ni de jalousie. Je n'ai pas besoin qu'on me sauve, ne serait-ce que de moi-même. Pas d'engagement. Qu'il le garde pour une autre. Je veux juste un homme qui ait une situation confortable et aime le sexe autant que moi. Je ne pense pas être très exigeante.

– Et que fait-il dans la vie, déjà ? ai-je demandé (Oui, c'était une question piège.)

Elle s'est remise à sourire en inclinant la tête.

– Il est coiffeur ! s'est-elle énervée avant se de radoucir. Mais il dit que quand il est avec moi, c'est un sourcier. Un chercheur d'eau : c'est pour ça qu'il a tout de suite su, à en croire ses dires, que mon corps était source de plaisir. Il dit qu'il lui donne « soif ». Si vous l'aviez vu ! Après l'amour, nous avons lu Apollinaire, nus. *Les Onze Mille Verges*. Il l'avait dans sa bibliothèque ! À côté, ces nouveaux romans érotiques qui font fureur, ce sont des contes pour enfants ! Je faisais la lecture et lui, il est allé chercher de l'eau... dans ma bouche et entre mes cuisses.

Elle a aspiré bruyamment le reste de son verre avec une petite paille.

Olivia a haussé un sourcil.

– Un sourcier, a-t-elle répété.

– Oui, un sourcier, a répondu Blanca en en haussant un à son tour.

Je n'arrivais pas à quitter Gala des yeux. Son nouvel éclat. Sa façon de prendre du plaisir à se remémorer son plaisir, entre surprise et émotion.

– Et ben je crois qu'il va falloir que tu me prêtes quelques œuvres d'Apollinaire, ai-je conclu.

En entendant les rires de mes amies, mêlés à l'odeur du jasmin, quelques clients se sont retournés.

C'est à ce moment-là que nous avons aperçu Victoria qui remontait la rue en trottant. Elle portait un mini-short en jean qui mettait en valeur ses cuisses musclées, des baskets et un T-shirt qui proclamait « Trouble Maker », et une queue-de-cheval. Une vraie déclaration d'intentions, a dit Gala en la voyant. Mais ce n'était rien comparé à la déclaration qu'elle nous a faite en arrivant.

Elle a repris son souffle et affiché un sourire satisfait.

– Les filles, j'ai découvert la soumission, a-t-elle annoncé en se plantant devant nous, les mains sur les hanches.

Nous l'avons regardée avec des yeux écarquillés. Elle a soufflé sur sa frange.

– J'ai découvert que je n'aimais pas être la chef au lit, a-t-elle poursuivi d'un ton convaincu. C'est vrai ! Je passe mes journées à donner des ordres. Quel bonheur de ne pas avoir à le faire sous la couette. Où est Casandra ? Il faut que je lui raconte.

– Mais qu'est-ce qu'on a aujourd'hui ? s'est exclamée Gala en lui tendant un verre.

– Vous avez enfin quarante ans, a conclu Olivia en levant le sien.

Et quand elle a scandé : « Il est urgent de vivre ! » nous avons toutes trinqué avec nos verres de sangria au vin blanc – bien plus dangereuse, nous allions très vite le découvrir, que celle au vin rouge.

Durant les deux semaines qui avaient précédé, nous avions suivi avec intérêt les débuts de l'idylle entre Francisco et Victoria. Olivia leur laissait les clés de la serre une fois par semaine pour qu'ils puissent passer une heure à folâtrer ensemble dans l'arrière-boutique, sur le futon installé là pour la sieste, avec pour seule mission de s'enivrer du parfum des fleurs et recouvrir les vitres de buée.

Cet arrangement valait mieux, c'était plus discret que de se faire surprendre en sortant d'un hôtel.

Et c'est peut-être parce que je le savais, mais désormais, quand j'arrivais le mardi matin, j'avais l'impression de deviner cette douce odeur qu'ont les fleurs qui viennent d'éclore et qui ne ressemble à aucune autre. L'odeur de la passion.

– Ton archéologue te fait un bien fou, chérie. Ta peau a un nouvel éclat… a remarqué Olivia.

Victoria a éclaté de rire.

– C'est parce que je suis moins stressée, a-t-elle répondu en ébouriffant ses cheveux.

– En revanche, lui, il est plus fatigué, s'est moquée Gala.

– Et distrait, ai-je ajouté.

J'ai alors raconté, entre deux rires, comment, le vendredi précédent, Francisco était venu choisir une fleur pour sa maîtresse et avait oublié plusieurs dossiers sur le comptoir. Ne sachant pas à qui ils appartenaient, je les avais ouverts. Ils contenaient des dessins d'arbres avec des échelles de dimensions. Il y avait également des scans de vieilles archives. Olivia paraissait particulièrement intéressée par mon récit.

– Pourquoi tu ne me l'as pas dit plus tôt ? Je ne crois pas qu'il les ait oubliés. Ils sont sans doute pour moi, m'a-t-elle expliqué à voix basse en me demandant de ne pas les lui rendre avant qu'elle ait vérifié s'ils lui étaient destinés.

Je me souviens que sa remarque m'a semblé étrange et que cette ride avait resurgi sur son front. Celle qu'elle avait quand elle s'inquiétait.

Avec tout ce sexe qui envahissait l'atmosphère, nous avons passé le reste de l'après-midi à parler des hommes. Gala considérait qu'une relation idéale impliquait forcément une dose de clandestinité. Une garantie, selon elle, de garder la tête froide.

– Le seul truc que je veux qu'il réchauffe, c'est mon lit, a-t-elle ajouté d'un ton résolu.

– Pourtant ils finissent toujours par vouloir te passer la bague au doigt, ai-je souligné.

– Alors imagine ce que ça serait s'ils étaient libres ! Ils m'enfermeraient à la maison comme la pauvre Aurora.

Un couple est entré dans la galerie. Difficile de dire qui était l'homme et qui était la femme parce qu'ils avaient tous les deux les cheveux courts et la frange peignée à l'identique. Chacun avait en outre un bouledogue nain sous le bras.

– Mais ton sourcier, il n'est pas marié, n'est-ce pas ?

Gala a froncé le nez. Cette fois, je l'ai remarqué.

– Pour que j'arrête de chasser, le type devra me faire…

– Tomber amoureuse, l'a interrompue Olivia. Il devra te faire tomber amoureuse.

Gala a eu un de ses grands rires exagérés. La tête d'un des deux androgynes à frange a surgi dans le cadre de la porte d'entrée pour nous demander quelles étaient ces fleurs qui sentaient si bon. Olivia s'est levée en disant qu'elle allait leur préparer un petit bouquet.

De son côté, Victoria, qui n'arrêtait pas d'envoyer des textos, expliquait d'une voix distraite que si tu aimais vraiment quelqu'un, il fallait passer ta vie avec. Un commentaire qui n'est pas passé inaperçu étant donné sa situation.

– Un compagnon, a-t-elle dit avec conviction. Qui partage ta vie avec la même passion.

Olivia, qui contre toute attente nous écoutait depuis l'intérieur, était scandalisée par notre conversation. Cette fois, c'est sa tête à elle qui a surgi.

– Mais bon sang, ce que vous pouvez être rigides ! a-t-elle protesté en arrangeant un bouquet. Une relation idéale n'a rien à voir avec la clandestinité, c'est une question d'attitude.

Pourquoi nous obstinions-nous à compartimenter à ce point nos sentiments ? a-t-elle continué. Un amant pouvait être clandestin, mais depuis quand ne pouvait-il pas être aussi un compagnon, a-t-elle grommelé tandis que les deux clones acquiesçaient derrière elle comme si la scène avait été répétée. Pendant ce temps, je découpais les critiques de l'exposition dans différents journaux, les passant au fur et à mesure à Blanca pour qu'elle les range dans une chemise.

Ce dernier commentaire a semblé amuser Gala.

– Tout ça, c'est bien beau, mais la question fondamentale, c'est de se plaire, a-t-elle déclaré. C'est aussi simple que ça. Je crois qu'au fond c'est une réaction animale. C'est la nature qui commande. On se repère. On se renifle. Vous saviez que le baiser, c'est une façon d'examiner l'autre ?

– Comme un examen médical ? a demandé Victoria, répugnée.

– Plus ou moins, a poursuivi la blonde, en caressant l'un des bouledogues qui avait décidé de l'aider à illustrer son propos en léchant ses pieds blancs tout droit sortis d'un tableau de la Renaissance. C'était une façon de sentir et de goûter à l'autre, a-t-elle précisé, de vérifier notre compatibilité. De détecter ses maladies potentielles. C'est pour ça qu'on ne pouvait pas s'empêcher d'embrasser certaines personnes. Comme nous étions humains, nous cherchions également une compatibilité émotionnelle, intellectuelle… et cet examen nous permettait d'y voir plus clair.

Mes grands-parents baisaient encore à quatre-vingts ans, a-t-elle conclu avec tendresse. Je trouve ça touchant. Ma mère et moi, on a même trouvé un préservatif sur leur table de nuit un jour.

J'ai levé les yeux de mon journal. Même le chien semblait être choqué par ce qu'elle venait de dire.

– Ils avaient su rester jeunes. Le reste importe peu..., ai-je dit.

– Et bien pour moi, le sexe, c'est comme un système d'exploitation, a expliqué Victoria. Si vous n'avez pas tous les deux le même, vous n'êtes pas compatibles.

– Très romantique, Bill Gates, s'est moquée Gala.

Olivia est sortie de la galerie escortée des deux énergumènes qui avaient désormais chacun un bouquet dans la main.

– Ça me rappelle une théorie passionnante d'un psychiatre que j'ai connu.

Elle a marqué une pause, pour le suspense. Les deux clones nous ont saluées, un peu intrigués, avant de s'en aller.

– Et que dit-elle ? ai-je demandé en suivant des yeux une salamandre qui courait le long du mur.

J'ai posé la question même si nous n'étions jamais vraiment sûres que les théories dont nous parlait si souvent Olivia étaient celles d'intellectuels, de scientifiques ou le fruit de son imagination. À vrai dire, elles nous amusaient tant que nous nous en moquions au fond. Même si je dois admettre, maintenant que je connais son secret, qu'à cet instant précis, embarquée sur mon bateau, ça me ferait du bien d'avoir la certitude qu'au moins une de ses histoires est vraie.

L'après-midi a laissé place à la soirée. Une de ces soirées qui font du bien, où l'air semble plus chargé en oxygène et durant laquelle Olivia nous a exposé sa théorie sur l'amour. En l'écoutant, je me suis demandé ce que nous avions été l'un pour l'autre toi et moi, Óscar. Qu'avons-nous été ?

Je me souviens de m'être sentie heureuse. Soudain, tout avait l'odeur colorée de la nature.

La théorie des cent pour cent compatibles

Quelques jours après cette soirée, je suis tombée sur un article de Luis Rojas Marcos qui expliquait que la femme espagnole avait la troisième plus grande espérance de vie au monde. Le plus drôle et le plus surprenant, c'est qu'il prétendait que c'était parce que nous parlions beaucoup. S'il disait vrai, rien qu'avec tous les mots que nous avions prononcés ces dernières semaines, je pense que mes cinq amies et moi étions désormais immortelles. Le psychiatre affirmait que parler nous permettait d'extérioriser nos sentiments. En résumé, selon lui, nous devions notre longévité exceptionnelle à notre extraversion : véritable moyen d'activer ses défenses et faire face à l'adversité. En lisant cet article, je me suis immédiatement souvenue de cette journée – et soirée – à la galerie et de toutes celles qui ont suivi. Parce qu'elles ont été pour moi – à proprement parler – une véritable piqûre de vie. Je n'étais pas du tout comme ça avant mais, comme l'écrivait Rojas Marcos, « s'autoriser à ressentir, l'exprimer et trouver quelqu'un qui nous écoute et nous rend la pareille » a été pour moi une façon de renaître.

Renaître en acceptant mon ancienne vie. Car si j'ai compris une chose en écoutant la théorie d'Olivia ce soir-là, c'est ce que nous avions été toi et moi, depuis le début.

– C'est une autre façon d'envisager ce que certaines cultures appellent « l'âme sœur », nous a expliqué Olivia tandis que nous nous apprêtions à nous installer à l'intérieur.

– Ne me dites pas que la grande Olivia croit à la théorie de la « moitié d'orange », a lancé Victoria d'un ton sarcastique.

– Cette théorie n'a rien de nouveau, l'a interrompue Blanca. En Orient, notamment dans la tradition chinoise, on dit que chaque personne a un fil rouge accroché à l'auriculaire qui le relie à une autre, c'est ça, Li ? a-t-elle demandé à son assistante, qui a acquiescé, le visage éclairé par l'écran de son portable.

– Oui. Dès la naissance, chacun suit son fil pour essayer de rejoindre l'autre, a-t-elle expliqué avec une voix de petite fille et un accent si alambiqué qu'on avait du mal à la comprendre. On n'y arrive pas forcément, mais on essaie. Comme les deux extrémités d'un aimant. (Elle a rapproché son pouce et son index pour illustrer son propos.) Et selon les bouddhistes, la personne à l'autre bout du fil essaiera de te retrouver dans cette vie et dans la suivante, et dans celle d'après encore. Et c'est avec elle que tu pourras parfaire ton âme pour atteindre la réincarnation suivante : c'est l'or des alchimistes, le yin et le yang.

– Comme c'est beau… a murmuré Gala.

– Fais attention, tu es à deux doigts de la mièvrerie, l'ai-je taquinée.

Li a souri avant de replonger dans son portable.

Mais être cent pour cent compatibles, ce n'était pas comme être des âmes sœurs, a continué Olivia en regroupant les tableaux d'Aurora pour les empiler avec soin. Il s'agissait surtout d'avoir beaucoup de points communs, notamment concernant nos forces – le même optimisme, la même motivation, la même façon d'aimer – et d'avoir des différences complémentaires.

Gala, qui rassemblait les vêtements qu'elle n'avait pas vendus, se demandait désormais avec inquiétude si elle avait déjà croisé son cent pour cent sans le savoir. Vu le nombre d'amants qu'elle avait eus, il était possible qu'elle ne lui ait même pas adressé la parole. Ce serait vraiment une vacherie si c'était le cas !

À cet instant, un bel homme à la barbe grisonnante qui poussait un vélo a voulu entrer, mais Blanca lui a poliment dit que la galerie était fermée.

Puis elle s'est tournée vers nous, avec un air moqueur :

– Attendez… et si c'était LUI ?

Elle nous a fait rire en disant qu'elle allait lui courir après et lui demander de faire demi-tour afin de vérifier que son fil ne correspondait à aucun de ceux des personnes présentes.

Olivia a décroché un bouquet de jasmin pour s'en faire une sorte de couronne. C'était peut-être possible… a-t-elle continué, tout à sa réflexion. De tomber sur la personne compatible, elle voulait dire, et de ne pas le reconnaître de prime abord. Mais, comme Gala, elle pensait que dans ces cas-là, la nature offrait certains outils pour se reconnaître. Par conséquent, si deux personnes cent pour cent compatibles ne se détectaient pas clairement, c'était parce que quelque chose faussait leur radar. Ce à quoi Victoria a ajouté :

– Comme le stress ou le fait d'être en couple, la pression sociale, les enfants et les belles-mères, par exemple ?

– C'est vraiment rageant… a dit Olivia, pensive, en finissant d'arranger sa couronne… de se rendre compte que la peur est la seule chose qui t'empêche de voir clair… et d'être incapable de la surmonter.

Gala a secoué son chemisier pour le décoller de sa peau. Elle a enroulé sa tresse comme si elle voulait l'essorer.

– C'est vrai qu'il arrive qu'on rencontre un homme dont on veut absolument se rapprocher sans vraiment comprendre pourquoi.

Olivia s'est avancée vers Victoria et a posé la couronne de fleurs sur sa tête. Cette dernière a soupiré en regardant son portable, mais je n'ai pas réussi à savoir si c'était parce qu'il était l'heure de revenir à la « réalité » de son foyer ou parce qu'elle attendait un message de son amant qui ne venait pas. Elle a levé les yeux vers nous.

– La formule n'est donc pas $1 + 1 = 2$, mais $1 \times 1 = 1^2$.

– Ah… tu parles enfin à mon cœur… s'est amusée Gala depuis la porte, cachée derrière une montagne de vêtements.

J'ai beau être une littéraire, je pense que je n'aurais pas su l'expliquer plus clairement : les personnalités de chacun ne s'additionnent pas, elles multiplient leurs forces en diminuant leurs faiblesses, en s'aidant mutuellement à se découvrir vraiment et en se rendant plus résilientes… c'est une jolie théorie, me suis-je dit en rinçant les verres avant de les passer à Blanca pour qu'elle les range.

Nous n'avons rien dit pendant un moment. Nous passions probablement toutes en revue la liste de nos amants, nos maris, nos amis, nos aventures d'un soir, nos connaissances, nos camarades de classe, nos professeurs, nos voisins, ce médecin qui nous avait reçues un jour en urgence, le pharmacien, ce chauffeur de taxi sur qui nous étions tombées plusieurs fois de façon étrange, jusqu'à l'inconnu du métro que nous avions l'habitude de croiser sans jamais lui adresser la parole mais en échangeant des dizaines de regards… Et nous nous sommes probablement toutes demandé si l'un d'eux n'était pas cent pour cent compatible avec nous.

C'est peut-être pour ça que je me suis permis de demander un peu plus tard à Victoria ce que ça faisait d'avoir un amant. Elle était belle. Elle était différente. Avec ses jambes musclées, son short taillé à coups de ciseaux, son T-shirt qui annonçait qu'elle était prête à en découdre et sa couronne de fleurs qui embaumait le sexe. Tandis que les autres à l'intérieur faisaient l'inventaire de ce qu'elles avaient vendu, je l'ai vue songeuse, assise devant la porte de la galerie sur l'une des deux chaises pliantes que nous avions laissées. En entendant ma question, elle a caressé son bras nu comme pour dissiper un frisson. Je me suis assise à côté d'elle.

– Eh bien… c'est comme avoir une oasis à soi. Une oasis faite de chair, de baisers et de peau… Un endroit où la seule chose qui compte, c'est de prendre du plaisir et d'en donner. (Elle s'est arrêtée pour admirer le quartier de lune qui flottait au-dessus des toits.) Et en dehors duquel, le monde n'existe plus. Parce que tous tes sens sont entièrement absorbés par le corps de l'autre. Son odeur. Sa façon de te regarder. C'est donner libre cours à tes fantasmes et oser en créer de nouveau.

Je l'ai écoutée en retenant mon souffle. Elle m'a donné un petit coup dans le genou.

– Et toi, tu n'as jamais eu d'amants durant toutes ces années ?

Sa question m'a fait rire.

– Non. Pas moi, ai-je admis.

J'étais fière de ma fidélité. J'avais bien eu une opportunité, lui ai-je confié en observant les fissures du bitume, mais… c'était comme si durant ma relation avec Óscar, cette partie de moi avait été anesthésiée. Nos corps ne communiquaient pas vraiment. C'est tout. Je ne savais pas bien comment lui expliquer mais j'ai eu l'impression qu'elle comprenait.

– Avec le temps, je ne voyais même plus quand un homme me regardait de cette façon, ai-je reconnu.

Victoria a acquiescé. Avec Francisco, elle se redécouvrait en tant que femme, à son âge. Il y avait tellement de choses chez elle qu'elle ignorait… a-t-elle admis en se frottant de nouveau le bras.

– Le problème, c'est que… a-t-elle dit, pensive, en s'approchant de moi comme si elle voulait que cela reste entre nous. Le problème, c'est que quand nous sommes nus dans les bras l'un de l'autre, nous avons chaque fois un peu plus de mal à nous séparer, à abandonner cette oasis pour retourner dans le monde réel.

– Et comment sais-tu que le « monde réel » n'est pas celui-ci et que c'est l'autre qui est imaginaire ? l'a interrompue Olivia depuis le seuil de la porte.

Il y a eu un long silence. La salamandre gambadait désormais à l'intérieur, entre les plantes grimpantes et les tableaux. Olivia et Blanca essayaient de l'attraper en riant, chacune armée d'un verre.

– Et tu penses que Francisco et toi êtes cent pour cent compatibles ? ai-je demandé à Victoria.

Elle m'a regardée dans les yeux. Un couple enlacé est passé devant nous. Une vieille dame en robe de chambre prenait l'air sur un balcon au premier étage de l'immeuble d'en face, un petit chien très laid à ses pieds. Derrière elle, on devinait quelqu'un assis dans un fauteuil, éclairé par la lumière tremblante d'un écran de télévision.

– Je ne sais pas encore. Mais ce que je sais, c'est que Pablo et moi ne le sommes pas.

Son commentaire m'a surprise, non pas parce qu'elle ne le savait pas à ce stade, mais parce qu'elle était capable de le formuler.

Je l'ai observée avec tendresse. Tant de bonheur mêlé à tant de confusion.

– Je suppose que c'est triste de s'en rendre compte, ai-je conclu. Vous avez deux enfants.

– Tu crois ? est intervenue Olivia, qui nous écoutait perchée sur un tabouret en guettant le reptile caché entre les feuilles. Ce qui serait triste, ce serait de ne pas s'en rendre compte. Une relation qui a atteint ses limites n'est pas forcément un échec. Ces deux enfants sont-ils un échec ?

Victoria s'est tournée vers moi, un peu contrariée par l'intervention d'Olivia.

– Et toi, tu crois que tu avais ça avec Óscar ? m'a-t-elle demandé, remuant le couteau dans la plaie.

Je n'ai pas su quoi répondre. Ou alors je n'en avais pas envie. Une chose est sûre, je n'ai pas aimé qu'elle me pose cette foutue question.

Nous avons entendu Olivia bafouiller quelque chose d'incompréhensible avant d'attraper la salamandre avec son verre. Elle nous a regardées d'un air très fier en descendant de son tabouret. Il était temps de rendre la nature à la nature.

Je n'ai pas pu m'empêcher de penser à toi ce soir-là. À nous. Parce que selon la fameuse théorie qu'on venait de m'exposer, toi et moi on ne dépassait pas les trente pour cent de compatibilité. Ça, c'était la partie moche de l'histoire. Mon corps n'avait jamais été instinctivement attiré par le tien (ni celui de personne d'ailleurs). Je n'avais jamais connu ces instants où deux êtres s'assemblent en parfaite harmonie, malgré eux, comme si c'était inné, écrit. Et surtout, je n'avais jamais eu l'impression que tu ne pouvais pas t'empêcher de me caresser, de me sentir. Jamais rien ne m'avait donné à penser que le simple fait de me voir provoquait en toi une joie instinctive. Pure. Du plaisir à l'état brut.

Le bonheur, le vrai.

Mais qu'est-ce que c'était que le bonheur ?

Est-ce que moi, je te rendais heureuse ?

Ça, j'ai dû le dire à voix haute parce qu'Olivia m'a regardée, interloquée.

– Et tu crois que c'est lui qui devait te rendre heureuse ou l'inverse ? Je ne sais pas… mais d'après moi, personne ne peut vraiment te rendre heureuse à part toi-même.

– Là-dessus, je suis d'accord, a dit Victoria. Pas même les enfants. Même s'ils m'apprennent énormément de choses. Tout semble si simple pour eux. Plutôt que de s'interroger sur des grands sentiments comme le bonheur, avec des questions du genre : « Qu'est-ce qui me rend le plus heureux ? », « Qui me rend le plus heureux ? », ils se cantonnent à « À quoi je préfère jouer ? », « Avec qui je préfère jouer ? »… Et hop c'est parti !

Que le monde rationnel des adultes est compliqué, me suis-je dit en pliant les chaises, il nous empêche de reconnaître nos vraies émotions. Et ce pour une raison simple : on ne raisonne pas avec les émotions. C'est bien ce qu'on avait dit à Victoria quand elle essayait de déterminer ce qu'elle ressentait pour Francisco.

J'ai réfléchi. Peut-être que nous devions redevenir des enfants. Comme ça, nous aurions réponse à tout en moins de deux minutes.

Avec qui je préférais jouer ? me suis-je interrogée. Et j'ai soudain réalisé une chose horrible : impossible de répondre à cette question non plus. Parce que je n'avais personne avec qui jouer. Parce que j'avais oublié comment on jouait.

J'ai eu un nœud à l'estomac qui s'est un peu dissipé quand Gala nous a parlé de la théorie amusante d'un physicien avec lequel elle avait eu une aventure l'année précédente.

Ils étaient dans le grenier de Gala, en plein hiver. Elle avait rempli la pièce de bougies, et le chauffage tournait à fond. C'était un de ces hommes élégants, aux mains soignées et aux gestes étudiés, qui ne perdait jamais le contrôle, à part entre les draps de la femme adéquate. Quand il est retombé sur elle, en sueur, les cheveux ébouriffés, après une baise mémorable qui venait de faire sauter les plombs de l'appartement, il lui a assuré que, si on avait pu isoler l'énergie produite par deux amants en plein ébat, elle équivaudrait à une bombe capable de réduire un immeuble de deux étages en cendres.

– Et laissez-moi vous dire une chose, a conclu la Viking, nous n'étions pas amoureux mais ce jour-là, nous aurions pu éclairer tout le quartier.

Son orgasme avait été intense à ce point-là.

Je l'ai regardée avec une certaine admiration. S'il y avait une chose à retenir de nos soirées de complicité chromosomique, c'est que les femmes aimaient toutes de façons différentes : certaines souffraient comme Aurora, d'autres fuyaient l'amour comme Casandra, d'autres encore mettaient leur vie en jeu pour renouer avec la passion comme Victoria, ou bien faisaient tous les efforts du monde pour l'entretenir comme Gala. Mais, comme disait Olivia, ça en valait la peine. Elle affirmait que celui qui aimait avait tout. D'ailleurs : qui savait comment Olivia aimait ?

Je l'ai observée qui emballait délicatement les toiles d'Aurora : ses soixante et quelques lumineuses années, son chemisier blanc en dentelle et sa taille fine, ses quelques rides qui entouraient le turquoise de ses yeux lumineux, ses cheveux qui avaient l'orange des films en Technicolor et les gestes délicats de ses mains qui savaient s'occuper des fleurs souvent aussi fragiles que les personnes qui les achetaient.

Qui Olivia avait-elle bien pu aimer ?

Parce qu'elle, elle avait été aimée, cela ne faisait aucun doute. C'était impossible autrement. Et j'étais convaincue que l'inverse était aussi vrai. Car une personne qui n'avait jamais aimé ne pouvait pas être l'auteur d'une phrase comme : « L'amour est une maladie quand on nous l'arrache, mais le remède à tout quand on le trouve ».

Alors que nous finissions de ranger et que les chiens du quartier hurlaient à l'unisson, Victoria s'est approchée de moi et m'a pris le bras. Elle voulait s'excuser de m'avoir posé cette question au sujet de mes sentiments pour mon mari. Elle n'avait pas le droit, m'a-t-elle dit, de me pousser à reconsidérer notre relation alors qu'il n'était plus là. Je lui ai dit de ne pas s'en faire, mais je ne savais pas encore combien cette question m'avait chamboulée.

– Tu sais quoi ? a-t-elle dit. Parfois je me demande depuis combien de temps je me mens au sujet de Pablo. Et ça me fait peur.

– Peut-être que ça n'a plus d'importance, ai-je dit d'un ton un peu agressif, comme pour me protéger.

Sauf que pour elle ça en avait, et je le comprenais très bien. Parce qu'elle était terrorisée à l'idée de s'être inventée un mari imaginaire avec qui, même s'il était un très bon compagnon et un très bon père, elle n'avait pas plus, selon elle, de vingt pour cent de compatibilité. Et elle le voyait enfin, maintenant qu'elle avait rencontré Francisco.

– Je peux te demander pourquoi lui ?

Elle est restée bouche bée quelques secondes. Puis elle a souri avec nostalgie.

– Parce que c'est le seul homme qui a osé me dire qu'il m'aimait. Et qui me l'a fait ressentir.

Rien de mieux que de vivre une relation théoriquement impossible pour être forcé de reconnaître le pouvoir de l'inévitable, a-t-elle conclu. Si on considérait en plus que, quand elle l'avait connu, elle avait tout fait pour le mettre à l'épreuve, pour s'autoconvaincre qu'il ne fallait pas, que c'était impossible… Et malgré tout, ils avaient fini ensemble. Et ils étaient un peu plus soudés chaque jour, ils faisaient tomber ensemble les murs qui s'érigeaient devant eux.

– Vicky, ai-je dit avant de la regarder dans les yeux. Je peux t'appeler Vicky ? (Elle a acquiescé.) Je ne suis pas très douée pour donner des conseils mais… fais-toi confiance. À qui d'autre faire confiance sinon ?

Nous nous sommes tues toutes les deux, chacune pour des raisons différentes. Moi, parce que je comprenais désormais qu'il m'était arrivé exactement l'inverse. Je crois que c'est toi, Óscar, qui a créé de toutes pièces des qualités qui n'étaient pas les miennes. Comme si tu étais déterminé à me changer ou à changer ta vision de moi. Tout pour ne pas avoir à affronter la culpabilité de me quitter. Et pour la première fois, je me suis demandé (comme je suis en train de le faire à cette minute, en pleine mer, et comme je le demanderai à ton fantôme s'il réapparaît), ce qu'il se serait passé si tu n'étais pas mort. Serions-nous restés ensemble juste pour nous prouver que notre relation était « durable » ? Il me semble que j'aurais préféré que tu me trompes plutôt que tu te trompes toi-même.

J'ai levé mon verre sans prononcer un mot, et Victoria a trinqué avec moi. Je crois que nous avons porté un toast à nos deux cadavres émotionnels : à son mari vivant et au mien, mort.

Blanca a baissé le rideau de fer de la galerie de façon cérémonieuse et, après avoir agité la main avec la grâce de ceux qui disent au revoir à un bateau qui prend la mer, elle a descendu la calle Almadén en faisant claquer ses talons et en se demandant en riant où elle avait bien pu garer sa satanée voiture.

Le problème, c'est que personne ne nous aide à faire la différence entre l'amour, l'habitude, le besoin, la dépendance et l'obsession… expliquait Gala à Olivia tandis que nous remontions la même rue, avec ses balcons ornés de pots de fleurs, de moulins à vent miniatures et de bonbonnes de gaz si vétustes qu'on aurait presque pu les vendre dans les magasins d'antiquités qui se trouvaient juste en dessous.

La force de l'habitude unissant Quintanar à la Régente n'avait rien à voir avec l'amour, disait la blonde en fouillant mentalement dans ses lectures, le besoin et l'obsession qui liaient Lolita et Humbert Humbert n'avait rien à voir avec l'amour, la dépendance de Marguerite Duras envers son amant, non plus. Pourtant, dame Nature avait en général un bon instinct.

Quand nous sommes passées calle San Pedro, Gala a jeté un coup d'œil furtif au deuxième étage de l'immeuble où elle avait passé, la veille, deux des heures les plus incroyables de sa vie. Mais elle est restée forte et n'a pas appelé. Nous avons continué en silence, escortées par les vociférations de quelques noctambules jusqu'à la calle Huertas. Olivia s'est soudain arrêtée au milieu de la rue et s'est agrippée au portant de vêtements, ce qui a fait s'entrechoquer les cintres vides dans une mélodie improvisée. Elle a détaché ses cheveux, pour la première fois, et laissé échapper un soupir de nostalgie.

– Tout ça me manque, vous savez, mes chéries, a-t-elle dit doucement. C'est pourquoi quand ce miracle vous tombe dessus, il faut le vivre. On le ressent là, a-t-elle précisé en posant la main sur sa poitrine. C'est très facile de savoir. Ce battement au niveau du cœur, à l'endroit même où les bouddhistes situent le chakra des émotions. Cette brûlure qu'on ressent quand on ne peut pas être avec celui qu'on aime, ou qu'on imagine le perdre. Cette douleur qui n'est soulagée que lorsqu'on est avec lui ou que l'on sait qu'il n'est pas loin.

Je crois que nous avons toutes pensé à la même chose. Nous avons toutes eu envie de savoir à qui elle repensait. Mais une seule d'entre nous, comme je l'apprendrais plus tard, connaissait son histoire – une histoire farouchement gardée secrète par sa protagoniste.

Gala s'est étirée…

– C'est ce que les romantiques appelaient une peine de cœur, a-t-elle dit en soupirant d'un air rêveur, avant de répéter : une peine de cœur…

Victoria la suivait à quelques pas, collée à son portable, en bâillant par intermittence.

– Mon Dieu, dans quoi suis-je en train de me fourrer, l'ai-je entendue dire. Est-ce que je peux revenir en arrière ?

Olivia s'est approchée d'elle.

– Dis-moi, chérie, tu serais capable d'apprécier un mauvais spectacle après en avoir vu un génial ? lui a-t-elle demandé en guise de réponse.

– Non, a répondu Gala à sa place depuis le coin de la rue. Tout ce que tu pourrais faire, c'est te résigner.

– Je te déteste, tu le sais, hein ? a dit l'informaticienne en dégageant sa frange.

Nous nous sommes remises en route.

Tandis que l'on remontait vers Le Jardin de l'ange, la rue s'est assombrie, à l'instar du visage de Victoria qui a replongé tête la première dans son syndrome de toute-puissance, se lançant dans un de ses longs monologues alambiqués : elle devait être capable de contrôler la situation, se préparer mentalement, se montrer responsable envers sa famille. Mais aussi… comment aurait-elle pu se cloîtrer chez elle, fermer les volets et oublier la lumière qu'elle avait vue dehors ? Comment aurait-elle pu quitter Francisco ? Son odeur… Ne plus l'embrasser, ne plus ressentir ce qu'elle ressentait quand elle était avec lui. Ne plus jamais être dans ses bras.

En l'écoutant, j'ai compris que tout cela était une aberration. Parce que dans le cas de Victoria, le miracle s'était bel et bien produit. Deux « cent pour cent compatibles » s'étaient rencontrés. Ils s'étaient détectés. Ils avaient vu ce que chacun était capable de provoquer chez l'autre. Et puis elle l'avait admis elle-même, elle avait fantasmé Pablo. Et ce soir, elle s'allongerait à côté de lui, avec l'ordinateur qui lui brûlerait les genoux, et elle travaillerait jusqu'à tomber de sommeil. Le lendemain, elle emmènerait ses enfants chez Andrea, sa belle-mère qui l'accueillerait en robe de chambre et lui dirait qu'elle avait mauvaise mine, qu'elle travaillait trop et que tout ça – sans préciser quoi – n'était pas bon pour les enfants. D'ailleurs… quand Pablo viendrait-il la voir, quand ? Son pauvre fils… il travaillait tellement… Puis Victoria remonterait dans sa voiture en se mordant la langue de rage, elle fermerait les vitres, mettrait la musique à fond et commencerait à chanter pour finir par hurler. Et quand elle se calmerait enfin, elle ouvrirait son agenda, dont tomberait une fleur de cognassier qu'elle retiendrait entre ses genoux.

Après nous être dit au revoir devant la grille du jardin, nous avons rejoint nos appartements respectifs en repensant à la conversation que nous venions d'avoir. Nous apprendrions plus tard qu'aucune de nous n'avait réussi dormir cette nuit-là – en tout cas pas dans son lit. Gala l'a passée sur le rocking-chair de son balcon, entourée de ses lys et des fantômes agaçants de ses amants ; Olivia s'est allongée sur le futon de l'arrière-boutique pour étudier un tas de papiers ; Casandra, après avoir donné des vitamines à son orchidée pour qu'elle reste bien bleue, a veillé tard et regardé une énième fois *Sur la route de Madison*, en pleurant toutes les larmes de son corps et en traitant cette pauvre Meryl Streep d'idiote et de lâche ; Victoria s'est effondrée sur la table de la cuisine où elle s'était assise une minute tandis qu'elle préparait le petit déjeuner et ne s'est réveillée qu'à l'aube ; quelque chose avait empêché Aurora de rejoindre Maxi au lit et elle s'était roulée en boule dans un fauteuil en observant la silhouette féminine qui prenait forme sur la toile qu'elle avait commencée ce jour-là. Quant à moi… puisque j'avais enfin déballé tes cendres et que je ne savais pas quoi en faire, je leur ai cherché un endroit. Après t'avoir posé sur la table du salon, dans un placard de la cuisine et dans la baignoire, j'ai finalement décidé de te mettre dans la chambre, sur la table de nuit. Une raison de plus pour ne pas y dormir. J'ai souri, agacée par moi-même : tu avais de nouveau ta pièce à toi, et moi pas. C'était ainsi. Du moins pour l'instant.

J'ai arrosé mes violettes, allumé le ventilateur du salon et me suis effondrée sur le fauteuil. Comme tous les soirs, j'ai placé un de ces coussins indiens inconfortables sous ma tête. La lune orangée de juillet illuminait le balcon. J'ai fermé les yeux.

Affronter la peur, le doute, mais surtout le changement et cette forteresse immense que l'on nomme « culpabilité ». Compatibilité des corps, des esprits et des attitudes. La vie, le passé, les réincarnations, les fils rouges… toutes les explications étaient bonnes quand on avait besoin d'en trouver une. En tout cas, toutes ces explications m'avaient permis de constater une chose ce soir-là : que je n'avais jamais aimé de cette manière. De façon inévitable. Je ne t'avais pas aimé comme ça. Et toi non plus, probablement.

Est-ce que je t'avais aimé ?

Beaucoup. Vraiment beaucoup. C'était peut-être suffisant. Ça l'était pour toi, apparemment. Mais l'était-ce pour moi ?

Un vieux dicton qu'Olivia répète à l'envi dit que « quand on ressent, on ne pense pas », mais que « quand on pense, on ne ressent pas ». Je ne pouvais pas m'empêcher de trouver ironique que, dans cette société cartésienne que tu défendais bec et ongles et où la pensée primait sur le sentiment, nous avions oublié que, dans les moments les plus critiques, la survie dépend toujours de notre instinct et de nos émotions.

Sans le savoir (et parce que je ne voulais pas l'admettre à cause de toi), mon voyage sur le Peter Pan allait réveiller les deux.

Jour 5

Ton horizon et mon verizon

Je n'oublierai jamais les yeux pleins de fierté d'Olivia le jour où elle a dit à Victoria que c'était l'une des personnes les plus courageuses qu'elle ait connues de sa vie.

Elle avait su reconnaître l'amour.

Et elle s'était élancée vers lui.

À cet instant, j'ai eu envie qu'elle me regarde, moi aussi, avec la même fierté.

« Ce n'est pas facile d'abandonner notre petit bonheur pour aller chercher le grand », lui a-t-elle dit.

C'est vrai que c'était un saut sans filet. Un saut que je n'aurais jamais osé faire. J'ai toujours eu peur de lâcher le premier trapèze et de ne jamais attraper l'autre. De tomber dans le vide. C'est pourquoi j'ai toujours préféré ne pas sauter. Au cas où.

Je ne suis pas vraiment d'humeur aux métaphores cet après-midi. J'adorerais pouvoir me raccrocher à un lieu commun, dire que la mer est bleue et que l'écume des vagues donne l'impression que des petits moutons sillonnent l'eau. Mais en passant Salobreña, la mer s'est transformée en soupe bouillonnante. Les remous s'entrechoquent et le Peter Pan remue de tous les côtés comme dans un shaker. Le vent a soufflé toute la nuit. On avait l'impression d'entendre une mélodie polyphonique chantée par des femmes. Heureusement que je ne suis pas un homme, sinon j'aurais laissé leurs voix m'entraîner dans les profondeurs de l'eau, aucun doute.

Selon les calculs de Victoria, je dois être en train de longer la côte de Grenade. Salobreña s'élève face à moi, comme un rocher qu'on aurait recouvert de feuilles d'argent. C'est un bon mouillage, juste entre Punta Velilla et Almuñécar. Le port de Marina del Este est petit, et l'accès n'est pas simple, mais il est très bien protégé en cas de tempête. Ça reste une option. Mais je préfère ne pas entrer dans un port. Si je le fais, je vais sauter à terre et je ne remonterai jamais à bord. J'en suis convaincue.

Tu sais quoi ? Le fait que le monde n'ait pas changé depuis que tu es parti continue de me surprendre. Les maisons sont toujours blanches, et les énormes buissons qui parsèment la côte, toujours verts. Même si on ne voit personne, pas une voiture sur la route, aucun baigneur, aucune mouette.

À vrai dire, j'ai été très efficace aujourd'hui. J'ai quitté Sacratif, en laissant à tribord Castell de Ferro et Calahonda. J'ai passé la journée à angoisser à l'idée de devoir longer le port de Motril. Je me suis souvenue de ses immenses cargos et j'ai eu peur. Les conséquences de la crise sont flagrantes ici. Avant, les navires de marchandises se seraient bousculés pour entrer dans le port. Les vedettes des autorités portuaires auraient débarqué pour aider aux manœuvres et demander aux voiliers de longer le chenal.

– Aujourd'hui, le vent vient de l'ouest, Mari, regarde l'anémomètre : presque vingt nœuds. Le vent d'est tombe avec le coucher du soleil, mais souviens-toi que le vent d'ouest ne s'arrête jamais, il souffle de plus en plus fort, il est donc important que tu…

– C'est bon, dis-je pour t'interrompre.

Tu es donc revenu.

Tu me regardes comme si c'était une évidence. Tu portes les mêmes vêtements. Ceux que j'ai choisis pour ton fantôme comme s'il s'agissait d'une poupée. Sans doute parce que c'est dans cette tenue que je te trouvais le plus beau. Je me demande si mon fantasme te ressemble vraiment et, surtout, combien de temps j'ai vécu avec lui quand tu étais encore vivant.

– Ils sont toujours là. Les cargos. Fais attention, on ne sait jamais s'ils sont en mouvement ou non, me préviens-tu avec un sourire calme.

Ok. Je me retourne et ils sont là. Les immenses cargos qui dorment au port. En plein ravitaillement très probablement. Ils flottent comme des canettes vides. La grande marée de cette nuit semble avoir repoussé les bateaux de pêche dans l'aile est du port. L'un d'eux gît même encastré dans la jetée. Un peu plus loin, on distingue quelques tours blanches sur la colline.

Et derrière on voit parfaitement la sierra Nevada. Je reconnais le massif grâce à ses deux sommets enneigés qui luttent désespérément pour ne pas fondre.

Je t'observe, planté derrière le gouvernail dans la lumière ambrée de l'après-midi, tandis que tu vérifies les niveaux de gasoil, la boussole et la force du vent. Puis ton regard se pose sur l'horizon, comme toujours.

Ton horizon. Tu repères l'endroit que nous devons atteindre aujourd'hui.

Celui où tu as décidé que nous irions tous les deux.

C'est vrai que j'avais envie de te revoir après avoir repensé à la soirée de la galerie et à toutes ces théories sur l'amour. Ou en tout cas de te sentir. Afin de vérifier ce que je ressens.

Je tourne la tête pour voir d'où vient le vent. Et je pointe le nez dans sa direction comme si j'étais ta boussole.

– Aujourd'hui, il vient de l'est. C'est un vent d'est.

– Très bien, réponds-tu dans mon dos… (Je me retourne et tu es là, un sourire aux lèvres, une tasse vide à la main.) Ce qui veut dire que…

– Que ça va souffler, dis-je en te coupant la parole. Et qu'il ne retombera qu'avec le coucher du soleil.

– Remarquable ! t'exclames-tu, probablement plus enthousiaste que tu ne l'aurais été de ton vivant.

C'est une journée sans grandes surprises. Le vent tiède de sud-est caresse mes joues. La mer tisse des petites vagues blanches que je suis des yeux dans leur route folle jusqu'à la côte.

– Tu en veux ? dis-je en brandissant la théière.

Tu réponds d'un sobre mouvement de tête.

– Non. Je ne bois plus de thé.

Et tu portes ta tasse vide à tes lèvres comme si le vent était ta seule boisson désormais.

Je me souviens de quand tu m'as appris à naviguer.

Je savais qu'il était important pour toi que je partage ta passion. Tu aimais me voir gléner les cordes avec mes petites mains agiles de chat, tu étais fasciné par l'aisance avec laquelle je me déplaçais sur le pont et ravi de découvrir que j'avais une vue de lynx. C'est très utile sur un navire. « C'est quoi ça, Mari ? Un bateau ou une bouée ? » Je sortais alors la tête de l'écoutille, comme un chien de prairie, plissais les yeux et répondais, sûre de moi : « Un bateau, Óscar. C'est un bateau et il a un chalut derrière lui. »

Et tu me regardais avec admiration, justifiée cette fois, comme si tu avais découvert une magicienne, et tu me demandais, pour rire : « Et il fume quoi le capitaine comme cigarettes ? » Je rentrais toujours dans ton jeu : « Il ne fume pas, c'est du tabac à chiquer, et il a une énorme verrue entre les yeux. »

Nos petits jeux me faisaient rire. Ça fait partie de nos meilleurs moments. Tu avais l'air heureux, et ça me rendait heureuse. Ce qui était, selon Olivia, une façon perverse d'aimer. Faire peser le poids de mon bonheur sur les épaules de quelqu'un d'autre au lieu de le chercher moi-même.

Moi j'étais heureuse parce que, dans ces moments-là, je me sentais utile à bord du Peter Pan. Je t'étais utile à toi. J'étais enfin légitime. J'avais la tâche cruciale d'annoncer « Terre en vue ! » ou de crier « Collision droit devant ! » même si on parlait d'une madrague et non pas d'un iceberg. Pourtant c'est toi qui as vu venir la collision entre nous. Tu as décidé de m'en parler un soir d'été, en termes marins d'ailleurs. « Je veux naviguer avec toi pour le restant de mes jours », as-tu dit. Jusque-là, tu n'étais rien d'autre qu'un ami d'enfance, avec qui j'avais passé mes étés. Ton assurance m'en a donné à moi. Je me suis sentie à l'abri. Je t'aimais beaucoup. Pourquoi chercher plus loin ?

Pour une raison inconnue, tu as disparu pendant que je réfléchissais à tout ça.

Est-ce que tu as accès à mes souvenirs toi aussi ?

Tu n'as peut-être pas aimé mes pensées. Soudain, une rafale de vent me renvoie une odeur de jasmin. Je me demande pourquoi nous sommes restés aussi longtemps accrochés l'un à l'autre alors qu'il était clair que nous ne nous aimions pas autant que nous voulions le croire. Je constate également que je ne t'ai pas posé les questions que je voulais te poser.

As-tu pensé à me quitter ?

Et, quelle que soit la réponse : pourquoi ne l'as-tu pas fait ?

Je trébuche sur le pont et roule jusqu'à me retrouver en position fœtale. C'est drôle, vu d'ici, l'horizon cesse d'être un point à atteindre. Tout devient vertical.

Je vais appeler ça le « verizon », je crois.

Le monde se divise soudain entre la droite et la gauche et non plus entre le haut et le bas. Un mur d'eau sur la gauche et le ciel à droite, sans début ni fin. Un espace infini sans échappatoire, mais également un point de fuite, immense. J'essaie de concentrer mon regard sur cette scission, mais j'ai soudain mal au cœur et mes yeux se referment. Je pose les mains à plat sur le pont et lutte pour me stabiliser. J'ai du mal à respirer.

Je glisse une main entre mes jambes et commence à me caresser. J'essaie de me concentrer et de t'intégrer à mon fantasme, comme un dernier adieu. Mais ça ne marche pas. Je pense alors au policier qui fait sa ronde près du Jardin de l'ange, et même à Francisco ! Je fais aussitôt tout pour l'effacer de mon esprit, tout en continuant à chercher l'homme qui fera rêver mon corps. Finalement, je fais entrer Brais en scène, le saxophoniste que Gala m'a présenté le soir où nous sommes allées au café Central. Et ça fonctionne. Je me dresse comme soulevée par les bras de mon amant, m'assieds sur le pont, jambes écartées, et laisse les secousses du vent me caresser. Je sens son souffle me lécher le cou, je l'entends me dire : « Tu es salée juste ce qu'il faut ». Dans sa bouche, ça semble beaucoup plus plausible. Le vent me secoue comme s'il s'était transformé en un millier de mains. Ses mains. « Viens, grimpe là-dessus. » Je m'assieds à califourchon sur le pont, comme s'il s'agissait du corps renversé de Brais. Son corps laiteux et mat. Ses grosses lèvres de la même couleur que le reste de sa peau, ses yeux gris, ses cheveux soyeux et lisses, aussi longs que ceux d'un Apache. J'empoigne fermement les deux cordages accrochés au bastingage comme si je tirais sur les rênes d'un cheval lancé au galop. Je sens les éclaboussures des vagues qui viennent me chatouiller les pieds. Le vent agite mes cheveux. « Maintenant, ma belle, laisse-toi aller. Écarte les hanches et suis le mouvement des vagues. Relâche tes bras et ton dos. Galope. » Et je pars à la chasse de mon propre plaisir, comme cette nuit-là. Un plaisir que j'avais depuis trop longtemps enfoui en moi.

La veille du lendemain

Quand on parle de « lendemain », on imagine toujours qu'il s'est passé quelque chose d'important la veille : le lendemain d'un examen, d'une catastrophe, de la nuit où on a couché avec quelqu'un pour la première fois… Mais dans le cas de Casandra, il s'agissait du lendemain de « l'accident » qui lui était arrivé avec son amant marié. C'était ça, son « lendemain » à elle. Le dernier jour de leur relation et le premier de sa nouvelle vie. Avec le temps, elle finirait par affirmer que cette fameuse pilule du « lendemain » qu'elle était allée chercher aux urgences de l'hôpital avait sans doute eu des effets sur son cerveau. Parce que c'était comme si quelque chose s'était déclenché en elle, quelque chose qui lui avait permis de voir ce qu'elle avait été incapable de voir jusque-là. Elle nous avait manqué ce samedi à la galerie. Comme elle ne répondait pas à nos messages, Victoria et moi avions supposé qu'elle avait revu l'homme-élastique et qu'elle batifolait probablement avec lui dans son appartement avec vue sur le jardin botanique.

Elle m'a appelée vers midi. Nous avions prévu de nous retrouver au Jardin de l'ange pour continuer à potasser le manuel théorique du navigateur qu'elle s'était mis en tête de me faire apprendre par cœur. J'ai tout de suite entendu les sanglots étouffés dans sa voix. C'était étrange de l'imaginer en situation de faiblesse. Je ne la connaissais que depuis deux mois mais j'arrivais à voir quand notre *superwoman* tentait de dissimuler sa peine.

C'était encore plus flagrant quand elle est arrivée à la boutique. Olivia n'était pas encore rentrée. Elle était partie faire une course, comme ça lui arrivait souvent depuis peu, en emportant son panier en osier rempli de nourriture et un sachet de la pharmacie. Elle passait le reste de son temps à observer les évolutions de notre petit alien, lequel était toujours accroché à l'orchidée où il avait décidé d'opérer sa métamorphose. Il avait désormais un aspect plus brun et plus rugueux, comme si ça peau avait durci. Une tactique de distraction pour dissimuler l'effervescence qui agitait son petit corps.

Casandra est entrée sans faire un bruit, comme un fantôme. Je ne sais pas depuis combien de temps elle était là. Elle était pâle et ses cheveux étaient sales. Elle portait une veste de tailleur noire, assortie à ses cernes, si froissée qu'on avait l'impression qu'elle avait dormi avec. Son sac Chanel pendait mollement au bout d'une de ses mains. Elle tenait son portable dans l'autre.

J'ai sursauté en la voyant et posé la main sur ma poitrine.

– Tu es là depuis longtemps ?

Elle m'a regardée, épuisée, et s'est contentée de répondre : « Je ne sais pas ».

Avec le recul, nous sommes toutes les deux convaincues que c'est à cet instant précis que Casandra a fabriqué sa chrysalide.

C'est drôle comme un événement fortuit peut parfois réveiller un instinct animal. Provoquer une réaction en chaîne.

Je lui ai proposé de fermer la boutique pour aller prendre un café. Nous avons descendu la calle Huertas jusqu'à la calle León et sommes entrées dans la *Brown Bear Bakery*. J'ai suggéré qu'on appelle Gala pour voir si elle voulait nous rejoindre mais Casandra a semblé penser que ce n'était pas une bonne idée. Nous avons cherché une table un peu à l'écart, au milieu de cette salle qui ressemblait à un salon de grand-mère des années 1970. Je me suis dit que peu importait ce qui arrivait à mon amie, les palmiers au chocolat, les énormes madeleines et les biscuits mettraient un peu de douceur dans sa journée.

– Qu'est-ce qui t'est arrivé ? ai-je demandé en serrant sa main froide malgré la chaleur de l'été.

– Il faudrait plutôt me demander ce qui ne m'est pas arrivé, Marina. Et qui ne m'arrivera jamais, a-t-elle corrigé.

En apparence, en apparence seulement, ce qui était arrivé à Casandra n'avait rien d'extraordinaire. Même si son obsession du contrôle l'avait poussée à trouver ça aussi puéril qu'intolérable.

Elle avait passé la nuit précédente avec son amant, selon elle, un peu à contrecœur. Une fois de plus, l'homme-élastique s'était comporté comme tel, « Tu me fuis je te suis », jusqu'à récupérer sa proie. Il s'était montré presque tendre, lui avait presque dit qu'il tenait à elle, avait presque suggéré qu'il était amoureux d'elle. Presque.

Quand il s'agissait de sexe, Casandra était bien plus introvertie que Gala et Victoria. Elle avait du mal à mettre de côté ses inhibitions, mais pour cet homme elle avait fait des efforts incroyables. Pour être honnête, j'avais beau essayer de comprendre pourquoi elle était aussi obsédée par lui, quelque chose m'échappait. Elle m'a avoué que tout avait changé le jour où elle l'avait croisé avec sa famille. Depuis, elle avait du mal à avoir envie de lui. Sauf qu'Íñigo, mis de force à la diète sexuelle, était plus chaud que jamais. À tel point que, quand Casandra avait fini par céder, il l'avait entreprise avec une vigueur telle que le préservatif avait disparu en elle au moment le plus critique. Au début, cela les avait fait rire. Elle avait tenté de minimiser le drame qu'un petit incident pareil représentait pour une obsédée du contrôle comme elle. Elle l'avait rassuré en disant qu'elle irait aux urgences pour qu'on le lui retire et lui donne la pilule du lendemain.

Jusque-là, ça aurait pu rester un incident anecdotique, m'a expliqué Casandra d'une voix assurée en touillant frénétiquement son café auquel elle n'avait pas touché. Il avait dit qu'il l'appellerait pour prendre de ses nouvelles et lui avait demandé si elle voulait qu'il l'accompagne à l'hôpital. Enfin jusqu'à la porte, parce que s'il entrait quelqu'un pourrait les voir, et comment expliquer la situation ?…

Casandra a bu une gorgée d'eau. Ses mains ont tremblé un peu. Elle a replacé ses cheveux derrière ses oreilles.

– Il m'a vraiment demandé vingt fois si j'allais bien et si ça irait. Pour répondre à sa deuxième question, il aurait fallu que je sois devin. (Elle a écarquillé les yeux, la mort dans l'âme.) Il a dit qu'il appellerait. Il a voulu connaître les effets secondaires de la pilule pour ne pas culpabiliser et, surtout, s'assurer que je la prendrais le plus vite possible… pour avoir la conscience tranquille. (Il y a eu un silence.) Et moi qu'est-ce que j'ai fait ? Eh bien j'ai tranquillisé sa conscience. Je lui ai dit que je pouvais prendre un taxi, que cette fameuse pilule, ce n'était rien de plus qu'un bonbon, même les ados la prenaient…

D'ailleurs, a-t-elle ajouté lasse, quand elle était arrivée à l'hôpital, elle s'était justement sentie comme une ado attardée de quarante ans, venue faire ce qu'elle n'avait jamais fait à quinze ans. Se rendre aux urgences en catimini par peur d'être enceinte, que quelqu'un la voie, que ses parents l'apprennent…

– « Motif de l'urgence » ? a dit Casandra en imitant la femme de l'accueil. Bonjour, le préservatif est resté coincé à l'intérieur. (Elle a enfoui son visage dans ses mains.) Je me sens tellement ridicule, Marina. Tellement idiote et ridicule.

On l'a installée sur un lit, puis le rideau blanc s'est ouvert pour laisser apparaître une jeune infirmière à l'accent andalou qui avait le sourire le plus doux du monde. Elle lui a demandé d'enlever le bas, de s'allonger sur le dos et d'écarter les jambes. Puis elle a attrapé une paire de pinces et s'est mise au travail. Pendant ce temps, Casandra – qui portait toujours son chemisier et sa veste de tailleur – a compté les taches du plafond tandis qu'on fouillait consciencieusement, pour la deuxième fois de la journée, son intimité. Une intimité encore irritée de ses ébats, qu'elle aurait préféré qu'on laisse tranquille, au moins pendant quelque temps. Une personne de plus qui passe par là aujourd'hui, a-t-elle pensé. Puis elle a posé la main sur son ventre, comme pour ausculter la vie potentielle qui battait en elle. Elle s'est mise à imaginer ce qu'il se passerait si elle était enceinte. Elle a imaginé son homme élastique – un coup oui, un coup non –, rendant visite, en se cachant comme un imbécile, à cet enfant qu'ils n'auraient jamais…

Le serveur s'est approché pour nous proposer des chaussons aux pommes qui sortaient du four. Casandra a refusé de la tête, mais j'en ai attrapé un que j'ai posé sur mon assiette. Assis à une table haute, un jeune couple de touristes américains essayait d'expliquer qu'ils voulaient des pancakes avec du sirop d'érable. Casandra leur a dit qu'en Espagne, nous ne mangions pas de ce sirop dégoûtant. Le mot « dégoûtant », elle ne l'a dit qu'à moi, à voix basse. Nous avons commandé deux cafés supplémentaires. Noirs. Bien noirs, s'il vous plaît.

– Mais tu voulais un enfant ? me suis-je étonnée. Avec lui ?

– Non ! Jamais de la vie, Marina, c'est pour ça que tout ça est absurde ! Je n'ai jamais voulu d'enfants ! Ni avec lui ni avec personne ! m'a-t-elle assuré, en s'attachant nerveusement les cheveux. Et je n'en veux toujours pas. Mais c'est aussi pour ça que je me sens mal ! Parce que je me dis que j'ai quarante ans et que je me comporte comme si j'avais la vie devant moi pour devenir mère, que je gobe des pilules pour éviter une fécondation pour laquelle des tas de gens paieraient cher, comme Aurora par exemple. Et moi je suis là, à perdre mon temps avec un homme qui a tout, ou du moins qui a atteint tous ses objectifs « de vie » : un travail, des enfants, un foyer, une femme et maintenant une maîtresse qui le désire, ne demande rien en échange, ne lui cause aucun problème et par-dessus le marché lui permet d'avoir la conscience tranquille, à cet égoïste !

Elle a tapé du poing sur la table, ce qui a fait sursauter les touristes. Elle a fouillé dans son sac, en a sorti une paire de boucles d'oreilles et une bague et les a enfilées nerveusement.

– Je devrais faire comme Clara. C'est une de mes amies qui a disparu pour avoir un enfant. Un peu comme un peintre s'isolerait pour terminer une œuvre d'art. (Elle a laissé échapper un petit rire amer.) Chercher le bon candidat ou me faire inséminer. Demander un congé sans solde. Tomber enceinte. Faire une baby shower. Inviter mes amies les plus friquées pour qu'elles débarquent avec ces atroces pièces montées faites de couches ou mieux, qu'elles m'offrent les services d'une de ces nounous spécialisées qui sont super à la mode et qui, pour mille balles la semaine, donnent le biberon au bébé s'il a faim et sont à même de pratiquer une trachéotomie s'il s'étouffe. Puis j'irais à un atelier « coliques » à Londres. Et en été, ce serait stage de yoga pour bébés à Formentera. Et bien évidemment, j'inscrirai ce fœtus bien avant sa naissance sur la liste d'attente interminable d'une école maternelle bilingue, pour être sûre qu'il puisse y entrer à trois ans…

Deux dames d'un certain âge sont arrivées et ont commandé un café et des viennoiseries, comme chaque matin apparemment quand elles descendent chercher le pain. J'ai reconnu Celia, qu'Olivia et moi avions surnommée « la mammy esclave », son panier à tricoter à la main, ses yeux maquillés et ses chaussons aux pieds. Au fond, un couple de touristes anglais retirait des miettes de croissant d'un plan du quartier tandis que le serveur leur indiquait du bout de son stylo les maisons de Lope de Vega et Cervantès.

Casandra continuait à parler en touillant son café en rythme, sans me regarder, comme si elle avait honte d'admettre qu'elle avait explosé. Parce qu'elle avait bien explosé. Quand la jeune infirmière andalouse à la voix de miel avait vu les jambes de Casandra se mettre à trembler, elle lui avait dit de se redresser.

– Il a suffi d'une phrase, m'a-t-elle expliqué en reprenant son souffle. Elle m'a simplement dit : « Moi aussi, je suis passée par là. Ça va aller. »

Il n'en avait pas fallu plus à Casandra pour éclater en sanglots.

Ce qu'elle a également fait, de façon un peu plus sereine, au café ce jour-là. Face à moi. Car c'est à ce moment qu'elle a décidé de me raconter pourquoi elle avait quitté Le Jardin de l'ange si bouleversée le matin où nous nous étions rencontrées.

Si quelque chose l'énervait chez Íñigo, m'a-t-elle confié en sortant son énorme agenda, c'est cette manie insupportable qu'ont les hommes mariés de se protéger en parlant de leur femme à leur maîtresse. Ils le font autant pour s'en plaindre que pour l'encenser – comme elle cuisine bien, comme elle réussit au travail, quelle bonne mère elle est, et même combien ils l'aiment… Si bien qu'ils érigent un mur invisible mais infranchissable sur lequel brille un néon digne d'un théâtre de Broadway annonçant une pièce intitulée « JE NE LA QUITTERAI JAMAIS. » Íñigo parlait souvent de la beauté de Laura, de combien Laura était formidable en tout, de combien Laura était intelligente. Et Casandra ne comprenait pas bien pourquoi ce monsieur si chanceux avait une maîtresse dans ce cas… lui qui était avec la fantastique Laura ! Ce qu'elle ne savait pas, c'était combien la fameuse Laura le faisait se sentir tout petit.

Je l'écoutais avec angoisse, en me demandant quel serait le moment opportun – si tant est qu'il y en ait un – pour dire à mon amie que la Laura en question était passée à la boutique pour la voir. Puis Casandra a expliqué qu'elle avait compris qu'Íñigo disait vrai le jour où elle l'avait croisé avec sa femme. Il y a eu un silence, rompu par un bruit de vaisselle venant de la cuisine et des klaxons impatients, de la rue. Comment ça, « qu'il disait vrai » ? lui ai-je demandé perdue, la bouche pleine de chausson aux pommes. Laura était bien une femme extraordinaire, a clarifié Casandra. Celle-là même qui courait après sa fille au Jardin de l'ange tandis que son mari faisait aucun effort.

– Bon, ai-je dit en soufflant sur mon café bouillant, elle est belle, soit. Mais comment peux-tu savoir qu'elle est formidable ?

– Tu ne comprends pas, a-t-elle insisté en caressant son grain de beauté près de la bouche. Ce jour-là, j'ai su que la femme d'Íñigo était merveilleuse parce que j'ai été sa maîtresse à elle aussi.

Je me suis étouffée sur mon café et il s'en est fallu de peu qu'il ne me faille une trachéotomie à moi aussi.

– Comment ça ?

– Je sais, je sais…

– Tu veux dire que tu es à la fois la maîtresse d'Íñigo et de sa femme ?

– Exactement. Enfin, non, pas en même temps.

– Mais je ne savais pas que tu aimais les femmes.

– Moi non plus. Ça ne m'est arrivé qu'avec elle.

Elle a commandé un autre café et moi un tilleul. J'ai revu la vaporeuse Laura gambadant entre les arbres du jardin après nous avoir laissé son message l'autre jour.

Casandra l'avait rencontré lors d'un voyage à Bruxelles. Elle était médecin et dirigeait une ONG baptisée « Sourires pour tous » qui finançait les voyages de chirurgiens afin qu'ils aillent opérer des enfants un peu partout dans le monde. Laura venait donner une série de conférences. Un ami parlementaire les avait présentées et elles avaient fini la soirée toutes les deux à chercher un endroit où s'abriter du froid et prendre un verre. N'ayant rien trouvé, elles avaient atterri dans la chambre d'hôtel de la diplomate et avaient passé un moment à discuter, affalées sur son lit.

– J'étais incapable de la quitter des yeux, Marina. Elle parlait avec une telle passion. Ce qu'elle faisait était incroyable. À un moment, elle a dégagé sa nuque et m'a demandé de l'aider à enlever son collier qui la gênait. (Elle a rougi et a rassemblé ses mains comme si elle s'apprêtait à prier.) Et je ne sais pas ce qui m'a pris, mais je l'ai embrassée. Dans le cou. Et alors que j'étais sur le point de lui demander pardon, elle m'a regardée, a pris mon visage dans ses mains et m'a embrassée sur la bouche avec un tel naturel que nous avons continué à nous caresser et à nous embrasser comme si rien n'était plus normal.

Malgré ma surprise, je n'ai pas pu m'empêcher d'esquisser un sourire niais.

Le lendemain, comme ça arrive souvent dans ces cas, Casandra s'est réveillée complètement perdue, et elle s'est empressée d'envoyer un message pour minimiser ce qui s'était passé : « Très amusant ce virement de bord impromptu. Aucun problème de mon côté. Merci pour la conversation. Bisous. » Message auquel Laura a répondu en lui donnant un autre rendez-vous. Le reste du séjour a été fait de dîners en tête à tête et de nuits enflammées. Elles se sont raconté beaucoup de choses.

Casandra lui a avoué qu'elle avait un amant. Et Laura lui a dit qu'elle n'aimait plus son mari et que, d'ailleurs, elle le soupçonnait d'avoir une maîtresse.

– Je t'assure que si nous avions chacune fait un portrait-robot de l'homme dont nous parlions, rien n'aurait pu donner à penser qu'il s'agissait du même, a-t-elle dit avec ironie.

– Pourtant c'était bien le même… ai-je ajouté.

Casandra a acquiescé.

– En revanche, le portrait qu'Íñigo m'avait fait de sa formidable femme, lui, était bien fidèle à la réalité pour une fois. En plein dans le mille.

Elle avait pu le constater le jour où elles s'étaient recroisées, au Jardin de l'ange : toujours aussi grande avec son long cou et son élégance naturelle. Ses cheveux blonds et courts, sa jupe ample un peu bohème. À peine maquillée, juste un peu de mascara et de gloss. Mais la vraie force de Laura, c'était de donner à ceux qui la fréquentaient l'impression d'être importants. Elle aurait boosté l'ego de n'importe qui. Enfin, et c'était sa grande frustration, n'importe qui sauf son mari. Mais Casandra, elle, s'était bien sentie importante durant les moments qu'elles avaient passés ensemble. C'était sans doute pour cela qu'elle n'arrivait pas à l'oublier. Mais qu'est-ce que ça changeait, au fond ? Elle supportait déjà le jugement des autres parce qu'elle était célibataire, elle n'allait pas y ajouter le fait d'aimer les femmes.

Et puis la vérité, c'est qu'elle ne savait pas si elle les aimait dans l'absolu, elle savait juste qu'elle était tombée sous le charme de celle-ci en particulier. Ça, ça ne faisait aucun doute.

C'était d'ailleurs pour cette raison que Casandra était revenue à la boutique ce soir-là. Au début, inutile de se mentir, elle voulait venger Laura et démasquer Íñigo. Mais elle voulait aussi obtenir les coordonnées de sa maîtresse.

– Tu ne l'as pas revue ?

– Les premières fois que je l'ai appelée, elle n'a pas eu l'air très emballée. C'est pour ça que j'ai continué à le voir lui. (Elle a croisé les bras en se laissant retomber contre le dossier de sa chaise.) C'est quand même un peu pervers de ma part. Je couche avec son mari juste pour avoir de ses nouvelles à elle. Pour rester près d'elle, a-t-elle soupiré. Mais l'autre jour, nous avons enfin décidé de déjeuner ensemble.

– Et tu lui as tout raconté ?

– Non, je voulais d'abord savoir si on allait se revoir. Elle n'a pas oublié ce qui s'était passé elle non plus.

Je l'ai regardée, attendrie. Sa beauté et sa force cachées derrière ses cheveux sales, son tailleur froissé et son attaché-case. Pourquoi compliquions-nous tant les choses ? On nous apprenait à ignorer nos sentiments afin de nous protéger des autres, mais rien de cela ne nous protégeait de nous-mêmes. Au fond, Casandra, qui traînait son syndrome de femme trophée comme un boulet, n'avait qu'une angoisse : que ses prétendants perdent leur intérêt pour elle si elle cessait de se montrer inaccessible et forte, si elle ouvrait son cœur. Pourtant, elle n'a été jamais plus belle que ce matin-là, où elle révélait au grand jour son humanité si fragile.

– Et tu ne crois pas que tu devrais lui dire ? Le plus tôt sera le mieux, je pense.

Elle a acquiescé et son regard s'est embrumé. Parce qu'elle savait que cela sonnerait sans doute le glas du bonheur qu'elle avait enfin trouvé.

– Bon, ai-je dit pour l'encourager en séchant une de ses larmes avec une petite serviette en papier, j'espère que tu as conscience que tu vas devoir répéter toute ton histoire la prochaine fois qu'on sera avec les filles.

Elle a semblé paniquer.

– Tu ne crois quand même pas que je vais raconter ça aux filles ?

J'ai souri.

– Je parle de l'épisode où tu es arrivée très digne à l'accueil des urgences pour leur expliquer que tu avais un préservatif perdu dans ton vagin.

Elle m'a fixée sévèrement et, l'espace d'une seconde, j'ai eu peur qu'elle me colle une gifle. Mais peu à peu, non sans effort, elle a réussi à esquisser un sourire. Puis ce sourire s'est transformé en rire, et ce rire en éclat de rire, jusqu'à ce qu'on ait toutes les deux une vraie crise de fou rire qui a contaminé les grands-mères et le petit couple de la table d'à côté.

Quand nous avons quitté le café, Casandra s'est mise à philosopher sur notre instinct maternel pas vraiment développé.

– Tu te rends compte ? a-t-elle dit en m'attrapant le bras. Si les filles de notre génération éprouvent de moins en moins l'envie de devenir mère, c'est à cause de leurs mères !

– Oui, dans mon cas, c'est parce que j'avais peur de lui ressembler, ai-je affirmé, surprise de l'avoir formulé aussi spontanément.

– Et dans le mien, parce que mes parents m'ont martelé que ma carrière devait passer avant tout. Mais bien évidemment, a-t-elle expliqué en essayant de ne pas perdre l'équilibre sur ses talons, la réalité, c'est que nous finissons par nous sentir incomplètes. Tu te rends compte ? Nous sommes vraiment maudites. Nous saignons tous les mois pour que l'humanité puisse se renouveler ! Une façon de nous rappeler qu'on va passer notre vie à souffrir pour rien.

– Notre utérus est l'antichambre des dieux ! me suis-je exclamée en riant.

Mais j'ai vite repris mon sérieux en voyant approcher la sorcière de l'église de Scientologie. Elle nous avait repérées.

Elle a tendu à Casandra un fascicule qui disait : « Entre ici et tu ne seras plus la même en sortant ». Sur le coup, dit comme ça, ça ne semblait pas une mauvaise idée.

– Non ! Je refuse de céder à cette putain d'horloge biologique ! a-t-elle affirmé avec un sourire contrarié. Mais bon sang, il faut que tout ça arrive pile au moment où je comprends que je n'aime pas l'homme que je pensais aimer parce qu'en réalité je suis amoureuse de sa femme !

J'ai évité une jeune fille qui voulait nous faire essayer des échantillons de crème, puis un serveur en uniforme qui nous proposait gracieusement un petit verre de gaspacho. Tout était gratuit, tout à coup. Dire à Casandra qu'elle exagérait l'aurait été aussi. Je ne l'ai donc pas fait. Parce qu'elle était vraiment dans un pétrin monumental. La déception fait souffrir, et l'incertitude terrifie. C'est comme ça. Mais la seule façon d'en finir avec la douleur, c'est de l'éprouver. Et la seule façon d'en finir avec l'incertitude, c'est de continuer à aller de l'avant.

Je ne le savais pas encore à cette époque.

Je fuyais la douleur, comme Casandra.

Et la déception.

C'est pourquoi j'ai compris tant de choses en l'écoutant ce matin-là. J'étais moi aussi, sans m'en rendre compte, en plein stade de la chrysalide.

Nous avons remonté la calle del León jusqu'à ce que l'odeur des viennoiseries laisse place à celle de la blanchisserie. Quand nous sommes arrivées au coin de la rue, je me suis arrêtée devant le centre culturel et, même si je savais qu'elle allait se pétrifier, j'ai serré Casandra dans mes bras.

– Écoute, Casandra, ai-je dit en attrapant son beau visage entre mes mains, tu es une femme impressionnante. Tu as presque tout. Tu mérites quelqu'un qui n'a pas peur de toi.

Lui, il ne t'arrive pas à la cheville, et tu le sais. Elle, peut-être que si. Si j'étais toi, je me donnerais au moins une chance de le découvrir. (Je me suis tue quelques secondes.) Et ce que les gens pensent, on s'en fout !

Elle a acquiescé doucement avant de se dégager.

Son portable a sonné. Elle ne l'a même pas regardé. Ce n'était pas nécessaire. C'était soit lui soit elle.

– Ah oui, ai-je ajouté quand nous nous sommes dit au revoir. Elle… Laura est passée à la boutique il y a deux jours. Elle te cherchait. Nous ne savions pas comment te l'annoncer.

Je lui ai fait un clin d'œil. Ses pupilles se sont dilatées comme si elle se préparait à plonger dans l'obscurité.

– Tu sais le plus étrange, Marina ? (Elle m'a regardée en accentuant le creux de sa hanche.) Plus cette femme me plaît, plus je me sens femme.

Et en agitant sa chevelure, le geste le plus résolu que je lui avais vu cette matinée, elle est partie d'un pas léger rejoindre le parking de Las Cortes.

Elle me raconterait plus tard qu'avant de descendre au sous-sol, elle avait senti son portable vibrer dans son sac. Les sirènes d'une voiture blindée fonçant vers le Congrès hurlaient derrière elle. Un groupe de manifestants criaient : « Moins de police, plus de poésie ! » face à une rangée d'agents en uniforme. La *superwoman* a regardé au loin. C'était à n'en pas douter l'une des plus belles vues de la ville : la statue de Cervantès qui veillait sur las Cortes, la place de Neptune au fond et derrière encore, en hauteur, l'église de Los Jerónimos, illuminées par les lumières du parc du Retiro.

Elle a fouillé dans son sac à la recherche de son portable. Elle a vu l'appel en absence et a souri. Elle a pris une photo du paysage et l'a envoyée en guise de réponse, avec le message suivant : « Tu me manques ».

Ce matin-là fut celui des petites et des grandes révélations. En remontant la calle Huertas, j'ai aperçu Olivia agenouillée devant la porte d'un immeuble. J'avançais pour la rejoindre quand j'ai compris ce qu'elle faisait. Je me suis arrêtée. Elle déposait plusieurs sacs de supermarché sur le matelas de la famille expulsée. Elle l'a fait discrètement avant de les recouvrir avec une couverture. Puis elle a attrapé son panier en osier et a remonté la rue d'un pas léger en direction de la boutique. Apparemment, nous avions toutes nos petits secrets et je commençais à peine à entrevoir ceux d'Olivia.

Je suis arrivée quelques secondes après elle. La porte était grande ouverte et je l'ai entendue parler au téléphone dans l'arrière-boutique. Comme d'habitude, elle avait laissé son panier sur une chaise du jardin et, comme d'habitude, je l'ai mis à l'abri derrière le comptoir. Selon elle, les voleurs du quartier ne s'en prenaient jamais aux voisins. C'était une sorte de règle tacite.

Je me suis assise sur la balançoire de la réflexion pour digérer tout ce que je venais d'apprendre. L'une des perruches qui avaient envahi le quartier m'observait depuis l'olivier, avec ses plumes vertes et sa mine de vieille commère.

J'ai pensé à Casandra. Les relations d'une *superwoman* n'étaient jamais simples. Son armure était si impénétrable qu'il y avait une différence abyssale entre l'image qu'elle renvoyait et ce qu'elle était vraiment. C'est pour ça que certains disparaissaient dès que les choses devenaient sérieuses, par peur de ne pas être à la hauteur et de la décevoir.

Mais si elle avait une relation avec une femme de sa trempe ? Est-ce que ça changerait la donne ? Ou est-ce qu'elle serait toujours aussi effrayante ?

Je me suis soudain souvenue de son embarras, lors de ce fameux premier verre entre filles, quand Gala s'était exclamée : « Mais pourquoi tu n'es pas un homme ? Tu serais le plan idéal ! » Une autre femme pourrait-elle penser qu'elle était le plan idéal ? Ou le fléau du machisme touchait-il aussi les femmes ?

Gala affirmait que Casandra avait deux problèmes : elle était si exigeante envers elle-même qu'elle était incapable de se sentir telle que les autres la voyaient. Et elle n'agissait pas en accord avec l'image qu'elle donnait.

« Tu es un canon qui se comporte comme une moche », lui avait dit un jour notre déesse viking qui aimait résumer avec panache la personnalité de chacune. Son commentaire avait eu beau me sembler frivole sur le coup, elle n'avait pas complètement tort.

Une *superwoman* comme Casandra pouvait se mettre en quatre pour convaincre son amant qu'elle était amoureuse de lui, lui dire que c'était un dieu du sexe, louer son intelligence et booster son ego au maximum. Mais ça ne changeait rien. Il ne la croyait jamais vraiment. Et c'est pourquoi tous ces hommes craignant de ne pas être à la hauteur de ses attentes décidaient vite de mettre un terme à leur relation avec elle, en optant souvent pour la méthode du silence radio.

Si on ajoute à ça qu'une *superwoman* est une perfectionniste qui s'interroge sur tout et a l'habitude d'exiger autant des autres que d'elle-même… mieux valait ne pas aller passer l'examen puisqu'on serait recalé de toute façon. Beaucoup d'hommes préfèrent être avec une femme qui les considère comme un dieu plutôt que comme leur égal.

Quand on y réfléchissait, l'union de deux *superwomen* comme Laura et Casandra ferait sans doute imploser le cosmos.

Olivia est sortie dans le jardin accompagnée d'une femme tenant un superbe bouquet de camélias blancs, sans aucun autre ornement. Juste les petits camélias délicats et épanouis, à l'image de leur propriétaire. Ou bien étaient-ce les fleurs qui s'imprégnaient de son état d'esprit à elle ? « Tu le sais… quand tu te décideras, tu peux compter sur moi, disait-elle à la fleuriste d'un ton décidé. Nous n'allons pas les laisser faire. Ne t'inquiète pas. » Elle était sans âge, comme Olivia. Un peu plus petite, avec une gaieté naturelle et le sourire espiègle d'une enfant qui vient de faire une bêtise. Elle avait les cheveux courts, portait une grande chemise en soie rouge, très chic, et un grand collier de perles couleur ivoire – j'ai compris en m'approchant qu'il s'agissait en réalité de petits crânes. « Merci, ma chère Rosa. Je te ferai signe si besoin. » Il m'a fallu quelques secondes pour comprendre qui elle était. Mais le plus déconcertant, c'est qu'elle, elle savait qui j'étais ! Elle s'est approchée de moi d'un air curieux, comme si elle venait de voir dans le jardin une fleur qu'elle n'avait jamais vue auparavant.

– Toi, tu dois être Marina… a-t-elle deviné en fronçant le nez de façon sympathique.

Olivia était sur le point de faire les présentations mais j'ai bondi de la balançoire pour m'approcher.

– Et tu es… ai-je répondu le cœur battant, un de mes auteurs favoris ?

Elle a accepté le compliment avec naturel, presque avec tendresse. Olivia nous observait en retrait, son café à la main.

J'avais découvert les livres de Rosa Montero à l'adolescence. À vrai dire, chacun de ses romans m'avait accompagnée à une étape de ma vie. Je les considérais comme des journaux intimes littéraires qui m'avaient réconfortée exactement de la façon dont j'en avais besoin à différentes époques. C'est sans doute pour cela que je l'ai aussitôt prise dans mes bras. Je l'ai serrée si fort que j'ai failli écraser ses magnifiques camélias. C'est là que j'ai compris ce que ressentait Gala quand elle étreignait l'olivier. Cette décharge d'énergie vitale.

Elle m'a rendu mon geste de bon cœur, malgré sa surprise.

– Eh bien… Olivia m'a beaucoup parlé de toi et de ton aventure. (Elle a fait une grimace complice à son amie.) Je te souhaite bonne chance, de tout mon cœur.

Elle a pris un camélia de son bouquet et s'en est servie pour me donner quelques coups sur le crâne, comme s'il s'agissait d'une baguette magique.

– Mais fais bien attention, chérie ! (Elle m'a tendu la fleur.) Si tu fais ce voyage en suivant ses indications à lui, tu resteras une copilote jusqu'au bout.

J'ai attrapé la fleur, perplexe. J'avais l'impression de me faire gronder par quelqu'un qui me connaissait intimement. Elle a embrassé Olivia sur la joue tout en lui serrant fort la main puis s'est dirigée vers la sortie. La plaza del Ángel a semblé reprendre vie, comme contaminée par l'énergie pure et lumineuse de Rosa.

Oui, me suis-je dit en la regardant disparaître dans la foule. Je commençais à répondre à la question que j'avais posée à Olivia le jour où je l'avais connue. Je commençais à comprendre qui était ces femmes qui achetaient des fleurs.

Olivia était toujours adossée au cadre de la porte de la serre, avec son café, et c'est là que j'ai reconnu le dossier qu'elle avait sous le bras. Avait-elle montré son contenu à Rosa ? En quoi exactement celle-ci proposait-elle de l'aider ? C'était sans aucun doute le dossier dont je pensais que Francisco l'avait oublié il y a quelques jours. Apparemment, elle l'avait gardé. Elle portait un rouge à lèvres corail qui rappelait la teinte de ses cheveux, un pantalon large couleur sable, une chemise blanche et un chapeau de safari qui lui donnait l'air d'une figurante dans le film *Mogambo*. Elle semblait fatiguée et parlait plus vite que d'habitude.

Je n'ai pas pu m'empêcher de lui raconter ma conversation avec Casandra, en omettant tout de même quelques détails. Mais le verdict d'Olivia fut dur et sans appel. Casandra devait arrêter de chercher des hommes qui ne pouvaient lui tenir tête et trouver quelqu'un qui serait ravi d'être son égal. Ça avait beau sembler évident, ça ne l'était pas pour tout le monde.

– Il faut qu'elle trouve quelqu'un qui ne se sentira pas inférieur de ne pas se sentir supérieur. Je ne sais pas si c'est clair… ?

La trouvant un peu sévère, je me suis empressée d'ajouter :

– De toute façon, Casandra sait ce qu'elle veut.

Elle a frappé dans ses mains, ce qui m'a fait sursauter.

– Casandra veut la même chose que tout le monde. Qu'on l'aime.

La sagacité des victimes

Il arrive qu'une conversation change pour toujours notre relation à la personne avec qui on l'a eue. Mais aussi notre relation à nous-mêmes. On a beau essayer de se retenir, de ne rien dire, une force incontrôlable prend le dessus et nous pousse à ouvrir la bouche pour presque vomir les mots. Je me souviens avoir trouvé très froide la façon dont Olivia avait expédié le cas de Casandra. Moi, je trouvais son histoire particulièrement émouvante. Bien sûr, j'avais plus d'informations. J'avais également une tendance à aspirer comme un Rowenta les problèmes des autres et à les vivre comme s'il s'agissait des miens, en perdant toute objectivité. Me perdre dans la souffrance d'autrui m'anesthésiait sans doute un peu, atténuant ma propre douleur. Comme Aurora. Tout a basculé quand Olivia m'a rejointe dans la serre, avec son air d'exploratrice extravagante des années 1940, pour me reprocher d'avoir fermé la boutique vingt minutes.

– Quelqu'un aurait pu passer, m'a-t-elle admonestée d'un air grave en allumant les ventilateurs, à vrai dire j'attendais des documents importants. (Elle a agité le dossier de Francisco.) Heureusement que je suis arrivée à temps.

N'ayant à l'époque aucune idée de ce qui se tramait, je ne comprenais pas bien pourquoi elle en faisait toute une histoire.

– Il s'agissait de Casandra, ai-je dit. Elle était vraiment mal et j'avais pensé qu'un petit déjeuner lui ferait du bien.

Et puis on était à la fin du mois de juillet, les clients se faisaient plus rares…

– Vous auriez très bien pu pleurer toutes les deux dans le jardin en prenant un café, sans pour autant négliger mon commerce, non ? m'a-t-elle interrompue.

Elle s'est assise sur son tabouret, droite comme un piquet, et m'a regardée en silence, figée.

J'ai baissé les yeux. Je n'ai jamais su gérer la déception des autres. Je ne voulais pas me mettre à pleurer. C'était pourtant toujours ce que je faisais quand je me sentais piégée.

Olivia m'a tourné le dos pour mettre un terme à la conversation. Elle a étendu ses doigts osseux et a cherché une playlist sur l'ordinateur. Un air de jazz a envahi la pièce, se calant presque sur le rythme des hélices des ventilateurs. J'ai eu envie de lui dire que ma vie était un véritable tourbillon en ce moment, que tout allait très vite, que c'était dur et effrayant, que je n'avais pas la moindre idée de ce que je faisais là, à travailler dans une boutique de fleurs, que j'avais changé de maison pour la première fois en quinze ans, que j'étais seule à quarante ans et que ça ne m'était pas arrivé depuis mes vingt ans, que je me demandais pourquoi je n'avais pas eu d'enfants et que je me disais que je n'en aurais sans doute jamais, que je m'étais consacrée corps et âme à mon couple, que j'avais passé ma vie à me raccrocher à celle des autres et qu'aujourd'hui… aujourd'hui, je n'avais pas un sou de côté et j'avais du mal à boucler les fins de mois, et que c'était pour ça que je n'avais pas la force de sortir ce putain de bateau parce que…

– J'ai perdu toute ma vie, merde ! ai-je explosé pour résumer cette montée d'angoisse sans pouvoir retenir les hurlements et les tremblements qui ont aussitôt suivi. Donc je pense que c'est normal si en ce moment je suis mal, que je fais des erreurs et que je n'ai la force de rien !

Et je me suis mise à pleurer. Avec une certaine impuissance, c'est vrai. J'ai même joué les grandes tragédiennes en allant me recroqueviller dans un coin. Quand j'ai relevé la tête, Olivia n'avait pas bougé. Elle fronçait les sourcils. Je ne sais pas si elle attendait que l'orage passe ou si elle ne savait pas comment réagir. Pourtant elle a bien réagi. Elle s'est levée et a marché jusqu'où je m'étais retranchée, à savoir juste à côté de notre petit alien en pleine métamorphose.

– Tu vas arrêter de jouer les victimes ?

Je l'ai regardée, surprise. Je n'en revenais pas qu'elle puisse me dire une chose pareille.

– Tu es née avec tous les outils pour être libre, Marina, et pourtant tu t'es construit une prison de chair et d'os : toi. Fais quelque chose pour une fois, pour l'amour de Dieu !

Chacun de ses mots s'est abattu sur moi comme une gifle. Le soleil qui traversait les vitres donnait à ses cheveux un air de torche enflammée.

Elle a claqué la langue, agacée.

– Oui, Marina, comme le bon petit copilote que tu es, tu continues à te cacher derrière le fameux « Mais j'ai sacrifié toute ma vie pour lui », a-t-elle continué en levant les mains comme un prêtre en plein sermon. Quelle vision obsolète, mon Dieu ! Ça aurait pu être un argument au début du XXe siècle, chérie, mais aujourd'hui, tout ce que tu récolteras comme réaction c'est un « Mais quelle idée saugrenue ! » ou un « Ben, fallait pas ». C'est comme placer toutes tes économies en Bourse ou dans un fonds de capital-risque. Le risque était immense et tu as quand même décidé de le prendre ? Enfin… à notre époque, tu avais quand même d'autres options, Marina, ça ne prend pas. Et puis de toute façon, ce qui est fait est fait. Tu as parié, tu as perdu. Maintenant, ça ne sert plus à rien de se lamenter, ce qu'il faut c'est trouver une solution. (Elle a posé une main tiède sur mon épaule.) Ce qui t'est arrivé est très triste, chérie, mais ça ne change rien à la réalité : tu es une dépendante émotionnelle et il vaut mieux que tu le comprennes le plus tôt possible pour corriger le tir. Sinon tu vas courir chercher un autre type à qui te raccrocher et tu t'oublieras à nouveau.

Elle a montré du doigt l'orchidée où pendait notre insecte-chrysalide. Il était là, mon guide vers la liberté, m'a-t-elle dit. Ses yeux bleus brillaient comme un cristal sculpté. J'ai senti qu'elle était émue l'espace d'une seconde. Elle s'est agenouillée à côté de moi.

– Marina, par pitié, sois libre. C'est ce que nous avons de plus précieux, la liberté. Les papillons traversent le stade larvaire et celui, plus épuisant encore, de la chrysalide. Tout ça pour pouvoir voler un jour seulement. Et tu sais pourquoi ? Parce que ça en vaut la peine. (Elle m'a attrapé le menton.) N'aie pas peur d'être libre. Déploie tes ailes, chérie. Tu en as. Nous en avons tous, même si on ne les sort pas et qu'on les oublie. Arrête de te trouver des excuses. Sois libre.

Je l'ai observée, le visage trempé de larmes. Je me suis mouchée avant de me recoiffer avec les doigts. J'ai ramassé les manuels de navigation qui gisaient au sol et les lui ai tendus.

– Je ne peux pas, Olivia... Sérieusement, je ne peux pas. Ce voyage a toujours été absurde, et puis je crois que Casandra n'est plus en état de m'aider, de toute façon.

Elle a attrapé les livres, s'est levée et a défroissé son pantalon. Elle a salué de la tête quelqu'un que je n'ai pas vu qui passait devant le magasin. Puis elle a posé les livres sur le comptoir, a retiré son chapeau et s'en est servie pour s'éventer.

– Chérie, j'ai beaucoup de peine pour toi. Pas pour ton deuil, pour toi. (Elle s'est redressée et a posé les mains sur ses hanches.) Est-ce que tu t'es demandé une seconde si tu méritais ce que tu attendais ? La compassion, je veux dire. Qu'as-tu fait pour la mériter ? Pour avoir le droit de t'effondrer en espérant que les autres te ramassent, comme un poids mort ? Plein de personnes t'offrent leur aide de façon désintéressée et toi, tu en demandes toujours plus. Tu crois qu'inspirer la pitié t'aidera ? C'est comme ça que tu veux obtenir les choses ?

Peut-être que c'était exactement ce que je voulais, a-t-elle continué de sa voix chaude, calme et sereine, en arrangeant les fleurs des grands vases en verre. Faire pitié, c'était très rentable pour survivre au jour le jour, mais beaucoup moins sur le long terme. Avec le temps, j'allais devenir quelqu'un de ridicule que personne n'admirerait, moi la dernière. Est-ce que j'étais sûre de vouloir suivre ce chemin-là, celui de la femme de Francisco ? Ou de Maxi ? Ou d'Aurora, si elle continuait comme ça ?

Elle a arraché quelques pétales fanés des roses puis a repositionné les lys en les séparant. Elle a secoué une toile d'araignée d'un palmier.

– Aujourd'hui, tu as l'opportunité de faire quelque chose digne de toi : tu peux sortir ce bateau et le conduire à bon port. Par tes propres moyens, grâce à tes efforts, et pas grâce à la pitié que tu inspires. La mer n'a pas de pitié. Et ce qui serait intéressant, c'est que tu ne le fasses pas pour tenir une promesse envers un autre que toi-même. (Elle a secoué les mains et regardé ses paumes comme si elle s'apprêtait à en lire les lignes.) Si seulement tu pouvais comprendre que ce qui serait vraiment triste, ce serait de ne pas le faire.

Je me suis levée à mon tour, j'avais réussi à arrêter de pleurer, et j'ai essayé de retrouver un peu ma voix et mon calme. Je me sentais à la fois en colère et ridicule.

Olivia est allée enclencher la fontaine dans l'arrière-boutique. Le lion de pierre s'est mis à cracher son eau. Puis elle est ressortie avec nos tabliers de travail et m'en a tendu un.

Je l'ai attrapé, attaché autour de mon cou, puis de ma taille. Je me suis fait un chignon à la va-vite. J'ai pris une grande inspiration.

– Je te remercie pour tout ce que tu as fait pour moi ces deux derniers mois, ai-je murmuré en ravalant ma salive, mais nous ne sommes pas tous comme toi, nous n'avons pas tous un catalogue d'expressions prêtes à l'emploi pour nous aider à vivre. Et moi, la vie m'a bien brisée.

– Marina, m'a-t-elle dit en enfilant son tablier à son tour, je me suis beaucoup trompée. Et certaines de ces erreurs, je les ai payées très cher. J'ai eu peur comme toi. Et j'ai perdu des gens, comme toi. (Elle a regardé la rue, protégée par la lumière tamisée et par ces vitres qui nous séparaient du monde.) C'est pour ça que je sais aussi qu'on ne peut faire le deuil d'un dieu. Seulement d'un être humain. Et tant que tu n'accepteras pas qu'Óscar n'était pas si parfait que tu veux bien le croire, qu'il a probablement commis de nombreuses erreurs, comme on en commet tous, qu'il t'a même fait du mal, tant que tu ne lui pardonneras pas… tu ne pourras pas le laisser partir. Ni te libérer de tes chaînes. S'autoflageller ne sert à rien. Ce qu'il faut, c'est accepter une réalité bien plus douloureuse que celle d'avoir déçu les gens : que les gens nous aient déçus.

Je n'ai rien dit, j'ai juste eu envie de la haïr. À vrai dire, je crois que je l'ai haïe à cet instant. Comment osait-elle se permettre de parler de lui comme ça ? Comment osait-elle se permettre de parler de toi comme ça ?

– Ça, ça me regarde, ai-je fini par répondre en élevant la voix. Tu ne le connaissais pas, c'est clair ?

Elle a serré les lèvres comme pour ravaler la phrase qu'elle était sur le point de prononcer. Elle a attrapé l'énorme arrosoir rouge et commencé à arroser les plantes, en prenant son temps. Je lui ai tourné le dos, bien décidée à m'atteler à mes tâches quotidiennes.

– Très bien. Mais si tu ne profites pas de ce moment crucial pour réagir, tu le regretteras, crois-moi, l'ai-je entendue dire.

Je me suis retournée en serrant les poings si fort que j'ai senti mes ongles transpercer ma peau.

– T'en as pas marre de tout savoir ?

Elle a souri, fatiguée. Il y a eu un silence que des bruits de pas dans le jardin sont venus dissiper. C'était le fameux homme mystère avec son bouc blond. Il s'est assis comme d'habitude à la table du jardin. Olivia lui a fait un signe de la main auquel il a répondu par un sourire. Il s'est installé confortablement sur son siège, a ouvert son livre et s'est enfermé dans son oasis temporaire. Sans le quitter des yeux, Olivia a poursuivi, la voix un peu cassée :

– Tu demandes beaucoup, Marina. Tu veux mon aide ? Mérite-la. (Elle s'est emparée de ses gants de jardinage.) C'est l'heure d'arrêter de pleurer. De s'adapter. D'aller de l'avant. (Elle a arpenté la serre, à petits pas agités, tout en observant les clients qui déambulaient entre les arbres dans le jardin.)

Cela faisait un mois qu'elle séchait mes larmes, a-t-elle continué, mais à partir de maintenant, c'était fini. Elle a planté une brindille dans son chignon, a enfilé ses lunettes. À partir d'aujourd'hui, elle ne céderait plus à mon chantage affectif, je pouvais en être sûre. Mon chantage affectif ? me suis-je indignée en la suivant à travers la serre comme un caneton. Non, je refusais qu'elle m'accuse de chantage affectif. Et je m'y connaissais en la matière.

Elle s'est arrêtée au milieu de la pièce.

– Ce que je veux dire, c'est que si tu ne fais pas bien ton travail, tu seras renvoyée, m'a-t-elle expliqué d'un ton glacial en posant l'arrosoir. Et si tu essaies de nouveau de m'émouvoir avec tes larmes, j'arrêterai de t'écouter, chérie. Tu sais pourquoi ? Parce que ça ne te fait aucun bien.

Elle s'est approchée du comptoir, a fouillé dans son panier, en a sorti son rouge à lèvres corail avant d'en appliquer une couche sans me quitter des yeux et sans miroir.

– Il va donc falloir que tu trouves une autre stratégie. Ou mieux encore, que tu n'en aies aucune. (Elle s'est emparée du dossier.) Concentre-toi sur ce que tu as et non sur ce que tu as perdu. Tu peux ignorer tout cet horrible « catalogue de phrases toutes faites » que je t'ai déballées jusqu'ici, mais garde au moins celle-là. C'est le meilleur conseil que je puisse te donner.

Elle m'a souri puis a posé son jeu de clés sur le comptoir en disant qu'elle sortait pour l'après-midi. Avant de disparaître, elle a discuté un instant avec le lecteur, et son visage a semblé s'illuminer de nouveau, comme une lampe de chevet dont on aurait enfin branché la prise. Je l'ai observée à travers la vitre, j'étais sur le point de recommencer à pleurer. Où était passée la femme qui venait de me parler aussi durement ?

Olivia a servi à l'homme un verre de la limonade qu'elle avait préparée la veille, et il l'a remerciée en lui baisant la main. Elle lui a laissé la carafe sur la table en lui faisant un grand sourire. Puis j'ai entendu ses pas rapides résonner sur le chemin de pierres du jardin.

L'impossibilité de dire « Je t'aime »

« La vie n'est qu'une ombre errante, un pauvre acteur qui se pavane et s'agite une heure sur la scène et qu'ensuite on n'entend plus : c'est une histoire dite par un idiot, pleine de bruit et de fureur et qui ne signifie rien… »

Tels étaient les mots désespérés de Macbeth – transformé en MacBig par le drôle et talentueux José Martret. Assises sur des bancs dans un salon tapissé de miroirs, si près du comédien que nous aurions pu voir ses plombages, Gala et moi écoutions son monologue, le cœur serré.

Gala trouvait hallucinant que je travaille dans un ancien cimetière d'acteurs, dans le quartier qui abrite le plus de théâtres de Madrid, et que je n'aie toujours pas mis les pieds dans l'un d'entre eux. Alors que la boutique était à deux pas du grand théâtre de l'Español, et à trois de celui de la Comedia. Mais l'endroit préféré de Gala, c'était la pension de las Pulgas : l'ancienne demeure de la Bella Chelito, une grande chanteuse et femme de théâtre, que le metteur en scène avait transformée pour l'occasion en un espace scénique n'accueillant jamais plus de vingt spectateurs à la fois afin que chacun profite d'un spectacle ambulant qui consistait à suivre les comédiens de pièce en pièce, comme les abeilles avec le pollen.

Je n'avais jamais vu un endroit pareil. En arrivant, nous avions patienté devant une imposante porte ancienne, puis nous avions gravi les escaliers en haut desquels une ouvreuse avait vérifié nos billets. Gala m'avait raconté, la voix pleine d'admiration, qu'à son époque la fameuse Chelito avait eu de nombreux amants. Elle s'était donc arrangée pour qu'une des entrées de l'immeuble – celle de la calle Huertas – soit réservée à son usage exclusif, et que les voisins en empruntent une autre, située dans la rue de derrière.

Dans le hall, nous avions été accueillies par un portrait de la chanteuse, qui nous souriait, un sein nu, à la Isadora Duncan : c'était sa marque de fabrique quand elle jouait, m'avait expliqué Gala tandis que nous suivions le reste du groupe, et c'était ce qui avait inspiré l'expression « Être encore plus dévêtu que la Chelito ». Une jeune fille aux cheveux frisés nous avait accompagnées le long d'un couloir étroit aux murs tapissés, jusqu'à un salon vintage où se trouvaient les acteurs prêts à nous interpréter leur version de *Macbeth*, transposé aux États-Unis dans les années 1970.

Le metteur en scène, Martret, un ami de Gala et d'Olivia – qui avait fini par opter, à son grand dam, pour un bonsaï artificiel –, avait demandé à notre amie viking de réaliser plusieurs accessoires pour la pièce. À la fin de la représentation, encore secouées par le texte et par un incident imprévu – l'homme à côté de moi avait eu un malaise en plein milieu du deuxième acte –, nous l'avons attendu devant le théâtre pour lui remettre un bouquet de tulipes blanches : la fleur de la célébrité.

– Milady ! s'est exclamé Martret en voyant Gala. Quel travail impeccable. Enfin du sang qui ressemble à du sang !

– Et nous en avons eu la preuve, a répondu Gala en faisant référence au spectateur qui justement s'était évanoui durant le monologue du poignard.

Martret a éclaté de rire, avant de poser la main sur sa bouche, la mine coupable.

– Remercie Olivia de ma part. Elle n'oublie jamais mes fleurs.

Ils se sont serrés dans les bras. Puis il m'a fait la bise et nous nous sommes mis en route. Tandis que nous remontions la calle Medinaceli, je l'ai observé, amusée : José était mince, il y avait chez lui quelque chose d'enfantin qui me captivait. Une barbe noire, de grands yeux sombres qui semblaient avaler tout ce qui l'entourait, une voix électrique inimitable, de celles qui vous donnent envie de danser. Il portait une chemise des années 1970, un jean et des baskets dernier cri d'un vert pétant.

Nous sommes entrés dans la taverne Dolores. Nous n'avons pas eu besoin de commander, trois verres de ribera et une planche de tapas de canard nous attendaient déjà sur le comptoir. Nous avons continué à parler de la pièce qui nous avait beaucoup émues.

– En parlant d'émotions, quelle peur a dû avoir ce pauvre homme !

Et j'ai revu mon voisin en train de s'éventer au début de la scène avant de tomber par terre, pour finir allongé sur le lit où les acteurs mimaient un acte sexuel des plus explicites.

Le metteur en scène s'est éventé lui aussi avec le menu de la taverne.

– Mon Dieu… c'est un bordel chaque fois que quelqu'un s'évanouit. Et ils le font toujours pendant le deuxième acte, ils sont réglés comme des horloges.

– Toujours ? ai-je demandé, surprise.

– Oui, a-t-il confirmé. Nous avons eu dix-huit évanouissements depuis le début des représentations, et toujours durant l'acte deux. Le pauvre spectateur évanoui finit toujours sur le lit à se faire éventer par les acteurs. Et le pire, c'est qu'ils doivent ensuite reprendre leur scène de sexe où ils l'avaient laissée.

– C’est vrai que c’est dur de relancer la machine dans ces cas-là, a dit Gala en prenant une gorgée de vin. La scène, bande d’obsédés ! Je parlais de la scène… a-t-elle clarifié en voyant nos mines de gamins amusés.

Nous avons éclaté de rire.

Vu l’impact émotionnel qu’il avait eu sur le public, le sang concocté par Gala était un vrai succès. Martret l’a félicitée en la prenant par la taille pour l’embrasser sur la joue. Elle l’a remercié en déposant un baiser affectueux sur son nez.

– D’ailleurs, comment as-tu fait finalement ? a-t-il demandé en saluant de la main quelques personnes au fond de la salle.

– Pour le sang ? J’ai fait plusieurs essais et j’ai fini par opter pour du sirop de maïs et un colorant alimentaire pour pâtisserie baptisé « rouge Noël ».

Il a écarquillé un peu plus encore les yeux. Quel génie elle était !

De mon côté, j’ai éclaté de rire : un colorant « rouge Noël » ?

– Rigole, rigole… a dit le metteur en scène, amusé. Au moins cette fois, je n’ai pas dépensé tout le budget de la production en sang et en bonsaïs…

La pièce en était à plus de trois cents représentations, elle avait reçu de très bonnes critiques de la presse et ils allaient bientôt partir en tournée. La vérité, c’est que les temps étaient durs pour le monde du théâtre, mais qu’il ne pouvait pas se plaindre. Gala l’a de nouveau félicité tandis que je repensais à cette lady Macbeth glaçante taillant méticuleusement son arbuste, désormais artificiellement immortel.

– Et toi alors, Marina, ça t’a plu ? a-t-il voulu savoir en saluant presque toutes les personnes qui entraient dans le bar.

Je suis restée pensive quelques secondes puis j’ai osé dire :

– Je me demandais si Macbeth et sa lady était cent pour cent compatibles…

Martret m'a regardée sans comprendre et Gala a failli cracher son vin.

J'ai fini par dire qu'on ne pouvait pas sortir indemne de ce genre de représentations. Qu'il y avait quelque chose d'hypnotisant à observer de si près ces élans de passion.

– Je serais restée vivre là-bas pour toujours s'il ne s'agissait pas d'une tragédie, ai-je affirmé.

– Mon Dieu, a-t-il dit avec un sourire espiègle, je crois que c'est le plus beau compliment qu'on puisse me faire.

Quand Martret est parti fermer le théâtre, Gala et moi avons décidé de rester. De tous ceux du quartier, le Dolores était notre bar préféré parce qu'il avait su conserver un aspect authentique, avec les mosaïques de sa devanture et son comptoir en bois derrière lequel les serveurs hurlaient des commandes qu'ils semblaient parfois deviner avant même qu'on les passe.

Et c'est là, entre deux verres de vin, que j'ai tout raconté à Gala : l'effondrement du « lendemain » de Casandra – sans entrer dans les détails de son ménage à trois involontaire –, l'embrouille avec Olivia et cette certitude que je ne serais jamais capable de sortir le Peter Pan.

– Ne lui en veux pas, m'a dit Gala d'un ton affectueux. Je sais qu'elle peut se montrer sévère et que son côté gourou est parfois exaspérant. Mais je t'assure qu'elle ne s'est jamais trompée sur qui que ce soit depuis que je la connais. Et si elle pense que tu es capable de faire ce voyage, c'est que c'est vrai.

– Eh bien moi, je crois qu'elle se trompe, ai-je protesté.

Gala a fait non de la tête.

J'ai mâchouillé une croquette au jambon accoudée au comptoir, près de la fenêtre. La nuit était agréable et fraîche, comme si un orage d'été était sur le point d'exploser. De fait, quelque chose qui ressemblait fort à une tempête était en train de se préparer.

– Elle m'a dit qu'elle avait commis beaucoup d'erreurs dans sa vie, ai-je expliqué sans quitter la fenêtre des yeux. C'était la première fois qu'elle me parlait d'elle. Elle fait tellement d'efforts pour que ceux qui passent au Jardin ne la voient que comme la femme qui leur vend des fleurs.

– Mais c'est ce qu'elle est, s'est empressée de dire Gala comme pour la défendre.

J'ai réfléchi un instant. J'ai fait tourner mon vin dans mon verre et l'ai reniflé, pour imiter mon amie.

– Je ne crois pas. Je suis certaine qu'elle a eu une vie passionnante, ai-je déclaré.

Oui, elle cachait quelque chose. Depuis que je travaillais à la boutique, j'avais vu passer des responsables politiques, des chefs d'entreprises et des artistes du monde entier. Cet après-midi-là, j'avais même croisé Rosa Montero, dont Olivia semblait très proche. Le grand Citny lui-même s'était plaint de ne pas l'avoir vue depuis New York. Une autre question m'a alors taraudée.

– Par exemple, cet homme qui vient lire dans le jardin. Elle le connaît comment ? Tu dois savoir, toi, tu es son amie depuis un bout de temps.

– Mais quelle commère tu fais !

– Je cherche juste à la connaître un peu mieux, c'est tout.

Gala a paru surprise.

Mais je connaissais l'essentiel, m'a-t-elle dit en clignant des yeux à plusieurs reprises ; je connaissais son « superpouvoir » puisque, selon elle, elle me l'avait montré… Ça ne me suffisait pas ? J'ai piqué un tabouret au groupe à côté de nous. Son superpouvoir ? Gala a lancé un noyau d'olive dans la poubelle, le superpouvoir d'Olivia, c'était de voir à travers les gens et de les aider à changer pour devenir eux-mêmes.

Elle a avalé un canapé et a réussi l'exploit de mâcher la bouche ouverte tout en ayant l'air élégante. Dehors, on entendait un saxo qui reprenait à l'envi l'air de *Strangers in the Night* tandis qu'un groupe fumait devant l'entrée en parlant bien trop fort. Et que savait-elle au sujet de sa famille ? ai-je insisté. Quel métier faisait-elle avant ? Gala se regardait distraitement dans le miroir. Il était évident qu'elle faisait tout pour éviter cette conversation. Olivia considérait que son histoire n'avait pas d'importance, un point c'est tout, a-t-elle dit en lissant sa frange. Elle avait choisi d'être le témoin silencieux de la vie des autres, comme ses fleurs. Et comme elles, elle influait sur les émotions des gens.

– Moi, elle m'a beaucoup aidée, a insisté Gala. Je suis une meilleure personne depuis que je la connais.

Je l'ai regardée en silence. À cet instant, il m'a semblé clair qu'elle taisait plus d'informations qu'elle n'en donnait – même si j'étais loin d'imaginer tout ce que cachait Olivia. Elle et son jardin.

– C'est drôle, ai-je reconnu, je la connais à peine et pourtant j'ai peur de la décevoir…

Gala m'a gentiment caressé l'épaule.

– Eh bien, ne crains rien. Cela fait longtemps qu'elle n'attend plus rien de personne.

Elle s'est remaquillé la bouche dans le miroir, a attrapé une serviette en papier dont elle s'est servie pour fixer la couleur de son rouge. J'ai observé la trace de ses lèvres sur la serviette, comme une relique sur le comptoir. Puis elle m'a regardée droit dans les yeux.

– Elle a l'impression de devoir s'acquitter d'une dette, et c'est ce qu'elle fait, en aidant les autres, a-t-elle souri. C'est pour ça qu'elle se prend de temps en temps pour une justicière…

– Comme quand elle raye les voitures garées devant le consulat, ai-je dit avec une mimique amusée.

– Disons qu'elle dénonce les injustices. Les petites et les grandes. Et peu importe la victime. Il peut s'agir d'un homme, d'une femme, d'un enfant, d'un chien ou d'une fleur qu'on a coupée au mauvais moment. (Elle s'est accoudée au bar en cambrant le dos.) Tu as de la chance de passer autant de temps avec elle. Elle n'a jamais fait ça avant.

Son commentaire m'a surprise.

– Quoi ? Avoir une assistante ?

– Non, a-t-elle répondu. Confier Le Jardin de l'ange à quelqu'un.

D'énervée, je suis soudainement passée à flattée.

Olivia m'aurait donc choisie ?

Gala a semblé se souvenir de quelque chose, elle a ouvert son immense sac blanc en cuir verni rempli de costumes de théâtre, en a sorti un paquet emballé dans du papier de soie et me l'a tendu. « C'est pour toi », a-t-elle dit. Je l'ai ouvert en prenant mon temps : une casquette blanche de marin, un ciré turquoise, un corsaire blanc et un T-shirt sur lequel était dessinée une violette.

– Pour ton voyage. Le dessin est d'Aurora. Je crois qu'elle a une autre surprise encore pour toi… Mais, je ne t'ai rien dit ! m'a-t-elle précisé en me faisant un clin d'œil.

Je l'ai regardée qui acceptait, accoudée au comptoir, les compliments des serveurs avec l'aplomb d'une créature qui se sait unique au monde. Elle ne portait rien d'autre qu'une petite robe blanche courte et légère, presque une tunique, fendue dans le dos. J'ai compris à ce moment-là pourquoi ses amants devenaient fous de jalousie.

J'ai accepté son cadeau et l'ai serrée fort dans mes bras, enfin aussi fort que me le permettaient ses énormes seins.

Ce soir-là, j'ai découvert une autre Gala. Une Gala pleine de secrets bien gardés, à l'instar de la pièce qu'elle s'était aménagée derrière la cabine d'essayage, au showroom. Au début, elle a fait sa Galatée : elle s'est plainte d'avoir trois nouvelles taches de vieillesse sur le front – elle me les a montrées, on ne voyait presque rien – et un poil blanc sur le pubis ! Non mais j'y croyais ? C'était vraiment mauvais signe. Et quand j'ai abordé le sujet de son coiffeur colombien, elle m'a répondu que tout allait bien parce qu'il savait faire l'essentiel : un bon cunnilingus. Et c'était pour ça, selon elle, et pour d'autres talents tous en relation avec le sexe, qu'il la rendait accro. Voilà comment la conversation a commencé.

– Et comment peux-tu être sûre qu'il n'y a pas plus ? ai-je demandé tandis que mon verre de vin se remplissait – tout seul et sans mon accord – pour la troisième fois.

Elle a rassemblé sa sublime crinière blonde sur une épaule en prenant un air innocent.

– De quoi tu parles ? a-t-elle demandé en faisant la moue. Il n'y a jamais plus.

Je l'ai regardée avec un certain scepticisme.

– Pourquoi tu te défends à ce point ?

– Parce que c'est vrai, Marina. L'amour, c'est nous qui l'avons inventé. Ou plus précisément, c'est une invention des troubadours du Moyen Âge. Ils se sont mis à déclamer des poèmes grandiloquents qui affirmaient qu'on pouvait avoir les deux : chair et sentiment. Et comme le poème nous a plu, nous l'avons appris par cœur. (Elle s'est tue quelques secondes, puis a enroulé une mèche de mes cheveux autour de son doigt.) Mais l'amour n'existe pas. J'ai bien vu que la théorie des cent pour cent compatibles d'Olivia t'avait marquée…

Elle a laissé échapper un de ses éclats de rire sonores, puis a attrapé un morceau de concombre, l'a porté à ses lèvres et l'a mordu d'une façon que même moi j'ai trouvée sexy. J'ai voulu lui parler de Casandra. Et de ma conversation avec Victoria.

– Mais si la théorie était juste et que ton sourcier soit celui à l'autre bout de ton fil rouge ?

Elle a posé ses yeux de poupée sur le miroir.

– Si seulement. Mais ça me semble improbable, a-t-elle dit en s'adressant à son reflet.

Et c'est là qu'elle s'est mise à me raconter une autre histoire, une histoire bien plus importante, que seule Olivia connaissait apparemment. Celle de comment Gala était devenue Galatée.

Il y a cinq ans, elle avait eu une relation avec un écrivain célèbre de vingt ans son aîné qu'elle appelait « l'innommable » – en hommage à Samuel Beckett, si j'ai bien tout compris. En digne dévoreuse de livres, Gala avait fini par se laisser prendre dans ses filets, après un jeu de séduction aussi sophistiqué que cérébral.

– L'autre soir, à la galerie, Olivia a dit en parlant d'Aurora que certaines personnes possédaient un talent artistique mais étaient incapables de le mettre à profit, et toi tu as répondu « Comme ça doit être dur ! » Tu te souviens ? (J'ai acquiescé.) Eh bien il y a pire encore, Marina : avoir un talent pour l'amour et avoir peur de s'en servir.

Gala a balancé ses cheveux en arrière en se souvenant de cet homme consumé par l'orgueil. Un homme que la célébrité avait rendu méfiant et solitaire. Un homme qui, a-t-elle continué, avait tout. Tout sauf la seule chose qui permet de ne pas devenir fou, à savoir, selon elle, la capacité d'ouvrir son cœur aux personnes qui nous aiment vraiment.

Bien sûr, elle avait adoré sa vie avec lui. Elle, une enfant de la campagne, avait découvert un autre monde : les soirées littéraires, les dîners mondains dans des restaurants confidentiels, les allers-retours à Paris pour l'accompagner à une conférence, lire en avant-première des manuscrits ensuite publiés dans le monde entier. À qui ça n'aurait pas plu ? Mais elle pouvait m'assurer, a-t-elle dit en tripotant un fil de sa robe, qu'à cette époque ce n'était pas ce qui comptait pour elle. Non, elle, elle éprouvait un besoin vital de « s'abandonner à l'amour ». Du moment que cet amour survenait de façon naturelle, elle était prête à l'accueillir à bras ouverts. Comme ses parents. Ce qui l'avait conquise chez cet homme, ce n'était pas sa célébrité, mais cet aveu qu'il lui avait fait un après-midi d'hiver devant une cheminée dans laquelle survivaient tant bien que mal quelques braises, métaphore parfaite de l'homme qu'elle avait en face d'elle alors : « Personne ne m'a appris à ouvrir mon cœur, a-t-il admis pour la première fois avec humilité. Mais les gens qui m'approchent le font en général par intérêt, Gala. » Il lui avait pris la main pour qu'elle se lève de son siège et l'avait embrassée. Et ce baiser, c'était un appel au secours. Mais c'était également une première étude de leur compatibilité dont Gala avait préféré ignorer les conclusions. Parce que, dans ses souvenirs, ce baiser n'avait rien de particulièrement émouvant. Il était très cinématographique. Comme projeté. Comme une scène répétée mille fois. Mais en toute honnêteté, son cœur ne s'était pas emballé à l'idée de l'embrasser de nouveau à leur prochain rendez-vous.

– À l'époque, j'avais un superpouvoir fondamental, m'a-t-elle assurée en demandant la bouteille au serveur, que je gardais secret évidemment : j'avais le pouvoir d'aimer avec une force invraisemblable. Sans limite. Sans condition. Sans peur. De façon instinctive. Ma mère me l'avait toujours dit. Que ma capacité d'aimer me rendrait très heureuse, ainsi que ceux qui m'entouraient.

Je l'écoutais avec attention tandis qu'elle essuyait la buée des verres avec une serviette, et pour la première fois, j'ai ressenti chez elle une certaine pudeur. Ça me faisait quelque chose de l'entendre parler d'amour, elle qui avait l'habitude de dire que c'était une chose très surfaite. Qu'il ne fallait pas y succomber. Que ce n'était pas une bonne idée.

– Maintenant les choses sont différentes, a-t-elle conclu.

– Mais alors… qu'est-ce qui a mal tourné ?

Elle a soupiré en s'adossant au mur.

– Je vais faire mon Olivia une seconde. S'il y a une chose que j'ai apprise et qui pourra te servir un jour, Marina, maintenant que tu es de nouveau sur le marché, c'est qu'il faut éviter les personnes frustrées. Moins elles s'aiment, moins elles aiment les autres. Plus elles ont peur, plus elles s'en prendront à toi. (Sa voix de velours s'est soudainement durcie.) Ce sont des estropiées. Elles s'approchent de ceux qui ont ce superpouvoir pour s'en nourrir sans rien donner, ou presque, en retour.

J'ai secoué la tête, je ne comprenais pas.

– Mais… pourquoi ?

Parce que ces personnes ont peur, a-t-elle continué d'une voix encore plus rugueuse, parce que tout ça leur donne l'impression de se protéger. Alors que c'est tout le contraire. Elle en était arrivée à la conclusion suivante : ces gens vivaient dans l'angoisse permanente qu'on les rejette, qu'on leur dise non, et ils cachaient leur peur derrière un vernis d'orgueil et de vantardise. Et quand la réponse était « peut-être », comme celle de Gala, ils avaient si peur de te perdre qu'ils jouaient les invulnérables et finissaient par te blesser. Sauf que l'innommable n'était pas invulnérable. Personne ne l'est. Elle a pris une grande inspiration et a arraché le fil d'un coup de dents. La peur, a-t-elle poursuivi. C'est la peur qui les poussait à ne jamais baisser la garde et à minimiser leurs sentiments pour toi, afin de te faire clairement comprendre que tu ne comptais pas plus qu'une autre.

Elle a bu une grande gorgée de vin. J'ai observé cette femelle alpha au visage de poupée qui exsudait autant le sexe que l'intelligence. Je n'arrivais pas y croire. Comment ce type avait-il pu la traiter de la sorte ?

– Et il t'a fait souffrir… ai-je ajouté, surprise par son élan de sincérité.

– Pire ! Il m'a volé quelque chose de très précieux.

Elle s'est tue une seconde comme pour faire durer le suspense. Les serveurs ont décidé de nous offrir une tournée. Oui, a-t-elle répété, il lui avait volé une chose essentielle mais pas d'un coup. Ça avait été progressif, à tel point qu'elle s'en était à peine rendu compte au début.

– Vous avez fini par vous mettre ensemble… par former un couple… comment dire… ?

Elle a eu un sourire triste.

– Un couple normal ? Je ne sais pas très bien ce que nous étions. Pour commencer il ne m'a jamais présentée à qui que ce soit comme sa petite amie. Il n'osait pas.

– Pourquoi ?

Elle a secoué la tête.

– Eh bien je ne sais pas, Marina. Par orgueil ou parce qu'il voulait d'abord être certain que je ne le quitterais jamais. Et comme il ne l'a jamais été, il préférait ne pas dire que nous étions ensemble. Je ne sais pas… Peut-être qu'il voulait le beurre et l'argent du beurre : m'avoir moi tout en restant « le célibataire convoité », que les autres femmes continuent à penser qu'il était libre… Bref, j'aurais pu être sa maîtresse, son assistante ou son plan cul. Je connaissais tous ses amis et la plupart considéraient que nous étions ensemble. Mais en public, il ne montrait aucun signe d'affection qui m'aurait différenciée des autres aux yeux du monde. Et quand tu laisses faire alors que tu sais qu'en privé tout est différent, ça finit par te détruire.

– Mais tous les hommes rêvent d'être avec toi ! ai-je crié, indignée, en manquant de m'étouffer avec mon noyau d'olive.

– Merci, chérie… mais ça n'a aucune importance. Je n'ai pas su me protéger… et j'ai décidé que plus jamais je ne me donnerais ainsi. À moins de tomber amoureuse au point de ne pas avoir le choix, je ne reprendrais jamais un risque pareil. (Elle m'a regardée droit dans les yeux.) Tu sais à quel point c'est frustrant ? De sentir au fond de son cœur qu'on ne nous traite pas comme on devrait, d'être complètement perdue. En privé, j'étais son refuge. Son roc. Sa compagne. Son idéal. Je me suis beaucoup demandé comment il pouvait se moquer à ce point de ce que je ressentais chaque fois qu'il niait mon existence en public. Je me demandais s'il le faisait par peur ou par pur égoïsme.

– Chaque fois qu'il niait ton existence en public, il niait un peu la sienne, ai-je ajouté.

Elle a continué son monologue comme si elle ne m'avait pas entendue.

– Son orgueil comptait plus que tout. Son manque de confiance en lui a pris le dessus sur le reste. Sa peur. À tel point qu'il ne s'est même pas rendu compte qu'il était en train de me perdre.... (Elle a tourné son dos nu à un groupe d'hommes qui la regardait depuis le comptoir.) Parce que j'ai commencé à me dire qu'il avait honte de notre relation. Et j'ai eu mal. Pour de vrai. Mais j'ai découvert récemment que c'était encore plus compliqué que ça en avait l'air : en réalité, il était terrorisé à l'idée de se lancer dans une relation avec une femme qui comptait vraiment pour lui. Une femme qui l'aimait pour ce qu'il était et non pour qui il était. Qui ne l'aimait ni pour ses accomplissements ni pour ses succès. Être avec une personne comme ça, pour la première fois de sa vie, le terrorisait. Et s'il la perdait ? Mieux valait ne pas l'avoir du tout. Étrangement, il avait sans doute peur de me décevoir aussi. Je ne sais pas si ce que je dis a un sens...

– Tu l'as découvert récemment ? Comment ? ai-je demandé.

Elle n'a pas entendu ce commentaire non plus je crois, parce qu'elle a poursuivi en se regardant dans le miroir où se confondaient les reflets des hommes qui l'entouraient, des hélices des ventilateurs, et des lumières ambrées et tamisées de la taverne.

– Il avait peur que ça finisse mal… Parce que tant que tu ne verbalises pas une chose, Marina, elle n'existe pas. (Elle a frotté ses cils blonds, d'un geste las.) Par conséquent, tant que notre relation n'existait pas aux yeux des autres, il n'y avait aucune pression. Mais moi, pour avancer, j'avais besoin qu'il me dise ce qu'il ressentait. Sans souffrance. Sans peur. Qu'il l'extériorise. Et c'était précisément ce dont il était incapable. Tu comprends ?

Ils n'avaient été vraiment heureux qu'une nuit.

Elle a posé son regard plein de blessures sur le plafond de la pièce, noirci par le temps.

La seule fois où tous les deux avaient baissé la garde.

Elle a fouillé sa mémoire jusqu'à faire remonter une image : un restaurant sans salon privé, sans paravent, sans rideaux ni portes derrière lesquels se cacher. Ils étaient assis face à face. Il était habillé de façon plus décontractée que d'habitude et semblait détendu, content. Il l'a regardée d'un air qu'elle ne lui connaissait pas et lui a dit : « Ça me coûte de l'admettre, mais je suis amoureux de toi ». Gala avait trouvé les mots étranges dans sa bouche. Il lui a ensuite demandé ce qu'elle ressentait pour lui.

Dans son élégante robe rouge cintrée, Gala, encore sous le choc des mots qu'il venait de prononcer avec tant de difficulté, s'est concentrée sur son verre de vin en tentant d'analyser l'effort qu'il affirmait fournir. Elle a eu envie de le croire. Elle a eu envie de ressentir la même chose pour lui. Grave erreur. Elle lui a fait un cadeau qu'il ne méritait pas. Elle a mis en action son superpouvoir. Ce soir-là, ils auraient pu éclairer la ville entière. Ce soir-là, il a pu voir, pour la première et la dernière fois – même s'il l'ignorait alors – ce que cela faisait d'être aimé par quelqu'un qui savait aimer pour de vrai.

En se souvenant du lendemain matin, Gala a serré ses bras diaphanes autour d'elle, comme pour se réconforter. Alors qu'elle s'étirait entre les draps, contente et sereine, toujours plongée dans la douceur de la nuit, elle l'a aperçu en train de faire les cent pas dans la pièce. Il ne la regardait pas mais elle a senti l'odeur. L'odeur de quoi ? De la peur. Celle qui était en train de le faire reculer. Il ne lui a même pas proposé de petit déjeuner. Pire, il lui a dit qu'il devait écrire et qu'il préférait être seul chez lui si ça ne la dérangeait pas. Elle s'est habillée tandis qu'il exécutait sa routine matinale comme si elle n'était pas là. Il a aligné méthodiquement ses stylos sur son bureau. Il a mis de la musique, un air grégorien d'un ennui mortel qui le faisait, paraît-il, entrer en transe. Quand elle a tenté d'évoquer la nuit qu'ils venaient de passer, il s'est excusé et a prétendu qu'il s'en souvenait à peine. Sans doute avait-il trop bu ? Et c'est à cet instant précis que Galatée est née. Elle est née du désarroi, de la déception et de la douleur. Son Pygmalion était là, devant elle, en train de modeler les derniers détails de sa statue déconcertée et froide. Puis il est allé s'habiller dans la salle de bains et elle est partie. Sans un mot.

– Et c'est à cette seconde précise que j'ai pris la décision la plus intelligente de ma vie, m'a assuré Gala en croisant les bras. Celle de le quitter.

– Comme ça, en une seconde ? ai-je demandé, surprise.

Elle a acquiescé.

– Je suis partie en courant avant que les blessures ne soient encore plus sévères, a-t-elle répondu en se caressant les cheveux. Il ne s'attendait pas à ce que je fasse une chose pareille, et surtout pas dans une telle précipitation. Mais il a eu tort. J'avais atteint un plafond de verre et je le savais. Je n'avais pas besoin d'en savoir plus. Il m'a déçue. Énormément.

– Et qu'est-ce qu'il a fait ?

Gala a laissé échapper un rire las.

– Rien.

Ou si peu. Au début, il s'était arrangé pour la croiser par hasard, a-t-elle expliqué. Il pensait sans doute la récupérer en reprenant son jeu de séduction. Mais il y avait un nouvel obstacle à surmonter : la déception. Il aurait fallu fournir bien plus d'efforts pour la reconquérir. Et surtout, le timing n'était pas bon. Il y a eu ce va-et-vient quelque temps. Et un soir, il a enfin semblé comprendre ce qu'il devait faire et lui a avoué par message qu'il ne dormait plus tant il pensait à elle, a continué d'expliquer la blonde tout en tirant sur un autre fil de sa robe. Elle n'avait aucune envie de retourner avec lui, mais elle était contente au fond. Pour lui. Il s'autorisait enfin à se montrer vulnérable. Ça lui rendrait un peu de la paix qu'il avait perdue. Seulement le hasard a voulu que le téléphone de Gala n'ait plus de batterie. Elle a donc mis quelques heures à répondre. Son manque de confiance en lui ne l'a pas supporté.

– Quand je suis enfin rentrée chez moi et que j'ai pu brancher mon portable, j'ai trouvé un autre message. « Fausse alerte : je suppose que c'est à ma queue que tu manquais ».

Gala a esquissé un autre de ses sourires froids et distants, puis a demandé l'addition. On nous a offert deux autres verres que nous avons acceptés sans rechigner.

– Tout ça est absurde, n'ai-je pu m'empêcher de dire.

Mais pour elle, tout ça était surtout triste. Ce qui la préoccupait le plus à vrai dire, c'était qu'elle était convaincue que cette histoire avait enclenché chez elle un long processus d'insensibilisation.

– Quand je m'en suis rendu compte, il était trop tard. Au fil de notre relation, sa froideur a anéanti tous les sentiments qu'il avait fait naître en moi. Jour après jour, mot après mot, affront après affront. Une sorte d'opération involontaire qui n'avait qu'un seul objectif : me piéger dans mon obsession de lui faire ressentir quelque chose, de le pousser à s'engager.

Je l'ai écoutée avec tendresse. J'ai voulu la prendre dans mes bras, mais elle n'a pas voulu.

– J'aurais aimé lui dire, mais je n'ai jamais osé. (Elle s'est mordu les lèvres.) Lui dire de laisser naître ce qu'il y avait entre nous, de le laisser grandir, juste pour essayer, sans mensonge, sans ambiguïté, sans se cacher, même si ça devait finir un jour. Cela aurait été préférable à cet « avortement sentimental ». Mais il ne l'a pas fait à temps. Pas au bon moment. Depuis, j'ai peur d'être devenue stérile émotionnellement.

J'ai pris une grande inspiration. J'avais de la peine pour elle. Elle a sorti son porte-monnaie mais je l'en ai empêchée. J'ai tendu un billet au serveur en posant la main sur nos verres pour éviter qu'ils ne les remplissent encore.

– Mais Gala, ai-je dit en récupérant ma monnaie, tu ne t'en rends peut-être pas compte, mais tu as un sourire différent depuis que tu as rencontré Andrés. Tu ne peux pas renoncer à une aussi belle chose juste parce que…

– Je crois toujours que cet amour-là existe, m'a-t-elle interrompue. Il ne s'agit pas de savoir si j'ai envie ou non de tomber amoureuse. Tu ne comprends pas. Je crois simplement que je n'en suis plus capable, a-t-elle admis, le regard impassible. J'ai eu d'autres histoires depuis. Certaines avec des hommes merveilleux. Mais il n'est plus là. Mon superpouvoir. Mon talent. Il n'est plus là depuis longtemps.

J'ai réfléchi. C'était donc comme ça qu'une romantique devenait une Galatée ? À cause d'un accident ? Parce que oui, un homme pouvait être un accident, me suis-je dit. C'était le cas dans cette histoire.

– Pourtant, à cause de mon éducation, je crois toujours que vivre en étant amoureuse est la sensation la plus extraordinaire au monde, a reconnu Gala tandis que la lumière de ses yeux se ravivait un peu. Donc quand tu me parles de mon sourcier, j'ai envie de te dire : si seulement. Si seulement quelqu'un pouvait rompre la malédiction rien qu'en m'embrassant.

– Et tu l'as revu ?

– L'innommable ?

Je ne parlais pas de lui mais j'ai ravalé mon air surpris et acquiescé.

– Oui, il m'a appelée la semaine dernière, de nulle part, et nous nous sommes vus hier.

– Quoi ? ai-je demandé, un peu plus surprise encore. Après toutes ces années, tu l'as vu hier et tu me le dis seulement maintenant ?

– Oui, a-t-elle répondu d'un ton froid.

– Et ça va ?

– Parfaitement bien. (Il y a eu un silence.) Je l'ai retrouvé chez lui, dans cette bibliothèque où nous avions passé tant d'heures tous les deux.

– Et que s'est-il passé ?

– Nous avons parlé des autres pendant une heure, de façon détendue, nous nous sommes remémoré des anecdotes insignifiantes et avons bu du whisky, alors qu'il sait que je n'aime pas ça. J'ai observé cette cheminée dans laquelle il y avait eu un jour un vrai feu et où scintillaient désormais un tas de bûches artificielles ridicules. Et l'espace d'un instant, je suis retournée six ans en arrière et me suis revue assise sur ce fauteuil en cuir grenat, à discuter de ses romans, quand cet homme était encore pour moi un mystère que j'avais envie de déchiffrer.

Gala savourait une olive, comme moi son histoire. À un moment, habillé d'une chemise à carreaux qui le vieillissait et d'un jean qui tentait de le rajeunir, il a dit qu'il avait quelque chose pour elle et a voulu se lever. Gala a remarqué un petit écrin de feutre posé sur le guéridon à côté de lui et l'a arrêté dans son élan. Par pur altruisme. Elle a voulu lui éviter une scène qui, après toutes ces années, aurait frôlé le pathétique. Il s'est donc ravisé et s'est emparé d'autres cadeaux qui attendaient là. Il avait préparé une ribambelle de petites attentions, en bon stratège. Il avait tout prévu… sauf son retrait à elle.

Les serveurs ont commencé à ranger les tabourets retournés sur le comptoir et à remiser les assiettes à tapas qui se trouvaient dans les présentoirs. L'un d'eux nous a fait un clin d'œil puis nous a dit de finir notre verre sans nous presser. Qu'ils devaient encore tout mettre en ordre. Gala lui a adressé un sourire reconnaissant et a ri. D'un rire d'une tristesse absolue.

– Ah… comme la vie prend une tournure étrange parfois, Marina. Tout est une question de timing. Tu sais ce qu'il a osé me dire ? s'est-elle exclamé en battant des cils. Qu'il avait tenté de nier les sentiments qu'il éprouvait pour moi… Et que, par extension, il avait nié les miens…. Que je lui avais appris à aimer. (Elle a tapoté sa bouche du bout de doigt, comme pour se forcer au silence.) Et tu sais le plus incroyable, Marina ? Eh bien tout ce discours, que j'aurais adoré entendre à une époque, m'est tombé dessus comme une enclume de tristesse. C'était comme écouter un cadavre expliquer qu'il était encore vivant. Je crois qu'il l'a vu dans mes yeux, parce qu'il s'est mis à pleurer.

Je me suis imaginé la scène : elle debout, impassible, dans son rôle de Galatée. Et à ses pieds, accroché à sa taille, en train de pleurer avec la mélancolie d'un premier communiant, puis avec désespoir, son Pygmalion lui demandant pardon de l'avoir sculptée ainsi, ou plutôt crachée ainsi, à coups d'affront. Et elle qui le laisse parler, sachant parfaitement qu'on ne peut pas faire marche arrière sur un cœur sans l'écraser. Elle sentait sa grande jupe en tulle s'imbiber de ses larmes amères, ses larmes qui dégageaient tant de solitude, tandis qu'elle essayait, déconcertée, de trouver en elle une brèche, quelque chose qui lui aurait permis de céder à cette passion, à cette tentative d'amour, de mettre un terme à un avortement émotionnel qui avait duré trop longtemps… Mais la seule chose qu'elle ait pensée, c'est qu'elle avait oublié de récupérer son édredon chez le teinturier.

– J'ai cherché au fond de moi et je n'ai rien trouvé. C'est la vérité, a-t-elle conclu avec sévérité. S'il a tant pleuré, c'est parce qu'il a compris qu'il ne s'agissait pas d'obtenir mon pardon. Non, je crois qu'il a pleuré parce qu'il a compris que ça aurait pu être si simple… et que nier ce qu'il y avait entre nous ne m'avait pas punie moi, mais lui en réalité, à cause de sa haine envers lui-même au fond. Il était loin d'être aussi cruel qu'il pensait ou qu'il aurait aimé l'être.

Je me suis dit que c'était vrai. C'était déjà compliqué en soi de croiser celui ou celle qui nous correspondait au bon moment. Alors si en plus on s'interdisait de se lancer, on ne s'en sortirait jamais. Adieu l'orgueil mal placé, adieu la peur, adieu les « mais si… » ai-je dit à voix basse parce qu'au fond c'est à moi que je m'adressais. « La peur pousse à l'immobilisme », m'avait dit Olivia à l'époque où je laissais filer les jours sans faire réparer les appareils électroménagers de mon appartement ni défaire mes cartons. La peur nous fait passer à côté des plus belles et plus grandes occasions de la vie.

Mais ce soir-là, précisément, j'étais sur le point de me prouver que moi aussi j'étais capable de commencer à vivre sans réfléchir à la façon de le faire. En sortant du Dolores, nous avions la gorge sèche d'avoir tant parlé, c'est pourquoi Gala, qui n'avait pas envie de s'arrêter en si bon chemin, a proposé qu'on aille prendre un dernier verre au Café Central. Quand nous sommes arrivées, les Cool Street Band venaient de finir leur concert, et les musiciens commandaient leurs premiers verres tout en rangeant leurs instruments. Nous nous sommes assises au bar et avons commandé deux gin-tonics. La boisson officielle de notre été.

– Une infidélité ? a continué Gala. Ça aurait servi à quoi ? Il était obsédé parce que tout le monde me regardait comme ci ou comme ça, une malédiction qui semble me poursuivre dans toutes mes relations. (Elle a relevé sa crinière tout en s'éventant avec le menu.) Moi, en tout cas, ça ne m'aurait posé aucun problème d'être avec lui et personne d'autre. Mais bien sûr, pas dans cette clandestinité si nocive, si injuste.

Parce qu'aimer, c'était simple, a-t-elle continué dans un murmure, tandis que je n'arrivais pas à quitter des yeux le saxophoniste aux cheveux lisses et brillants qui improvisait quelques accords avec un de ses amis. Quand deux personnes avaient tous les ingrédients en main, aimer était simple.

Et je l'ai vue. Distinctement. L'étincelle de lumière qui a illuminé son visage, qui essayait encore de se rallumer en elle.

– Ah, Marina… si seulement les hommes savaient qu'en admettant leurs sentiments, en public comme en privé, ils ne perdent rien de leur virilité. Bien au contraire, ils en gagnent… (Elle a observé avec une certaine tendresse un petit groupe de garçons qui avaient pris le relais de ceux du Dolores et chuchotaient en nous regardant comme des adolescents.) Que ça ne les diminue pas mais que ça les grandit. Que ça les rend plus forts et pas plus vulnérables. Celui qui a éprouvé ce sentiment pour de vrai, sans entrave, sait que ça l'aide à écrire mieux que jamais, à être plus lumineux que jamais, que ça le rend plus heureux, indestructible… Celui qui a éprouvé cet amour-là sait qu'il ne t'enferme pas mais te libère, qu'il ne fait pas de toi un faible mais un puissant. Qu'il n'enlève rien mais ajoute. Si ce n'est pas ce qu'il ressent, alors ce n'est pas de l'amour.

J'ai enfoncé du bout du doigt les glaçons dans mon verre, comme pour les noyer. Le saxophoniste, qui avait arrêté de jouer, a recoiffé sa superbe crinière en arrière, comme s'il se douchait dans la lumière de la scène. Il a regardé vers moi. Plusieurs fois. Et quand je me suis retournée, il n'y avait personne derrière moi. Gala a semblé s'amuser de notre petit jeu. Puis, elle a rembarré le groupe des « babies » comme elle les a appelés, qui tentaient une approche, avec une phrase qui m'a vraiment surprise dans sa bouche : « Les enfants, leur a-t-elle dit, un peu de respect pour nos cheveux blancs. » Même le serveur a rigolé.

Qu'il est difficile d'exprimer ce que l'on ressent vraiment… C'est pour ça qu'Aurora, qui à cette heure-ci travaillait à une toile de sa nouvelle série sur les femmes tandis que Maxi ronflait dans son fauteuil, se demandait pourquoi elle n'avait jamais entendu son père dire « Je t'aime ». C'est pour ça que Casandra conjuguait le verbe « aimer » sans peur, pour la première fois de sa vie, dans un appartement avec vue sur le jardin botanique. Pourquoi avait-elle attendu si longtemps ? C'est aussi pour ça que Victoria envoyait un message, sans savoir si elle obtiendrait de réponse. Mais elle le faisait en caressant la tête de ses enfants endormis, sans se sentir coupable, pour la première fois depuis des lustres.

Mes yeux se sont remplis comme nos verres. Sans prévenir et sans autorisation. Avant, c'est sans doute l'idée que personne, pas même toi, ne m'avait encore jamais fait ressentir ça qui m'aurait rendue triste. Pourtant, à cet instant, j'ai ressenti un nouvel espoir, la même électricité que si on m'avait révélé que la vie existait après la mort. J'avais l'impression qu'on venait de me donner la preuve de l'existence d'une autre galaxie, des fées, de la magie et du père Noël. L'amour existait et c'était une agnostique qui me l'avait annoncé. Cette forme d'amour existait. Je n'avais pas besoin de plus.

Jour 6

Écrit dans la brume

Ce soir, le monde a disparu. J'ai navigué sans vent et sans voile, à une vitesse de deux nœuds, jusqu'à ce que la mer disparaisse sous une épaisse couche de nuages : la brume a d'abord englouti la coque du Peter Pan, puis je l'ai vu se faufiler à travers les écoutilles et désormais, si j'étends les bras sur le côté, même mes mains disparaissent.

Ça doit être ça, la mort.

Je l'ai dit tout haut mais à voix très basse. La brume s'est chargée d'avaler chaque syllabe comme une bouchée de barbe à papa.

En principe, je dois être devant la crique de Málaga. J'ai navigué à l'aveugle en suivant tes notes et celles de Victoria. Et maintenant, je me contente de prier pour qu'aucun de vous deux n'ait commis d'erreur : « Toujours à tribord, en filant vers le nord-ouest jusqu'à la plage de la Herradura » – que j'ai plus ou moins aperçue mais là… plus rien. Je suppose que j'ai passé Nerja et la Punta de Torrow. Mais ce n'est qu'une supposition.

Je n'ai rien vu d'autre.

Je ne sais pas ce qui m'a poussée à me souvenir de ma conversation avec Gala – ou plutôt de son monologue – au beau milieu de ce brouillard. Je me souviens également de comment elle a fini par me présenter Brais, le saxophoniste galicien, avec qui j'ai passé la nuit. Avant de lui faire signe de s'approcher, elle m'a demandé si j'étais épilée, m'a assuré que c'était un homme délicieux, m'a dressé la liste de tous les avantages des lèvres musclées d'un saxophoniste et des siennes en particulier puisqu'il avait été « testé » par une amie à elle. Il en valait la peine, a-t-elle continué en s'amusant de ma suffocation : propre, tendre et sans prétention.

Je m'entends rire. Cette Gala... Elle est drôle quand même. Et le souvenir de ma première nuit avec un homme qui n'était pas toi me revient. Une sensation imbécile de faire une bêtise, une bouffée d'oxygène. Étrangement, ça a également été la première nuit où je n'ai pas dormi sur le fauteuil mais dans mon nouveau lit. Il a fallu que je me blottisse dans les bras d'un inconnu, que je sente son souffle sur ma nuque pour me sentir à l'aise dans mon propre lit. Passons sur le moment où j'ai recouvert ton urne d'une serviette pour la sortir discrètement de la chambre et la mettre sur la terrasse avant de refermer la porte. Et il faut que tout ça me revienne aujourd'hui, le soir où je suis à deux doigts de me perdre en mer pour toujours ou de percuter quelque chose que je n'aurai pas vu. Cette conversation avec Gala, je le reconnais, ne m'est jamais sortie de la tête. Parce qu'elle m'a fait perdre mes repères, comme je les perds à cette seconde, à bord du Peter Pan.

Perdue dans la brume.

Depuis ce soir-là, je ne réussis pas à définir clairement ce que je ressentais pour toi.

Ni pour personne d'autre.

Je peux aimer beaucoup, ça, je le sais, et me donner à l'autre, mais cette puissante capacité dont elle parlait, qu'elle n'avait même pas pu vivre pleinement, ce cocktail Molotov de passion animale, entremêlée d'admiration, de romantisme, de complicité, d'amitié et de générosité... cette réaction en chaîne qui anéantissait la peur, qui te faisait te sentir plus vivante que jamais, qui provoquait en toi cette explosion atomique de bonheur et de joie, qui te changeait en avion à réaction, qui te rendait lumineuse et capable de tout accomplir si tu étais avec la personne aimée, cette chose dont parlait Olivia avec ses cent pour cent compatibles et qui était en train d'arriver à Victoria, cette chose que Gala aurait pu vivre s'il ne lui avait pas manqué un ingrédient mais qui n'est jamais survenue parce qu'elle y a mis un terme…

Moi, je ne l'avais jamais vécue.

Mais elle existait bien.

Quelle mauvaise et grande nouvelle à la fois, tu ne crois pas ?

Bon, toi tu t'en fous, tu es mort. Et au fond, je me sens un peu coupable de t'avoir empêché de connaître cette sensation. De vivre ça. Avec une autre.

Pourquoi n'es-tu pas là maintenant que j'ai peur ?

Il faut que je te pose la question : c'est ça, la mort ?

Rien.

Tu ne me réponds pas.

Ton souvenir non plus. Je comprends. La seule chose qui te reste, c'est le droit de garder un silence de mort.

Cinq heures ont passé et je navigue emmitouflée dans le ciré turquoise que m'a offert Gala. J'ai dû enfiler deux pulls l'un sur l'autre, l'un des tiens et l'un des miens. J'ai également trouvé un bonnet toujours parsemé de quelques-uns de tes cheveux.

Je suis censée virer pour me rapprocher de la côte, au niveau de Benalmádena et Fuengirola. Si on y voyait quelque chose, j'aurais pu tenter de jeter l'ancre dans le petit port de Cabopino, mais tu disais toujours qu'il n'était pas assez profond pour aller y mouiller en toute sérénité.

Je l'admets. Je suis terrifiée à l'idée de m'échouer.

C'est une de mes plus grosses angoisses chaque fois que je navigue. Même quand tu étais le capitaine.

Je sens mes genoux gelés par le froid et l'humidité. Le silence de l'eau sous mes pieds. Mon nez goutte comme un robinet mal fermé. Je dois vraiment avoir une tête pas possible. Tout à l'heure, pour couronner le tout, j'ai trébuché sur le pont et suis tombée. La surface du bateau était humide et froide. Je ne me suis fait mal nulle part, je crois, mais demain j'aurai un beau bleu sur la jambe qui viendra s'ajouter aux autres. Je ne me suis pas ouvert le crâne, c'est déjà ça.

Ferme l'écoutille, Mari, ou tu vas prendre un coup, me suis-je dit en me levant. Et j'avais raison. C'est cette maudite écoutille de la cabine avant la coupable. Je me souviens de combien tu détestais glisser sur le pont. Je souris en y repensant. Tu te mettais toujours dans des états pas possibles. Surtout quand tu te cognais la tête sur les linteaux de la porte de la cabine faite, selon toi, pour des Pygmées. « Un exemple flagrant de discrimination ! »

Comme tu n'es pas là, je me suis assise derrière la barre pour la première fois depuis que j'ai sorti le bateau. Jusqu'ici j'avais manœuvré debout. En me contorsionnant, pour ne pas te chasser de ton poste. J'ai beau tenir la roue entre mes mains, le pilote automatique corrige constamment le cap. « Le capitaine fantôme », comme tu le surnommais : tu avais du mal à accepter qu'une machine contrôle le bateau à ta place de temps à autre. Mais, peu avant de mourir, après m'avoir confié que tu savais ce qui t'attendait et que tu voulais que j'emporte tes cendres à Tanger, quand je t'ai supplié de ne pas me demander un truc pareil, affirmant que je n'en serais pas capable… tu m'as dit, asphyxié par la douleur : « Laisse le Peter Pan te porter. Tu seras plus en sécurité qu'avec n'importe quel autre capitaine. Moi compris. »

N'importe quel « capitaine » ? Il y a des mots qui me font soudain souffrir, qui m'indignent.

Mais tu as fait l'effort de reprendre ce ton narquois. « Écoute, Marina, il y a de nombreux avantages à préférer le pilote automatique à un marin : il ne se révolte pas, n'a pas besoin d'être nourri ni d'aller pisser et il ne reluque pas le cul de la femme du capitaine. » Puis tu as vomi un peu de bile, comme si les ténèbres s'emparaient déjà de toi. Tu as tourné la tête pour que je ne voie pas ton visage. Tu as séché tes lèvres avec le drap et gravé les mots suivants dans ma mémoire : « Parfois, Mari, la douleur nous empêche de voir que notre monde est toujours merveilleux. Tu auras au moins huit jours pour t'en apercevoir. Je voyagerai avec toi. Je te le promets. Jette mes cendres à Tanger. Après, fais ce que tu veux. »

Fais ce que tu veux… Mais bien sûr…

Et t'es où maintenant ? Maintenant que j'ai peur ?

Putain !

Je n'aurais jamais dû te promettre de jeter tes cendres à Tanger. C'est ça. J'ai toujours été faible. Je n'ai jamais su dire non.

Pourtant, c'est simple.

Non !

NON !

Je n'aurais jamais dû m'engager à prendre un risque aussi grand.

Je suis si épuisée…. Si je ne dors pas au moins quelques heures d'affilée, je ne vais pas tenir. Je suis tellement, incroyablement, épuisée, Óscar, que je ne sais plus qui je suis ni qui j'étais. Je devrais mettre le feu au bateau tout de suite. Faire enfin cet enterrement viking.

Serrer tes cendres dans mes bras et me fondre avec toi dans la brume. Telle une bonne copilote, avec son commandant jusqu'au bout.

Au fond, la vie n'est que brume.
Nous le deviendrons tous.
Saloperie de cerveau manipulateur !
Oui !
Je crie !
Je te déteste ! Tu m'entends ? JE TE DÉTESTE !

Je suis descendue dans la cabine. La brume s'est infiltrée partout et je suis incapable de situer les tiroirs de la cuisine. J'ai quand même réussi à trouver quelques allumettes et du papier journal. J'ai essayé d'en allumer une, puis une autre, puis encore une autre, mais elles se cassent toutes, parce que le bois est humide et mou et qu'il refuse de prendre. Tout est humide et mou dans cette solitude.

Je ne sais pas ce qui m'a poussée à entrer dans ta cabine.

Je ne sais pas ce que je venais y chercher. Des réponses. Celles que tu refuses de me donner puisque tu n'apparais pas.

J'ai feuilleté tes livres, ouvert les tiroirs et fini par soulever le matelas pour fouiller le compartiment qui se trouve en dessous.

Des vieilles boîtes à chaussures, des serviettes abîmées, des câbles cassés et dans une des boîtes : un livre. Un que je n'avais pas encore feuilleté : *Récit d'un naufragé*. Une belle édition. Avec une couverture rigide. Pas le genre de celles qu'on emporte en bateau.

En l'ouvrant, j'ai découvert une longue dédicace : les paroles d'une chanson d'Inma Serrano. Ce n'est pas ton genre de musique pourtant. Moi, cela me rappelle mes nuits méditerranéennes sur la plage quand j'étais jeune. Des nuits que je n'ai pas partagées avec toi.

Chants de sirènes en m'endormant, si je sais que je me réveillerai avec ton amour.

Chants de sirènes en m'endormant, si je sais que je me réveillerai avec ta chaleur.

Il y a autant de brume dehors que dedans, mais je continue à lire. La dédicace est manuscrite.

Je profite de chaque seconde et je ne changerai rien même pour tout l'or du monde, parce que c'est toi qui sèmes la joie dans mon cœur.

L'écriture est jolie, de grandes lettres claires, assurées.

Parce qu'il n'y a plus aucune ombre dans ma vie,
Parce que mon sourire illumine la nuit plus qu'une lanterne.
Et je sais que quand tu t'en iras, je serai quand même heureuse, parce que tu m'as aimée comme je t'aime moi.

En bas de la page, une signature : Amalia, à Málaga, il y a cinq ans. Málaga… cette ville où tu travaillais deux jours par semaine durant les cinq dernières années de ta vie. Il t'arrivait parfois de t'y rendre en bateau dès le week-end, pour décompresser, si tu devais y être le lundi.

Je referme le livre et m'ordonne de ne pas y penser jusqu'à ce qu'il fasse jour.

Quand je retrouve mon souffle et la raison, je suis de nouveau sur le pont, assise dans la brume.

Je suis là.

Enveloppée dans une couverture comme s'il s'agissait d'un cocon.

Reste à savoir ce qui va en sortir et dans quel état. De quel genre de métamorphose s'agit-il ? Je n'aurais pas dû fouiner dans tes affaires. On finit toujours par élaborer des théories fantaisistes. Et tu n'es pas là, je ne peux pas donc te poser de questions. Mais j'ai dit que je n'y penserai pas et c'est ce que je vais faire.

Si ce foutu portable marchait, je pourrais me prendre en photo et l'envoyer à Olivia. Enfin, il faudrait déjà qu'elle ait un portable. La légende serait simple : « Voilà ta chrysalide, devenue complètement folle. On se voit dans l'autre monde. Marina. »

Je me rends compte que c'est elle qui m'a poussée à faire ce voyage insensé, le jour où nous avons eu notre fameuse dispute : « Sois courageuse, Marina ». « Ne te complais pas dans la pitié, Marina. » « Arrête de jouer les victimes, Marina. » « Sois libre, déploie tes ailes… » Pour l'instant, le seul truc que j'ai déployé, ce sont les boîtes de sardines et de thon à l'huile. Et un putain de livre avec une dédicace dont je n'arrive pas à me sortir la signature, l'écriture et la date de la tête.

Pourquoi la brume ne gomme-t-elle pas ça aussi ? Pourquoi n'efface-t-elle pas ces mots que je n'aurais jamais dû lire ?

Je n'ai pas de temps pour les idioties. Je joue ma putain de vie. Concentre-toi sur le cap, Marina. Garde ton objectif en tête.

Tu me connaissais vraiment bien, Óscar. Tu t'es assuré que je tiendrais ma promesse. Parce que c'était clair pour toi. S'il y avait une chose qui m'empêcherait de sombrer, c'était bien une promesse faite sur ton lit de mort.

J'allais continuer à vivre pour toi. Pas pour moi. Pour toi. Et je ferais ce voyage, parce que tu l'avais voulu.

Mon unique prouesse sera de le faire seule, si tant est que j'arrive au bout.

Pourquoi n'ai-je pas attendu la fin du voyage pour ouvrir ce livre ?

J'ai besoin de toutes mes forces à cet instant.

Ce n'était sans doute rien. Tu es resté avec moi après tout.

Pourquoi es-tu resté avec moi ?

Pourquoi n'as-tu pas mieux caché ce foutu livre ? Pourquoi ne l'as-tu pas détruit ? Tu voulais que je tombe dessus après ton départ ? Tu étais lâche à ce point ?

Et maintenant que le GPS est devenu fou, je suis sûre que je vais aller me fracasser contre un rocher.

Allez, encore trois jours et je me reposerai pour toujours.

Il faut que je me calme. C'est vital. Je suis assise derrière la barre. Je serre les mains autour de la roue bien qu'elle tourne seule, qu'elle s'autogouverne.

Je regarde l'anémomètre et n'en crois pas mes yeux. Il indiquait quarante mètres de profondeur il y a quelques minutes encore.

Il n'en marque plus que trois.

Comment est-ce possible ?

Je l'éteins et le rallume. Mais il indique, cinq, quatre, trois mètres…

Mon Dieu, un rocher ? Ou alors la plage et le sable ?

Mon Dieu, je vais m'échouer. Je sais que je vais m'échouer.

Qu'est-ce que c'est que ça ? Quelque chose vient de surgir devant la proue du bateau.

Une ombre qui prend forme à toute vitesse, énorme et obscure.

Elle semble suspendue dans la brume.

Je dois réagir vite pour ne pas lui rentrer dedans.

Est-ce que je suis en train de rêver ?

Non, ce n'est pas un rêve. Rien ne l'est. Tout fait partie de la même réalité.

NE CESSE JAMAIS DE RÊVER. Le panneau qui accueille les clients du Jardin de l'ange me revient en tête. Ne cesse jamais de rêver, Marina, ne cesse jamais de rêver…

Un chat devant un tableau

Plus je pense à cette année de deuil, plus je réalise combien les êtres humains gèrent mal leur souffrance. Nous essayons de l'alléger. Nous cherchons la meilleure façon d'annoncer une nouvelle, en douceur, au moment opportun, en prévoyant une issue de secours, nous tenant prêts à retirer ce qu'on a dit, à minimiser. Nous faisons tout pour être forts, ce qui revient à tourner le dos à nos sentiments. À ne pas les verbaliser.

Sans comprendre que la seule façon d'échapper à la douleur, c'est de l'éprouver, de la traverser.

D'un trait.

Se confronter à elle aussi tôt que possible pour qu'elle cesse de faire mal le plus vite possible. C'est pareil avec la déception. Nous essayons de la repousser, de ne pas l'exprimer, de lui tourner le dos, de l'alléger… parce qu'elle fait trop mal.

Moi, j'ai enfin commencé à affronter ma douleur le jour où Olivia m'a secouée, en refusant de me laisser jouer les victimes et en m'obligeant à réagir. Ce jour-là a marqué le début de ma métamorphose.

Une des premières mesures que j'ai prises cette semaine-là a été de louer mon ancienne maison à un jeune couple qui venait d'emménager à Madrid. « C'est un endroit parfait pour avoir un bébé », a dit la femme. Blonde, mignonne, pas trop grande, soignée, du genre élève modèle avec une écriture ronde et des fiches de cours soulignées de différentes couleurs. Casandra surnommait ce genre de filles les « bonbons ». Elles avaient un succès fou parmi les hommes de notre génération parce qu'ils les considéraient comme « aptes » à vivre en couple et fonder une famille stable.

Je l'ai regardée déambuler dans la maison avec ses petites ballerines de créateur, son jean repassé et ses boucles d'oreilles en perle. Son mari la suivait de près, en l'écoutant expliquer où elle mettrait tel ou tel meuble et quel mur elle ferait tomber. De temps en temps, elle s'interrompait pour l'embrasser sur la joue.

Selon Olivia, ces femmes-là souffraient du « syndrome de la petite mariée », ce qui me faisait beaucoup rire. À vrai dire, nous en avions une ribambelle à la boutique. Elles nous achetaient en général des fleurs pour leurs fiançailles.

Ces femmes avaient décidé de se réincarner en ce qu'on appelle « une femme à l'ancienne ». Leur priorité était de se marier et d'avoir des enfants. Elles choisissaient leurs études avec pragmatisme. Leur objectif était simple : avoir un bon salaire et une carrière pas vraiment passionnante qu'elles n'auraient aucun mal à reléguer au second plan pour se consacrer à leur famille le temps venu. Elles savaient parfaitement que l'homme moderne, passé un certain âge et après avoir largement profité de son célibat, n'avait qu'une idée en tête : trouver une femme comme sa mère pour se ranger. Ces femmes-là choisissaient consciencieusement le père de leurs enfants, c'est-à-dire rien de moins qu'un étalon. En échange, elles organiseraient sa vie de A à Z pour qu'il ait l'esprit tranquille.

Tandis qu'elle avançait dans mon ancienne maison, mon « bonbon » a expliqué qu'ils déménageaient pour se rapprocher du travail de son mari et qu'elle ferait les trajets jusqu'à la naissance des enfants. Une fois qu'ils seraient là, elle démissionnerait pour se consacrer à eux, bien évidemment ! En résumé : elle était ravie de vivre dans son ombre à lui.

Je l'ai regardée attraper la main de son mari avec un geste de gamine. Quel homme sain d'esprit aurait préféré vivre avec une femme passionnante ? me suis-je demandé en époussetant la jupe jaune des années 1950 que j'avais enfin osé mettre. Le bonbon était condamné à se marier jeune, à avoir deux enfants, une vie simple et une maison dans un quartier hors de prix avec vue sur un terrain de golf. Mais selon Olivia, la femme « bonbon » avait un inconvénient : elle pouvait exploser du jour au lendemain. Si elle avait une vie bien organisée, elle se contenterait d'être raisonnablement heureuse. Mais si son mari la faisait sortir de ses gonds, elle était également tout à fait capable de poser ses valises devant la porte et de lui demander le divorce sans sourciller en lui tendant la carte de son avocat.

Plongée dans mes pensées, j'observais avec tendresse cet homme qui avait l'air à la fois ennuyé et satisfait de faire « ce qu'il fallait » avec « la femme qu'il fallait ». Elle a alors désigné une pièce en disant que ce serait la chambre du – ou des – futur bébé. Elle lui a adressé un geste complice qu'il lui a rendu de façon automatique et j'ai eu du mal à dissimuler ma tristesse. Parce que moi, j'avais eu tous les inconvénients du « bonbon » sans aucun des avantages : copilote, sans papiers, sans droits, sans enfants, sans carrière, sans toi, sans rien.

J'étais sur le point de tomber dans une de mes victimisations habituelles quand je me suis souvenue d'Olivia. J'ai pris une grande inspiration, fourré les clés dans la main du bonbon et marché d'un pas décidé vers l'entrée. J'ai mis Capitán dans son panier et refermé la porte de façon très cérémonieuse, parce que je savais que je ne l'ouvrirais plus jamais.

Tout ça appartenait désormais au passé, me suis-je dit. Et nous ne pouvions pas nous résumer à notre passé. Nous ne pouvions pas être uniquement le fruit de notre éducation, ni de nos relations de couple, ni de nos échecs. Je m'y refusais. Une partie, certainement, de la Marina d'aujourd'hui n'était due qu'à moi.

Et si ce n'était pas le cas, alors je devais la construire.

D'urgence.

Voilà où j'en étais ce matin-là… à traîner les sept kilos de Capitán, qui pleurnichait dans son panier, probablement convaincu que je l'emmenais chez le vétérinaire. Alors qu'en réalité je me rendais à la banque pour virer le troisième loyer de mon nouvel appartement. Nous étions donc déjà en août. Ce qui signifiait que mon hypothétique voyage était censé commencer dans moins d'un mois.

Je sentais bien que les préparatifs s'accéléraient : Casandra venait étudier avec moi deux heures tous les soirs après le travail tandis que Victoria peaufinait le programme informatique auquel elle avait intégré toutes les données (tes calculs et les siens) qui me permettraient de rejoindre Tanger sans difficulté.

Bien sûr, jamais tu n'aurais pu imaginer que je puisse partir seule. Toutes ces cartes que tu as dessinées étaient destinées à un marin chevronné, pas à un moussaillon de pacotille. Petit détail sans importance…

Nous avions mis en place quelques nouveautés au Jardin de l'ange ces derniers temps. Tout d'abord nous avions enrôlé notre « mammy esclave » pour qu'elle anime un atelier de tricot destiné aux habitants stressés du quartier. À l'origine, c'était une idée ingénieuse d'Olivia pour permettre à Celia de s'échapper de chez elle, mais Gala y a vite vu une occasion de faire des affaires : elle a fait imprimer des prospectus et ouvert une page Facebook. Nous avions désormais un groupe de dix personnes qui se réunissaient pour fabriquer des écharpes, des bonnets et des sacs dans le jardin. Victoria elle-même en faisait partie : c'était le seul moment où elle arrivait à éteindre son portable. À vrai dire, tricoter la détendait tellement qu'une après-midi, elle s'est rendu compte, hilare, qu'elle avait oublié d'aller chercher ses enfants à l'école. Et pour la première fois, nous l'avons entendue dire : « Eh bien que leur père y aille, c'est pas la fin du monde non plus ». Le dernier à rejoindre le groupe fut notre mystérieux lecteur qui, de toute évidence, n'avait jamais manié d'aiguilles à tricoter auparavant.

L'atelier n'a pas été notre seule initiative : pour lutter contre cet été suffocant, nous avons installé un stand au milieu du jardin où nous servions de l'eau et des jus de fruits frais à qui voulait. Notre hôtesse de maison funéraire/agent immobilier n'a pas tardé à pointer le bout de son nez, accompagnée d'un agent de police. Selon elle, les voisins d'en face avaient porté plainte, nous accusant d'avoir illégalement monté une « cantine sociale », selon ses termes.

Sur le coup, nous avons suspecté qu'elle était la seule à se plaindre. Mais pour assurer ses arrières, Olivia est allée déposer des cartes de visite au nom d'Elena Ferre dans toutes les boîtes aux lettres du quartier, au cas où quelqu'un aurait envie de la dénoncer.

À vrai dire, ça a fait tout un foin, cette histoire.

« Je voulais seulement que les gens du quartier et les touristes ne meurent pas de déshydratation », a-t-elle argumenté quand le policier du quartier, avec ses airs de rottweiler, et la presse ont débarqué. « Au fond, je fais faire des économies à la sécurité sociale », ont titré certains journaux, reprenant les mots d'Olivia.

Pour être honnête, la majeure partie des personnes qui venaient se désaltérer au jardin avait vraiment besoin d'aide. Il y avait la famille expulsée d'à côté – la femme à la peau mate, son mari aux lunettes tordues et leurs deux adolescents (qui, je crois, commençaient à soupçonner Olivia d'être leur bienfaitrice) –, le mendiant barbu qui interprétait toujours le même air de flûte sous la statue de Cervantès et le mime qui jouait les statues de faune argenté à demi-nu devant le musée du Prado.

J'étais justement en train de passer au pied de la statue du célèbre écrivain sur la tête duquel s'était posée une colombe. Capitán s'est agité en la voyant et a sorti une de ses pattes de velours à travers les barreaux. En voyant Cervantès, j'ai pensé à Francisco. Je me suis demandé s'il avait trouvé les restes introuvables de l'écrivain et où en était son idylle avec Victoria. Je ne les avais pas vus depuis une semaine et ils me manquaient. Et puis la dernière fois… disons que je les avais un peu « trop » vus.

Comment aurais-je pu savoir qu'ils arriveraient si tôt ? Il n'y avait plus que moi à la boutique et la rue était déserte. J'ai donc fermé la grille et éteint les lumières. Puis je me suis installée par terre, au milieu des ficus, pour observer mon petit alien. J'essayais de savoir à quelle étape de sa métamorphose il en était exactement. Selon Olivia, il ne lui restait que trois semaines avant de prendre son envol, à peu près comme moi.

Soudain, j'ai entendu un bruit de clé à la grille et des éclats de rire. Ils ont poussé la porte de la serre sans allumer. C'est sans doute pour ça que, pour ne pas leur faire peur, j'ai préféré ne rien dire. Mon plan était de sortir discrètement dès qu'ils entreraient dans l'arrière-boutique. Sauf qu'ils ne l'ont pas fait, du moins pas tout de suite. En passant le seuil de la porte, il l'a prise dans ses bras, comme si elle était aussi légère qu'une plume. Elle avait rangé ses vêtements mornes habituels et portait une robe qui ressemblait beaucoup à celle que j'avais essayée au showroom de Gala : verte et cintrée avec un grand jupon que Francisco s'est empressé de relever après l'avoir assise sur le comptoir.

Elle a déboutonné sa chemise avec hâte. C'est toujours curieux de voir à quel point une personne peut changer quand elle fait l'amour. Victoria, qui ne m'avait jamais semblé sexy, dont les traits durs n'avaient rien de particulièrement féminins, avait désormais des airs de déesse. Elle s'est emparée d'une énorme marguerite dans un vase à côté d'elle et l'a fait glisser entre ses jambes. Les pétales caressaient sa peau, comme un préambule aux doigts de son amant. L'archéologue, galant et maladroit, ressemblait à un héros de roman érotique. À demi-nu, il lui a arraché sa culotte d'un seul coup, avant de disparaître sous son jupon jusqu'à la rendre dingue.

Il faut reconnaître que le vrai sexe, sans éclairage, sans acteurs, sans mouvements chorégraphiés, sans caméra qui cadre uniquement le plus esthétique, c'est assez bizarre à regarder. Mais quand on connaissait les enjeux émotionnels de cette histoire, et à la lueur tamisée de la lune, cette scène avait quelque chose de très émouvant. Soudain, l'insatiable Francisco l'a de nouveau prise dans ses bras puis l'a collée contre le mur avant de l'entreprendre en la couvrant de baisers. Ils ont passé deux heures à se prendre chacun à leur tour jusqu'à tomber, épuisés, sur un lit de marguerites qu'elle avait jetées sur le futon de l'arrière-boutique dans un moment d'extrême coquetterie.

Et c'est à ce moment-là que je les ai laissés, sereins et endormis sur les fleurs de l'innocence.

En repensant à cet épisode où je m'étais involontairement retrouvée dans le rôle du voyeur, j'ai senti une bouffée de chaleur monter en moi. Pas à cause de la température – à vrai dire, c'était la première journée nuageuse de l'été.

Quel couple ! Je n'avais pas vu une chose aussi pure, aussi naturelle et aussi parfaite que ces deux êtres ensemble depuis longtemps. Comment pouvaient-ils encore s'interroger sur la suite de leur relation ?

J'ai posé le panier du chat par terre et observé le minois noir et blanc de Capitán derrière les barreaux de sa prison portative. Il a collé son museau sur la grille et j'ai caressé son nez humide. Mieux valait que je me concentre sur mes problèmes personnels. Et j'en avais quelques-uns.

Par exemple : qu'allais-je faire si mon propriétaire découvrait le chat ? Il avait clairement dit que les animaux n'étaient pas admis dans l'immeuble. Comment lui expliquer que Capitán faisait plus partie de la catégorie « peluches animées » : il était propre, discret, et n'attaquait que les cartons et les rouleaux de papier toilette – qu'il pouvait transformer en confettis en moins d'une minute. Je crois qu'il a compris mon inquiétude par télépathie parce qu'il m'a regardée avec ses yeux ronds en faisant sa tête d'innocent qui ne ferait pas de mal à une mouche (ce qu'il n'avait jamais su faire de toute façon).

Comme je devais aller travailler, j'ai décidé de l'emmener avec moi. Je l'installerais dans l'arrière-boutique et lui mettrais un peu de terre du jardin en guise de litière. Puis je profiterais de la pénombre de la nuit pour l'introduire discrètement dans mon appartement.

Quand je suis arrivée, Olivia déambulait dans une combinaison et un scaphandre blancs. On aurait dit une figurante dans la scène de la mort d'E.T. Aurora était là aussi, en train de ramasser ses tableaux à toute vitesse.

– Que se passe-t-il ? ai-je demandé.

Olivia a soupiré et ouvert son éventail.

– Que ne se passe-t-il pas, tu veux dire ? a-t-elle protesté.

– Des bestioles, a précisé Aurora en passant devant moi.

Dans le jardin, il y avait un groupe de personnes vêtues comme Olivia qui inspectaient les plantes en retournant chaque feuille, prenaient des échantillons, retournaient la terre dans les pots.

– Nous avons une invasion de pucerons rouges, a soupiré Olivia.

– Et c'est grave ? me suis-je inquiétée en posant le panier par terre.

– Si on fumige tout de suite, ça ira. Aurora voulait absolument faire un lâcher de coccinelles mais je l'en ai empêchée. Il faut agir vite.

– Un lâcher de coccinelles ? ai-je demandé, défaite.

– Oui, elles mangent les pucerons, a expliqué la belle au cœur souffrant en repassant à toute vitesse devant moi. Mais c'est vrai qu'après, tu en as partout. Elles ne s'en vont que quand ça leur chante. (Elle a laissé tomber une pile de tableaux à mes pieds.) Je vais les enfermer dans l'arrière-boutique, a-t-elle crié, ça marche, Olivia ? (Elle m'a fait deux bises, l'air content, avant de remarquer mon petit compagnon.) Et cette adorable créature, qui est-ce ?

J'ai posé le panier sur le comptoir et l'ai ouvert. Capitán a sorti la tête et levé le nez en reniflant timidement autour de lui.

– Il s'appelle Capitán. C'était le chat de.... Euh, c'est mon chat. Je pensais l'amener chez moi quand il ferait nuit parce que c'est interdit, mais s'il y a des fumigations, je ne peux pas le laisser ici.

Olivia s'est approchée et a posé son nez sur la truffe de l'animal. Ils se sont mutuellement reniflés pendant quelques secondes. Puis elle l'a sorti du panier et l'a pris dans ses bras.

– Viens ici, ma beauté, a-t-elle dit en le serrant dans ses bras, ce qui a aussitôt enclenché la machine à ronronnements de Capitán.

Olivia s'est emparée d'un des tableaux d'Aurora pour le montrer au chat. Capitán l'a observé avec le même intérêt que quand il regardait la télévision. Olivia a scruté ses yeux. Le tableau – qui représentait une fleur – se reflétait dans ses pupilles absorbées.

Elle a reposé la peinture, puis le chat. Il a traversé la pièce en s'arrêtant de temps en temps devant une toile ou une plante, comme pour chercher ses repères dans ce nouvel espace. Puis il s'est assis devant un tableau d'Aurora, comme hypnotisé. Il nous a regardées puis il a regardé le tableau, plusieurs fois, comme s'il cherchait notre approbation. Il a fini par aller frotter sa tête contre le cadre. C'est par ce geste qu'il décidait en général que quelque chose lui appartenait.

Olivia a souri et posé son scaphandre sur un tabouret.

– J'ai une idée, nous a-t-elle annoncé d'un ton résolu. Comme nous n'allons pas pouvoir travailler aujourd'hui et que notre ami à quatre pattes ne peut pas rester ici, pourquoi ne pas aller au Prado ? Ils ont une nouvelle exposition.

– Et Capitán ? ai-je demandé.

– On l'emmène, bien évidemment, s'est-elle exclamée. C'est surtout pour lui qu'on y va.

Je me suis approchée d'Aurora et lui ai attrapé le bras.

– Tu es sûre qu'elle n'a pas inhalé un peu de produit chimique ?

La belle au cœur souffrant a ri. Chose rare. Olivia a attrapé Capitán, qui s'est laissé faire sans sourciller, et lui a donné un affectueux coup de tête avant de le glisser dans son panier en osier. Elle a enlevé sa combinaison sous laquelle elle portait un pantalon cigarette noire et un T-shirt rouge. On aurait dit Audrey Hepburn en plus grande. Aurora a attrapé sa besace et moi, mon sac à dos puis nous sommes parties au musée. Capitán sortait de temps en temps la tête, comme caché dans la nacelle d'une montgolfière, pour observer ces alentours qui lui étaient inconnus jusqu'ici.

En arrivant devant la porte, Olivia l'a recouvert avec son châle et a demandé à voir la conservatrice en chef. Apparemment, c'était une très bonne amie à elle. « Il fallait éviter une radiographie forcée à ce pauvre Capitán en passant la sécurité », a-t-elle dit très sérieusement.

La conservatrice du musée était une belle femme aux rondeurs voluptueuses et aux gestes délicats qui portait un tailleur couleur champagne. Sa frange, noire et brillante, lui donnait un air de poupée. Olivia lui a expliqué que nous étions venues faire une expérience. Nous voulions promener le chat dans les galeries de l'exposition permanente pour voir l'effet des tableaux sur lui. Les chats possédaient de nombreux superpouvoirs – un des odorats les plus développés du règne animal, des moustaches et une queue qui leur servent d'antennes pour trouver leur équilibre et évaluer les distances – dont un très méconnu : ils percevaient la lumière ultraviolette.

– Ce sont de véritables petits miracles sur pattes, s'est émerveillée Olivia.

Et Capitán a paru comprendre car il a fièrement cligné des yeux. Les félins sont capables de distinguer dans les plantes d'étranges imprimés invisibles à nos yeux et de percevoir l'énergie que dégagent nos corps sous forme de rayons. Je parie qu'ils peuvent déceler les coups de pinceau cachés des tableaux de grands maîtres…

Aurora et moi l'écoutions, captivées. Selon la théorie d'Olivia, de la même façon qu'un restaurateur utilisait une lampe à rayons ultraviolets pour découvrir la peinture sous la peinture, Capitán avait le pouvoir de voir *Les Ménines* telles que les avaient peintes Vélasquez, sans toutes ces restaurations successives.

Nous étions donc là, à admirer *Les Fileuses*, assises sur un banc, avec dans un panier, un chat qui semblait se concentrer sur le mouvement des corps et du rouet.

Je me souviens l'avoir regardé avec respect et fierté, voire un peu d'admiration. De toute évidence, je n'étais pas le seul membre de mon ancien foyer à avoir été sous-estimé.

Et tandis que nous foulions le sol en marbre écarlate de ce temple de l'art, entourées de tant de beauté, et qu'Olivia attendait que Capitán lui révèle les secrets des grands maîtres, Aurora me les révélait à moi : comment Vélasquez avait commencé par peindre l'air entre les personnages, comment un Goya fou avait, sans le vouloir, inventé l'impressionnisme un siècle avant les autres. Et ce faisant, elle m'a confié pourquoi elle était si heureuse. Blanca Soto lui avait téléphoné pour lui annoncer qu'elle avait vendu six de ses toiles. Elle n'arrivait pas à y croire, a-t-elle dit en replaçant nerveusement ses cheveux derrière ses oreilles. Il était même possible que la galerie l'envoie avec d'autres artistes espagnols à la foire de Francfort.

Elle n'avait jamais été aussi belle : ses cheveux avaient un peu poussé et elle pouvait désormais attacher quelques mèches. Elle avait beau porter un vieux jean élimé et une chemise à pois noirs toute simple, elle semblait plus jeune… plus vivante. Pas une goutte de maquillage et quelques légères rides quand elle riait. Des rides qui lui allaient à merveille. C'est à ce moment-là qu'elle m'a prise dans ses bras.

– Olivia m'a dit que c'était ton idée.

Elle avait les larmes aux yeux, sentait l'eau de Cologne et le tabac à rouler.

– Mon idée ? Non… ai-je dit en me redressant nerveusement. Ils ont plu à Blanca. Je n'ai rien fait…

– Sérieusement. Merci beaucoup d'avoir emporté mes tableaux à la galerie sans me demander mon avis, m'a-t-elle interrompue. Moi, je ne l'aurais jamais fait. Pire, si tu m'en avais parlé, je te l'aurais interdit.

Elle a ouvert sa besace et en a sorti une chemise en carton. Dedans, il y avait une série d'esquisses. L'une d'elles représentait un voilier à deux mâts, qui ressemblait beaucoup au Peter Pan. Sur le plus grand des deux mâts, elle avait dessiné un pavillon blanc avec une violette au milieu. Elle a replongé sa petite main dans le sac et en a sorti une toile blanche soigneusement pliée.

– Tiens, m'a-t-elle dit en me la tendant solennellement. C'est pour toi. Comme ça, les gens te verront arriver de loin. Et ils sauront à quoi s'en tenir !

J'ai pris le drapeau avec la même émotion que si j'avais été la veuve d'un soldat tombé au front. Puis je l'ai de nouveau serrée dans mes bras. Nous nous sommes remises en route, bras dessus bras dessous, en suivant Olivia qui s'arrêtait devant tous les tableaux qui semblaient attirer l'attention de Capitán, sous les regards stupéfaits des surveillants et des touristes.

Nous avons laissé derrière nous la fraîcheur du musée pour plonger dans la chaleur suffocante de la rue. L'air était si étouffant que nous avons décidé de nous acheter une glace et d'aller nous asseoir près de la fontaine qui se trouve à l'entrée du jardin botanique.

– Et quand pars-tu pour Francfort ? ai-je voulu savoir.

Aurora avait tendu sa glace au lait meringué à Capitán, qui la léchait aussi vite que possible. Elle a répondu sans nous regarder :

– Eh bien, je ne pense pas y aller…

Il y a eu un silence qui a semblé durer une éternité.

Olivia et moi avions soudainement perdu l'appétit.

– Comment ? s'est indignée Olivia.

– Pour l'instant, je dois me concentrer sur ma relation, les filles, a-t-elle continué tout en caressant Capitán. Depuis que Maxi est revenu, la situation est très délicate. (Elle a reniflé.) Ça me suffit d'avoir été choisie, sincèrement. Et puis il y aura d'autres occasions.

Olivia s'est levée d'un seul coup.

– Marina, tu es en train de recevoir une très grande leçon. N'aide jamais quelqu'un qui ne te l'a pas demandé.

Elle m'a fourré Capitán dans les bras et a jeté sa glace à la poubelle.

Aurora a explosé.

– Ne me juge pas ! Toi, tu as choisi de ne pas avoir d'homme, ni d'enfant, ni même de chien. Mais moi, ce n'est pas ce que je veux ! Je ne suis pas aussi forte que toi, Olivia.

La fleuriste s'est retournée, les pupilles dilatées, avant de fermer les yeux comme si on venait de la gifler. Ni Aurora ni moi ne pouvions comprendre alors combien cette remarque lui avait fait mal. Elle n'a rien dit. Elle nous a tourné le dos et nous l'avons vue traverser le passage piéton en direction du quartier de Las Letras.

Aurora l'a suivie des yeux. Pour une fois, les larmes qui coulaient sur ses joues n'avaient rien à voir avec ses allergies.

– Tu vois comment elle est ? Je savais que ça se passerait comme ça, a-t-elle protesté d'une voix éraillée. Elle ne comprend pas. Elle ne m'a même pas laissé le temps de lui raconter ma conversation avec Maxi.

– Elle est stressée, ai-je dit pour l'excuser. Plusieurs acheteurs potentiels sont venus visiter la boutique ces jours-ci. Si ça se trouve, elle devra fermer à la fin de l'été.

Aurora a eu une moue étonnée.

– Bon, ai-je dit pour changer de sujet. C'est quoi le problème avec Francfort ?

Elle a pris une grande inspiration comme si l'explication allait être longue.

– Quand il est revenu, je lui ai promis que j'essaierais d'être moins étouffante, mais je lui ai aussi dit qu'il fallait qu'il se bouge parce que les choses ne pouvaient pas rester comme ça. (Elle s'est levée et a serré les poings.) Et il a très bien compris. Je lui ai même dit que s'il restait, il devrait payer la moitié des factures. Mais la réalité c'est que pour le moment, il ne peut pas. Alors je fais quoi ? Je le mets à la rue ? Le taxi, c'est notre seule source de revenus ! Je ne peux pas me permettre de prendre des jours de congé pour aller en Allemagne.

Un groupe de touristes nous a demandé de les prendre en photo. J'ai accepté à contrecœur, mais le résultat ne devait pas être terrible, parce qu'ils l'ont regardée déçus et ne m'en ont pas demandé une autre.

– Tu es sûre que ce n'est pas une excuse ? ai-je demandé en me rasseyant.

– Non ! Je n'ai pas un euro en poche, c'est la vérité.

– Je ne parle pas d'argent mais d'une excuse pour ne pas vivre ta vie, ai-je insisté, furieuse.

– Si tu insinues que je n'y vais pas par peur, tu te trompes.

Elle s'est laissée retomber contre le dossier de son siège en pierre et s'est mise à caresser Capitán, la main tremblante.

– Il passe beaucoup de temps dehors. Et quand il rentre, il est ivre. Défoncé... Je sais que c'est une phase et que c'est très dur de trouver un boulot, a-t-elle continué. Mais je sais aussi que quand sa situation sera plus stable, peut-être que cette histoire pourra fonctionner. Pour l'instant, je n'ai qu'une angoisse, c'est qu'il me quitte de nouveau.

J'ai attrapé Capitán, qui se préparait à sauter derrière un pigeon.

– Qu'il te quitte ? ai-je aboyé. Parce qu'il n'est pas revenu peut-être ? Mais pourquoi il te quitterait Aurora, c'est toi la bonne affaire !

J'avais à peine prononcé ces mots que je les regrettais déjà.

Elle m'a regardée, entre surprise et colère.

– Je ne suis pas sûre de savoir ce que tu as voulu dire mais il dit qu'il m'aime. À sa façon.

– Alors qu'il le montre et qu'il arrête de te culpabiliser.

– Il ne peut pas m'aider plus pour l'instant, c'est tout.

J'ai levé les yeux au ciel. La lumière grise du ciel couvert filtrait à travers les arbres qui longeaient l'allée du parc.

– Et il se sent mal, l'ai-je entendu dire. J'imagine que pour lui c'est dur qu'il m'arrive quelque chose de bien à moi alors que…

– Tu imagines ou il te l'a dit ?

– Il l'a suggéré.

Pour moi, ça a été la goutte d'eau qui a fait déborder le vase. Tout ce que j'ai dit ensuite n'a fait qu'assombrir le visage d'Aurora, comme si mes mots lui assénaient des coups invisibles. Comme si je lui balançais les cendres de sa déception à la figure. Mais quelque chose me poussait à le faire quand même. Il le fallait.

Sans doute la certitude que les ombres de son visage pouvaient se dissiper.

Que ces cendres pouvaient être époussetées.

Après tout, c'est ce que je faisais, moi, de mon côté.

Je ne me souviens pas de tout ce que j'ai dit durant ma tirade. Je crois que j'ai essayé de dresser un portrait précis de Maxi pour qu'elle le voie d'un œil extérieur (enfin plutôt de lui décrire l'image que j'avais de lui après tout ce qu'elle nous avait raconté) : un homme de presque quarante ans qui ne payait pas son forfait téléphonique, qui ne couchait pas avec elle mais lui demandait d'accepter avec le sourire qu'il couche avec d'autres, qui invitait sa bande de toxicos chez elle et jouait les démunis pour qu'elle ne le mette pas dehors. Comment pouvait-elle croire qu'il allait la quitter ?

– Tu dois tout faire pour qu'il débarrasse le plancher, ai-je fini par conclure.

Je ne sais toujours pas comment j'ai osé dire tout ça.

Elle m'a écoutée. Elle n'a même pas eu la force de me contredire.

– Je ne peux pas… s'est-elle contentée de répondre.

Elle avait du mal à respirer. Je lui ai pris la main et lui ai assuré que ses dernières peintures étaient incroyables, quoi qu'en dise Maxi. Qu'elle méritait cette opportunité. J'ai vu son corps se contracter, comme si elle allait exploser. Mais non. Elle ne pouvait pas. Elle était figée par la douleur, rien d'autre. La belle au cœur souffrant n'a pas pleuré, contrairement à d'habitude. C'est peut-être pour ça que Capitán s'est glissé entre nous et a commencé à ronronner, conscient de son pouvoir félin à détendre l'atmosphère, même dans les moments les plus dramatiques.

Nous avons passé l'heure suivante à déambuler dans l'allée du Prado, entre les guitaristes, les peintres et les vendeurs d'éventails à l'effigie des œuvres du musée. Aurora en a profité pour se confier.

Elle n'était pas aussi à la masse qu'on le croyait, a-t-elle clarifié en traînant des pieds. Elle savait qu'il se servait d'elle, mais il faisait tellement partie de sa vie qu'il lui semblait désormais impossible de l'en chasser.

– Il dit tout le temps que je suis une femme compliquée. Et que j'aurai du mal à rencontrer quelqu'un qui m'aime autant que lui.

À force d'entendre ce genre d'absurdités, elle avait fini par y croire. Ou du moins elle voulait y croire.

Et tant qu'elle en serait convaincue, notre belle au cœur souffrant, enfermée dans son cercueil de douleur, serait incapable de voir clairement les autres opportunités qui s'offraient à elle. À vrai dire, il y a peu, Casandra lui avait présenté un ami diplomate en prétendant qu'il voulait lui acheter un tableau. Un homme beau, sensible, courtois envers Aurora, qui adorait l'art et aurait pu l'emmener avec lui à travers le monde tout en la laissant peindre. Mais au troisième rendez-vous, elle a eu la bonne idée de lui dire qu'elle vivait avec son petit ami. Et il a décidé d'en rester là, déconcerté. Son petit ami ?

Comme le lui avait dit Olivia : un homme qui l'aurait vraiment aimée ne lui aurait pas causé autant de soucis. Elle n'aurait pas eu à justifier sa violence ou son égoïsme devant ses amis. Il n'aurait pas passé son temps à la rabaisser. En bref : elle n'aurait pas eu besoin de changer un homme qui était très bien comme il était. Si elle ne savait aimer qu'en souffrant, c'est qu'elle ne savait pas aimer. Elle n'aurait pas eu besoin de convaincre un homme qu'elle était merveilleuse s'il le pensait déjà. Contrairement à son père…

– Et notre liste de plaisirs capitaux de l'autre jour ? Le désir, l'ambition, la fierté… ai-je dit en lui faisant un clin d'œil.

– Je peux déjà rayer le soulagement de la liste, a-t-elle répondu avec un demi-sourire.

Nous avons continué notre promenade. Capitán sortait de temps en temps son petit museau pour nous faire quelques léchouilles avec sa langue de papier de verre. Je me suis arrêtée devant la statue de Neptune et, avec le chat pour témoin, ce qui ne devait pas être un hasard quand j'y repense aujourd'hui, j'ai eu l'idée de lui proposer un défi.

– Je n'embarquerai à bord de ce bateau, Aurora, que si tu embarques toi à bord de l'avion pour Francfort. Et que tu dis à Maxi que tu veux qu'il soit parti à ton retour.

Je lui ai tendu la main pour sceller notre pacte. Elle m'a regardée, déjà paralysée par la culpabilité.

– Je n'en suis pas capable.

– Si, tu peux le faire, ai-je assuré. Tu n'es pas seule.

Le thermomètre avait beau afficher trente-trois degrés, elle tremblait de froid.

Elle croyait en moi et je croyais en elle. C'était tout ce qui comptait. Car les femmes agissent par contagion, comme disait Olivia. Nous puisons notre force dans celle des autres. Comme une réaction en chaîne.

Quand nous sommes arrivées à la boutique, Olivia était adossée à la porte en train d'observer attentivement la façade de l'immeuble d'en face.

Le mur avait été repeint en bleu, à coups de pinceau vifs, pleins de mouvement. Au centre de ce tourbillon de couleur, un corps de femme, le bras levé et suspendu à une masse blanche qui aurait pu être l'écume d'une vague aussi bien qu'une rafale de vent.

Au pied du mur, j'ai reconnu Kiddy Citny agenouillé, les mains pleines de peinture, tout comme sa chemise et son jean. Aurora et Capitán avaient le même regard, à croire qu'ils distinguaient tous les deux les rayons ultraviolets. Le peintre s'est relevé en nous voyant arriver. Il m'a lancé un de ses grands sourires et m'a dit : « C'est toi Marina, en train de voler sur la mer. De voler. »

La théorie du parasite

Rien de tel que la visite d'un peintre allemand mondialement connu pour son engagement dans des causes nobles pour attirer l'attention de notre belle au cœur souffrant. Un ange tombé des cieux n'aurait pas fait mieux.

Nous les avons donc présentés avant qu'Aurora ne parte en courant et leur avons suggéré d'aller manger un morceau dans le quartier en nous attendant. Il pourrait lui parler de la foire de Francfort mieux que n'importe qui et, pendant ce temps, ma patronne et moi aurions le temps de nettoyer les restes du génocide de pucerons qui venait d'avoir lieu dans la boutique. Je me suis demandé dans quelle mesure Olivia était responsable de toutes ces choses extraordinaires qui arrivaient autour d'elle. Les orchestrait-elle soigneusement ou survenaient-elles simplement grâce à son incroyable magnétisme ? À vrai dire, peu importe comment, l'essentiel était qu'elles se produisent.

Voilà la question que je me posais quand nous sommes entrées dans la serre. J'ai observé les alentours avec une grimace de dégoût : une moquette de pucerons couvrait le sol comme des œufs de lump. Nous avons enfilé des gants, laissé Capitán dans le jardin dans son panier et nous sommes préparées à balayer le désastre.

Pas besoin d'être très observatrice pour voir qu'Olivia était préoccupée. Son regard fatigué, ses lèvres serrées, sa façon de marcher moins décidée que d'habitude le trahissaient. Elle avait à peine regardé Aurora et s'était contentée de lui lancer « On se voit plus tard » d'un ton sec.

C'est à ce moment-là que j'ai aperçu Francisco, sortir par la porte arrière du jardin. Pourquoi Olivia était-elle préoccupée ? Était-ce à cause d'Aurora ? Ou à cause de la fermeture potentielle de la boutique ? Que complotaient-ils tous les deux ?

Francisco lui non plus n'avait pas l'air en forme. Il était mal rasé et les immenses poches sous ses yeux montraient bien qu'il n'avait pas dormi depuis plusieurs jours. Mais ce qui m'a le plus marquée, c'est sa façon de marcher : il a passé la porte comme il le faisait quand je l'ai connu, avec précaution, en regardant bien où il posait les pieds. Rien à voir avec sa démarche assurée de ces derniers temps.

En entrant, j'ai remarqué un autre indice du drame qui était en train de se produire : un jeu de clés était posé sur le comptoir. Celui avec le porte-clés en forme de marguerite. Celui que nous avions laissé à Victoria et Francisco pour leurs rendez-vous.

Olivia l'a attrapé et brandi sous mon nez.

– Non mais tu y comprends quelque chose, toi ? (Je me suis contentée de faire non de la tête, tout doucement. Elle a claqué la langue.) Pourquoi les hommes parlent-ils de « culpabilité » quand il s'agit en réalité de « peur » ?

J'ai eu de la peine pour Victoria. Parce que j'ai compris qu'elle ne savait pas encore. J'ai compris que quand elle arriverait au jardin, elle ne tomberait pas sur son amant qui l'attendait, l'homme dont elle était amoureuse, mais sur un pauvre œillet rouge : la fleur des adieux.

– Il la quitte ? ai-je demandé, incrédule, tout en suivant Olivia jusqu'à la pépinière.

Elle s'est approchée du jasmin grimpant qui envahissait le mur de l'église et a épousseté à coups de chiffon les insectes qui, bien que morts, s'accrochaient encore à ses feuilles. Elle en a arraché une et me l'a montrée.

– Tu vois ça ? a-t-elle dit. Tu vois comment ces vermines restent incrustées dans les veines où circule la sève ? Eh bien la femme de Francisco, c'est pareil.

J'avais beau avoir l'habitude des commentaires acerbes d'Olivia et de ses allégories parfois tranchantes, sa remarque m'a semblé particulièrement cruelle.

– Mais que s'est-il passé ? ai-je demandé, au bord de la panique.

– Il est tombé amoureux de Victoria, voilà ce qui s'est passé, a-t-elle répondu en balayant.

– Et c'est pour ça qu'il la quitte ?

Là, je ne comprenais vraiment plus rien. Apparemment, Francisco lui avait raconté qu'il y a deux jours, on l'avait appelé au travail pour lui dire que sa femme était aux urgences car elle avait fait une sorte d'attaque. Quand il est arrivé à l'hôpital, il a trouvé Aida sous perfusion. Elle s'est mise à pleurer en le voyant et lui a tendu sa main tremblante. Après une batterie d'examens, un médecin, qui selon lui l'a regardé d'un œil désapprobateur (un détail de l'histoire exagéré par Francisco ou sa culpabilité, à coup sûr), lui avait expliqué que sa femme souffrait de dépression. Qu'elle s'en sortirait grâce au repos, aux médicaments, à la thérapie, à la patience et en évitant les contrariétés. Il a également jugé bon de le prévenir qu'Aida avait fait comprendre à une infirmière qu'à chaque crise d'angoisse, elle avait eu envie de « faire une folie ». Francisco a compris le message : il a passé son bras autour des épaules de sa femme et l'a raccompagnée à la maison tandis qu'elle s'excusait, la voix tremblante, de lui avoir fait peur, en le regardant de ses yeux de chien reconnaissant. Cette nuit-là, elle a dormi en lui tenant le poignet pour être sûre qu'il ne la quitte pas. Le lendemain, elle a rendu visite à son psychiatre. Elle allait le voir par intermittence depuis le début de leur mariage, à cause de ses tendances dépressives.

– Et ces visites coïncident toujours avec les périodes où il essaie de la quitter, a précisé Olivia. Et maintenant, pour couronner le tout, elle lui a annoncé que son thérapeute avait dit qu'il fallait qu'on s'occupe bien d'elle pendant son traitement parce qu'elle ne savait pas toujours quelle pilule prendre… Bref… (Elle a attaché un foulard autour de sa tête.) Allez, passe-moi un autre chiffon.

Je lui en ai lancé un qu'elle a attrapé au vol. J'ai commencé à nettoyer la couche opaque d'insectes sur la table en fer.

– Mais leur relation ne va pas s'améliorer, ai-je dit, agacée.

– Bien sûr que non, s'est exclamée Olivia. Mais elle préfère avoir une relation zombie. Morte. Que de devoir chercher un autre organisme à parasiter pour vivre.

– Bon, c'est son choix. Mais lui ? Il est au courant que son mariage ne vaut plus rien ? Pourquoi renoncer à sa relation avec Victoria ? ai-je demandé, surprise.

Elle a frotté la rambarde avec son chiffon.

– Certains hommes sont comme ça, a-t-elle dit en fouettant les fauteuils avec rage. Ils ont peur de tout. Peur du changement. Peur d'affronter la réalité, et même peur du bonheur. Ils repoussent l'inévitable et finissent par faire du mal à tout le monde. À eux comme aux autres.

Elle était énervée, a-t-elle ajouté en balayant violemment les dalles du jardin, non elle était furieuse. Et que dire du cas d'Aurora ? Non mais franchement ? Son petit ami appartenait à la même catégorie qu'Aida : des adultes qui n'acceptent pas les décisions des autres et se comportent en gamins capricieux.

– C’est toujours la même chose, a-t-elle déclaré en montant sur une chaise pour nettoyer le dessus de la pergola. Il y a une semaine, Francisco lui a dit qu’ils devraient peut-être prendre le temps de la réflexion. Et comme je le craignais, précisément aujourd’hui, avec un sens du timing qui mérite une certaine admiration, le psy de cette femme formidable pense qu’elle ne se remettra pas de sa dépression sans le soutien de son mari. Qu’est-ce que tu dis de ça ?

Elle a failli perdre l’équilibre, et j’ai couru vers elle pour la retenir par les jambes.

– Et si tu me laissais faire ? ai-je suggéré.

Mais elle a fait semblant de ne pas m’entendre.

– Et je suppose que tout ça, ce n’est pas le psy qui l’a dit directement à Francisco ? ai-je ajouté en levant un peu la voix.

– Bien sûr que non, a-t-elle poursuivi de son perchoir. Mais même si c’était le cas, Francisco pourrait très bien aider sa femme à distance. Conclusion, le chantage est le suivant : si tu me quittes, je vais tomber malade et ce sera ta faute, mon mignon. Et tu ne sais pas ce qu’elle lui a dit ensuite ? Qu’elle avait rêvé qu’il était avec une « autre ».

– Et il a nié, bien entendu.

– Bien évidemment. Donne-moi la main, chérie. (Je l’ai aidée à descendre. Elle a souri de mauvais gré.) Mais peu importe. Nous sommes des femmes, Marina. Quand une femme demande à son homme s’il y a quelqu’un d’autre, c’est parce qu’elle sait déjà que oui. Et, de deux choses l’une, soit la femme est un parasite et elle fait tout pour qu’il se sente coupable afin de l’empêcher d’être heureux. Soit elle n’en est pas un et elle lui rend sa liberté. Et lui, qu’est-ce qu’il fait ? Il nie comme si c’était une question de vie ou de mort et quitte Victoria. Tout ça est très cohérent.

Je me souviens que, sans savoir pourquoi, tout cela m'a fait penser à toi. Que se serait-il passé dans notre cas ? Si j'avais su qu'il y avait quelqu'un d'autre dans ta vie, Óscar, je n'aurais pas pu rester avec toi. Et je me vois mal te retenir contre ton gré avec des culpabilisations et des chantages. Ou alors si ? Est-ce que j'étais dépendante à ce point ?

Nous avons baptisé le cas de Maxi et de la femme de Francisco « le syndrome du parasite » : c'est-à-dire un copilote puissance un milliard. Une personne qui se nourrit de la vie de l'autre, de son énergie vitale, émotionnelle, et qui fait de sa faiblesse une force, l'utilisant pour retenir l'autre. Ces personnes pouvaient se nourrir de l'argent de l'autre, de son carnet d'adresses, comme Maxi. Elles pouvaient également gravir les échelons professionnels en exploitant le talent de l'autre, ou, comme Aida, en profitant de la vie pleine de voyages et d'événements passionnants de son mari. Aida envisageait son mari comme sa « nourriture ». Elle se contentait des miettes de bonheur qu'il lui laissait et n'avait aucune intention d'y renoncer. C'était plus simple que de se construire une vie à elle. À ce stade, il lui semblait impossible de perdre son investissement.

– Francisco m'a raconté qu'elle lui a tout fait au fil des ans : des grossesses surprises aux tentatives de suicide, en passant par les maladies imaginaires.... (Elle a rempli l'arrosoir rouge avec le tuyau.) Tout pour qu'il se sente coupable et retarde son départ.

– Et c'est parce qu'il se sent victime qu'il parle d'elle comme d'un bourreau.

Tout en secouant les bâches qui recouvraient les sièges du jardin, je me suis souvenue de l'angoisse qu'avait éprouvée Aurora rien qu'en imaginant demander à Maxi de déménager. Rien qu'en pensant à sa douleur. Elle était incapable de lui en causer. Et incapable de considérer la sienne.

J'ai aidé Olivia à traîner un pot qui pesait une tonne.

– Je l'ai déjà dit à Francisco. Soit il réagit maintenant, soit il est fort possible qu'il reste coincé à vie. (Elle s'est redressée, épuisée.) Nous allons laisser cet arbre ici. Il aura de l'ombre.

– Qu'est-ce qu'il va faire à ton avis ?

– Francisco ? m'a-t-elle demandé, et j'ai acquiescé. Hélas, rien, je crois. À part se lamenter.

J'ai nettoyé la balançoire de la réflexion pour m'y asseoir. J'ai pensé à Aida, la grande malade. Je ne l'avais jamais rencontrée mais je l'imaginais grise. Une sorte de Maxi au féminin. Je l'imaginais donner des missions absurdes à son mari pour l'occuper et jouer les victimes chaque fois qu'il rentrait à la maison imprégné de l'odeur et de l'éclat de Victoria. J'ai vu la prison dans laquelle Francisco vivait, lisant dans le salon en attendant que sa femme s'endorme. Se masturbant dans la salle de bains. Se glissant dans leur lit et se recroquevillant dans un coin, loin d'elle. Et puis je me suis demandé si c'était ce que tu avais fait avec moi. Est-ce qu'à un moment, sans m'en rendre compte, j'étais devenue ta prison ? Est-ce que tu t'étais servi de moi comme excuse pour faire « ce qu'il fallait » plutôt que nous forcer à affronter la réalité ? Est-ce que ma dépendance était la seule chose qui nous liait ? « Le parasite, c'est celui qui reste et demande qu'on le protège en faisant valoir sa petite taille, elle est là sa force », avait dit notre gourou déguisée en fleuriste il y a quelques minutes à peine.

Mes yeux se sont soudainement remplis de larmes, au même rythme que l'eau dans l'arrosoir. Et j'avais peur de savoir pourquoi ma gorge se nouait tout à coup. Olivia a paru surprise et, comme si elle pouvait voir les doutes qui m'accablaient, s'est approchée de moi et a posé une main rassurante sur mon épaule. Je l'ai regardée avec des yeux suppliants. Avec ses cheveux orange qui dépassaient de son foulard, on aurait dit une gentille sorcière. Elle a ri, ce qui m'a surprise.

– Chérie, a-t-elle dit en s'appuyant sur son balai, je sais ce que tu te dis. Mais tu n'es pas comme ça. J'aimerais savoir pourquoi tu fais toujours plus confiance à ce que pensent les autres qu'à ce que tu penses, toi. Tu te crois vraiment comme ça ? Moi je sais une chose : tu es une personne généreuse… bonne et un poil autocomplaisante, ce qui me met un peu en rogne de temps en temps, a-t-elle ajouté avec un sourire entendu. Je ne vous ai pas connus ensemble, Óscar et toi, mais je sais que tu n'es pas égoïste, Marina. Je le vois à ta façon de te démener pour les autres. (Elle a observé le charnier de petits cadavres dans sa pelle.) Les cas de Maxi et Aida n'ont rien à voir. Ils refusent tous les deux de ne plus être le centre d'attention de quelqu'un d'autre, parce qu'au fond c'est surtout eux qu'ils aiment.

– Mais Maxi sait forcément qu'Aurora n'est pas heureuse.

– Ma chère Marina… a-t-elle dit en rajustant son foulard, tu crois que ces pucerons se préoccupaient une seconde de la santé de la plante qu'ils ont attaquée ?

– Mais alors… qu'est-ce qu'il veut exactement ?

– Il veut juste qu'elle soit là. Point.

Elle s'est éloignée, son balai à la main. À cette seconde, elle aurait pu monter dessus et s'envoler que ça ne m'aurait pas étonnée plus que ça. Mais elle s'est contentée d'entrer dans la serre.

J'ai continué à me balancer. Les vieilles branches robustes de l'olivier ont un peu protesté. J'ai pensé malgré moi à ma mère et à la ribambelle de chantages émotionnels qu'elle m'avait fait subir quand j'avais quitté la maison. À tous ces mécanismes de culpabilisation qu'elle utilisait avec chaque membre de la famille. Était-ce sa manière de s'assurer qu'on ne la quitterait jamais ?

Le temps que nous terminions, la nuit était tombée. Nous en avons profité pour arroser et vider dans le tout-àl'égout les restes de nos pucerons envahisseurs. Ce grand nettoyage avait quelque chose de purificateur. Nous n'avons pas cherché à savoir où était Aurora. Nous espérions de tout notre cœur que le peintre avait réussi à la faire rêver de nouveau ou, au moins, à lui donner le courage de tirer un trait sur sa relation toxique.

Pour clore la soirée, nous avons eu une visite de dernière minute plutôt inattendue.

Alors que nous étions en train de savourer un verre de vin blanc sous la pergola en nous félicitant d'avoir aussi bien géré cette crise sanitaire, nous avons entendu des pas dans la serre. Olivia, tel un félin sur ses gardes, s'est aussitôt redressée. Surprise par sa réaction, je me suis retournée à mon tour.

C'est là que je l'ai aperçue.

Cachée derrière les vitres, les papillons en plastique qui les ornaient et les vases de fleurs au milieu desquels elle déambulait, j'ai eu d'abord un peu de mal à la voir. J'ai quand même réussi à distinguer quelques détails : elle était grande et rousse, de mon âge environ, vêtue de noir des pieds à la tête, avec un joli pantalon large et un haut qui découvrait ses épaules nues.

Olivia est restée figée sur son siège, se contentant de l'observer depuis la pergola, comme en embuscade, avec un mélange de fascination et de réserve. Un homme blond, en jean et chemise rayée, est entré dans le jardin et a rejoint notre inconnue dans la serre. Son sourire illuminait la pièce.

– Tu la connais ? ai-je demandé à Olivia.

Elle a lentement porté son verre à ses lèvres.

– Oui et non, a-t-elle répondu d'un ton mystérieux. Je sais qui c'est, mais je ne l'avais jamais croisée en personne.

La femme parcourait la serre, photographiant différentes fleurs avec son portable, sans se décider pour aucune.

Elle inspectait les lieux tandis que son compagnon blond commentait ce qui les entourait.

C'était l'écrivaine, elle en était sûre, a murmuré Olivia.

Cela faisait plusieurs mois que Vanessa Montfort, comme elle a dit qu'elle s'appelait, avait emménagé dans le quartier, et la rumeur voulait qu'elle s'en soit inspirée pour son prochain roman. Excitée, j'ai demandé à Olivia pourquoi elle n'allait pas s'occuper d'elle.

– Je préfère attendre encore un peu, je suis curieuse de voir quelles fleurs elle va choisir. (Elle a posé les pieds sur son siège et a plissé les yeux.) Du peu que je sais d'elle, si elle passe à cette heure, habillée comme ça, c'est qu'ils se rendent à une première dans un théâtre du quartier. Les fleurs sont sûrement pour un comédien ou une comédienne. Elle est déjà venue quand Aurora était là, mais toujours le matin et toujours le week-end. Dans ces cas-là, elle achète des fleurs pour chez elle. L'homme qui l'accompagne, ce doit être son éditeur, Alberto Marcos. Ils discutent des fleurs qu'ils prennent en photo, ils sont probablement en train de se documenter.

J'écoutais, fascinée, ce qu'elle avait à dire sur ces deux personnages. Le Jardin de l'ange allait donc figurer dans un roman ?

Le portable de l'écrivaine a sonné. Elle a décroché, donné quelques brèves indications puis laissé échapper un rire amusé. C'est là que son regard a croisé les nôtres. En nous voyant, elle a rejoint le jardin d'un pas décidé. Elle nous a lancé un sourire curieux, couleur framboise. Sa peau très blanche contrastait avec le noir de sa tenue. Olivia s'est levée.

– Bonsoir. Je peux vous aider ? a demandé Olivia de façon un peu plus cérémonieuse que d'habitude.

Elle a penché la tête et l'a regardée en silence. Elle nous scannait de ses yeux noisette.

– Tu es Olivia, n'est-ce pas ?

La fleuriste a acquiescé.

– Dans ce cas… je crois que c'est bon, tu m'as déjà aidée.

Nous nous sommes jeté un regard en coin, interloquées. L'éditeur est arrivé, disant qu'il était temps de partir parce que la pièce allait bientôt commencer. En nous voyant, il a semblé à la fois surpris et réjoui.

– Regarde, Alberto, voici Olivia et Marina, a-t-elle dit comme si on se connaissait depuis des lustres et qu'il était censé savoir parfaitement qui nous étions.

– Oh ! s'est-il exclamé avec un enthousiasme presque enfantin avant de nous lancer un grand sourire contagieux. Vraiment ? Je suis enchanté… littéralement.

Sans nous quitter des yeux une seconde, l'écrivaine s'est mise à flâner dans le jardin : elle a fait le tour de l'olivier, donné un petit coup à la balançoire de la réflexion, passé ses doigts sous le jet d'eau d'une des fontaines, comme le faisait Capitán quand il découvrait un nouveau terrain qu'il avait décidé de conquérir. Olivia s'est contentée de la suivre des yeux. Soudain, Alberto a salué de la main quelqu'un qui arrivait au loin. « Regarde qui voilà… s'est-il exclamé. Tant mieux… on est tellement tête en l'air qu'on risquerait de se perdre. » L'écrivaine a souri et j'ai suivi son regard. Un homme traversait la place d'un pas énergique, tête haute. Il portait un jean, une chemise blanche et des petites lunettes. En arrivant devant la grille du jardin, il s'est brusquement arrêté, comme si quelque chose venait de capter son attention. L'écrivaine et l'éditeur avaient beau le fixer, amusés, il ne leur avait toujours pas rendu leur bonjour. Ses yeux verts et transparents toisaient les alentours avec la précision d'une caméra qui tournerait au ralenti. Il avait des cheveux roux avec des reflets cendrés et un flegme presque britannique.

– Nous savions que ça te plairait, s'est réjouie l'écrivaine quand il s'est approché pour l'embrasser. Tu tournerais ici sans hésiter, n'est-ce pas ?

– Oui, oui, oui… a-t-il répondu, pensif. Ça ne me dérangerait pas du tout, en effet… Il a serré la main de l'éditeur et nous a lancé un regard amical. Voilà ce qui arrive quand on ne ferme pas la porte. Vous allez vous coltiner toute la faune bizarre du quartier : les écrivains, les éditeurs, les réalisateurs… ce genre de personnes.

Les deux autres ont acquiescé tandis qu'Olivia et moi les observions, stupéfaites. Ils avaient beau avoir dit être en retard pour le théâtre, l'homme qui, nous l'apprendrions plus tard, n'était autre que Miguel Ángel Lamata, le célèbre réalisateur – lui aussi récemment installé dans le quartier –, a également fait le tour du propriétaire en prenant bien son temps. Il semblait chercher les points de lumière et de fuite. Il est même ressorti dans la rue une seconde pour observer le jardin de derrière la grille.

Puis il a demandé à l'écrivaine ce qu'Olivia mourait d'envie de savoir : quelles fleurs elle comptait acheter.

– En toute honnêteté, je suis curieuse moi aussi de connaître ta fleur de prédilection, n'a pu s'empêcher de confesser Olivia.

L'écrivaine a replacé derrière l'oreille une mèche de ses cheveux roux et fait passer son poids sur une jambe en ouvrant grand les yeux.

– As-tu des roses bleues ? a-t-elle fini par dire comme pour la tester.

Olivia a souri, satisfaite. Alberto s'est demandé, amusé, pourquoi elle était incapable de penser à des choses simples. Le réalisateur l'a regardée comme si c'était évident.

– Je ne peux pas t'en avoir aujourd'hui, a répondu Olivia.

– Mais ça existe ? a-t-elle demandé.

– Si ce n'est pas le cas, ça le devrait, a déclaré le réalisateur.

Personnellement, je n'en avais jamais vu. Mais je savais qu'elles existaient parce que j'avais lu leur signification sur le panneau de la porte. Symbole de l'éternité, les roses bleues étaient le fruit d'un croisement minutieux de diverses roses de tailles et de couleurs différentes. Un monument à la quête éperdue du beau.

– Mais elles ne sont pas naturelles, l'ai-je prévenue. Je veux dire… c'est une nuance qui a été inventée par l'homme.

Elle a écarquillé les yeux.

– Eh bien c'est exactement ce dont j'ai besoin, a-t-elle déclaré, ravie. Des fleurs inventées… des roses de fiction.

Elle a posé sa carte sur le comptoir en nous remerciant avant de nous demander quand elle pourrait venir chercher ses fleurs. Il lui en fallait beaucoup. Elle en avait besoin pour une scène importante.

Les deux hommes nous ont dit au revoir. L'éditeur avec une élégante révérence et le réalisateur en faisant un baisemain à Olivia. Puis ils sont partis en direction de l'Español, qui se trouvait de l'autre côté de la place. L'écrivaine est restée sur le seuil de la porte quelques secondes encore, à s'enivrer de l'odeur de terre mouillée de notre oasis et de la lueur des lanternes de couleur.

– Marina… Olivia… a-t-elle dit comme si elle nous baptisait, j'ai été enchantée de faire votre connaissance.

Nous l'avons regardée quitter le jardin et, pour une raison qui m'échappe encore, j'ai eu l'impression que, dès qu'elle aurait passé la grille en fer, elle serait à jamais hors de ma portée, qu'elle partirait vivre dans un autre monde dont il était difficile de revenir. Nous nous sommes servi un dernier verre de vin et avons trinqué à cette curieuse rencontre. Nous n'en avons jamais reparlé par la suite, mais je crois que nous ressentions la même chose : l'étrange nostalgie qu'on éprouve pour une personne qui ne partage pourtant ni notre passé ni notre avenir, mais à qui on s'est senti magiquement lié l'espace d'une seconde, dans le présent.

Peu après, j'ai dit au revoir à Olivia et suis rentrée chez moi en emportant Capitán qui dormait sereinement dans son panier, après une journée riche en émotions pour un chat d'appartement. J'étais presque au bout de la calle Huertas quand je me suis rendu compte que j'avais oublié mes clés. J'ai donc fait demi-tour. En arrivant, tout était sombre mais la grille du jardin était encore ouverte. C'est là que je l'ai vue, debout à côté de l'olivier, un verre de vin à la main. On aurait dit qu'elle lui parlait. Elle a glissé quelque chose de sombre et rectangulaire dans un creux du tronc, avant de boucher l'ouverture avec un petit morceau de grillage pour, selon elle, éviter que les bestioles n'entrent dedans.

J'ai récupéré mes clés en silence et l'ai laissée à ses occupations, que je ne comprenais pas vraiment.

En traversant la calle Medinaceli, j'ai remarqué l'immense queue de fidèles qui attendaient devant l'église. Des gens venaient régulièrement de tout le pays pour demander au Christ de les aider ou de leur pardonner. J'ai souri en voyant qu'en face les gens faisaient également la queue, mais cette fois pour entrer au Dolores afin de noyer leur peine ou leur conscience dans un autre genre d'eau bénite. Chacun soulageait son fardeau comme il pouvait.

Je ne sais pas ce qui m'y a poussée mais je suis entrée dans l'église et me suis assise sur un banc. Tout au fond, le beau Christ aux cheveux naturels accueillait patiemment chacun de ses enfants. J'aimais la fraîcheur de l'endroit, l'odeur d'encens et le silence que ne brisaient que l'écho des pas sur le marbre et le ronronnement de Capitán.

Mon portable a vibré et le mot « Maman » s'est affiché. Elle était là, coincée dans mon écran, comme victime d'un mauvais sort. Probablement à vouloir combler une de ses insatisfactions en faisant intrusion dans ma vie. Parce que l'amour d'une mère n'est pas toujours inconditionnel ou désintéressé. Ça, c'était un cliché.

La mienne, elle aimait de façon asphyxiante.

Mais pour continuer à l'aimer il fallait l'accepter comme elle était.

La comprendre.

Et, surtout, l'empêcher d'envahir de nouveau ma vie ou de se mêler de mes décisions importantes – ce qui revenait au même. Personne ne nous apprenait à aimer correctement, comme disait Fromm. Y parvenir était un processus laborieux. Et un défi impossible quand on ne s'aimait pas soi-même. Pourtant notre culture judéo-chrétienne ne prétendait-elle pas le contraire ?

J'ai regardé le Christ, avec ses mains croisées sur la poitrine, qui recevait chacun de ses fidèles impatients afin de leur donner un peu d'amour sans rien attendre en retour.

Ce qui n'était pas le cas de ma mère.

Elle, elle attendait constamment quelque chose en retour.

Pour commencer, elle avait toujours projeté ses angoisses sur moi. Depuis mon plus jeune âge : attention à ce que tu manges ; attention qu'on ne profite pas de toi ; attention de ne pas devenir une fille facile, une fille aux mœurs légères... Tout ça pour lui permettre de s'affirmer et de garder un certain contrôle sur ma vie et celle de mon père.

Comme disait Olivia, la question, ce n'était pas d'aimer mais de savoir aimer. Fromm encore : « Quelqu'un qui ne sait pas s'aimer soi-même ne sait pas aimer dans l'absolu ». On pouvait aimer bien ou aimer mal. D'une façon constructive, qui nous faisait grandir, comme Victoria et Francisco, ou d'une façon égoïste et toxique, voire destructrice.

J'ai ouvert le panier de Capitán et j'ai senti son souffle doux et chaud sur ma main. Je lui ai caressé la tête. J'ai soudain éprouvé une immense tendresse envers lui, que je n'avais jamais ressentie auparavant.

Je crois que ma relation avec toi ressemblait à ça d'une certaine façon.

Et je te laissais faire. Tu me caressais les cheveux. Tu m'embrassais le front. C'était une forme d'amour en soi. Peut-être incomplète pour un couple. Mais de l'amour quand même.

J'ai souri. Je sais désormais que penser à tout ça me soulageait.

Je crois que j'ai éprouvé de l'empathie pour ce Christ figé et serein. Il était injuste de faire peser sur les épaules de cette pauvre statue une si grande responsabilité.

L'être aimé ne devrait jamais être une planche de salut.

Si on aimait correctement, on ne pouvait faire peser ce fardeau sur les épaules de qui que ce soit.

C'était injuste.

J'ai pensé à mes nouvelles amies.

Aurora, qui allait passer la nuit sur son fauteuil sans dormir, à fixer ses tableaux comme Maxi la télé, à ressasser une remarque qu'il avait faite plus tôt et qu'elle n'avait toujours pas réussi à encaisser. En la regardant traverser le salon, vêtue d'une tunique blanche et ses sandales de cuir aux pieds, il lui avait dit : « Tu pourrais quand même être un peu plus féminine. Pourquoi tu ne t'achètes pas des chaussures à talons, comme ton amie Gala ? » Elle avait failli éclater en sanglots mais, à la place, elle s'était tournée vers lui, l'avait toisé dans son marcel taché, et lui avait répondu du tac au tac : « De mon côté, je me contenterais que tu sois un peu plus propre ». Et elle l'avait laissé là, scotché devant la télé, à digérer sa phrase au milieu d'un nuage de marijuana.

Je ne savais pas non plus que Casandra quitterait son bureau à dix-neuf heures pour la première fois depuis des années, et qu'en sortant elle dirait à Paula qu'elle ne se sentait pas bien en lui tendant une montagne de dossiers sur lesquels il fallait avancer en son absence – car elle pressentait qu'elle serait encore malade le lendemain. Dans l'ascenseur, le miroir a reflété l'éclat de son sourire d'acier, et elle a relu le message sur son portable : une proposition d'escapade à la campagne à laquelle elle n'avait pas l'intention de résister.

Ma dernière pensée ce soir-là a été pour mon amie Victoria et le triste œillet qu'elle découvrirait la prochaine fois qu'elle passerait au jardin. Elle qui, loin de se douter de la tragédie qui l'attendait, se trouvait à cet instant dans son pavillon de Pozuelo, assise face à son mari qui mangeait des pâtes à la tomate. Son couple ne fonctionnait que parce qu'elle s'était adaptée à lui, qu'elle avait accepté de vivre là où elle n'avait aucune envie de vivre, qu'elle tolérait la façon bien particulière qu'il avait de lui montrer son affection. Et c'est sorti tout seul :

– Pablo, je ne suis pas heureuse.

Il a levé les yeux vers elle comme si elle lui parlait chinois. Pour lui, le bonheur était là, sous ses yeux : sa femme, ses enfants devant la télé et ses pâtes à la tomate.

Quant à Gala, elle était chez elle, assise par terre au milieu d'une montagne de vêtements, de chaussures et de cartons vides. Comme quand elle faisait le tri dans ses tenues d'été pour les ranger. Sauf qu'on était toujours en pleine saison. Et pourtant, sans qu'elle le sache, elle était bien en train de mettre fin à un cycle. Elle avait soudain eu le besoin impérieux de rassembler les vêtements qu'elle avait portés quand elle sortait avec « l'innommable ». Elle avait coincé ses cheveux derrière ses oreilles, s'était agenouillée, avait pris une grande inspiration et rempli d'énormes sacs-poubelle de tous les soutiens-gorge, robes, sandales ou serre-tête qui lui rappelaient ses soirées passées avec son ex. Parce que chacun était un souvenir plus douloureux qu'une longue lettre d'amour. Elle a rempli quatre sacs et autant de valises qu'elle a posés près de la porte, avec la ferme intention de les donner dès le lendemain matin à une œuvre de charité.

J'ai repensé à notre soirée au Dolores (« C'était déjà compliqué en soi de croiser celui ou celle qui nous correspondait au bon moment ») et à Francisco et Victoria. Quel dommage que ces deux-là ne s'aiment pas, eux, comme ils aimaient leurs prochains.

Soudain, quelqu'un est passé en flèche à côté de moi, me tirant de ma rêverie. Un petit vieux tout rabougri descendait à toute vitesse l'allée centrale de l'église, en s'appuyant sur son parapluie. Alors qu'il grimpait les marches pour rejoindre le Christ miraculeux, un prêtre lui a couru après pour lui demander de ralentir, mais en arrivant à la hauteur du vieil homme, il s'est pris dans la figure la main que ce dernier levait, sans doute en direction du Christ. Le vieux a été sorti *manu militari* sous mes yeux stupéfaits.

Lui, de toute évidence, le Christ miraculeux n'avait pas eu envie de l'écouter.

« C'est ma faute, c'est ma faute, c'est ma très grande faute… » ai-je murmuré en fixant la statue et en me frappant doucement la poitrine au niveau du cœur. Un geste injuste qu'on nous apprenait et obligeait à faire avant même de savoir marcher. Un message gravé de force dans nos cerveaux d'Occidentaux.

Notre amour-propre était hypothéqué dès la naissance.

Oui, le simple fait de naître faisait aussitôt peser sur nos frêles épaules cette immense culpabilité millénaire.

J'ai laissé échapper un éclat de rire dont les murs m'ont renvoyé l'écho en me souvenant de ce qu'avait dit Casandra : « Je dois beaucoup compenser pour être une personne normale. Je me suis toujours montrée si responsable, comportée de façon si "correcte" que je pourrais commettre un million de péchés, J'irais quand même droit au paradis à l'heure du Jugement dernier. »

La peur d'être mauvaise. La peur d'être une pécheresse. La peur. Toujours la peur.

Je me suis levée. J'ai attrapé le panier de Capitán qui dormait et j'ai avancé d'un pas décidé vers la sortie.

Devant la porte, j'ai croisé une femme les bras chargés de sacs de courses qu'elle a brusquement laissés tomber au pied du bénitier avant de se signer, lasse, en s'aspergeant d'eau.

Bon sang, pourquoi personne ne nous enseignait que c'était aussi un péché d'être injuste envers soi ?

La tyrannie des faibles

Je serais incapable de dire ce qui m'a poussée à me rendre ensuite au couvent de Las Trinitarias, ce soir-là. Peut-être un élan mystique qui s'était emparé de moi quand j'étais assise sur le banc de l'église de Medinaceli. Quoi qu'il en soit, j'ai descendu la calle Huertas avec mon chat sous le bras et, sans me poser de question, j'ai enjambé la clôture qui signalait des travaux archéologiques en cours avant de demander au gardien d'appeler le professeur Ibáñez, convaincue qu'il était là.

Mon instinct me disait qu'il devait probablement prolonger ses journées de travail afin de rentrer chez lui le plus tard possible.

– Que peut-on y faire ? m'a-t-il dit en guise de bonjour, absolument pas surpris de me voir. Il faut l'accepter, Marina. C'est une question d'évolution.

Je l'ai regardé sans rien comprendre. Il a baissé son masque et je lui ai fait la bise. Puis il m'a fait signe de le suivre. Il portait un de ces petits chapeaux de chirurgien et une combinaison blanche en cellulose.

– D'évolution ? Tu parles du site ? ai-je demandé tandis qu'il me tendait une accréditation.

– Non, je parle des femmes, m'a-t-il corrigée en poussant la lourde porte du couvent. C'est ça, ma véritable découverte de l'été. De la même façon que nous devons nous résigner à ne jamais connaître les tyrannosaures, parce que le destin a voulu que nous naissions entre deux ères – probablement – glaciaires, vous, les femmes, vivez à une époque où vous êtes plus évoluées que les hommes.

Son commentaire m'a fait rire. De toute évidence, la victimisation était une maladie contagieuse.

– Allons, Francisco. Tu sais parfaitement que ce n'est pas vrai.

– Si c'est vrai ! a-t-il protesté. Je le vois bien dans les cours que je donne à la fac. Vous êtes plus intelligentes, vous avez de meilleures notes et vous êtes plus matures émotionnellement… quant à votre instinct de survie, je n'en parle même pas.

Je l'ai laissé continuer en le suivant, une lanterne à la main, à travers l'église. Mon cœur s'est mis à battre plus fort en pensant à ce qu'il était sur le point de me montrer. C'est seulement alors qu'il a remarqué le panier de Capitán. Il n'a pas voulu savoir ce qu'il y avait dedans. Il s'est contenté de m'expliquer, la mine intriguée, que si c'était une chose qui ne pouvait pas porter de masque, mieux valait la laisser sur son bureau. Et c'est ce que nous avons fait. J'ai posé Capitán endormi dans sa prison sur des cartes du quartier datant du XVIe siècle.

– Tu ne vas pas avoir d'ennuis si tu me fais entrer ?

Il a cligné des yeux et levé sa lanterne vers moi.

– Des ennuis, j'en ai déjà, Marina. Bien plus gros que ça.

– Tu sais pourquoi je suis là ?

– Je suppose que, même si tu prétends le contraire, une archéologue reste toujours une archéologue, et que tu as envie de voir ce qu'il y a dans cette crypte. (Il a pointé les escaliers du doigt avant d'esquisser un sourire triste.) Oui, je peux imaginer pourquoi tu es venue. Mais les choses sont ce qu'elles sont, Marina. Je t'ai dit que c'était une question d'évolution. Ne t'obstine pas à croire que les hommes peuvent gérer ce genre de situation. Parce que ceux de notre époque en sont foncièrement incapables. Nous ne sommes tout bonnement pas armés pour…

Ça sentait le plâtre, la pierre, la terre retournée et les canalisations. Je lui ai coupé la parole dans les escaliers qui descendaient à la crypte.

– Tu me surprends, ai-je dit, quelques marches plus bas. Ça ne colle pas. C'est un peu trop facile, ce genre de discours, pour un homme aussi brillant que toi.

Il n'a rien répondu. J'ai juste entendu son souffle s'accélérer dans l'obscurité. Puis il m'a contournée pour continuer à descendre.

Nous avons atteint la crypte. Plusieurs tombeaux étaient ouverts ainsi qu'une niche funéraire. Une étiquette indiquait la « numéro 1 ». Sur le côté, se trouvait une grande bâche sur laquelle étaient disposés les restes d'un squelette, des os si fins qu'on aurait dit des échardes. Le corps était incomplet, on avait tracé des points pour indiquer les pièces manquantes. À côté, on avait regroupé des bouts de bois et des morceaux de ferrures. Francisco a pointé sa lanterne sur une plaque de métal. Mon cœur s'est emballé. On lisait distinctement deux initiales gravées avec des clous rouillés :

M.C.

Je me suis tournée vers lui.

– C'est lui ?

Ses yeux brillaient d'émotion mais je crois que ça n'avait rien à avoir avec le manchot de Lépante.

– Oui, c'est lui. Et quatorze autres personnes, dont sa femme. (Il a posé la lanterne sur la table. La lueur éclairait certaines parties de son visage. Il a croisé les bras.) Nous n'avons encore rien dit à la presse. Nous voulons d'abord essayer d'isoler ses restes.

Et nous étions là, de chaque côté de la bâche, à veiller ce qui restait de l'homme qui avait inventé le personnage au plus grand cœur d'artichaut de l'histoire de la littérature.

– Il a été enterré le 23 avril 1616 et quatre siècles plus tard, le voici sous nos yeux, me suis-je entendue dire sans vraiment articuler.

Francisco a enfilé ses gants d'un geste assuré et pointé le corps du doigt, même si on n'y voyait presque rien.

– Il y a des signes d'atrophie sur les os du métacarpe de sa main gauche… (J'ai remarqué que ses gestes semblaient las, il avait les cheveux un peu plus longs que d'habitude et les pommettes assombries par une barbe de trois jours.) On a trouvé des restes de métal, a-t-il poursuivi en se raclant la gorge, probablement des impacts de balles d'arquebuses reçues pendant la bataille de Lépante. Nous n'avons que six dents, des traces de l'arthrose qui lui a déformé la colonne vertébrale, et nous cherchons encore les restes du linceul franciscain dans lequel il a été enterré. Il avait soixante-dix-neuf ans quand il est mort.

– Et vous avez trouvé des restes de son cœur ? ai-je aussitôt demandé.

Il a laissé un silence.

– Le cœur ne laisse aucun reste, a-t-il murmuré. Il disparaît.

Il s'est tu, a attrapé la lanterne et levé les yeux. Il a serré les lèvres plusieurs fois de suite, comme un tic, ou peut-être qu'un mot bataillait pour sortir, ou qu'il cherchait à retenir un début de sanglot. Il a pris une grande inspiration.

– Je ne mérite pas une femme comme Victoria, tu comprends ? Elle est beaucoup plus forte que moi. Tout ça me fait trop mal, je n'y arrive plus.

Je l'ai regardé droit dans les yeux.

– Tu essaies de prétendre que tu souffres plus qu'elle ?

Il a cherché le plafond des yeux, comme s'il voulait le transpercer, comme s'il manquait d'air.

– Non. Je ne sais pas. Je sais seulement qu'elle souffrira moins de tout ça que moi.

C'est là que je me suis énervée.

– Et c'est pour ça que tu la quittes ? Parce que tu penses qu'elle pourra s'en remettre ?

Et ben mon cochon, ai-je pensé, si même Francisco faisait payer à Victoria son syndrome de toute-puissance. J'ai songé à Gala et aux conséquences qu'avait eues pour elle ce genre « d'avortement émotionnel ». J'ai pensé à Aurora et à son parasite. À Casandra et à son homme élastique. À Casandra et à son amour impossible. Et puis j'ai pensé à nous, à toi qui étais mort, et que ce n'était pas juste que ça finisse mal entre ces deux-là alors qu'ils pouvaient encore arranger les choses. Je commençais enfin à réunir les pièces du puzzle. Pour comprendre comment ils en étaient arrivés à ce point mort, j'ai essayé de penser comme Olivia. Peut-être qu'il avait peur d'être son « homme-levier », crainte absolue chez les hommes, ce fameux « Je chamboule ma vie pour toi, tu te sers de notre relation comme d'un tremplin pour prendre ton envol et ensuite… tu ne te souviens même plus que j'existe ». Elle, de son côté, elle devait avoir peur de n'être pour lui rien de plus qu'une « femme-trophée ». Du genre : « Je ne lâche rien jusqu'à ce que tu sois à moi, parce que tu sembles inaccessible, mais une fois que je t'ai… il n'y a plus vraiment de défi ».

Mais au moins, aucun d'eux n'était mort. Ça suffit les bêtises, me suis-je dit.

– Tout ça est si triste, ai-je remarqué à haute voix sans le vouloir.

– Oui, c'est vraiment triste, je suis brisé. Mais la vérité, c'est que je ne peux pas faire autrement.

– Non, je parlais de ça, ai-je expliqué en montrant la bâche du doigt. Qu'un des plus grands génies de la littérature soit réduit à des échardes et qu'il ne reste plus rien de ses passions, de ses secrets, de ses peurs et de son imagination.

Il a semblé surpris et a secoué la tête.

– Mais enfin, a-t-il répondu en esquissant un sourire, que fais-tu de ses livres alors ?

J'ai reconnu que l'idée me réconfortait et que nous devrions tous chercher un support, quel qu'il soit, sur lequel graver à jamais nos émotions. Peut-être que toute cette mémoire émotionnelle nous aiderait à ne pas trébucher, siècle après siècle, sur les mêmes pierres. À ne pas tomber amoureux des mauvaises personnes, comme c'était le cas d'Aurora. Je suis certaine que c'est pour ça que j'ai été ravie qu'Olivia m'offre ce carnet de bord. Je trouvais que c'était une bonne idée. Peut-être que personne ne le lira jamais ou qu'il finira au fond de l'eau… mais qui sait, peut-être que quelqu'un tombera un jour dessus et apprendra de mes peurs, de mes aventures et de mes accomplissements.

Mon archéologue terrifié était sur le point de me reconduire vers la sortie, mais je l'en ai empêché.

– Écoute Francisco, ai-je dit en le dévisageant tant bien que mal dans la pénombre. Il est évident que je me mêle de ce qui ne me regarde pas, mais je veux seulement que tu saches que c'est plus simple de réparer un cœur quand il est encore en vie. (J'ai avalé ma salive.) Dans mon cas, c'est beaucoup plus difficile. Je ne peux pas rompre avec un mort. Ça aurait été formidable de savoir sur ma relation tout ce que je sais maintenant, quand il était encore là. Nous aurions peut-être eu le temps de nous redécouvrir avec d'autres personnes, je ne sais pas, peut-être que nous aurions même pu devenir amis par la suite et que je n'en serais pas là, à éprouver cette horrible sensation d'échec.

J'ai détourné le regard. Une énorme larme s'est mise à couler sur ma joue, mais heureusement on ne distinguait pas grand-chose d'autre que nos voix dans cette obscurité.

– Je suis terrifié, Marina, l'ai-je entendu dire.

Il n'aurait jamais cru pouvoir ressentir cela. Avec personne. Et c'est pour cette raison qu'il avait à la fois l'impression d'être l'homme le plus heureux de l'univers et le plus malchanceux. Parce qu'il avait compris aux côtés de Victoria combien son couple était mort depuis longtemps.

– Et la mort, c'est toujours moche, Francisco. Comme les ruptures, parce qu'elles ne sont rien d'autre qu'une forme de mort. Il faut tuer l'amour. Ou en tout cas constater qu'il est mort, même tout seul.

Il s'est remis à déambuler entre les tombes et je l'ai suivi avec ma lanterne. Certaines étaient ouvertes. Il m'a dit de faire attention à ne pas tomber et le suivre. Il connaissait le chemin par cœur.

– Mais je vais faire tellement de mal aux gens autour de moi…, a-t-il continué.

– Bien sûr, l'ai-je interrompu. Mais toi, ça ne te fait pas mal ? On parle toujours de la douleur de celui qu'on laisse…

C'était vrai, ai-je continué. Personne ne disait combien il était difficile de prendre conscience que quelque chose était en train de mourir et de décider de l'euthanasier. J'ai levé ma lanterne vers lui, il avait les yeux fermés. Je l'ai entendu dire que oui, personne ne parlait de ça.

– Tu imagines, Marina, combien c'est dur de choisir une date, de décider de la dernière heure d'une histoire ?

Non, à la vérité, je ne savais pas ce que c'était de dire à l'autre que quelque chose s'était éteint ou était en train de s'éteindre, que cette chose allait mourir quoi qu'on fasse.

– Sentir la confusion de celui qui ne comprend pas les mots que tu prononces, a-t-il dit. Ce fameux « C'est fini ».

Sentir le château s'effondrer, ce projet de vie, ce foyer… Ça te change à jamais, m'a-t-il assuré.

Il a ouvert les yeux, s'est protégé de la lumière.

– Mais c'est peut-être pour le mieux, Francisco ? C'est comme surmonter un deuil.

– Et c'est pour ça qu'il faut que j'y réfléchisse bien avant. Et fasse les choses doucement.

– Ça veut dire quoi, « doucement » ?

Il y a eu un silence. Oui, il avait peur et il était prêt, sans en avoir conscience, à infliger plus de peine que nécessaire à toutes les personnes impliquées. Je ne voyais plus que sa blouse blanche flotter dans l'obscurité, comme un fantôme.

– Tu sais quoi, Marina ? (Il a marqué une pause.) J'ai la sensation d'avoir perdu mon innocence. À mon âge. Une entaille dans mon écorce.

– Moi, j'ai toujours préféré les gens qui avaient des cicatrices, ai-je répondu aussitôt.

J'avais beaucoup appris ces derniers temps. Et j'avais compris la valeur de certains dictons d'Olivia. J'ai observé le visage de l'archéologue dans la pénombre. C'était vrai. La vie tachait mais n'enlaidissait pas.

Où ai-je trouvé l'audace de dire tout ça à Francisco ? C'est sans doute parce que je m'identifiais à lui d'une certaine façon. Ce n'est que maintenant que je comprends à quel point son histoire m'a aidée à avancer. Sur le coup, j'ai pensé que c'était le deuil qui nous unissait lui et moi. Nous étions la preuve vivante que personne ne nous apprend à surmonter la perte de quelqu'un. Que cette perte soit causée par la mort ou le désamour. Je lui ai expliqué que c'était ça qui nous rendait vulnérables. Et que le monde n'avait pas besoin de ça. Non, le monde avait besoin de plus de Don Quichotte, de plus de gens capables de tomber éperdument amoureux, même de Dulcinée inaccessibles. Ce commentaire l'a fait rire et nous sommes restés là un moment encore, à veiller cet auteur légendaire.

S'il ne fallait retenir qu'une leçon d'Olivia, ce serait celle-ci : « Concentre-toi sur ce que tu as, et pas sur ce que tu as perdu ». Elle s'appliquait à Francisco comme à tant d'autres. Il avait fallu que j'humanise enfin mon mari, que je t'humanise toi, pour pouvoir envisager de dire au revoir au dieu que je croyais que tu étais. Pour ne plus porter ton deuil. Parce que je comprenais enfin une réalité évidente : les dieux ne meurent pas.

Soudain, Francisco a paru s'agiter. Son portable avait vibré. Probablement un message de sa femme. Je me suis demandé ce qu'il aurait ressenti s'il avait été avec Victoria plutôt que moi à cet instant. Rien de tel qu'un petit message de son épouse pour ériger un mur entre sa raison et ses sentiments. Victoria avait vécu la même chose le soir où il lui avait fait sa grande déclaration : elle avait reçu une photo de ses fils à la plage.

L'archéologue a levé ses yeux embrumés.

– Aida est mon premier amour, tu sais ? a-t-il murmuré.

– Et c'est merveilleux… ai-je affirmé. Mais l'important, Francisco, ce n'est pas qu'un amour soit le premier. C'est qu'il soit le grand. Ou le dernier.

Il est resté figé au milieu de la crypte, comme une colonne.

Je connaissais ça. J'étais passée par là. Se mentir à soi-même. Il avait besoin de croire que son mariage traversait seulement une crise. Mais nous savions tous les deux que quand l'envie de toucher l'autre, de sentir son odeur, de l'embrasser disparaissait… ce n'était pas juste un symptôme. C'était le signe que tout s'était effondré. Comme une série d'infarctus endommagent tous les organes, selon la formule de Casandra. Et on avait beau essayer d'intuber la relation, d'enchaîner les électrochocs, elle était morte et se décomposait à une vitesse variable, comme le corps que nous avions sous les yeux.

Depuis combien de temps Francisco et Aida étaient-ils un couple zombie ?

Depuis combien de temps Victoria et Pablo tentaient-ils de convaincre le reste du monde qu'ils étaient un couple stable et solide ? Ils avançaient côte à côte, pas très loin l'un de l'autre. C'est vrai. Mais, comme Francisco et sa femme, comme toi et moi, ça puait la mort à des kilomètres à la ronde. Ça puait la mort.

Malgré tout, Francisco avait pris sa décision : un glaïeul et un mot attendaient Victoria pour lui briser le cœur. Mais le sien allait également être réduit en miettes. J'ai eu envie de lui dire que je les avais vus ensemble. Que j'avais vu leur électricité. Que tous les deux, c'était inévitable. Cent pour cent compatibles… J'avais envie de leur hurler : « Bande d'imbéciles ! Bande d'ingrats ! Ne passez pas à côté de votre chance d'être heureux, c'est une insulte à la vie ».

C'est là, dans l'obscurité, qu'il a prononcé cette horrible phrase que toutes les femmes, selon Gala, avaient un jour entendue dans la bouche d'un homme apeuré :

– Je dois faire ce qu'il faut. Ce qui est correct.

– Super… me suis-je surprise à répondre sans comprendre pourquoi ces mots m'énervaient autant. Mais rends-moi service, essaie de ne pas te retrouver d'ici quelques années à devoir disperser les cendres de celle qui n'était plus ta femme depuis longtemps. Parce que ça, c'est vraiment triste, crois-moi.

Nous avons laissé derrière nous les os qui, d'ici quelques jours, seraient adulés par le monde entier, presque plus que les livres de leur propriétaire. J'ai gravi les escaliers, en suivant cet homme qui aurait aimé ressembler un peu plus à Don Quichotte.

Nous sommes sortis du couvent. La soirée était agréable et les noctambules déambulaient autour du parc du Retiro. J'ai observé la croix en pierre clouée à la porte. Le vieux mur en brique immense qui, à cet instant, protégeaient les nonnes endormies. Cet endroit qui, bientôt, serait envahi par les touristes du monde entier.

Francisco m'a fait la bise pour me dire au revoir, mais quelque chose m'a poussée à abattre ma dernière carte. Une carte qui, je le sais désormais, m'était destinée aussi.

– Tu sais quoi ? ai-je dit en lui tendant mon accréditation. J'ai passé ma vie à avoir peur d'être heureuse, je me disais que le cosmos allait forcément me le faire payer par un grand malheur. Je n'ai donc jamais rien célébré : ni un examen réussi, ni une conquête, ni même un anniversaire. Je ne me suis jamais autorisée à vraiment exploser de joie. (J'ai pris une grande inspiration.) Mais maintenant je sais qu'on a beau tout essayer, rien ne peut empêcher la fatalité de s'abattre sur nous. Même sur moi qui ai pourtant tout fait pour rester à l'abri de mon morne bonheur : être une fille bien, rassurer ma famille, faire tout ce qu'on attendait de moi, en croyant dur comme fer que tout ça me sauverait. Faire « ce qu'il faut », comme tu dis. Oui… « faire les choses bien ». Mais le cosmos, Francisco, ne nous récompense pas. Et je me demande désormais pourquoi je n'ai pas été plus spontanément et follement heureuse chaque fois que j'avais des raisons de l'être. Si j'étais toi, je profiterais de la joie de connaître l'amour maintenant que tu l'as. Sans restriction.

Il m'a tendu le panier de Capitán, qui rêvait toujours à ces souris qu'il ne chassait qu'en dormant, et je l'ai planté là. À l'endroit où, dans quelques jours, les autorités inaugureraient une plaque annonçant la grande découverte. Une découverte anecdotique par rapport à celle que notre archéologue avait, sans le savoir, excaver de son cœur.

Oui, ai-je pensé, il est urgent de vivre. C'était évident. Il fallait vivre en poursuivant sans relâche les choses qui nous rendaient heureux. À partir de maintenant, ce serait mon objectif : m'accrocher de toutes mes forces au bonheur et l'emmagasiner. Afin d'avoir des réserves si la fatalité s'abattait de nouveau sur moi.

J'ai marché d'un pas lourd à travers les rues désertes. Capitán s'était réveillé et miaulait désormais à la lune. Et pour la première fois, je me suis sentie capable de faire ce voyage, précisément parce qu'il semblait impossible. Parce que je commençais à exécrer la peur. La peur et ses conséquences. Elle me donnait des allergies. Pourtant, l'idéalisme, lui, semble contagieux… me suis-je dit en grimpant les escaliers de mon immeuble. J'aurais peut-être dû enfiler un masque avant d'entrer dans cette tombe.

Jour 7

La force de l'impossible

M'accrocher au bonheur, ai-je répété encore et encore. « M'accrocher au bonheur », me suis-je entendue dire à voix haute… M'accrocher, m'accrocher… C'est là que j'ai ouvert les yeux.

J'ai développé un nouveau talent : celui de m'endormir sur le pont, la main accrochée au câble du bastingage. Cette nuit, j'ai rêvé que des trombes d'eau se déversaient sur moi. Je me dis maintenant que ce n'était peut-être pas un rêve parce que je me suis réveillée affalée sur le pont et que, quand je me suis redressée, ma peau et mes vêtements se sont mis à craquer de concert. Une fine couche de sel recouvrait à la fois mon corps et le pont du bateau, comme si la Méduse elle-même nous avait foudroyés du regard.

En parlant de la Méduse, j'ai découvert en me penchant par-dessus bord que si elle n'était pas venue, elle m'avait envoyé une armée de ses soldats. Sous la surface turquoise, j'aperçois des centaines de petites créatures gélatineuses qui flottent comme des spermatozoïdes à l'intérieur d'un grand ovule marin, pour le féconder de son venin. Il a fait très chaud. Et quand la température de l'eau monte autant, le courant amène toujours des bancs de méduses. Et des ouragans.

Des ouragans…

Je ne vais pas penser à ça. Je relève les yeux. Le ciel est dégagé.

Quelle nuit !

Non, je ne suis pas échouée contre un rocher. Alors que mes nerfs étaient sur le point de lâcher, je me suis souvenue qu'il nous était arrivé la même chose à toi et moi un jour et que tu m'avais dit : « Quand l'anémomètre passe soudain de un à trente mètres de profondeur, c'est parce qu'un grand poisson passe en dessous. Un thon ou un denté ». On ne peut pas dire que cette idée m'ait vraiment rassurée au beau milieu de la nuit. La possibilité qu'une baleine ou un globicéphale soit en train de nager sous le Peter Pan m'a donné la chair de poule. Mais c'était toujours mieux que de s'écraser contre un rocher ou d'aller s'échouer sur un banc de sable.

Quant au reste, j'ai dû rêver.

Je le reconnais.

L'ombre que j'ai cru voir devant le bateau, c'étaient les lumières du navire qui se réverbéraient dans la brume, lui donnant un aspect solide. Ce qui donnait l'impression de voir des formes qui se dissipaient ensuite en effleurant la proue, comme des fantômes.

Je m'assois sur le pont en enveloppant mes jambes dans un paréo ocre pour les protéger du soleil. Ma chemise blanche se gonfle comme une voile.

Cette nuit, je me suis interdit de penser à quoi que ce soit avant l'apparition du premier rayon de soleil, dans l'espoir d'oublier. C'est sans doute pour ça que j'ai rêvé de Francisco et de notre conversation dans la crypte. Une sorte de métaphore. Ça, je ne me l'étais pas interdit. Il existe des souvenirs que même le sel ne peut effacer.

On ne peut pas non plus lutter contre la force de l'impossible. L'amour et l'attirance qu'il y a entre Francisco et Victoria, c'est la force de l'impossible. N'est-ce pas elle qui maintient aussi ce bateau à flot et moi, en vie ?

C'est drôle, c'était ce que j'avais essayé d'expliquer à l'archéologue sans comprendre que moi, chez moi, j'avais vécu une situation presque identique. Quelle ironie !

Plutôt que de petit-déjeuner, j'ai pris mon courage à deux mains et je suis retournée dans ta cabine. Tout était humide à cause de la brume et j'ai failli m'ouvrir le crâne en glissant au moins deux fois.

Il était toujours là.

Ce livre ouvert.

Avec la dédicace d'Amalia. Amalia de Málaga.

Et il y avait une lettre aussi : une lettre de toi que tu n'avais de toute évidence jamais envoyée à sa destinataire. Le contenu de ce vieux bout de papier, crois-le ou non, ne m'a pas fait si mal. Je ne me suis même pas effondrée quand tu l'as appelée « mon amour ». Ni même quand tu lui as dit au revoir avec passion.

Ce que je vais avoir du mal à te pardonner en revanche, Óscar, c'est d'être resté avec moi.

De t'être servi de moi comme excuse.

D'avoir caché ta peur derrière cet horrible, détestable et absurde « faire ce qu'il faut ».

De t'être réfugié dans l'idée de « ne pas me faire de mal » pour dissimuler ton incapacité à prendre une décision.

Et surtout, de m'avoir rendue responsable de ton malheur.

Je vais avoir du mal à te pardonner de t'être enfermé avec moi dans cette cohabitation morne à laquelle tu nous as tous les deux condamnés. En ne me quittant pas, tu m'as volé beaucoup de temps, beaucoup, et une chance de trouver et de ressentir moi aussi ce que tu décris dans ta lettre.

Avant, je m'en moquais, parce que le temps était élastique.

Mais maintenant le temps a une fin. Comme toi.

Je suis retournée sur le pont avec ta lettre et les cartes de navigation, celles que je ne vais plus pouvoir suivre à la lettre parce que je viens de m'apercevoir que je n'ai presque plus d'essence.

C'est ma faute. Pas la tienne. Ne t'inquiète pas.

Tes calculs auraient été justes pour un capitaine qui n'aurait pas eu besoin de s'appuyer autant sur le moteur. Je veux simplement te rassurer : tu peux rester mort en paix.

Le problème, c'est moi. Je suis encore en vie et je sais que je n'arriverai jamais à traverser le détroit. Une fois que je n'aurai plus du tout d'essence, ce qui va arriver d'une minute à l'autre, le moteur va se noyer.

J'étudie le chemin qu'il me reste à parcourir. Ça me semble hallucinant d'être arrivée jusqu'ici. Plus qu'un jour pour atteindre mon objectif. Mais je ne pourrai le faire que si le temps est clément, que si j'ai l'habileté d'esquiver les courants, de profiter du vent en naviguant seulement à la voile. Je suis la route du doigt sur le papier. J'ai les ongles sales et abîmés d'avoir tiré tant de bords. J'observe mes mains : petites, veineuses et brunes désormais. Je n'ai jamais eu de très jolies mains. Une brise tiède me caresse le visage.

À l'aube, j'ai longé Sotogrande en direction du sud et je suis désormais proche de la limite. J'ai le rocher de Gibraltar face à moi.

Ironie de la vie, tandis que je somnolais sur le pont, j'ai dû passer Málaga, cette ville où tu as de toute évidence connu l'amour.

Pourquoi ne m'as-tu rien dit, Óscar ?

Pourquoi ne m'as-tu pas laissée partir ?

C'est elle qui serait veuve aujourd'hui, elle qui devrait tenir cette stupide promesse envers toi.

Je vais te dire un truc, même si tu n'as pas les couilles d'apparaître : la cruauté, ce n'est pas de tomber amoureux d'une autre. La cruauté, c'est de ne pas agir en conséquence.

Et laisse-moi te révéler un secret : après ces quelques mois, je crois que nous, les femmes, sommes bien plus armées que vous croyez pour affronter la réalité. Et nous préférons l'honnêteté et le courage au reste. Sache-le.

Je regarde aussi loin que possible devant moi. Les vagues se calment et le tangage du bateau me donne de nouveau envie de dormir. Mais c'est l'heure d'avancer. Aussi loin que possible. Je repense à ces voyages que tu faisais en solitaire dont tu rentrais épuisé mais si vivant, rasé de près, embaumant un nouveau parfum que tu avais acheté en route. Ces petits changements… Nous bavardions un peu puis tu t'enfermais dans ton bureau pendant des jours, devant ton ordinateur, à répondre à des mails. Tous ces coups d'œil furtifs à ton portable, parfois à des heures indues de la nuit. La distance entre nos deux corps quand nous étions au lit. La distance.

Olivia avait raison : une femme sait toujours quand son homme ne l'est plus. Quand il appartient à une autre. Si elle te demande ce qui se passe, c'est parce qu'elle te donne une chance de lui rendre sa liberté. Et quand elle nie l'évidence, c'est soit qu'elle croit ne jamais pouvoir survivre seule, soit qu'elle veut faire durer le mensonge pour continuer à recevoir des cadeaux de Noël, comme les petites filles qui refusent de savoir que le père Noël n'existe pas. Comme la femme de Francisco. Donc ton comportement ne prouve qu'une chose : combien tu me sous-estimais et te surestimais. Au fond, admets-le, tu pensais que je serais perdue sans toi. Que je ne rencontrerais jamais quelqu'un qui m'aimerait plus que toi.

Et tu sais le pire, Óscar ?

C'est qu'après ces trois mois, et surtout depuis que j'ai embarqué sur ce bateau, j'ai compris que nous n'étions plus un couple depuis longtemps. Que je t'aimais beaucoup, énormément… mais que je n'étais plus amoureuse de toi.

Je n'ai plus pleur.

Je n'ai plus peur de te le dire.

Parce que la cruauté, ce n'est pas non plus de ne plus être amoureux.

Tu m'aimais à ta façon, mais ce n'était pas la mienne. C'est tout. Je m'étais juste convaincue que c'était ça le bonheur. Pourquoi ? Peut-être pour éviter les conflits. Pour ne pas m'embêter à chercher un autre capitaine ou à prendre moi-même les commandes du navire. Je ne sais pas… Je ne sais pas si nous étions heureux, Oscar. Avant que tu ne sois malade. Au début. Mais à ce stade du voyage, je sais que notre relation n'était pas épanouissante. Pour aucun de nous deux.

Mais une bonne chose ressortira de tout ça, Óscar, je vais enfin pouvoir me libérer. Parce que c'est vrai. Se remettre de la perte d'un dieu, c'est impossible. Il fallait que je fasse de toi un homme, avec des défauts, pour pouvoir sortir de ton ombre. Je sais désormais que tu étais humain. Très. Parce que tu as commis des erreurs. Et beaucoup me concernant.

Et tu vois : je survis sans toi.

En tout cas pour l'instant.

Je survis sans toi. C'est drôle, hein ? Qui l'aurait cru ? Pas toi. Oui, c'est drôle.

Laisse-moi te dire le fond de ma pensée : le premier pas sera de jeter tes cendres demain et d'admettre que ce n'est pas la mort qui a emporté mes sentiments.

Et je vais jeter cette lettre à la mer aussi. Sur-le-champ. Voilà. Je la vois essayer de remonter face au vent quelques secondes, mais elle finit par disparaître sous la surface. Je m'éloigne d'elle, ou elle de moi. Comme tu t'éloignes aussi, du moins celui que tu étais quand tu étais avec Amalia et dont je ne savais rien.

Je me penche de nouveau par-dessus bord. L'eau est transparente et les soldats de la Méduse semblent avoir battu en retraite. Je suis soudainement prise d'une envie irrésistible. Je coupe le moteur, balance le canot de sauvetage à l'eau et me déshabille à toute vitesse, comme si ma vie en dépendait, comme si mon amant allait arriver d'une minute à l'autre. Je descends l'échelle. Le souffle chaud de la Méditerranée caresse ma peau. Je détache mes cheveux, qui retombent lourdement sur mes épaules.

Et je saute.

Le ventre de la mer m'accueille comme pour un baptême, un accouchement inversé, une renaissance. Nue et en position fœtale, je me laisse flotter dans cet univers placide et silencieux. J'économise mes réserves d'oxygène jusqu'à ce que Neptune m'oblige à remonter à la surface. J'émerge alors avec une force nouvelle. Lavée. Euphorique. Je nage sur place comme une gamine. Je m'agrippe au canot de sauvetage et observe l'étendue d'eau devant moi. Un peu plus loin, quelque chose avance au ras de l'eau, dans la lumière dorée de cette fin de matinée.

Cette fois, c'est bien eux.

Je reconnais le dos luisant de la horde qui se dirige vers le bateau. Les dauphins. Enfin.

Une cigale vient jouer les réveils et m'annoncer qu'il est midi. Elle est arrivée hier, et s'est posée sur le génois, comme une petite statue de proue. Ça me rassure de partager ma journée avec un être vivant. Les dauphins ont joué un bon moment autour du Peter Pan eux aussi. En remontant, je me suis séchée au vent et j'ai pris mon café avec eux, toute nue, en les regardant bondir devant la proue ou passer à toute vitesse sous la coque. L'eau était si transparente que j'avais l'impression de les voir discuter. Le regard en l'air, on aurait dit qu'ils souriaient. Certains s'accouplaient, j'en suis certaine. Ils nageaient par deux, exécutant des chorégraphies élaborées.

Il est l'heure de me rhabiller. Je suis enfin à Gibraltar. Avec ce vent d'ouest, je vais sortir la grand-voile, pour naviguer au près.

J'aperçois six cargos verts à bâbord. Leur proue est tournée vers la côte, ce qui veut dire qu'ils sont au mouillage. L'un d'entre eux, le Rachel, a l'air abandonné. Le Peter Pan avance toutes voiles dehors vers le rocher, de plus en plus vite : huit, neuf, dix nœuds… Je dois border la voile si je ne veux pas chavirer.

Je frôle la coque du Rachel. Vu d'en dessous et d'aussi près, il est vraiment impressionnant. L'ancre est jetée et on distingue les œuvres vives du bateau, là où la coque est peinte en rouge. Le cargo flotte presque entièrement au-dessus de l'eau, ce qui donne l'impression qu'il est deux fois plus grand encore. Cela signifie qu'il est vide, il n'y a donc aucune chance qu'il quitte le port aujourd'hui. Je pourrais jeter l'ancre ici, je serais à l'abri pour la nuit. Mais le vent de face est monté à vingt nœuds et le Peter Pan tape obstinément du nez. La voile ne se gonfle plus à cet angle. Si je ne la borde pas, elle va s'envoler et ce sera le pompon. Je descends fermer les écoutilles et remonte en courant pour m'installer derrière la barre. Quelques balises entourent un dragueur devant le rocher.

Heureusement qu'il ne fait pas nuit. Heureusement.

Le Peter Pan a des airs de destrier blanc chevauchant les vagues. À tribord, des trombes d'eau se forment et viennent me fouetter le visage comme pour me réveiller. Non mais dis donc, saleté de mer, j'ai pas l'air suffisamment réveillée, selon toi ? Merde ! La voile claque violemment. Je l'ajuste encore.

Je n'aime pas ça, Peter Pan, pas du tout. Nous sommes encore à quelques heures de Tarifa. On entend la capitainerie faire ses annonces dans un anglais impeccable et les marins y répondre dans une cacophonie d'anglais approximatif.

C'est parti.

Le rocher commence à faire des siennes. Le vent souffle de plus belle et les vagues tombent avec fracas sur le bateau. La grand-voile s'agite violemment dans tous les sens.

Mon Dieu, je ne vais pas réussir à contrôler ce bateau. Mon Dieu…

Je me suis réveillée il y a quelques minutes. Par terre. Je ne crois pas avoir perdu connaissance très longtemps. À cause du vent, la voile a lâché et la bôme m'a heurtée en pleine figure. Ma tête va exploser. J'ai retourné tous les tiroirs de la cambuse. Où ai-je rangé cette foutue boîte d'ibuprofène ? Au moins je ne me suis pas ouvert le crâne. Je me dis qu'un caillot de sang s'est peut-être formé dans mon cerveau, qu'il explosera dans quelques jours, que je tomberai raide morte en posant le pied à terre. Il y a plein de légendes urbaines à ce sujet. Quoi qu'il advienne, pour l'instant, l'important est de rejoindre la terre ferme.

De l'autre côté.

En Afrique.

Je passe Punta de Europa, le point le plus méridional du continent. Selon les Anglais, bien évidemment. J'ai l'impression de t'entendre : « Les Anglais ont la fâcheuse habitude de donner un nom à tout avant tout le monde. La pointe de l'Europe, c'est Tarifa, c'est tout. Toutes ces années à jouer aux pirates et ils ne sont pas foutus de lire une carte ? »

Tu étais drôle quand tu voulais.

Soudain, je me réjouis pour toi. Je suis contente que tu aies pu éprouver ce genre d'amour pour quelqu'un. Tu es mort et je me réjouis que tu aies pu connaître ce sentiment avant de partir. Au fond, ça me redonne espoir. Je rêve que moi aussi je rencontrerai mon Amalia, moi qui suis vivante. Encore… Je dois simplement te pardonner de nous avoir fait perdre autant de temps à tous les deux. Elle ressemble à quoi ? Elle est probablement très différente de moi. Ou alors c'est moi en mieux : plus mate, plus grande, plus jeune, plus indépendante… Non, non. Ça n'aurait eu aucun sens de prendre une ancienne version de ta femme. Celle qui prenait plaisir à se faire du mal.

J'ai mis des heures à comprendre dans quel sens allaient les différents courants autour du rocher.

Des heures durant lesquelles j'aurais aimé que tu apparaisses pour me donner des explications, des instructions ou ne serait-ce qu'un conseil. Mais de toute évidence, tu n'as aucune intention d'apparaître pour le moment. Tu as passé toutes ces années collé à moi en pensant à une autre et, maintenant que j'ai vraiment besoin de toi, tu es aux abonnés absents. Super, Óscar, vraiment super. Le courant va dans le sens contraire du vent, ce qui n'aide pas du tout. Le compteur indique que la vitesse augmente. « Chaque bond du bateau est comme un coup de frein », ai-je l'impression de t'entendre dire. Je tire un bord pour récupérer le vent. Je ne veux pas éteindre le moteur. Pourtant, je sais qu'il ne me reste presque plus d'essence. Je suis désormais plus près de l'Afrique que de l'Espagne et la radio a commencé à capter les annonces en anglais de la marine royale du Maroc : toute embarcation entrant dans sa zone maritime doit en sortir immédiatement.

Les radars m'auraient-ils déjà repérée ?

Que feront-ils si je ne m'annonce pas ?

Je n'ai aucun permis. Un bateau arrive en sens contraire.

Je ne dois pas paniquer. Je dois me concentrer sur mon cap et avancer. À Punta Europa, j'ai viré vers le sud-ouest en traversant prudemment la baie d'Algésiras, laquelle est très fréquentée, et bientôt, très bientôt, j'arriverai à Punta Carnero, où la mer et l'océan se rencontrent : la Méditerranée et l'Atlantique. Les dix milles qui me séparent de Tarifa vont me sembler interminables avec ces remous.

J'ai de si bons souvenirs de Tarifa.

Tous avec toi, je dois l'admettre.

À tribord, on distingue le rocher en forme de doigt avec son ongle énorme, sur lequel le phare brillera cette nuit comme une bague de fiançailles. De l'autre côté, l'Afrique se dessine, avec sa côte étirée et rose, comme une vieille femme nue.

À aucun autre endroit au monde le ciel n'a ces couleurs.

Le vent s'est calmé, mais sous le bateau, la mer s'agite comme en ébullition.

C'est là que les courants de la Méditerranée et de l'Atlantique se rejoignent pour s'embrasser à pleine bouche. Je les sens frémir sous mes pieds. L'image de leurs langues enlacées sous la coque me fait rougir, étonnamment.

Mais les deux mers n'éprouvent aucune gêne, elles, à s'accoupler sous les yeux d'une créature aussi insignifiante que moi. Après tout, les astres le font, les baleines le font, les dieux le faisaient. Pour l'instant, je veux juste me dépêcher de passer le port. Parce qu'à intervalles réguliers, on entend le mugissement d'un ferry qui démarre, et quand ils atteignent l'embouchure, ils voguent en général déjà à toute vitesse.

Quand ça nous arrivait, je me contentais de t'observer : soit tu avais les dents serrées, soit au contraire tu avais la bouche détendue. Quand tu me voyais te scruter avec inquiétude, tu te contentais de me dire : « Ne t'inquiète pas, Mari, si on avance tout droit de façon décidée, c'est le ferry qui va virer ». Puis avec un sourire moqueur : « Et si ce n'est pas le cas… et ben il nous écrabouillera tellement vite qu'on ne sentira rien. » Dans ces cas-là je pouvais me détendre, je savais que tout irait bien. Il passerait très près, côté poupe probablement, mais son sillage nous ferait à peine tanguer.

Étrangement, à cette seconde précise, ce géant d'acier ne m'inquiète pas plus que ça. Je suis hypnotisée par le paysage : le mouvement des moulins à terre et les milliers de cerfs-volants qui s'agitent comme des papillons préhistoriques sur la plage. Et le phare blanc qui toise de son unique œil triste le Peter Pan.

Sa fuite.

Son voyage.

La vieille forteresse me paraît soudain n'être rien d'autre qu'un château de sable construit par un enfant. Désormais, elle ne défend plus rien ni personne. Désormais, il n'y a plus rien à défendre. Comme c'est beau…

Le vent a commencé à souffler de travers. C'est l'Atlantique qui me souhaite la bienvenue avec son grand bâillement froid.

« Il faut sortir la grand-voile, Mari », dis-je à voix haute. « Il faut sortir la grand-voile, t'entends-je répéter à mon oreille. Comme ça, tu attraperas le vent du sud et il t'aidera à avancer. » Je ferme les yeux et t'entends de nouveau, cette fois distinctement, sans interruption :

– Tu dois atteindre Tarifa avant la nuit, Mari, ces eaux-là sont très capricieuses et il n'y aura plus de port où t'abriter avant le détroit. De l'autre côté de la pointe, tu pourras passer la nuit suffisamment près de la côte pour être en sécurité. Tu pourras jeter l'ancre et dormir un peu. Si ce n'est pas trop profond, tu pourras manger quelque chose et te retrouver du côté africain avant le lever du jour. Tu ne seras plus qu'à quelques kilomètres de Tanger. Tu peux y arriver, chérie. J'ai toujours su que tu en étais capable.

Et soudain, je sais que tout était vrai.

Que nous éprouvions une vraie tendresse l'un pour l'autre. On le proclamait fièrement, tu te rappelles ? Toutes ces années ensemble. Comme si c'était un record olympique. Parce que ça suscitait l'admiration des gens.

C'était notre carte de visite.

Notre grande réussite.

La durée.

Et nous nous entendions très bien. Nous étions d'excellents compagnons, très complices. Je refuse de penser que nous avons échoué simplement parce que nous n'avons pas eu le courage de nous séparer. Le courage de nous dire la vérité. Le courage de nous rendre notre liberté respective. Je crois que nous étions de grands amis, ou une famille, quelque chose de ce genre, et que nous avons trouvé l'amour ailleurs. Toi avec Amalia. Je suis sûre que j'aurais appris moi aussi à l'aimer avec le temps. Et je suis sûre que ça m'arrivera. Trouver quelqu'un à aimer. Pour toi. Et une fois que je l'aurai trouvé, je te le présenterai.

Tarifa oui… que de souvenirs…

L'apesanteur. J'ai cru que j'étais devenue folle, je l'ai pourtant bien ressenti. Tout à l'heure, quand j'étais affalée dans ta cabine. Le Peter Pan a fait un bond un peu plus prononcé que les autres et j'ai cru qu'il s'était envolé. Je ne sentais plus le contact de la coque sur l'eau. J'ai imaginé l'hélice fendant l'air comme un hélicoptère et le bateau s'envolant, comme s'il s'était subitement transformé en ballon dirigeable. Quelque chose comme l'envol d'une mouette. Le mouvement décidé de ses ailes, une première impulsion et la panse blanche qui décolle de l'eau, au ras, le premier mètre avant de s'élever, avec ses ailes blanches déployées et tendues. Du bleu de l'eau à celui du ciel.

Pourtant, quand je suis sortie sur le pont, le bateau glissait toujours sereinement sur l'eau. Le soleil se couchait et les vagues ondulaient au ralenti.

Je ne sais pas ce qui m'a poussée à faire ce que j'ai fait. Si c'était cette impression d'apesanteur ou le fait de savoir que je puisais désormais dans les réserves d'urgence d'essence… Quoi qu'il en soit, j'ai fermement empoigné la barre, choisi un point à l'horizon en direction du sud et éteint le pilote automatique pour la première fois. Et me voilà sur le point de faire ce que je n'ai jamais osé faire depuis que je suis à bord de ce bateau. Ou plus précisément, ce que je n'ai jamais osé faire de toute ma vie.

J'agrippe de toutes mes forces le levier argenté de l'accélérateur et tire dessus jusqu'à ce que, dans un crissement de protestation, le moteur s'éteigne.

Quelques secondes passent, une éternité, durant lesquelles le Peter Pan s'immobilise presque, défiant le mouvement des vagues, toutes voiles dehors.

Le vent s'y engouffre et, au centre de la plus grande, la violette géante semble éclore.

Pour la première fois, je sens le poids de la barre entre mes mains.

Le bateau avance, d'abord au pas, puis de plus en plus vite, trois, quatre, six nœuds. Je le sens. Dans un silence palpable, le Peter Pan se laisse enfin aller aux mains, petites mais fermes, de sa capitaine.

– C'est une incroyable sensation de liberté, n'est-ce pas ?

Cette fois c'est bien toi.

Pour la première fois, tu es face à moi et non pas à la barre.

Tu me regardes comme un coucher de soleil différent, quelque chose de beau et d'incontrôlable. Tu portes le même ciré mais ton visage a changé. Il est plus humain. À cette seconde, tu me manques vraiment. Mes yeux s'embrument et le vent fait légèrement virer le bateau. Je le redresse en tirant sur la barre. Je dompte la marée qui tente de me dévier de mon chemin. Je regarde la boussole.

– Le sud, toujours le sud, dis-je avec une nouvelle autorité.

Je tourne la proue dans le sens des aiguilles d'une montre. Le vent de travers vient gonfler un peu plus les voiles, et les paroles d'Olivia me reviennent : « Vole, Marina. N'aie pas peur d'être libre. Déploie tes ailes, chérie. Tu en as. Arrête de te trouver des excuses. Sois libre. Ne serait-ce qu'un jour. Ça en vaut la peine. »

Et pour la première fois depuis longtemps, je ris. Je m'entends rire et ma voix résonne contre ce mur de vent et d'eau.

Parce que je suis bien en train de voler.

Je galope dans ma prairie bleue.

– Merci, dis-je alors en reprenant mon souffle et en agitant mes hanches au rythme des vagues. Merci.

Je comprends désormais. Je comprends clairement ce qu'Olivia a semé si généreusement ce jour-là devant la petite chrysalide qui commençait sa métamorphose. Je comprends que c'est l'heure de la récolte.

– Qu'est-ce que je fais si ?... je demande en te cherchant des yeux.

Mais tu regardes déjà ailleurs, loin vers l'horizon : une énorme lune rouge d'août s'est levée derrière la poupe, à l'ombre blanche de Tarifa, et côté proue le soleil se couche à toute vitesse, comme toujours dans ce coin du monde et nulle part ailleurs, jusqu'à ce que son immense reflet envahisse l'eau et la teinte de sang.

La nature imprévisible de la pluie

Pourquoi avancer avec un moteur artificiel dans une direction choisie au lieu de profiter de la traversée et d'atterrir où le vent nous aura portés ?

En repensant aux quelques jours qui ont précédé mon voyage, je me rends compte que j'avais perdu toute spontanéité ces dernières années. Il ne s'agissait pas de renoncer à aller dans une direction précise, mais d'attendre le bon moment et de ne pas m'imposer de feuille de route trop rigide qui m'aurait empêchée de profiter du trajet et de découvrir ces autres chemins que la vie nous offre et dont j'ignorais l'existence même.

La rigidité séquestre les émotions.

La peur conduit à l'immobilisme.

Cet après-midi-là, j'avais eu envie d'être spontanée pour la première fois. J'avais marché au hasard des rues et fini par atterrir au parc du Retiro. Je me trouvais désormais face au lac de la colonnade, à jeter des pop-corn aux canards qui pataugeaient dans l'eau. C'est sans doute ce décor qui m'a inspiré cette idée extravagante.

Depuis que je la connaissais, je me disais qu'Olivia était la sœur cachée de Mary Poppins. Un personnage excentrique et décidé qui débarque dans la vie des gens pour l'améliorer. Ça semblait vraiment être le seul but de son existence. À croire qu'elle n'existait que dans ce fragment de temps où elle surgissait dans nos vies. À la fin de sa mission, elle déploierait une marguerite géante et s'envolerait vers une autre âme perdue qui avait besoin d'aide.

« Mon histoire n'a aucune importance », avait-elle l'habitude de dire. C'est vrai qu'elle se comportait comme si elle n'avait ni passé ni famille… Elle ne vivait que dans le présent, comme disait Gala. Un présent dans lequel d'autres individus, aussi extraordinaires et fantasques qu'elle, s'enthousiasmaient pourtant de la revoir, mais sans jamais rien révéler de l'époque où ils s'étaient connus, comme s'il s'agissait d'un fantasme qui n'existait que dans leurs têtes.

Voilà à quoi je pensais, en observant distraitement un peintre – qui ressemblait étonnamment à Dick Van Dyke – en train de reproduire *Saturne dévorant ses enfants* sur le trottoir du paseo de Carruajes. Il avait le corps sec d'un yogi, une tête incroyablement petite, et portait des genouillères pour préserver ses frêles articulations. Un père, qui avait tout du divorcé promenant ses enfants braillards un dimanche matin, s'est approché pour observer son œuvre. Je me suis dit qu'il rêvait peut-être secrètement de plonger dans le tableau et d'offrir ses rejetons en sacrifice au dieu affamé.

Le temps était chaud. Voire caniculaire. Pourtant le jardin était toujours aussi luxuriant. Plus qu'une semaine avant mon grand voyage. C'est curieux, quand on y pense, c'était il y a peu de temps, pourtant j'ai l'impression que toutes ces histoires appartiennent à une autre vie. Nous étions à la mi-août, il était dix heures du matin, et je me promenais dans le parc. Le ciel était gris, on sentait cette chaleur humide quasi insupportable dans une ville comme Madrid, dont l'unique mer est ce lac du XIXe siècle, avec ses perrons blancs qui disparaissent mystérieusement dans l'eau, sous l'œil des lions en pierre, fiers et inertes.

Deux barques glissaient sur la surface transportant des couples qui se remettaient de leur nuit précédente. Une jeune fille lisait pieds nus sur la pelouse. Et moi, j'évitais les cyclistes, les skateurs et les touristes perchés sur des véhicules ridicules tout droit sortis du *Cinquième Élément*, pour rejoindre l'autre lac du parc, que surveillait un gang d'oies aussi énormes qu'agressives, et sur lequel régnaient, question de hiérarchie, deux cygnes noirs. Cette petite étendue d'eau bordait le Palacio de Cristal, cette serre géante qui ressemblait à un décor de conte de fées et dont l'intérieur extravagant servait de salle d'exposition. Ce jour-là, on avait accroché au toit des morceaux de poupées déchiquetées avec des fils transparents. On aurait dit qu'un magasin de jouets avait explosé.

On était donc dimanche, je m'en souviens. Un dimanche où ma théorie selon laquelle Olivia était un personnage de fiction allait se désintégrer. Il suffirait d'un orage d'été pour réveiller celui, intérieur, qui bouillait en elle, la faire sortir de sa tanière, enlever son masque et montrer son vrai visage, que si peu de personnes semblaient connaître.

J'ai quitté le lac. Je me suis signée à l'envers en passant devant le monument de l'Ange déchu – la rébellion de cette ville ne connaît aucune limite –, puis je suis sortie du parc sous les yeux de statues silencieuses. J'ai traversé le paseo del Prado et j'ai remonté, comme d'habitude, la calle Huertas, qui sentait encore l'alcool ingurgité et pissé la veille au soir. J'ai su alors que c'était ça qui me manquerait le plus. Les dimanches dans le quartier. Les vieux se promenant en chaussons, les touristes agglutinés devant la maison de Lope de Vega tandis qu'un guide habillé en costume d'époque leur récitait un monologue du *Chien du jardinier*, le chant aigu des martinets noirs, la mélodie d'un piano s'échappant d'un appartement… Si j'étais si nostalgique, c'est sans doute parce que je ne pensais pas revenir après mon voyage. Que je ne le pourrais pas parce que je serais en train de jouer pour l'éternité aux cartes avec Neptune, au fond de l'eau. J'ai également réalisé pour la première fois que mon ancienne maison ne me manquait pas.

En avançant, je me suis demandé s'il existait sur terre une rue aussi courte et riche en commerces que celle-ci. On aurait pu y vivre une vie bien remplie sans jamais en sortir. J'ai fait le compte de ce qu'offraient ces soixante-dix numéros, jusqu'à la plaza del Ángel. Voyons… trois places, cinq tavernes, huit discothèques, trois bars à cocktail, un karaoké, vingt restaurants, trois salles de concert, deux salons de thé, quatre boulangeries, trois cafés, un commissariat, un parc, un cloître, la tombe d'un écrivain de génie, trois boutiques de vêtements, deux supermarchés, trois hôtels, deux librairies, trois antiquaires, un théâtre et le cimetière d'une église reconverti en boutique de fleurs.

J'ai repensé à Olivia que j'avais vue la veille au soir. Olivia dans la pénombre du jardin, un verre de vin à la main, en pleine conversation avec l'olivier.

Cette image m'a marquée.

Parce que j'ai cru voir chez elle quelque chose que je n'avais pas perçu jusque-là.

Sa solitude.

Une faiblesse humaine qui la distinguait de l'infaillible Mary Poppins. La veille au soir, j'avais essayé de deviner son histoire : si Olivia avait voulu un enfant, elle l'aurait eu. Elle n'en avait jamais mentionné, mais elle parlait de la maternité comme si elle l'avait vécue. De la même façon, elle parlait de liberté comme quelqu'un qui a fait le tour de la question. Selon elle, une femme heureuse mangeait avec appétit, baisait avec plaisir, riait à gorge déployée et avait eu plusieurs amants, peu importe de quel sexe. Je l'imaginais sauter de vie en vie, aujourd'hui à travailler dans une boutique de fleurs, demain dans une entreprise d'exportation de café panaméen ou dans une ONG qui sauverait les baleines de l'océan Indien. Olivia, parce qu'elle était si libre et semblait avoir toutes les réponses, était la femme que nous voulions toutes être.

Ce que j'ignorais encore, c'est qu'elle ne l'avait pas toujours été. Comme nous toutes, elle avait dû beaucoup lutter pour échapper à sa condition. Elle avait dû se libérer de ses chaînes, l'une après l'autre. Et j'étais sur le point d'apprendre ce que ça lui avait coûté.

Était-elle seule ? Non, une femme comme elle ne pourrait jamais être seule, me suis-je dit en arrivant devant le couvent de Las Trinitarias fermé à double tour et désormais libéré des barrières qui protégeaient les travaux d'excavation. On avait beau deviner dans ses yeux la souffrance de ceux qui ont beaucoup vécu, je n'aurais jamais imaginé que du haut de ses soixante ans – ou peut-être soixante-dix, elle était si bien conservée que je n'ai jamais su à vrai dire – Olivia avait décidé d'ouvrir un magasin de fleurs à cet endroit, pour une raison précise.

Un coup de tonnerre a éclaté au-dessus de ma tête et il s'est mis à pleuvoir.

Je n'ai pas su d'où venait ce nuage qui semblait me poursuivre comme dans les dessins animés. J'ai couru en bataillant pour ne pas perdre mes sandales et suis allée me réfugier au Jardin de l'ange. Le temps d'arriver, ma robe en jean était aussi trempée que si on m'avait renversé un seau d'eau sur la tête.

J'ai été étonnée de voir la grille fermée. J'ai sorti les clés de mon sac tant bien que mal, sous la pluie diluvienne, et remonté en courant le chemin de pierre. Un verre abandonné sur la table en fer se remplissait de pluie.

La porte de la serre était grande ouverte.

À l'intérieur, on distinguait péniblement un air de jazz dans la cacophonie de la pluie qui s'abattait sur le toit et les vitres. Dehors, les passants couraient dans tous les sens avec cette joie étrange que provoquent toujours les orages d'été. Ça sentait le bois humide des tropiques.

J'ai posé mon sac sur le comptoir avant de secouer mes cheveux. J'étais sur le point de rejoindre l'arrière-boutique pour aller chercher une serviette, quand je l'ai aperçue. Trempée elle aussi. Assise par terre sur un coussin de jardin à côté de la fontaine en pierre éteinte. Elle portait les mêmes vêtements que la veille. Ses cheveux lâchés collaient à ses épaules. Le regard fuyant. Le sourire las et impassible. Je me suis approchée.

– Olivia ? l'ai-je appelée. Olivia… tu vas bien ?

Elle a acquiescé sans bouger ni me regarder.

Elle semblait obnubilée par quelque chose.

Notre petit alien.

Il était parti.

Enfin, son cocon était toujours là, telle une cosse de haricot vide.

Elle a tendu la main derrière elle pour que je lui donne la mienne. Ce que j'ai fait. Elle m'a tirée gentiment pour que je m'asseye à côté d'elle.

– Il est temps de prendre ton envol, chérie, a-t-elle murmuré. Tu vois ? Tout passe. Le bonheur comme la peine.

Elle avait les yeux pleins de larmes, mais n'arrêtait pas de sourire.

– Je ne pars que huit jours, ai-je répondu en la regardant avec tendresse. Si tu parles comme ça, je vais finir par croire que tu penses que je ne reviendrai pas.

J'ai grimacé. Puis j'ai compris. Que ça n'avait rien à voir avec moi. Que cet envol était celui de quelqu'un d'autre. J'ai suivi son regard et les pièces du puzzle ont commencé à s'assembler : près du verre sur la table du jardin, un livre se décomposait sous la pluie, celui qu'elle avait prêté à notre lecteur blond ces dernières semaines.

– Il est parti lui aussi ? ai-je demandé.

Elle s'est tournée vers moi.

– Oui, il est venu me dire au revoir hier. On l'envoie à Miami. Mais ça, je le savais déjà… Il travaille à la télévision, je te l'avais dit ? a-t-elle précisé, une lueur de fierté dans ses yeux bleus. Il a eu deux années très difficiles, parce qu'ici, tu le sais mieux que personne, c'est compliqué de trouver un travail. Il y a quelques semaines, je me suis arrangée pour qu'une amie de Casandra l'appelle, une productrice importante là-bas. (Elle a dit ça comme si ça lui faisait mal.) Je lui ai demandé de ne pas dire que c'était de ma part.

Elle semblait tiraillée, entre la joie et la tristesse. J'ai essayé de faire correspondre ce qu'elle venait de dire avec mon souvenir de cet homme, comme si je tentais de dénouer une intrigue compliquée : Olivia lui laissant des livres soigneusement choisis qu'il lisait ensuite, installé dans le jardin. Olivia sortant précipitamment en inventant une excuse dès qu'elle le voyait passer. Olivia organisant des rencontres fortuites sous la pergola et, feignant d'arranger ses plantes, lançant la conversation l'air de rien. Olivia lui préparant un thé glacé avec une feuille de menthe. Sa façon délicate et soignée de choisir la feuille.

– Qui est-ce ? ai-je osé demander.

Elle a levé les yeux, a enroulé ses cheveux roux aux reflets d'argent avant de les attacher avec un bâton de bois de santal.

– Ma grand-mère disait toujours que « Dieu ne nous donne jamais plus que ce que nous pouvons supporter », a-t-elle dit en secouant la tête. Je ne parle plus de Dieu, Marina. Mais personne ne nous donne plus qu'on ne peut supporter.

Après de nombreuses années, a-t-elle continué la voix défaite, et après avoir connu tant de personnes différentes dans tant de pays différents, elle était arrivée à la conclusion suivante : les personnes fortes ne l'étaient que parce qu'elles avaient le malheur d'encaisser plus de souffrance que la moyenne des gens. Leur seuil de tolérance à la douleur était plus élevé. Mais ça ne voulait pas dire qu'ils avaient moins mal.

La pluie faisait maintenant bouger la porte. Un moineau est entré en bondissant et a secoué ses ailes plusieurs fois. Puis, il a traversé la serre en volant et s'est posé sur la fontaine. Olivia l'a suivi des yeux en souriant avec lassitude.

– Le vrai drame, tu sais ce que c'est, Marina ? C'est que notre souffrance ne se voit pas. Ou pas autant que celle des autres.

Elle m'a demandé mon bras pour l'aider à se relever, elle semblait si abattue.

Je savais de quoi elle parlait, je l'avais vu chez la femme de Francisco. Cette dernière avait parfaitement su placer ses pions se servant de sa seule arme : sa faiblesse. Le faible s'étouffait avec une miette et obtenait compassion et soutien. Le fort consolait, en se mordant les lèvres tandis qu'on l'opérait sans anesthésie. Le fort, quand il souffrait vraiment, s'enfermait dans sa coquille pour surmonter cette épreuve. Il n'inquiétait pas les autres, ne les accablait pas de sa douleur.

Elle a écarquillé les yeux et s'est frotté la nuque. Derrière la vitre, apparaissaient les premiers parapluies, des champignons multicolores sur pattes qui se pressaient sur le trottoir. Un jeune Chinois s'était posté au coin pour en vendre.

Olivia, désormais debout, m'a rappelé la première soirée que nous avions passée toutes ensemble dans le jardin. Est-ce que je m'en souvenais ? J'ai acquiescé. Ce soir-là, Gala nous a demandé comment s'était passée notre première fois…

– Et je n'ai pas voulu raconter la mienne. (Elle a secoué la tête en tirant inutilement sur ses habits.) J'aurais gâché la fête. Tu veux savoir comment ça s'est passé ? Ma première fois ?

Elle avait quinze ans, a-t-elle poursuivi en arrangeant d'énormes marguerites dans un vase. Quinze ans dans un collège de nonnes et un pays sous dictature. Elle revenait de l'épicerie où sa mère l'avait envoyée faire des courses et quand elle est rentrée dans le hall de son immeuble, il y avait un homme. Elle a marqué une pause, a attrapé une fleur et l'a humée en fermant les yeux. Tout était flou. La seule chose dont elle se souvenait précisément, c'était sa taille. Il était grand, beaucoup plus fort qu'elle et sentait l'anis. « Depuis je ne supporte plus cette odeur », a-t-elle répété deux fois. Elle s'est appuyée au comptoir pour continuer son récit : une fois que l'homme a eu satisfait ses besoins, il l'a laissée partir. Elle a couru aussi vite que ses jambes tremblantes le lui ont permis et est entrée dans la cuisine avec ses courses. Sa mère l'a grondée, sans même la regarder, parce que le dîner était en train de refroidir.

– Et moi qu'est-ce que j'ai fait ? (Ses yeux bleus étaient sur le point d'exploser.) Je n'ai rien dit. En les voyant tous autour de la table : mon père, mes trois sœurs et ma mère debout sur le point de servir une *sopa de fideos*, je n'ai pas voulu rompre cette harmonie. Cette stabilité. Cette paix. Je n'ai pas voulu les intoxiquer avec ma douleur. C'est comme ça que tout a commencé.

Elle m'a regardée droit dans les yeux.

– Écoute-moi bien, Marina. Apprends à crier quand quelque chose te fait mal et que ce cri soit proportionnel à ta douleur. Ou bien tu passeras ta vie à souffrir. Énormément.

Je l'ai observée, estomaquée, appuyée contre la porte en verre, sans oser m'approcher, sans comprendre.

– Mais je ne suis pas forte, moi…

Elle a esquissé un sourire minuscule.

– Tu es plus forte que tu ne le crois.

Ce que m'a raconté Olivia cet après-midi-là dans notre bulle en verre qui nous protégeait de la pluie m'a permis de découvrir qui elle était. Une femme qui n'avait pas toujours acheté et vendu des fleurs, une femme qui avait dû prendre des décisions très difficiles, apprendre à changer peu à peu et faire sa chrysalide en silence pour que personne ne l'en empêche.

– Je l'ai rencontré trois ans plus tard. J'étais très jeune et lui… a-t-elle commencé en passant ses fleurs en revue, était mon professeur. Tout le monde l'admirait.

Elle voulait aller à l'université, devenir médecin. Il lui restait un an pour obtenir son équivalence. Lui se sentait coupable d'être tombé amoureux d'elle. Il se trouvait monstrueux. Il était marié, mais sa femme ne pouvait pas avoir d'enfant.

– Sa femme, non.. a-t-elle répété. Mais moi, oui.

Elle a posé ses mains sur ses hanches, a attrapé un plaid en crochet posé sur le comptoir dans lequel elle s'était probablement lovée la nuit précédente.

– Le jour où nous l'avons conçu, j'ai su tout de suite, tu sais ? (Elle a ouvert les yeux avec stupéfaction.) C'est moi qui ai voulu faire l'amour. Personne ne m'a forcée. C'est sans doute ce qu'ils auraient dit, mais ça n'était vrai.

Elle avait eu besoin de savoir à tout prix ce que cela faisait de se donner à quelqu'un qu'on aimait et qui nous aimait. N'était-ce pas naturel ? s'est-elle demandé en s'asseyant sur le rebord de la fontaine. N'était-ce pas naturel de vouloir refermer cette blessure ? Et la passion de leurs corps fut telle qu'elle avait su à cette seconde que quelque chose allait grandir en elle, comme quand la pluie pénètre la terre pour lui redonner vie.

– La vérité, c'est que je n'avais jamais voulu d'enfant, a-t-elle admis. Ça a été un choc quand j'ai découvert que j'étais enceinte. Ma famille est devenue folle. Ils ont essayé de me forcer à dire qui était le père pour le dénoncer à la police parce que j'étais mineure. D'un an seulement… mais je l'étais.

Elle a plongé la main dans l'eau stagnante de la fontaine. Son visage a semblé rajeunir d'un seul coup, comme baptisé par ce souvenir. J'avais désormais devant moi l'Olivia du passé : sa peau s'est tendue jusqu'à faire disparaître le peu de rides que le temps avait creusées au coin de ses yeux et de sa bouche, l'orange de sa chevelure a retrouvé son éclat, son pantalon blanc s'est transformé en patte d'eph et des fleurs roses minuscules ont envahi sa chemise. Et moi, j'ai osé demander, depuis le présent, ce qu'il était advenu de son amant et son enfant…

Elle, du haut de ses dix-sept ans élancés, a poursuivi :

– Lui ? a-t-elle souri. Il était fou de moi. Quand il a su que j'allais déménager dans le nord avec ma famille et que j'allais faire adopter l'enfant, il m'a proposé de nous enfuir. De partir pour l'Amérique latine. Où personne ne nous retrouverait.

– Et pourquoi tu ne l'as pas fait ?

– Parce que j'ai eu peur, Marina. Parce que comme d'habitude, j'ai voulu être forte, le protéger et protéger les miens, alors que celle qui aurait dû être protégée, c'était moi ! Tu te rends compte ?

Elle a glissé les mains dans ses cheveux et les a secoués comme si elle cherchait à faire revenir d'autres souvenirs encore. Je me suis assise à côté d'elle. J'ai laissé mon regard se perdre dans les nénuphars qui flottaient dans le bassin en pierre.

Elle a continué son histoire. Elle parlait d'un ton sévère, comme si elle s'en voulait encore ou qu'elle essayait de se justifier : il serait allé en prison pour détournement de mineure… elle ne voulait pas faire souffrir plus sa famille – son père était fonctionnaire et ce scandale aurait mis fin à sa carrière. Et pour être tout à fait honnête, elle… elle rêvait encore de voyager et d'aller à l'université. C'était compréhensible, non ? Elle n'était qu'une gamine après tout. Et à cette époque, une femme devait choisir, elle ne pouvait pas à la fois être mère et mener une vie normale. Ses yeux se sont remplis de larmes.

– Non, je n'avais jamais eu envie d'être mère, mais quand il est né… (Elle a sorti son mouchoir de soie bleu, a épongé la sueur dans son cou et sur son front.) J'ai juste demandé à passer une semaine avec lui. Rien d'autre. (Subitement elle a souri). Et durant cette semaine, je l'ai entouré des deux choses que je préférais au monde : les livres et les fleurs.

Elle a fixé quelques secondes le mouchoir dans ses mains ouvertes. Assise à côté d'elle sur la pierre froide du bassin, je me suis mise à balancer mes pieds au rythme des siens, minces et nus, aux ongles vernis couleur mandarine. J'ai laissé mes chaussures tomber par terre.

– Tu n'as jamais songé à dire la vérité ?

– Mais pourquoi toujours raconter la vérité ? s'est-elle indignée en me faisant aussitôt regretter ma question. Pourquoi se mettre à nu devant une société aussi insensible et cruelle en se cherchant des justifications absurdes ? Écoute, chérie, j'ai dû raconter beaucoup de mensonges et de vérités pas tout à fait vraies au cours de mon existence pour avoir une vie normale. Et j'en ai payé le prix. (Elle m'a regardée droit dans les yeux.) Mais parfois, Marina, les gens ne méritent pas la vérité. Ils ne la veulent que pour pouvoir te juger.

Derrière les vitres embuées, le monde extérieur semblait se déformer. Mais je voyais toujours le livre qui se liquéfiait, au même rythme que les yeux d'Olivia et ses souvenirs.

C'est pour cette raison, me suis-je dit, que je devais profiter du monde dans lequel je suis née. J'ai tendu la main sur la pierre. Il est très important, me suis-je répété, que je ne laisse personne me dire si je dois ou non avoir un enfant, ni quand, ni avec qui. « Suis ton instinct, l'ai-je entendue dire tandis que je regardais le soleil flou qui commençait à inonder la place, c'est merveilleux que de nos jours, tout cela ne dépende que de vous. »

– Ne laisse personne te juger. Et garde-toi de juger qui que ce soit, m'a-t-elle suppliée en laissant la lumière envahir son visage. Vous êtes à l'aube d'une nouvelle révolution, qui sera définitive, et vous ne vous en rendez même pas compte.

Nous avions les clés de la vie et la liberté de choisir sans être conditionnées par rien ni personne. Cela ne serait pas un processus facile mais c'était évidemment le chemin à suivre.

Elle s'est levée et s'est approchée de la vitre recouverte d'une fine couche de buée qui nous séparait du jardin. Elle a posé son front sur le verre comme pour se rafraîchir. Son reflet est apparu parmi ses fleurs et ses plantes, qui accueillaient joyeusement la pluie.

– Et que s'est-il passé ensuite ? ai-je demandé.

– Et bien… les années. Les années ont passé. (Elle a pris une grande inspiration.) Et la vie. Je me suis mariée avec un homme bon et j'ai divorcé. J'ai épousé un autre homme, encore meilleur, et il est mort… Mais je me suis juré deux choses : que jamais personne ne me redirait quoi faire avec mon corps et mon cœur. J'avais payé un prix bien trop élevé…

Et moi je l'ai écoutée, assise sur le rebord de la fontaine, sans me douter que la fin de son histoire, de son périple, était encore plus inimaginable. Comme elle n'avait pas pu garder Marco, elle avait décidé de prendre la pilule en cachette et de faire croire à ses maris qu'elle était stérile. Elle avait parcouru le monde entier, travaillé dans presque tous les domaines.

– Mais surtout, Marina, a-t-elle souligné en élevant la voix, j'ai travaillé à mon bonheur. Sans relâche. J'ai travaillé pour trouver ma place dans ce monde.

L'orage a commencé à se calmer. La lumière entrait désormais furieusement à travers chaque vitre de la serre.

– Et tu l'as trouvée ? ai-je voulu savoir.

J'avais envie, besoin, qu'elle me dise oui. Qu'elle me dise qu'elle n'avait pas traversé tout ça en vain. Je ne voulais pas qu'elle me récite une version moderne du fameux monologue de Macbeth.

Elle m'a lancé un regard complice en acquiesçant.

– Oui, en aidant les personnes aussi perdues que je l'avais été. Elle est là ma place. (Elle a posé sa main sur la vitre.) Et je suis sûre d'une chose : l'autre extrémité de mon fil rouge est toujours accrochée à mon cent pour cent compatible, celui que j'ai connu trop tôt dans un monde où tout était trop compliqué.

Elle a souri, fatiguée. Nous nous sommes tues un instant. Le fantôme de sa main est resté tatoué sur la vitre à travers laquelle j'ai aperçu le verre et le livre, désormais en plein soleil.

– Et tu l'as cherché ? ai-je demandé en me levant et en marchant vers elle.

– Lui non, ça n'avait aucun sens, mais Marco… pendant des années. Tu comprends ? C'est étrange. De la même façon que j'ai toujours su qu'il naîtrait en bonne santé, j'ai toujours su que s'il avait besoin de moi un jour, je le retrouverais.

Et après cinq années de recherches, elle l'avait retrouvé.

Elle avait découvert qu'il était marié, que sa femme s'appelait Lidia, qu'elle était enceinte, et qu'ils vivaient dans le quartier de Las Letras… Elle avait également appris qu'il avait des problèmes. Il fallait qu'elle fasse quelque chose.

– C'est là que j'ai eu une idée. J'ai compté mes économies et trouvé un endroit tout près de lui, dans la même rue, un endroit qui l'attirerait comme un phare dans la nuit. (Son visage s'est soudain illuminé.) Je construirais pour lui un autre giron maternel, où je pourrais le protéger le temps qu'il fasse sa chrysalide lui aussi, une oasis où il pourrait reprendre son souffle, reprendre des forces, un lieu où il serait entouré de toutes ces choses que nous aimions… (Elle a ravalé un sanglot. J'ai fait semblant de regarder par la fenêtre.) Par pitié n'aie pas de peine pour moi. Les choses sont ainsi. J'ai été la victime d'une époque qui a eu les conséquences qu'elle a eues et j'assume. Ça me suffit de savoir que je me suis de nouveau occupée de lui avant de le relâcher dans le monde. Il aura au moins ce souvenir de moi, celui d'une femme souriante qui lui prêtait des livres et lui offrait des fleurs.

J'ai senti sa main de papillon, légère et dure, se poser délicatement sur mon épaule et j'ai un peu sursauté. Derrière moi, Olivia bataillait pour ne pas s'effondrer, tandis que la pluie remplissait de nouveau le verre, sous un soleil vaillant, ce verre que notre lecteur avait partagé avec sa mère pour la dernière fois, sans le savoir.

Je me souviens avoir senti la colère monter en moi : être une femme était vraiment injuste, presque tout le temps. On luttait en permanence contre une gigantesque inégalité. Devoir lutter en permanence pour ne pas être rejetée par une société dont la seule préoccupation était de savoir si tu avais un homme dans ta vie était absurde et douloureux.

– C'est vrai, ai-je dit sans me retourner en scrutant de nouveau le reflet dans la vitre. Stigmatiser une femme pour avoir mis un enfant au monde, c'est le propre d'une société malade et cruelle.

Je me suis retournée. Elle m'a tendrement caressé la joue avant de marcher d'un pas décidé vers l'arrière-boutique.

J'ai continué à réfléchir. C'est vrai que c'était incroyable quand on y pensait. Avoir un bébé toute seule aurait été scandaleux il y a quelques décennies encore. Mais aujourd'hui, on commençait à considérer ça pour ce que c'était : un acte d'amour. Et c'était des femmes comme Casandra et Aurora qui brisaient les tabous. Et malgré tout ce que pouvaient dire leurs parents très conservateurs, ils rêvaient encore au fond d'eux de devenir grands-parents. Mais Olivia, elle, n'avait pas eu ce choix. Pour elle, c'était fuir sur un autre continent ou abandonner son enfant.

Aujourd'hui, les femmes pouvaient se faire inséminer et être mères célibataires, ou même mères vierges, comme Aurora…

C'était ça la vraie révolution dont parlait Olivia ?

Le chemin vers la liberté ?

Tomber amoureuse d'un homme en pensant à nous et non à nos futurs enfants. Être capable de séparer amour et famille. Si ça coïncidait, formidable, mais ce n'était pas une obligation. Personne n'aurait plus jamais le droit de décider pour nous quand, comment ou avec qui nous devions donner la vie. Ni si nous devions nous reproduire ou non.

J'ai entendu Olivia s'agiter dans l'arrière-boutique, ouvrir et fermer des tiroirs, les fouiller. Quelque chose de lourd est tombé. Elle a pesté un peu. Et moi, j'ai continué à me perdre dans mes pensées, baignée dans cette nouvelle lumière qui dissipait la buée, secouée par cette idée visionnaire qu'Olivia m'avait offerte dans les dernières brumes de son ivresse. Au fond, ce qu'elle disait était sensé. Avions-nous une autre solution ? Si la société n'était pas capable de nous aider à concilier famille et travail, nous nous en chargerions nous-mêmes… Mais que se passerait-il ensuite ? Quelles seraient les conséquences de ce changement ? Je n'avais pas voulu gâcher son moment de lucidité, c'est pourquoi je n'avais pas évoqué ma crainte : qu'au final, nous aurions toujours à choisir entre les deux, parce que la majorité d'entre nous ne pouvaient pas se permettre financièrement d'être mères célibataires. Quoi qu'il en soit, Olivia était convaincue que, d'ici vingt ans, les écoles regorgeraient d'enfants de mères célibataires et que plus personne ne les considérerait différemment des enfants de divorcés. Mais quelle place cela laissait-il à nos compagnons ? Et à nous ? Le fait de préférer élever un enfant seule plutôt qu'avec la mauvaise personne ne signifiait pas qu'on ne rêvait pas de fonder une famille, de partager ce projet de vie avec quelqu'un... D'un autre côté : serait-il juste de laisser les femmes porter seules le fardeau d'élever les hommes et les femmes de demain ? Était-ce de cette liberté que parlait Olivia ?

En revenant dans la pièce, elle m'a lancé une serviette pour que je me sèche. Elle tenait sous le bras un dossier que je connaissais bien. Celui qu'elle ne cessait de s'échanger avec Francisco, cette chemise noire avec un autocollant rouge à l'intérieur.

– Tu sais ce que c'est ?

J'ai fait non de la tête. Je ne voulait pas admettre que j'avais déjà vu les plans du jardin et le dessin à échelle de l'olivier qu'elle s'apprêtait à me montrer.

– Ce sont des documents que je veux que tu gardes. Si jamais il m'arrive quelque chose, a-t-elle murmuré de façon mystérieuse. Ils sont très importants. Si ces informations étaient publiées, une armée d'archéologues débarquerait ici, et les services du Patrimoine interdiraient la vente ou la location du terrain. Je les ai envoyés aux propriétaires. Ils ne me pensaient pas capable de les divulguer mais après l'histoire de la cantine pour les pauvres, je crois qu'ils ont commencé à craindre que je mette mes menaces à exécution. (Elle a attrapé son panier, ses clés et son parapluie puis s'est dirigée vers la porte.) S'ils ferment Le Jardin de l'ange, ça ne sera pas pour construire un immeuble d'appartements de vacances, je t'en donne ma parole. De deux choses l'une : soit la boutique de fleurs reste où elle est, soit cet endroit devient un lieu de culte où tous les archéologues du monde viendront creuser des trous. Avec l'excavation de Cervantès, ils ont déjà perdu trois ans.

Elle a ouvert la porte de la serre qui a laissé échapper un parfum champêtre de lavande et de terre. J'ai vérifié que la pluie avait cessé. Mary Poppins a posé son parapluie contre la porte puis s'en est allée, en marchant dans toutes les flaques qui se trouvaient sur son passage. Elle était redevenue humaine.

Moi, je suis restée là, m'agrippant à ce dossier comme si c'était une planche de bois au milieu de l'océan. Et quand je me suis décidée à l'ouvrir quelques secondes plus tard, j'ai compris que c'était la garantie de la survie du Jardin de l'ange qu'Olivia venait de me confier.

En même temps que toute son humanité.

En même temps que son histoire.

Jour 8

Subir la tempête

NE CESSE JAMAIS DE RÊVER, disait le panneau du Jardin de l'ange. Telle était la devise – la requête – qui accueillait tous les visiteurs de ma chère oasis.

J'ai besoin de rêver, maintenant plus que jamais.

J'ai le détroit devant moi.

Cette dangereuse frontière d'eau qui me sépare de la fin de mon voyage. Cette brèche entre deux continents, à la fois étroite et immense, où des centaines de migrants se noient chaque année en essayant de traverser ces eaux froides dont la violence semble jouer le rôle d'un douanier implacable. Un pont entre deux mers peuplées d'énormes cétacés.

Mais pour l'instant, ce sont les cargos qui cernent le Peter Pan.

Depuis Tarifa, je dois prendre la direction du sud pour traverser le détroit perpendiculaire au sens du trafic maritime, afin de tomber sur la pointe du Ksar – une petite plage avec un mouillage pas vraiment abrité mais où je pourrai me reposer si le vent continue à souffler aussi fort. Je prie les dieux arabes et européens pour ne pas avoir de mauvaises surprises. De là, je longerai la côte jusqu'à Punta Ferdiguá en faisant cap vers l'ouest. Puis jusqu'à Punta Malabata, et enfin Tanger, qui se trouvera alors à bâbord.

Les larmes me montent aux yeux. Je suis aussi près d'y arriver que de faire naufrage.

– Il faut que je continue à rêver ! me mets-je à crier.

Surtout que j'ai rêvé la nuit dernière.

Beaucoup.

Olivia, cet après-midi d'orage. Ses yeux pleins de larmes. La pluie remplissant les verres pour la dernière fois. Des verres qu'on ne partagerait plus. Sa douleur, mais sa réussite. Cette souffrance qu'elle n'avait jamais exprimée et qu'elle a laissée fleurir avant de l'effeuiller. Son largage mais son amarrage. Son acceptation mais sa bataille. Son réalisme mais son optimisme.

Quel dommage de ne pas pouvoir les joindre !

De ne pas pouvoir parler à Olivia. J'avais besoin d'entendre sa voix. Lui dire combien elle m'avait aidée ces derniers mois. Lui raconter que j'étais arrivée jusqu'ici. Que j'avais au moins fait ça, même si je n'arrivais pas à traverser le détroit. Qu'elle m'avait réconciliée avec Óscar. Que j'étais enfin prête à disperser ses cendres.

Impossible de consulter la météo. Et il fait une chaleur étouffante comme ce dimanche après-midi-là. Je suis peut-être un peu influencée par mon rêve, mais je sens la pluie qui vient. Sauf que je n'ai aucune information concrète. Si une tempête se prépare, je ne la verrai pas venir.

Secoué par le vent, le bateau commence à faire des embardées. Les vagues viennent violemment s'écraser sur le pont.

– Il faut sortir la grand-voile, Mari, t'entends-je crier caché sous des trombes d'eau.

Tu as raison. Je sais que tu as raison. Je me prépare donc à manœuvrer. Je me plante face au vent du mieux que je peux, tout en essayant de garder mes yeux pleins de sel ouverts. Je cours sur le pont. Je déroule les cordes de la grand-voile. Je relève les taquets coinceurs et, une fois la manivelle du winch enclenchée, je tourne de toutes mes forces. J'ai beau donner tout ce que j'ai, la voile s'arrête à mi-chemin. Je n'ai plus l'énergie de continuer à tirer.

– Remets-toi face au vent Mari, me cries-tu.

– Je ne peux pas, je mugis. Tu ne vois pas que je ne peux pas ?

Tu avances sur le pont en t'accrochant aux câbles du bastingage.

– Mais tu es devenue une mauviette, ma parole ! (Tu trébuches et manques de tomber à l'eau.) Arrête de jouer les gamines capricieuses. Continue !

Je retourne à la barre, furieuse, vire de bord jusqu'à sentir le vent face à moi, et attrape de nouveau la manivelle à deux mains. Je réussis à la faire tourner plus facilement, jusqu'à ce que la voile se gonfle comme un ballon.

Presque une heure est passée. Une heure durant laquelle j'ai navigué en manœuvrant sans arrêt pour courir après le vent. Avec la mer qui vient de face. Mais avec ton souvenir derrière moi, pour la première fois.

Je commence soudain à sentir que le courant va dans mon sens. On distingue enfin plus la côte africaine que l'espagnole.

– Ça y est, tu as passé le détroit, Mari, et sans même te décoiffer.

J'arrive à peine à réagir à cette affirmation. Une fois que je l'ai digérée, je descends d'un bond dans la cabine et consulte la carte.

Je vois tes mocassins bleus descendre une marche et tu apparais dans l'entrebâillement de la porte.

– Tarifa est derrière toi, Mari. Félicitations, ma belle.

Je remonte les escaliers mais tu as disparu.

Je me dirige vers l'arrière du bateau et m'accroche au mât.

– Hourra ! crié-je.

Le soleil se couche à bâbord, derrière les vagues.

– Hourra ! Hourra !

Je redescends d'un bond et empoigne fermement la barre pour prendre la direction de Tanger.

– Hourra ! Hourra ! Hourra !

La Méditerranée peut changer du tout au tout en quelques heures. Tu me le disais tout le temps. C'est la plus traîtresse des mers. Deux maudites heures à peine ont passé depuis mon moment d'euphorie victorieuse. Je n'ai plus une goutte de carburant et je suis sur le point de m'évanouir. Mais je vais y arriver. J'essaie de réciter ces prières dont je ne me souviens plus à des dieux auxquels je ne crois pas. La pluie tombe sur le pont, le vent mugit comme un troupeau de fantômes et les éclairs fendent la mer comme des épées laser. Il y a deux heures à peine, tu m'as ordonné de sortir le génois pour avancer toutes voiles dehors et terminer ma traversée. « Tu as le vent en poupe, m'as-tu dit. Profites-en, il va te pousser jusqu'à la côte. » Et moi je t'ai contredit. « Le vent souffle en rafale. Si je sors le génois, je vais virer de bord et je n'ai pas assez de force pour rentrer et sortir la voile toutes les dix minutes. Bien sûr, si tu n'étais pas mort, tu l'aurais sortie en deux temps trois mouvements. Si tu n'étais pas mort. Mais vu que tu es mort… tu te tais. »

Tu m'as regardée, les bras croisés depuis la porte de la cabine avec ton air de gamin renfrogné. « À vos ordres, capitaine », as-tu dit entre l'énervement et la fierté. Et ton image a disparu avec le dernier rayon de soleil.

Tu n'es pas réapparu depuis. Ce n'est vraiment pas l'heure de me faire payer mon insolence en jouant les orgueilleux. J'ai vraiment besoin de toi là, je ne rigole pas !

Je crois que je vais faire naufrage.

Est-ce qu'une des patrouilles du port me remarquera ? À ce stade, je me moque qu'on m'arrête. Ma radio ne fonctionne plus. Je ne pourrai pas appeler les secours maritimes si nécessaires. Il fait sombre et avec cet orage, je ne distingue même pas les lumières du port.

Pourquoi ?

Pourquoi maintenant ?

Pourquoi tu veux me détruire, foutu bateau sans vie ? Tu mérites que je te transforme en pièces détachées en arrivant au port. Pour m'avoir arraché mon mari. Pour avoir été son complice.

Les rafales de vent redoublent.

Je me remémore ce que disait le manuel sur le vent : à partir de 22 nœuds, c'est un vent frais, au-dessus de 34, un coup de vent, puis fort coup de vent, puis tempête, puis violente tempête, puis ouragan… 41 nœuds, 48, 56…. Au fond, peu importe. Je peux très bien me noyer à quelques mètres de la côte sans l'intervention d'un ouragan.

Je me demande tout de même si c'en est un.

Nous sommes fin août et il a fait bien trop chaud. Serait-ce la fameuse « goutte d'air froid » dont parlent les météorologues ? Je ne dois pas paniquer. Je pense aux filles. Elles doivent être inquiètes de ne pas avoir de nouvelles. Pourquoi Olivia n'est-elle pas avec elles ?

J'ai entendu un énorme craquement. Comme un coup de tonnerre. Je monte sur le pont. L'un des haubans de la proue a lâché. Il s'est transformé en fouet de fer et d'acier qui frappe le pont en y laissant d'énormes marques. J'esquive plusieurs coups de suite. Le mât va se casser, si j'avais assez de force j'essaierai de le faire tomber avant que le vent ne le pousse à fendre la coque en deux.

J'essuie l'eau sur mon visage. J'ouvre comme je peux la malle, mais les vagues me font rouler par terre. J'arrive quand même à l'atteindre de nouveau. Je fouille parmi les bouts, les tuyaux et autres objets inutiles, jusqu'à trouver la cisaille. Puis, en m'accrochant du mieux que je peux, je lance une corde en direction du mât en surveillant le câble lâche qui s'agite dans tous les sens. Je rampe jusqu'au mât. Une fois en dessous, j'attrape fermement la cisaille et coupe le hauban de tribord.

Si je ne coupe que celui-ci, le bateau va chavirer, se souvient mon cerveau. Mais avant même de pouvoir terminer cette pensée, le mât craque comme un arbre abîmé et tombe à bâbord dans un bruit retentissant. Je coupe énergiquement les deux haubans toujours accrochés au mât que les vagues engloutissent pour toujours. Je le regarde qui sombre à la verticale, comme aspiré par un tourbillon, et me traîne jusqu'à la cabine.

Où est le gilet de sauvetage ?

Je dois trouver le gilet de sauvetage.

Je finis par le trouver sous le banc de la salle à manger. Je l'enfile et ressors. Les livres, les coussins, les chaussures et les casseroles roulent par terre. La pluie tombe si fort qu'elle me fait mal. Je m'agrippe fermement à la table. Un de mes genoux saigne. Les vagues attaquent le pont, comme si la mer avait décidé de s'engager dans une bataille à mort contre le Peter Pan. Une gerbe d'eau entre par la fenêtre du salon et vient exploser sur le plan de travail de la cuisine. J'essaie de descendre, mais je tombe dans les escaliers jusqu'au sol du salon rempli d'eau. Je ferme l'écoutille.

– Où es-tu ? me mets-je à hurler. Où es-tu en ce moment ?

Je ne peux pas m'arrêter de crier, agrippée à la table du salon, prête à subir la tempête. C'est ce que disent tous les marins. Quand la mer devient aussi mauvaise et que tu ne peux pas te défendre, il faut faire comme si un homme essayait de t'attaquer. Il ne faut pas résister. Parce que le moindre mouvement provoquera une réaction violente. Il faut se laisser porter. Et donc, même si je tremble de peur et de froid, je m'assois. Et me voilà, là. Accrochée à une table dans un bateau démâté. Au milieu de la mer et de l'obscurité. Pour la première fois, à la dérive.

Danser sur des tombes

C'est étrange la façon dont les souvenirs nous reviennent en mémoire. Parfois, dans les moments critiques, ils apparaissent comme des cartes postales lumineuses que l'on s'envoie pour nous aider à tenir. Et mon cerveau, au beau milieu de cette tempête qui va m'arracher la vie, a choisi de se souvenir de ma dernière soirée au Jardin de l'ange.

Je suis arrivée à la boutique avec l'urne de tes cendres dans une main et le panier de Capitán dans l'autre. On entendait *Feeling Good* de Nina Simone. Olivia était perchée sur un tabouret du jardin, elle allumait les bougies des lanternes colorées qui semblaient flotter dans la nuit.

Je lui ai dit bonsoir et j'ai regardé mon grand olivier éclairé. Les nœuds et les veines de son tronc semblaient prendre vie entre les lumières et les ombres. Nous avons échangé un regard complice, lui et moi. J'ai posé mon sac par terre et me suis installée sur la balançoire de la réflexion. J'ai repensé à l'après-midi de la veille, quand j'avais ouvert le dossier.

Le premier document était une sorte de dessin.

Une série de données désignaient la parcelle de terrain sur laquelle l'olivier était planté. Sous ses racines, exactement. Je suis sortie dans le jardin, j'ai fermé la grille qui donnait sur la rue et je me suis plantée devant l'olivier.

Après la pluie, tout avait une nouvelle odeur.

L'odeur de la nature.

Les passants commençaient à réinvestir le quartier. Une lumière dorée perçait entre les feuilles. Et je me suis souvenue d'Olivia, la veille au soir, glissant quelque chose dans un creux du tronc. Celui-là même que nous avions bouché pour que les oiseaux et les insectes ne puissent pas y entrer. Je suis montée sur une des racines de l'arbre. J'ai enlevé le morceau de grillage. J'ai glissé ma main et senti quelque chose de dur recouvert de plastique. Je l'ai sorti, c'était un petit coffre en bois de la taille d'un livre emballé dans un sac-poubelle. Je me suis assise. La boîte était pourrie, avec des incrustations de métal. Je l'ai délicatement ouverte. À l'intérieur, des échardes de bois et des os. Par-dessus, un insigne rouillé sur lequel on distinguait encore une croix de Malte. Les mains tremblantes, j'ai rouvert le dossier et lu le rapport qui se trouvait derrière la carte :

Par la présente, je certifie qu'il existe des indices fondés pour affirmer que les restes de Lope de Vega se trouvent enterrés dans l'ancien cimetière de l'église San Sebastián, situé sur la place de l'Ange, à l'angle de la calle Huertas, à Madrid. Je demande l'autorisation de commencer les études nécessaires et de lancer des travaux d'excavation.

FRANCISCO IBÁÑEZ, chercheur du CNRS

Les martinets se sont mis à crier en volant en cercle au-dessus des toits. Quelques gouttes d'eau dorées me sont tombées sur la tête. L'olivier a craqué un peu, comme si ses entrailles réclamaient un peu du trésor que j'avais entre les mains. J'ai refermé la boîte avec précaution, l'ai glissée dans le sac et remise dans le ventre de l'arbre. Puis j'ai fermé le dossier et l'ai serré contre moi. Ce document disait-il vrai ? Ou n'était-ce qu'un service que Francisco rendait à Olivia pour préserver son oasis ? Avaient-ils vraiment retrouvé les restes de Lope de Vega ? Avaient-ils toujours été à l'intérieur d'un arbre centenaire... Je n'en sais toujours rien aujourd'hui.

J'ai laissé mes souvenirs pour me replonger dans le présent. Le jardin tout entier était illuminé par les bougies et les lanternes. Et tandis que je me balançais, elles sont toutes arrivées.

Ces femmes qui achetaient des fleurs.

Elles ont passé l'une après l'autre la grille de notre ancien cimetière, sous cette enseigne – celle-là même qui m'avait poussée à entrer ici la première fois – qui affirmait : NE CESSE JAMAIS DE RÊVER.

Gala est arrivée la première. Elle portait une robe rose poudré comme ses lys qui laissait entrevoir son épaule laiteuse. Elle s'était coupé les cheveux. Elle les portait désormais au carré, ce qui lui donnait un air de modèle de Klimt. Casandra est entrée quelques minutes plus tard, les bras chargés de bouteilles, en jean et en baskets, on aurait dit une gamine. Aurora a ensuite fait son apparition, vêtue d'un sublime kimono rouge avec des fleurs de lotus. Elle tenait une énorme toile enroulée dans du papier kraft qu'elle a posée à la verticale contre l'olivier, comme un chevalet improvisé. Victoria est arrivée la dernière, avec son rouge à lèvres carmin, son jean, ses talons et son T-shirt qui disait : « J'ai quarante ans, et alors ? »

Ce soir-là, nous nous sommes retrouvées après avoir, toutes, accompli notre devoir. Avec le recul, je me dis que nous n'avons sans doute pas organisé cette soirée pour fêter mon départ, mais plutôt pour célébrer la fin d'un processus d'apprentissage qui avait duré tout l'été.

Gala, pour la première fois de sa longue relation avec les hommes, avait débarqué chez son « sourcier » sans arrière-pensée, sans prévenir et sans maquillage – c'est-à-dire sans son armure de Galatée. Quand il avait ouvert la porte, elle l'avait regardé dans les yeux et serré dans ses bras, comme elle le faisait avec l'olivier. Et elle avait été surprise de sentir ce même élan d'énergie vitale la parcourir, celui-là même dont lui parlait son père. Puis elle était entrée, avait empoigné sa longue tresse blonde et s'était contentée de dire :

– Coupe-la.

Se défaire de ce symbole (qui n'était pas sans rappeler ceux de la tauromachie) l'avait fait se sentir immensément libre. Surtout parce que cela mettait fin à des années de soins que Gala avait prodigués à sa chevelure comme si un prince était destiné à y grimper un jour. Elle était peut-être arrivée à la conclusion que le prince était déjà là et qu'elle ne voulait pas risquer qu'un autre boulet vienne s'accrocher à cette échelle capillaire. Notre déesse viking et son sourcier avaient ensuite passé des heures au lit en se caressant jusqu'à s'user, comme ils en avaient pris l'habitude.

Quant à notre *superwoman*, elle avait elle aussi eu une journée chargée. Elle avait débarqué au ministère en jean et baskets, un bouquet de roses mauves dans les bras, symbole d'un amour intense. Quand elle avait atteint la porte de son bureau, Paula, qui n'avait pas été avertie de son arrivée par le claquement habituel de ses talons, avait sursauté. Quand elle l'avait enfin reconnue derrière ce nouvel air de contentement et l'immense bouquet qu'elle livrait elle-même pour la première fois, elle s'était exclamée :

– Qu'elles sont belles ! Elles ne sont pas rouges, aujourd'hui. Un admirateur ?

Casandra avait posé les fleurs sur le bureau de sa secrétaire.

– Une admiratrice, avait-elle corrigé, radieuse. Mets-les dans l'eau. Je veux qu'elles restent bien au frais. Je vais en avoir besoin pour quelque chose d'important.

En effet, les fleurs que sa secrétaire avait mises dans l'eau et dont l'origine faisait déjà jaser tous les stagiaires allaient servir à Casandra et Laura pour envoyer un message bien particulier. Cet après-midi-là, elles les feraient livrer chez Íñigo, avec un mot de leur part à toutes les deux pour les avoir réunies malgré lui :

Cher Íñigo,

Merci d'avoir si bon goût.
Bonne continuation.

Laura et Casandra

Casandra avait fait autre chose de très important ce jour-là : elle avait demandé un poste à l'étranger. De préférence dans un pays en voie de développement. Elle partait avec sa famille ? Oui, avait-elle répondu. Avec sa petite amie. Elle était médecin et pourrait travailler avec des ONG locales.

Au même moment, la belle au cœur souffrant, un sourire jusqu'aux oreilles, passait le seuil de la maison de ses parents. L'odeur des calamars à l'encre que sa mère préparait envahissait les escaliers. Quand elle est arrivée dans le salon, son père était, comme toujours, affalé dans son fauteuil, à regarder le journal télévisé l'air renfrogné.

– Bonjour, papa, a-t-elle dit en s'approchant pour l'embrasser sur la joue.

– Dis à ta mère qu'elle nous serve à déjeuner, bordel. C'est presque l'heure du goûter, a-t-il grommelé en guise de bonjour.

Aurora a rejoint la cuisine. En la voyant, sa mère a soupiré de lassitude et lui a dit que si elle continuait à maigrir comme ça, elle ne rencontrerait jamais d'homme. Sa fille a fait semblant de ne pas l'entendre – ou ne l'a pas écoutée, pour la première fois de sa vie – et lui a demandé de les rejoindre elle et son père dans le salon parce qu'elle avait quelque chose d'important à leur annoncer.

Sa mère s'est assise sur l'accoudoir du fauteuil de son mari, qui continuait à regarder le journal. Aurora a gonflé ses poumons d'air comme si elle était sur le point de plonger en apnée.

– Je voulais juste vous le dire pour que vous arrêtiez de me poser la question : grâce à vous, je suis vierge à trente-cinq ans. Alors non, je ne suis pas en couple. (Elle a agité ses grands cils de personnage de dessin animé.) Mais la bonne nouvelle, c'est que je vais devenir mère par insémination artificielle. Un couple d'amies lesbiennes va m'aider à financer mon projet, elles seront les marraines du bébé. Réjouissez-vous. Je serai une version moderne de votre Vierge Marie adorée. Je me suis dit que ça vous ferait plaisir.

La mère n'a jamais posé le plat de calamars sur la table. Le père, lui, a arrêté de regarder le journal. Aurora a fait demi-tour, dévalé les escaliers quatre à quatre et couru sans s'arrêter jusqu'à son appartement, où il n'y avait plus aucune trace de Maxi, si ce n'est le vide que ses affaires avaient laissé dans les placards, la salle de bains et surtout dans son lit. Lit sur lequel elle s'est affalée, occupant tout l'espace, sous le ventilateur qu'elle n'avait pas éteint depuis la veille au soir.

De son côté, Victoria est arrivée chez sa belle-mère un peu plus à l'heure que d'habitude avec ses deux enfants. Juste avant d'entrer, elle a maquillé sa bouche d'une couche épaisse de son rouge à lèvres flamboyant de chez Chanel et décoiffé sa frange. Quand sa belle-mère a ouvert la porte, elle lui a aussitôt tendu un bouquet de tournesols.

– Pour toi, lui a-t-elle dit. Pablo ne pourra pas venir aujourd'hui. Il est… eh bien je ne sais pas. Je suppose qu'il est occupé.

La femme semblait déconcertée, elle l'a regardée de haut en bas.

– Tu es allée chercher les enfants habillée comme ça ? C'est ridicule à ton âge.

Victoria a souri avant d'envoyer ses deux garçons jouer sur la terrasse.

– Tu sais quel est ton problème, Andrea ? (L'autre a relevé le menton, comme par défi.) C'est que pour te plaire à toi, il faudrait que j'arrête de me plaire à moi. Mais ne t'inquiète pas. À partir d'aujourd'hui, c'est Pablo qui t'amènera les enfants. Comme ça tu le verras plus souvent. Et moi... beaucoup moins. Nous sommes séparés.

Oui, je me souviens des fous rires de cette soirée. J'arrive à les entendre, ils couvrent même les rugissements de la tempête de temps en temps.

Encouragée par Aurora, j'ai lâché Capitán, qui s'est aussitôt mis en tête de trouver le grillon qui chantait, tapi dans le lierre. Olivia a sorti son cocktail Molotov, les verres se sont remplis, une tournée après l'autre, tandis que chacune racontait en détail sa journée.

– Tu aurais vu la tête de mon patron quand je lui ai dit que je voulais être mutée à l'étranger avec ma petite amie, a dit Casandra en fronçant le nez. J'ai cru qu'il allait imploser comme le Big Bang !

Nous avons toutes éclaté de rire.

– Il répétait en boucle pour me corriger : « Tu veux dire avec ton petit ami ? », et je lui répondais que non, et il me regardait chaque fois plus perplexe, puis en rajoutait une couche. Jusqu'à ce que j'en aie marre et que – histoire de rentabiliser tout le fric que j'ai dépensé chez mon psy ces dernières années – je lui demande : « Ignacio, tu connais la différence entre un maniaque et un schizophrène ? » Il m'a regardée avec ses yeux de merlan frit. Je lui ai donc expliqué que, contrairement à un schizo, qui est convaincu que deux et deux font vingt-cinq et que c'est la réalité, un maniaque, lui, sait parfaitement que deux et deux font quatre mais ça lui fait mal au cul de l'admettre… « Donc, Ignacio, essaie d'imprimer ce que je dis. Je pars à l'étranger. Avec une femme. Et arrête de jouer les disques rayés ou je te fais interner. Vous vouliez tous que j'aie une vie, non ? Une relation stable ? Eh ben c'est fait ! »

Nous avons failli nous étouffer de rire en imaginant Casandra remontant tous ces couloirs sous les yeux de ses collègues convaincus d'avoir d'assisté au plus grand scandale de la profession.

Assise sur la balançoire de la réflexion, Olivia nous observait en souriant, comme si elle contemplait sa plus belle œuvre. Elle portait une tenue en lin blanc, comme lors de mon premier jour à la boutique. Elle avait installé des photophores le long du chemin de pierre, ce qui donnait au jardin une atmosphère plus féerique encore.

Nous avons de nouveau levé nos verres. Cette fois pour porter un toast à la décision courageuse de Victoria. Et à la découverte de Francisco qui faisait désormais la une de tous les journaux. Pour être honnête, nous l'avons fait du bout des lèvres, parce que nous savions que cet horrible glaïeul rouge attendait toujours notre amie à l'intérieur pour lui briser le cœur. Olivia nous a interrompues, nous demandant de patienter une minute. Elle a pris Victoria par la main et l'a entraînée vers la serre. Elle lui a dit de fermer les yeux. Nous les avons suivies avec tant de hâte que nous avons failli nous marcher dessus. En entrant, Olivia a dit :

– On m'a laissé ça pour toi tout à l'heure.

Derrière la porte en verre, on ne voyait plus le sol autour de la fontaine en pierre. Il était recouvert de centaines de sublimes roses bleues. Leurs longues tiges dépassaient des vases posés sur les trois niveaux de la fontaine et venaient chatouiller la bouche du lion en pierre. C'était la première fois que j'en voyais mais je connaissais bien leur signification : elles représentaient l'éternité, un symbole d'amour éternel ou d'attente éternelle d'un amour qui semble impossible. Mais celui-ci ne l'était pas. Du moins il ne l'était plus. Victoria a lentement avancé au milieu de cette lettre d'amour vivante envoyée par son amant.

– Maintenant, oui, a dit Gala en levant son verre. À Victoria et Francisco.

Et nous avons de nouveau entrechoqué nos verres tandis que le grillon a repris son air de jazz, ce qui a poussé Capitán, installé confortablement sur un siège, à bondir pour repartir en chasse.

Puis ce fut le tour d'Aurora. Nous étions sur le point de trinquer à sa décision d'aller à la foire de Francfort quand elle nous a interrompues.

– Un instant, les filles, a-t-elle dit, au bord des larmes. Je veux d'abord vous montrer un tableau de la série que je compte emporter là-bas. C'est le dernier, celui qui résume tous les autres, j'aimerais qu'il reste ici ensuite, au Jardin de l'ange, où nous nous sommes connues. Parce que je n'aurais jamais pu faire tout ça sans vous.

Elle a rejoint l'arbre contre lequel était posé la mystérieuse toile et demandé à Olivia de l'aider.

Cette dernière s'est agenouillée à côté d'elle et a retiré le papier kraft.

Nous avons toutes contemplé le tableau, émerveillées.

Il nous représentait, autour de la table en fer où nous étions assises à cet instant précis, sous la pergola. Nous avions l'impression de nous regarder dans un miroir. Les verres de vin blanc sur la table. Les lanternes colorées qui pendaient au-dessus de nos têtes. Il y avait Casandra, la tête aussi haute que l'orchidée bleue posée devant elle. À côté d'elle Victoria, des dizaines de branches de cognassier dans les bras, puis moi, un panier de violettes à mes pieds. Gala se balançait sur son siège, glissant un lys dans ses cheveux. Aurora, quant à elle, serrait un bouquet de calendulas orange. Et derrière nous, sur la balançoire de la réflexion sous ce grand arbre de paix, se tenait Olivia, un verre de vin à la main, toute de lin blanc vêtue, exactement comme ce soir-là.

– Le tableau s'appelle *Les Femmes qui achètent des fleurs*, nous a révélé Aurora en avalant sa salive. Et je suis très fière d'être l'une d'elles.

Olivia s'est levée pour la serrer dans ses bras. Gala a posé son verre pour en faire autant. Une à une, nous avons toutes entouré Aurora qui, pour la première fois, pleurait de joie. Nous avions toutes les larmes aux yeux. C'est à ce moment-là, alors que nous étions toutes serrées les unes contre les autres, que Casandra a crié :

– Et maintenant… parce qu'il est urgent de vivre ! (Nous avons toutes répété ce mantra en chœur.) Et au voyage de Marina !

Elles ont toutes répété cette phrase en bondissant. Aurora a couru monter le volume de la musique, et nous avons commencé à danser. Je me souviens l'avoir fait de toute mon âme, laissant éclater ma joie sans retenue, euphorique. Et puis, sans que je m'en rende vraiment compte, les heures ont passé, les chansons se sont enchaînées et les bouteilles vidées l'une après l'autre.

À un moment, la radio a joué *It's My Life*, un vrai *revival* pour les filles de ma génération. Et comme si quelqu'un avait appuyé sur un bouton, nous avons toutes bondi de nos chaises et repris en chœur les paroles de cet hymne de notre jeunesse.

– Les filles ! a crié Gala morte de rire. Je crois que nous sommes en pleine crise de nostalgie.

Je me suis alors approchée de toi. Je t'avais laissé dans ton urne au pied de l'olivier qui avait ce soir-là des airs de sapin de Noël, ce qui te faisait ressembler à un cadeau. J'ai voulu trinquer avec toi aussi. « J'arrive, t'ai-je dit. Ton copilote arrive. Je vais tenir cette promesse, Óscar. Je vais le faire. »

J'ai regardé mes amies danser.

Gala et Olivia étaient pieds nus, l'arrosage automatique leur aspergeait les mollets. Victoria était montée sur une chaise. Aurora allumait sa cigarette à la flamme d'une bougie.

Et soudain, j'ai cessé d'avoir peur.

C'était l'été et nous dansions sur des tombes. Le reste n'avait aucune importance.

Pour la première fois, nous revendiquions le droit de ne pas prendre la vie trop au sérieux. Parce que chaque jour nous rapproche un peu plus de notre mort, quelle qu'en soit la date. Demain ou dans dix ans…

… ou bien maintenant, en pleine mer, à bord de ce bateau démâté et sur le point de chavirer. Peu importe. Je le sais désormais. Il faut apprendre à danser sur des tombes. À faire pousser des fleurs sur des morts. À accepter l'échec, parce que l'échec n'existe pas. Seule la fin des choses existe. On ne nous apprend pas à accepter la fugacité de ce qui est important. On ne nous apprend pas que, parfois, l'échec, c'est de ne rien faire et de laisser les choses durer.

Parce que tout prend fin, comme m'a dit Olivia, le bon et le mauvais. L'amour et la souffrance.

Je m'empare de ton urne en me disant que la fin d'une vie ne doit pas être considérée comme un échec. Tout dépend de comment elle a été vécue. Et si la mienne se termine cette nuit, après ce voyage, ce sera déjà une réussite. La fin d'une relation n'est pas un échec non plus. Tout dépend de ce qu'elle nous a apporté, de la façon dont elle nous a enrichis, de ce qu'elle nous laisse après sa mort.

Si elle nous a comblés, c'est une réussite.

Ne pas vivre ou se contenter d'exister ne l'est pas.

Il faut aimer. Et aimer bien. Intensément. Même si ça finit un jour.

Je ferme les yeux. Je sens la bouche de la tempête s'ouvrir et engloutir le Peter Pan tout en repensant à nos adieux ce soir-là, aux pas vacillants et heureux de mes amies remontant les rues du quartier de Las Letras, à Capitán dormant sereinement sur la balançoire où il a désormais élu domicile… Et à Olivia, laissant son verre vide sur la table pour me serrer fort dans ses bras.

– Je reviens vite, ai-je promis en retenant mes larmes, et je ne les laisserai pas fermer Le Jardin de l'ange.

Elle m'a regardée comme si elle n'allait jamais me revoir et a murmuré tant bien que mal :

– Souviens-toi, ma chérie : « Ils auront beau couper toutes les fleurs, ils n'empêcheront jamais l'arrivée du printemps ».

Et avec cette phrase empruntée au grand Neruda en guise d'adieu, elle a tourné les talons comme elle le faisait toujours quand elle voulait mettre fin à une conversation et disparu dans la pénombre de notre oasis plongée dans un silence aussi profond que celui de ses locataires souterrains.

J'ouvre les yeux.

Devant moi une montagne de coussins, de boîtes de conserve, de casseroles et de livres… j'ai toujours ton urne dans les bras. Le monceau d'objets tangue doucement. Je grimpe les marches – pieds nus pour ne pas glisser – et, en sortant la tête, un flash de lumière aurorale m'aveugle, comme si le paysage m'avait prise en photo. Je redescends, j'attrape l'urne, remonte et la pose délicatement sur le pont. La mer est d'un bleu translucide. Les algues soulevées par la tempête flottent paisiblement à la surface. Je m'approche de l'endroit où se tenait le mât il y a peu. On ne voit plus que sa souche brisée et un morceau de voile sur lequel on distingue encore quelques pétales de violette. À tribord, j'aperçois la côte et le port entouré de maisons blanches.

Tanger.

Je suis arrivée à Tanger…

J'entends alors mon portable biper. Puis une nouvelle fois. Puis encore. Sans s'arrêter.

Je n'arrive pas à y croire. J'ai de nouveau de la batterie et du réseau.

Je redescends à toute vitesse et allume l'écran. J'ai tout un tas de messages. Quelques-uns de mon père, qui me croit à Madrid en train de travailler, mais la majorité vient des filles. Elles me demandent comment je vais et me supplient de donner signe de vie. Elles sont inquiètes. Elles comprennent que j'ai envie d'être seule, mais que je leur envoie au moins un « Ok ».

Je remonte, le portable à la main, le braque en direction de la côte et prends une photo.

« J'y suis arrivée », écris-je.

Je reçois aussitôt une réponse de Casandra, puis une photo d'Aurora d'Allemagne, puis un SMS de Gala avec une ribambelle de cœurs et enfin un « Bravo » de Victoria avec douze points d'exclamation. Mais rien d'Olivia. J'envoie alors un texto à Gala pour avoir des nouvelles de la fleuriste. Elle me répond par un laconique : « Olivia est partie. Mais elle t'a laissé un très joli cadeau. »

Je m'assois sur le pont – ou plutôt je m'effondre – sans quitter la côte des yeux. Celle-ci se rapproche de plus en plus. Je reste un moment à contempler la mer et son mouvement constant.

Je sens alors mon cœur se serrer. Cette douleur à laquelle les adultes ne peuvent échapper qui porte le doux nom de nostalgie. Mais elle est teintée d'euphorie. Ce qui me donne le courage, dans un ultime effort, d'attraper tes cendres et de chercher un endroit sur le bateau où je n'aurais pas le vent de face. De la proue du Peter Pan, qui bien qu'abîmé continue de flotter, je pense à moi indépendamment de toi pour la première fois. À moi en tant que capitaine de ce navire, à moi qui m'apprête à faire des adieux nécessaires. Et je me dis que j'ai été ravie de partager ce temps avec toi. Je me réconcilie avec cette idée parce que je sais que nous nous sommes aimés. Beaucoup. Et que maintenant, chacun est prêt à suivre sa route.

– Je te l'avais promis et je l'ai fait. Mais je l'ai fait à ma façon, dis-je. Bon voyage, mon chéri.

J'ouvre l'urne de métal, je tends les bras et éparpille les cendres qui s'envolent et s'agitent dans les airs avant de tomber dans la mer. Mais je distingue alors dans la poussière quelque chose d'étrange et lourd. Et l'espace d'un instant, je reconnais la croix de Malte rouillée qui se noie dans l'eau avec les restes de son célèbre propriétaire.

À genoux à la proue du Peter Pan, je reste bouche bée puis éclate de rire. Je passe en revue cette dernière soirée où ton urne est restée au pied de l'olivier en me demandant à quel moment Olivia a bien pu effectuer l'échange. Reverrai-je seulement un jour cette femme aussi folle que fantastique qui m'a poussée à faire ce voyage et à le faire pour moi, sans que je m'en rende compte ?

Je m'assois et glisse mes jambes par-dessus bord. Je laisse les vagues me chatouiller les pieds. Je tâte mes cuisses pour les reconnaître, je caresse mes bras qui ont désormais un éclat ocre inhabituel. L'humidité et le sel vont manquer à mon corps, tout comme cette vie qui, huit jours durant, l'a maintenu en mouvement constant, le rendant accro à l'adrénaline et à l'aventure.

Que vais-je faire après ça ?

Quelque chose se dessine à la surface de l'eau. Comme si un morceau de bleu s'apprêtait à s'envoler. Et c'est bien le cas. Un papillon vole jusqu'au bateau, tourne au-dessus quelques secondes, le suit en luttant contre le vent avec ses ailes robustes et translucides, puis vient se poser sur le morceau de voile qui a survécu à la tempête.

Je reste là, hypnotisée, jusqu'à entendre de nouveau la voix d'Olivia : « Vole, Marina, vole… » Et je décide soudain de ne pas rejoindre le port. Pas encore. Je ne veux pas qu'on détruise tout de suite l'épave du Peter Pan. Je calcule mentalement les vivres qu'il me reste. J'ai encore une voile et un mât. Sur la côte, qui se rapproche à chaque seconde, j'aperçois les pêcheurs entourés d'une flopée de mouettes.

– Concentre-toi sur ce que tu as, pas sur ce que tu as perdu, je murmure pour moi-même.

Je vais sortir le génois, trouver un chemin et avancer en improvisant, j'irai où le vent décidera de me porter. Voilà ce que je vais faire.

Je tourne sur moi-même comme une boussole jusqu'à avoir le vent de face.

Je desserre les bouts, prends fermement appui sur mes pieds et tire de toutes mes forces, encore et encore, jusqu'à ce que la voile se dresse complètement et que le vent s'y engouffre.

Je me plante derrière la barre, l'agrippe et fais virer le bateau en direction du soleil.

Elle est là ma frontière.

Je la vois.

Un cadeau du soleil.

Non. Non, je ne vais pas abandonner ce bateau.

J'ai le cœur qui bat fort. Je reconnais cette sensation enivrante même si elle est nouvelle pour moi. Le Peter Pan avance avec détermination et fend les vagues de plus en plus vite, jusqu'à galoper en direction de cette intense lumière dorée qui inonde le ciel et la mer pour annoncer l'arrivée d'un superbe automne.

Les femmes qui achètent des fleurs

Dans un petit quartier du centre de Madrid où vivaient des acteurs, des contemporains de tout poil qui faisaient du crochet pour se détendre, des députés incapables d'arriver à un consensus mais qui trinquaient au vermouth entre deux sessions parlementaires ; dans ce microcosme avec son propre Christ sinistré, sa secte de voisins, ses muses insomniaques, ses théâtres cachés dans des vestibules, ses manifs quotidiennes, ses citations d'écrivains célèbres piétinées par des vieux en pantoufles, des cyclistes militants, des jazzmen mercenaires et des touristes qui foulaient, ivres de curiosité et de fétichisme, l'endroit où reposaient, une fois pour toutes, les restes de Cervantès… ; dans ce quartier, on croisait également quatre femmes qui achetaient des fleurs.

Chacune le faisait pour elle-même.

Et elles se retrouvaient tous les jeudis soir pour partager un verre de vin blanc et se détendre dans cette boutique de fleurs si particulière appelée Le Jardin de l'ange.

Un après-midi comme les autres, une jeune fille qui avait récemment emménagé dans le quartier y était entrée. Elle s'était approchée du comptoir où était posé un cahier. Elle l'avait discrètement ouvert et avait lu le mot « CICATRICES », écrit en lettres majuscules.

Une voix derrière elle l'avait alors fait sursauter :

– J'ai toujours préféré les gens qui ont des cicatrices. (La voix était forte, assurée.) À vrai dire, je ne fais pas confiance à ceux qui n'en ont aucune passé quarante ans.

Sur le seuil de l'arrière-boutique se tenait une femme au sourire serein, vêtue d'une robe en soie des années 1950 d'un jaune étincelant et d'un petit chapeau assorti. Ses cheveux étaient aussi noirs que la mer en pleine nuit. Elle tenait dans ses bras un chat noir et blanc qui la regardait derrière son loup, d'un air curieux.

– Je m'appelle, Marina, avait dit la fleuriste en fouillant les yeux surpris de la jeune fille. Par curiosité, si tu devais choisir une fleur parmi toutes celles-ci, ce serait laquelle ?

Terminé à Madrid, quartier de Las Letras,
le 29 mai 2016.

REMERCIEMENTS

À Diego Mollinedo et au Pride, pour m'avoir appris à naviguer.

À mes amies, qui m'ont attendue à terre quand j'ai dû traverser la mer.

À toutes les femmes complices et courageuses qui ont embarqué sur ce navire pour expliquer au monde qui nous étions et qui nous voulions être : à la muse d'Amancio, à la septième des muses, à celle qui a éclairé une vie plongée dans l'obscurité, à celle qui la portait en elle sans que nous le sachions, à celle qui m'a fait découvrir la côte des Pirates, à celle qui fuit toujours le soleil, à celle qui aide le monde à communiquer, à celle qui cherche des artistes dans la rue, à la toute-puissante fan de Coca-Cola, à la sirène qui porte secours aux marins…

À ma mère, ce vent robuste qui pousse ce bateau même en pleine nuit.

À Miguel Ángel Lamata, pour m'avoir aidée à traverser la tempête en me donnant des notes précises sur le texte et les personnages.

À mon éditeur, Alberto Marcos, pour m'avoir donné l'élan, la force et le temps de sortir toutes les voiles pour mener cette histoire à bon port.

Composition

PRESS·PROD

IMPRIM'VERT®

PEFC™ 10-31-1510

Imprimé en France
par Corlet Imprimeur
14110 Condé-en-Normandie
N° d'imprimeur : 203551
Dépôt légal : mai 2019
ISBN : 978-2-7499-3891-2
LAF : 2700